유토피아 창조자 이야기

상상의 토머스 모어

유토피아 창조자 이야기

상상의 토머스 모어

조명동

글터
GEUL TEO

상상의 토머스 모어

토머스 모어의 인간상은 연구자의 시각과 접근 방식에 따라 다양하게 해석된다(성자적 해석, 공산 사회주의 선구자적 해석, 반反개혁자적 해석, 부르주와 자유시민적 해석, 제국주의자적 해석 등). 본서는 마음을 움직이는 모어가 남긴 말들과 자취에 주목하면서 사실史實의 뼈대에 상상의 살을 붙여 '어린 시절에서 옥중 사형수에 이르기까지의 그의 생生'을 이야기풍으로 성자적 관점에서 집필한 책이다. 물론 관점에 따라 모어에 대한 해석들은 열려있다.

좀 더 좁혀서 말하면 이 책은 16세기 전반기 유럽의 한 지식인(휴머니스트)의 '양심'의 문제를 화두로 그의 심상과 언행을 좇아가면서 필자의 상상력이 보태진 '역사인물전기스토리'이다.

정치인으로서 휴머니스트 모어의 마지막 충성대상은 '양심상 수호해야 할 보편적 절대 가치라고 믿고 싶었던 것'이었다. 그의 절대적 궁극의 의지처는 정념情念으로서 가톨릭교회의 신이다. 그러나 보편가치란 게 처음 시작은 상황과 인간에 의해 창조되었다가 필요성에 따라 크고 작은 인간군상집단(국가든 교회든 집단조직)에 의해 장기지속적·체계적·암묵적으로 이념화·강화·일반화되어 인간의 마음속에 자리하게 되는 것이 아닌가. 보편적인 것이라고 여겨지는 도덕 가치는 시대정신 혹은 시대 상황에 따라 그 잣대가 달라지는 가변적인 것일 수 있다. 더구나 속성상 정치 권력은 시류에 따라 변화를 거듭하며 얼굴을 바꿔 가는 악에 가까운 것 (혹은 창조적인 것)이 아니던가. 그러한 '현실정치무대'에서 모어 같은 순수한 (혹은 완고한) 도덕론자가 '영원한 절대 가치라고 믿고 싶었던 것'을 지켜내기 위해서는 자신의 목숨을 걸 수밖에 없었을 것이다.

'자세히 보아야 예쁘다. 오래 보아야 사랑스럽다. 너도 그렇다'라는 시구가 있는가 하면, '악마는 디테일한 것에 있다'라는 말도 있다. 어떤 대상을 이해할 때, 아주 가까이 자세히 보거나 오래 본다면 과연 예쁘고 사랑스러울까. 그렇지 않은 경우도 있다. 모어가 그렇다. 세밀히 깊이 접근하면 할수록 모어의 인간상에 있어서 본서의 기조인 성자로서의 모어상과 모순되는 어두운 면이 간파되는 것도 사실이다. 인간의 다면성의 일면이 아니겠는가.

그러나 본서는 먼발치 떨어져서 마음의 눈으로 수채 풍경화를 감상하듯 서술되었다는 점에서 근거리 현미경적인 분석의 눈으로 모어의 인간상의 극히 미세한 부분까지는 들여다보지는 않았다. 그래서 뭉뚱그려져 있는 큰 덩어리 속에서 디테일한 부분들이 하나로 혼화됨으로써 성자로서 모어의 인간상이 그려질 수 있었다. 그런데 그게 세간에서 일반적으로 받아들여지는 모어의 인간상이기도 하다. 그러나 서 있는 곳이 다르면 풍경도 다르다. 보는 위치에 따라 모어의 인간상에 대한 평가는 얼마든지 달라질 수 있다.

모어는 휴머니스트계 제왕 에라스무스에 버금가는 르네상스기 간판급 휴머니스트이다. 그러나 그에 관한 우리말 책은 몇 권 뽑아야할 정도이며, 고작해야 그는 우리나라에서 『유토피아』 저자로서만 주로 기억된다. 그래서 필자는 '휴머니스트로서 사람들의 마음을 움직이는 그가 남긴 말들과 행적'에 주목하며 어린 시절부터 옥중 양심수로 죽음을 맞이하기까지의 그의 생을, 이해하기 쉽게 이야기풍으로 서술해보고자 하였다. 신앙인 모어가 말하는 '인간을 인간답게 해준다'는 도덕 가치로서 '양심(어둠을 밝혀주는 불꽃)'의 문제는 성자로서의 모어의 인간상을 더욱 부각시킨다. 그는 양심이 상실되는 것을 인간 고유의 존재가치가 상실되는 것으로 보았다. 그는 동시기 로마교황청으로부터 잉글랜드교회를 떼어내려는 '헨리종교개혁주의자들'을 '시류편승자들'로서 영혼 없는 자들로 여겼다. 그에게 그들은 영혼이 상실된 좀비 같은 존재나 다름없다. 그의 순교는 그런 그들에 대한 저항의 몸짓이었다. 이후 그는 후대인들에게 양심의 아이콘으로 기억되어왔고, 2000년 10월 31일 로마교황청에서는 이런 그를 '정치인들의 수호성인'으로 공식선포하게 된다.

모어의 헨리 개혁파 측 인사들과의 다음 대화 내용은 그가 생각한 신념과 양심이 어떤 것인지를 여실히 보여준다.

"여보시오, 모어 경, 어째서 그대는 왕국의 성직자들까지도 기꺼이 선서·맹세한 법령에 선서·맹세하지 않는단 말이요. 그대도 알다시피 그대의 많은 현명한 친구들도 이 법령에 선서·맹세하지 않았소. / 아마도 그랬겠지요. 그렇지만 그것은 그분들 양심의 문제이지, 내 양심의 문제는 아니지요. 나는 선서·맹세할 수 없소. / 모어 경, 그대가 선서·맹세하는 조건으로 내 자식의 머리를 원한다면 내 기꺼이 그대에게 그 머리를 바칠 것이오. 그렇게 해서라도 그대가 선서·맹세하는 것을 보고 싶은 게 내 솔직한 심정이오. 왕의 인내가 한계에 도달했다는 사실을 명심하시오 / 그렇지만 나는 결코 그 어떤 사람도 선서·맹세에 거부하도록 충동질한 적도 없으며 그 누구도 그렇게 하기를 본인이 원하는데 못하도록 망설이게 한 적도 없습니다. 그 문제는 모든 이들 각자의 양심에 맡겨야 할 것이니까 말입니다. 나는 신념에 관한 한 내가 다른 이에게 그랬듯이 그 어떤 사람도 내게 강요할 수는 없다고 생각합니다. 그 문제는 누군가의 우격다짐에 의해서가 아니라 내 양심이 결정할 문제이니까 말이외다."

본서를 읽다 보면, 에라스무스, 홀바인, 헨리 8세 등 르네상스기의 많은 걸출한 인물들을 만나게 될 것이며, 런던을 비롯한 당 시기의 역사적 공간, 시대상, 습속, 가정의 모습, 지적 교우로서 동무 간의 우정 등도 접하게 될 것이다.

르네상스기 잉글랜드로의 '인물역사여행'을 떠난다는 가벼운 기분으로 『상상의 토머스 모어』를 만나보시기를 바란다.

이 책이 출간되기까지 몇 분의 도움이 있었다. 본서를 꼼꼼히 읽고 책 제목을 짓는데 아이디어를 제공해준 김성준 박사(한국해양대 항해융합학부 해양사 교수)에게 고마움을 전하며, 아울러 흔쾌히 책을 출간해준 문현 출판사 한신규 사장님에게도 감사를 전한다.

아내 란, 그리고 두 아들 준과 인에게 사랑을 전하며, 이 책을 고故 김금섭(음 1928.10.27.~2000.8.20.) · 양승복(음1929.1.12.~2000.11.21.)님께 드린다.

2021년 8월 19일
매봉산 기슭에서
조 명 동

란에게

| CONTENTS |

* 본서에선 토머스 모어를 줄여 대부분 모어로 표기하였음. 다른 인명들도 문맥상 혼란
  이 없을 경우 그렇게 표기하거나 혼용하여 표기하였음.(데시데리우스 에라스무스는 에
  라스무스로, 엘리스 미들톤은 미들톤으로, 토머스 크롬웰은 크롬웰로, 헨리 8세는 헨리
  로, 영거 한스 홀바인은 홀바인 등으로 표기).
* 동명이인은 문맥을 통해 누구인지 알 수 있기에 따로 구분하지 않았음. 일례로 존 모어
  혹은 존은 모어의 아버지 이름이자 동생의 이름이며 아들 이름이기도 함.
* 대법관은 Chancellor(찬슬러)의 역어임. 대법관은 대법관청 수장을 겸하는 행정총리직
  에 해당함. 찬슬러 역할이 시대에 따라 달라 그대로 찬슬러로 호칭되는 게 타당할 수
  있으나, 대법관청에서 법관 출신의 모어의 역할이 컸기에 대법관으로 호칭하였음. 모
  어 이전의 대법관(찬슬러) 모튼과 울지는 둘 다 고위성직자 출신이었음.
* 모어 동 시기의 영국을 잉글랜드로 표기하였음. 잉글랜드가 점차 웨일즈, 스코틀랜드,
  아일랜드와 합병·통합하여 영국이라 칭해질 만한 것은 모어 사후 한참 뒤 시기였음.
* 친구는 나이를 초월하여 관심, 흥미, 감정, 이해 등을 공유하는 모든 이를 일컬음.

제1장

●

명민한 아이

모든 일몰은 새로운 새벽을 약속하고, 어김없이 오늘의 새벽은 찾아
온다.

"모어야, 6시가 넘었구나. 얼른 일어나렴, 학교에 늦겠네."

엄마의 거듭된 음성이 계단을 타고 메아리쳐 올라왔다. 모어는 자신의
턱 아래 걸쳐 있던 담요를 머리 위까지 잽싸게 잡아당겨 푹 뒤집어 써봤지
만, 그 음성에서 피할 길은 없다. 거기에다 습관은 왕이다. 그래서 운명을
지배한다. 미적거림의 여유를 멈추고, 습관대로 모어는 벌떡 일어났다. 여
전히 잠은 덜 깬 상태이다.

밖에서 덜커덕거리는 소리가 들려왔다. 시간 내 짐 배달을 끝내야 하는

마차가 울퉁불퉁한 동네 길을 급히 지나면서 내는 소리이다. 그것은 모어가 일어날 때가 지나가고 있음을 알려주는 신호이기도 하다. 이미 동네 우유 배달부는 냉기로 무감각해진 손을 비비며, 한참 동안 요 집 저 집에다 우유를 던져 놓았을 것이다. 그는 아침식사 할 겨를을 놓칠지 모른다. 여차하면 아버지와 엄마에게는 물론이고 별채에 계신 그랜저 할아버지[1]에게도 아침 문안 인사드릴 겨를도 놓칠 판이다. 그들은 벽에 직물수예벽걸이가 걸려있고 내실 깊숙한 곳까지 햇살을 받아들이기에 딱 좋은 높이의 천장이 있는 아늑한 응접실에서 아침을 열고 있을 것이었다.

모어의 숨결이 코 위까지 차올라와 구름을 만들었다. 여전히 으스스한 3월 아침에 대한 생각이 그를 한층 더 담요 밑을 그립게 만든다.

"얼른 준비하세요, 게으름뱅이 도련님!"

민첩한 유모 모드가, 으레 그렇게 하듯이, 침대보를 요쪽 저쪽 가지런히 접어 개기 시작했다. 모어의 침대가 보기 좋게 정리되었다. 그녀는 정리의 여신이다. 뾰로통한 얼굴을 한 여신의 잔소리는 계속되었다.

"도련님은 이제 학교로 달려가면서 아침식사를 하거나 그렇지 않으면 지각한 죄로 벌을 받아야 할 것이에요. 조안과 아가타는 이미 일어나서 옷을 차려입었고 어린 존까지도 의젓하게 제 의자에 앉아 있어요. 그런데 도련님은….""

모어가 두툼한 양모 양말을 신고 손으로 짠 허리가 잘록한 웃옷을 걸쳤다. 모어는 서둘러 학교 가방을 챙기기 시작했으며, 유모 모드가 그의 머리카락을 빗질해주려고 빗을 들었다.

"도련님 머리가 쥐 집 같아요. 그런 부스스한 고슴도치 머리를 하고 나가서 부모님 체통을 구길 작정이세요. 그러니 우선 좀 씻도록 하세요. 데운 물이 욕실에 있어요."

유모 모드는 모어의 엄숙해진 얼굴을 보고 미소를 짓더니 모어의 머리카락을 빗질하여 부드럽고도 깔끔하게 만들어 놓고는 모어의 허리띠를 꽉 죄 주었다.

"늦게 생겼으니 텁텁한 빵 한 조각, 그리고 껍질이 말라 주름이 잡혀 있긴 하지만, 간이식으로는 그만인 먹기 좋은 능금도 가져가시고…."

모어는 먹을 것들을 웃옷 주머니에 주섬주섬 넣고 아래층으로 내려갔다.

"어이쿠! 서둘러야겠네."

모어가 출입문을 급히 열자, 벽에 걸린 직물수예벽걸이가 바람 부는 쪽으로 팔랑거렸다. 3월 찬바람이 바닥 골풀깔개를 흐트러놓았으며 모어의 볼그스름한 얼굴을 때려 양 볼이 창백해졌다. 집 앞길 저 너머 강에서 상큼한 바람이 불어왔다. 나뭇가지들이 바람에 흐느적거렸고 좁은 길 이리저리로 민첩하게 움직이는 쥐 사냥에 눈독을 들이고 있는 매와 솔개가 하늘을 빙빙 맴돌았다. 모어는 풍광을 즐기고 있었다. "평화로운 아침이네!"
그런데 길모퉁이 샛길에서 두 소년이 불쑥 튀어나왔다. 모어가 비터 비른 빵을 우적우적 먹으면서 도로를 가로지르고 있는데 두 소년이 갑자기 모어의 음식을 낚아채 가지고 달아났다. 순식간에 벌어진 일이다. 그는 아침식사도 못한 채 학교에 간 경우가 적지 않았는데, 오늘도 영락없이 그런 날이 되고 말았다. 날은 춥고 속이 비어 있을 때는 졸음이 몰려와 수업에 집중하기 힘든 법인데….

모어는 런던의 칩사이드 구역에서 약간 떨어진 밀크 스트리트에서 살았다. 그의 아버지 존 모어는 박공지붕(gable지붕면 양쪽 방향으로 경사진 지붕. 그 부분에 조각을 새겨 넣거나 조소 작품을 끼워 넣기도 함)이 있는 도회지 풍 주택뿐만 아니라 시골 사유지를 소유하고 있는 젠트리[2]였다. 그는 법조인이었다. 그는 링컨즈 인 법학원[3]의 사무장을 역임한 적도 있었는데, 그의 역할은 주로 법학원 회계 관리를 하고, 그곳의 식솔들을 감독하며 법학원 학생들과 학자들 그리고 법조인들을 위해 이런저런 의식주 물품을 구매하거나 배분해 주는 일을 처리하는 것이었다.

존 모어 가家는 그 당시 자주 볼 수 있는 가정 풍경처럼 삼대가 대가족을 이루며 살아가는 가부장적 가정이었다. 집안 거실벽에 걸려있는 '평화 Paix'와 '오늘을 잡아라Carpe Diem'[4]라고 새겨진 목각판에서, 집안 평안에 대한 염원과 매 순간순간에서 기쁨의 의미를 찾기를 바라는 존 모어 가의 긍정적 삶의 태도가 엿보였다.

1485년의 런던의 중심부는 오늘날 인구과밀의 지방 도시와 흡사했다. 런던은 중심부 둘레로 듬성듬성하게 성곽으로 둘러싸여 있었는데, 성곽 문을 나서면 지척에 들판이 쫙 펼쳐져 있었다. 거리는 비좁은데다가 자갈투성이거나 진흙투성이었다. 런던이 그 당시 다른 곳에 비해서는 사정이 다소 나은 편이긴 하지만 갑자기 비라도 한바탕 쏟아지면 정원들과 과수원들이 움푹 파이면서 새로운 녹지 웅덩이가 생겼다.

런던에는 템스강Thames River에서 분기된 지류 강(하천)이 목격될 수 있었는데, 강이라고 해 봤자, 그 규모가 워낙 작고 수심이 얕아서, 적은 강우량으로도 떠밀려 온 진흙더미로 인해 왕왕 강을 가로지르는 자연육로가 생기곤 하였다. 자연적으로 원상 복구될 때까지, 그곳은 런던인들에게 요긴

한 주요 '자연교통육로'로 이용되었다.

템스강은 잉글랜드 서쪽 글로스터셔주 코츠월드구릉지대에서 발원해서 동쪽으로 흘러 중남부를 횡단하여 북해로 흘러 들어가는 긴 강이다. 이 강은 옥스퍼드를 거쳐 레딩으로 꺾어 내려가다가 런던으로 흘러들어오게 되는데, 하류 쪽으로 흘러오면서 많은 크고 작은 지류를 형성하고 있었다.

쉬는 날이 되면, 모어는 종종 강 선창가에서 시간을 보내곤 했다. 그는 가로돛을 휘날리는 돛대가 꽤 높은 상선, 물벌레처럼 재빠르고도 미끄럽게 움직이며 이 나루 저 나루 정기적으로 오가는 나룻배, 바람을 끌어들이려고 익창wings(翼艙 아래 갑판의 뱃전에 접하는 부분)을 접다 폈다 하며 완만하게 움직이는 거룻배(돛이 없는 소형의 유람 너벅선) 등을 지켜보는 여유를 맛보곤 했었는데, 그는 그곳을 흘낏 보고 통과했다.

모어는 도시 중심부 통학로를 관통하고 있었다. 도시의 교회 첨탑들이 지붕 꼭대기들 틈 위쪽으로 누비듯이 뻗쳐있었다. 일부 집들은 대충 틀만 잡힌 동물 형상을 하고 있었는데, 지붕들이 고르지 못한 옅은 빨강의 '왜기와pantile'가 켜켜이 올려 있었거나 덥수룩한 이엉(지붕이나 담을 이는 데 쓰기 위해 엮은 짚)으로 매듭지어 올려 있었다. 집들은 거리 쪽으로 다소 쏠려 있었는데, 위층은 마치 이웃에 접하려고 하듯이 불쑥 삐쳐 나와 있었고, 더러 그 위쪽으로는 촌스럽긴 하지만 눈에 잘 띄도록 원색 바탕에 금색 글씨가 새겨진 상가 간판들이 아슬아슬하게 매달려 바람결을 따라 삐걱거렸다.

그런 집들 사이로 석조 건물들도 눈에 띄었는데, '건물 벽감(niches 조각상을 놓아두기 위한 벽외 움푹 들어간 것)'에는 조각가들에 의해 다듬이진 조각상들이나 능숙한 목조 공예가들에 의해 새겨진 꽃문양, 과일문양, 금수문양 등을 담고 있는 다채로운 목조품들이 안치되어 있었다. 소매상인들이 자신들의 가두노점에다 물품들을 더미더미 쌓아 놓았는데, 그것들이 어찌나 밀집되어 다닥다닥 붙어 있었던지, 비집고 들어갈 틈이 거의 없었다. 아직 이른 시간인데도, 런던상인들은 분주하다. 도제들은 밖에 서서 자신들의 주인인 장인의 제품들을 홍보하느라고, 앞 다퉈 각기 그 자신의 이웃보다 한걸음이라도 더 나오려고 아우성이었다.

모어는 팽이, 동물형상의 형형색색 장난감, 배트와 공들이 진열되어있는 가게를 기웃거리면서 지나갔다. 그는 새 팽이가 갖고 싶었다. 그 당시 팽이치기는 아이들 사이에 유행하는 최고의 놀이었다. 그러나 그의 수중에는 당장 그걸 살 돈이 없었다. 만일 모어가 라틴어 3격 변화를 죄다 암송하고 교내외 논쟁술 대회에서 우수한 성적이라도 거둔다면, 아마도 그 부상副賞으로 그는 그랜저 할아버지에게서 은전 1페니 정도는 거뜬히 받을 수도 있을 것이었다. 할아버지는 손자가 라틴어 실력을 입증하면 부상을 주기로 약속했었다. 그는 중얼거렸다.

"그러면 팽이를 살 수 있을 텐데….."

이 당시 학생들에게는 논쟁 기술(웅변술이라고 불리는 초급 정도의 수사학 Rhetoric)이 교육되었으며, 학교 교과과정의 중요한 부분으로 라틴어 교육이 실시되었다. 논쟁술은 다소 말장난 같은 측면이 있어서 재미가 있었다. 모어는 자신의 모든 재치와 화술을 동원하는 논리적 말 연습을 즐겼다. 논쟁 시 참새 사냥에 여념이 없는 고양이만큼이나 잽싼 소년 모어는, 이 참새 같은 적에게로 슬금슬금 다가서는 숨을 죽이고, 그 적을 기다렸다가 확 달려들어서는 그 적의 멋진 깃털을 모조리 뽑아 버릴 준비 태세가 되어있었다. 그 당시 수사학과 논리학은 최고의 학문적 언어 기술이었다.

학교 가는 도중 모어는 상상의 세계 속으로 빠져들어 갔다. 상상 속에서 모어는 성 바르톨로뮤 성당 부속학교 뜰에서 정식 논쟁을 벌이기 위해 친구들을 죄다 모이게 하고 있었다. 이 논쟁에는 내놓으라 하는 논쟁술에 빼어난 소년들이 참석하고 있었다. 그것은 '성 안쏘니 스쿨 대 성 토머스 오브 아크 스쿨' 간의 '라틴어로 펼쳐지는 학교 간 대항논쟁'이었다. 이들 학교는 논쟁과 그 밖의 모든 것에서 라이벌 관계에 있는 명문 학교들이었다. 사실 이 두 학교 간에는 긴 역사의 오랜 공식논전公式論戰이 있어 왔다. 그 논전이 끝날 무렵에는 해당 선생님들의 입회하에 각기 주제별로 개진된 화술과 재치가 동원되는 비공식논쟁이 있었는가 하면, 왕왕 교회 구내 모퉁이에서 사적인 실랑이나 주먹질 같은 볼썽사나운 싸움이 벌어지기도 하였다.

"내 라틴어 실력이 완벽해지면, 나는 재판장인 아버지가 좌중들을 압도하는 판결을 내려 쟁론에 대해 군말 없이 만드는 것처럼, 성 안쏘니 스쿨을 대변하는 논리정연한 변론으로 상대 학교가 백기를 들게 만들 것이야'라고 모어는 다짐했다.

"언젠가 성 토머스 오브 아크 스쿨의 아이들은 내 근사한 변론에 그 뻔새 나는 공작 깃발들을 죄다 내려놓고 항복을 자인하게 될걸!"

그러나 아쉽게도 모어가 자신의 성공에 대해 막 꿈꾸고 있었을 때, 어디에선가 날카로운 음성이 들려 왔다.

"이이, 이이, 안쏘니 꼴통…."

그 소리에, 모어는 반사적으로 고개를 돌렸다. 성 토머스 오브 아크 스쿨로 가는 도중에 있는 두 소년이 보였다. 싸움이 대판 벌어질 수도 있는

1장 명민한 아이

상황이었다. 모어에 대한 그들의 시비를 눈치채고 자신들의 동료를 구하고자, 성 안쏘니 스쿨 출신의 다른 소년들이 모여들고 있었다. 그러나 그는 문득 싸움에 말려들어서는 안 된다는 생각에 방향을 틀어 쓰레드니들 거리 쪽으로 뛰어갔다. 자신이 이 싸움을 한순간 피하면 본인과 친구들 그리고 상대방까지도 불미스러운 사태에서 벗어날 수 있으리라 생각하고는, 그는 싸움의 위험을 무릅 쓰지 않았다. 그렇게 해서, 이 사태는 평화롭게 수습되었다.

성 안쏘니 스쿨은 박공지붕의 3층 건축물인 성 안쏘니 병동 바로 옆에 위치에 있었다. 모어가 출입구에 이르렀을 때, 탑과 첨탑 그리고 수도원과 수녀원으로부터 잇단 종소리가 거리마다 울려 퍼지기 시작했다. 모어의 고막을 때리는 일정한 간격의 종소리가 현 시각이 아침 7시임을 알려주고 있었다.

"아차 하면 늦겠는 걸…."

그에게는 그 소리가 학교 수업에 늦을 경우, 그 벌로 훈육의 회초리가 뒷다리에 휘감기는 장면을 떠올리게 하는 경고음이기도 하였다. 그는 자갈로 울퉁불퉁한 뜰 쪽을 지나 서둘러 쏜살같이 문 쪽으로 달음박질쳤다.

수업이 시작되고 있었다. 그는 라틴어 3격 변화를 암송하고 있는 소년들, 즉 급우들의 낭랑한 음성을 들을 수 있었다. 이제 그는 슬그머니 기어들어 가서는, 그 누구도 눈치 채지 못하게 빈자리에 앉아야 할 상황이었다.

모어는 다행히도 부장선생님이기도 한 홀트 선생님이 자신의 등을 문에 기댄 채로 다소 연장자 소년들에게 받아쓰기를 연습시키느라고 여념이 없음을 간파했다. 다소 더 연소한 아이들은 짙은 갈색 머리의 젊은 선생님 주변에 앉아 있었다. 이 젊은 선생님은 어린애들의 버릇과 성향이 어떤지를 잘 이해하는 듯 매우 관용적이었다. 그는 지각생들이 들어오면, 일부러 자신의 눈길을 반대쪽을 향하게 하여, 그들로 하여금 힘든 상황을 모면케 해주는 관대한 선생님이었다. 늘 자신의 긴 매를 벽 쪽에 기대 놓고는 말이다.

학생들의 학습이 이루어지는 학관은, 유난히도 눈에 띄는 큰 서까래로 인해 단단하면서도 투박해 보였는데, 그곳은 늘 소년들로 북적대는 만원이었다. 학관의 한 교실에 학급당 40여 명 남짓 구성된 네다섯 학급이 밀집해 있었으니 그럴 수밖에 없었다. 수업 방식은 먼저 선생님이 카랑카랑한 목소리로 선창하여 한 문장을 읽어 주면 학생들은 일제히 목소리 높여 그 문장을 따라 읽는 식이었다.

"기회야, 빨리, 움직여, 선생님이 보고 있지 않으셔."

모어의 단짝 친구가 슬금슬금 들어오는 모어의 옷깃을 잡아당기자, 그는 민첩하게 움직여 자리에 앉았다. 여하튼 그는 선생님에게 들키지 않고 매질의 위기를 피했다. 위기를 모면했다는 안도감에다 배움에 대한 기대감이 그를 한층 더 행복하게 만들었다. 그것은 위기 다음에 찾아오는 안심이 가져다주는 짜릿함 같은 것이었다.

그 당시 인쇄기는 여전히 최신의 발명품이라서 인쇄된 교과서를 소유한 학생들은 거의 없었다. 여전히 책들은 진귀한 것이라서 그 값이 만만치 않은지라, 선생님들만이 그 책들을 사용할 수 있었다. 드물긴 하지만, 나이든 연장자 소년들은 필사본 책들을 소유하고 있는 경우가 있었는데, 깨알처럼 필사된 그 책들은 동료들 사이에 인기가 매우 높았다. 그것들은 대개가 필사의 명수들이 받아쓴 것들이거나 베긴 것들이었다.

모어 같은 다소 연소한 아이들은 배우는 내용을 기억 저장소인 뇌에다

1장 명민한 아이

차곡차곡 담아두거나, 그 내용의 윤곽을 마음속에 그리는 등 그 나름의 기억술을 체득해야 했다. 변변한 칠판도 없고 벽에 걸어 놓는 그 흔한 그림 한 점도 없어서인지, 그렇지 않아도 창틀 사이에 바람막이 유리마저 껴 있지 않아, 을씨년스러운 교실 공기가 학생들에게는 더욱 냉랭하게 느껴졌다.

그렇지만 일단 모어는 교실 안에 들어가면 공부하는 일에 최선을 다했다. 그의 정신의 지평은 배움에 의해 몸의 근육처럼 확장되었으며, 그의 지식은 반복학습에 의해 더욱 확실해졌다. 그는 자신의 뇌가 끊임없이 작동하는데서 오는 희열을 즐겼다. 그는 새로 배우는 문장 하나하나에 흥분하였고, 라틴어 독음에 온 신경을 몰입하였다. 그는 라틴어 정복에 온 열정을 쏟았는데, 학습시 유달리 빛을 발하는 청회색 눈동자는 그의 지적 명민함을 예증하는 듯하였다. 은세공업자의 망치가 금속을 펼 때 내는 톡톡 치는 소리처럼, 라틴어 3격 변화들을 또박또박 암송할 때 울리는 그의 목소리는 배움의 열정으로 꽉 차 있었다.

라틴어 습득은 모든 지적 학습의 토대였다. 소년들은 라틴어로 말하고 라틴어를 번역하며 라틴어로 글 쓰는 법을 배웠다. 그들은 로마의 위대한 라틴어 작가들의 작품들을 읽으면서, 그 작가들과 함께 그 작품들 속의 언어에 친숙해지게 된다. 모든 교양 계층의 사람들은 라틴어를 알았는데, 이것은 모어가 사는 잉글랜드에만 국한된 것이 아니었다. 라틴어는 거의 모든 유럽에서 지식인의 공용어였다.

그래서 청년이 되어 모어가 당시 네덜란드 출신 12살 연상의 대학자 에라스무스[5]를 만났을 때, 그는 즉시 에라스무스에게 말을 걸 수 있었다. 비록 모어가 네덜란드어를 전혀 구사할 수 없었지만 말이다. 라틴어는 그 당시 지적 교환의 필수언어였다. 훗날 모어가 외교사절 자격으로 외유를 하였을 때, 라틴어 덕분에 그는 프랑스와 네덜란드에서도 학자들 및 명사들과 대화를 나누었는데, 그는 모국에 있는 것처럼 편안함을 느꼈다.

모어 자신의 책이든 친구들의 책들이든 지식인들의 중요한 책들이 대개가 지식인들의 공용어 라틴어로 쓰였기에, 그 책들은 번역될 필요도 없이 국적에 상관없이 유럽의 도시 지식인들에게 쉽게 접근될 수 있었다.

선생님은 책을 덮었다.

"애들아, 쉴 시간이다."

아이들에게는 그것이 거듭 환기될 필요가 없다. 폭소를 터트리면서, 비명을 지르면서 그리고 서로를 밀치면서, 그들은 교실 밖 뜰 쪽으로 앞 다퉈 뛰어나갔다. 소년들의 아우성이, 뜰을 에워싸고 있는 높은 담벼락에 부딪혀 메아리쳐 울렸다. 신비한 깜짝 마술로 마치 지붕타일들이 갑자기 변신하여 하늘로 날아가 버리는 것처럼 비둘기들이 여기저기서 쏴 하고 흩어져 허공을 갈랐다.

모어는 자신의 친구가 새로 산 팽이를 돌리는 것을 보았다. 그는 친구가 부러웠지만, 그 친구를 시샘하지 않으려고 마음을 다져 먹었다. 그는 비둘기들이 은빛 나선을 그리면서 되돌아오는 장면을 보았다. 햇살이 비둘기 떼의 날개에 부딪히자, 그 날개에 반사되어 쏟아지는 눈부신 빛에 그는 자신의 눈을 손으로 가렸다. 그는 바로 머리 위에서 쏟아지는 그 햇살의 온기를 체감할 수 있었다. 팽이를 돌리던 모어 친구가 모어의 진중하고도 끈기 있어 뵈는 얼굴을 올려다보고는, 그에게 매듭이 딸려 있는 팽이채를 건네주었다.

"이제, 네가 한번 팽이를 돌려봐."

모어는 진홍빛을 발하는 밝은 색조가 입혀진 팽이를 팽이 채로 냅다 후려쳐 팽이 방향을 조절하면서 균형잡게 만들었다. 팽이의 회전에 가속도가 붙어 그것은 더욱더 빨리 돌기 시작했다. 이제 이 팽이 주인이 누구인가는 의미가 없다. 팽이의 회전 움직임과 그것이 돌 때마다 변신하는 형형색색의 팽이 모습이 중요할 뿐이다. 그는 팽이가 곡예를 부리듯 빙빙 돌 때 흥분됨에 젖어 자신도 모르게 펄쩍펄쩍 뛰었다. 팽이 돌리기가 끝나자, 9살박이 모어는, 아쉬운 행복감에 젖어 비둘기들이 저 창공 속으로 비상하고 있는 모습을 보며 짧은 휴식을 즐기고 있었다.

수업을 알리는 종이 울렸다. 한쪽에서는 소년들이 일종의 편싸움 놀이인 등 짚기 놀이를 하고 있었는데, 이것을 도중에 그만둬야 하는 아쉬움이 얼마나 컸던지, 그들은 얼른 수업에 임할 생각은 하지 않고 미적대고 있었다.

모어는 이번에는 늦지 않았다. 그는 허기를 느끼면서도, 수사법, 라틴어 문법, 악보 음표 등을 열심히 배워 그것들을 자신의 기억창고 속에 저장할 만반의 준비를 하고는, 교실이 있는 학관으로 다시 서둘러 뛰어갔다. 언제든 맹수의 공격에 만반의 태세가 되어있는 발 빠른 초식동물 다람쥐처럼 말이다.

뭐든 시작이 있으면 끝이 있기 마련이다. 수업이 끝났다. 모어는 서둘러 집으로 향했다. 마음이 머무는 집으로 돌아가는 길만큼 아름다운 길은 없다.

모어가 막 집에 들어서는데, "모드 아줌마! 이야기보따리 좀 풀어 보세요?"라며 여동생 조안이 유모 모드의 치맛자락을 잡아당기면서 보채고 있었다. 조안의 그런 행동에 모어는 지지라도 보내듯 그녀에게 미소 짓고는, 자신의 가죽가방을 내려놓았다. 가방 속에는 그가 가장 아끼는 보물들인 게임 놀이에서 사용되는 둥근 버찌 석, 공기놀이용 지골구슬, 갈까마귀의 멋진 깃털 등이 고이 모셔져 있다.

습관적으로 모어의 발길이 개방용 벽난로 주위로 가족이 빙 둘러앉아 있는 거실로 향했다.

저녁식사가 준비 중이었다. 구워지는 돼지 살과 건조 약초 그리고 불타는 장작 나무들이 뒤섞이면서 묘한 냄새가 코를 찔렀다. 뜨거운 화기에 의해 볼이 불그레해진 모드 아줌마 무릎에는 어린 엘리자베스가 떡 하니 앉아 있었다. 아기들이 대개 그렇듯이 4살박이 울보 에드먼드가 울상을 지으면서 자신의 자리를 앗아간 엘리자베스를 보자 심사가 뒤틀려 모드의 치맛자락을 계속 끌어 잡아당겼다. 막내 존은 사탕과자를 먹느라고 여념이 없었고, 5살배기 탱탱볼 아가타는 마치 어미 고양이에게 놀아달라고 찝쩍대는 새끼 고양이처럼 자매들 중 나이가 제일 위인 조안에게 안아달라고 조르고 있었다.

풀어질 이야기보따리를 기대하면서 모어가 유모 옆으로 바싹 붙었다. 유모는 대개 꽉 죄는 모자를 쓰고 있었고, 수수한 옷을 걸치고 있었는데, 그런 그녀에게서 그는 더없는 친근함을 느낄 수 있었다. 그녀 곁에 있으면 그의 마음은 더할 나위 없이 편안해졌다.

"지난번에 들려주기로 했던 여우와 늑대 그리고 당나귀에 관한 이야기를 해주세요"라고 모어가 말했다. 모어는 허기짐도 잊은 채 그녀가 어떤 이야기를 꺼낼까 하고는, 그녀의 입에서 이야기보따리가 풀어지길 기다리고 있었다.

"옛날 옛적에…"라고 유모가 말을 꺼냈고, 이야기 수레바퀴가 맛깔스럽게 술술 굴러갔다. 자신도 모르게 매 순간 그녀의 입담 속으로 빨려 들어가게 되는 이때만큼 행복한 시점은 없다. 모어는 색실로 수놓아진 벽걸이 그림 이야기처럼 전개되는 동화를 조금이라도 더 잘 들으려고 턱을 괴고 있었다.

유모는 "다른 야수들의 고해성사를 들을 준비가 되어있는 성스러운 탁발승 차림의 복장을 한 교활한 여우가 있었는데"라면서 이야기 끈을 풀었다. 이야기 속에서 여우는 수도복 고깔 위장 두건으로부터 삐죽 나온 얍삽하게 보이는 빨간 코를 가진 의인화된 탁발승으로 풍자되고 있었다. 비쩍 마른 모습을 한 사악한 늑대가 이 탁발승 여우를 알아보고는, 여우에게 상냥하게 말을 걸었다.

이 이야기에서 늑대는 죄지은 게 많아 고해성사를 통해 회개해야 할 것들이 부지기수임에도 불구하고 자신은 회개할 죄를 짓지 않았다고 뻔뻔스럽게 큰소리쳐 대는 눈곱만큼의 죄의식도 없는 그런 부류의 철면피가 의인화된 인간 군상이었다.

그러나 순박한 털복숭이 얼굴의 마음 여린 당나귀는 도대체 죄라고 생각할 수 없는 행동들을 죄라고 생각하고는, 그것들을 죄다 고해성사하였다. 이 당나귀는 아침 일찍 그가 고함질러 자신의 주인을 놀래켜 잠 깨운 것, 엉겅퀴 풀을 과식한 것 등 등의 시시콜콜한 것들까지 소상히 고백하고는, 회개의 눈물을 흘렸다.

이중인격을 상징하는 탁발승 여우 레냐드는 겉으로는 당나귀의 고해성사에 대해 정성을 다해 경청하는 척하지만, 속으로는 당나귀의 고백보다는 그 당나귀가 죄를 사함받고자 기부하는 금전 소리에만 관심이 집중되어 있었다.

이야기 대목 대목마다 곁들여 나오는 유모의 우스꽝스러운 몸짓에, 아가타는 마치 탱탱한 젤리 같은 볼이 흔들릴 때까지 웃고 있었다. 하물며 울보 에드먼드조차 우는 것을 멈췄다. 닭·칠면조·거위 같은 가금류를 훔치고 날마다 과식하는 사악한 늑대가 전혀 그 어떤 고해성사도 하지 않는 데 비해, 별로 큰 잘못을 저지르지 않은 순박한 당나귀가 괴로워하는 장면은 세속 인간 심사의 아이러니를 보여주는 것이었다. 그들은 그다음에는 어떤 이야기가 전개될지 궁금해하면서 이야기꾼이 던지는 말에 귀를 쫑긋 세우고 있었다.

그러나 모드 아줌마의 이야기가 다 끝나기 전에, 현관문이 열리고 그들의 아버지 존 모어가 여느 때처럼 꼿꼿한 모습이지만, 웃음 띤 얼굴을 하고 들어왔다. 그의 손에는 아이들에게 줄 사탕봉지가 들려 있었다.

아이들이 벌떡 일어났다. 모어는 씩씩하게 고개 숙여 인사했고, 동생들이 아버지의 손을 주시하며 허리를 구부려 인사하였다. 그러더니 그들은 마치 먹을 것을 물고 온 어미 새에게 무리 지어 덤벼드는 새끼 새들처럼 아버지에게 우르르 몰려갔다.

"자, 여기 아몬드무침사탕이 있으니 사이좋게 나눠 먹으렴. 한꺼번에 먹지 말고…. 모어야, 오늘 선생님들에게서 무엇을 배웠니?"

모어는 고소하고도 달콤한 아몬드무침사탕을 몇 번 씹은 후 꿀꺽 삼키고는 매우 진지하고도 짐짓 학구적인 태도로 말하였다.

"저는 오늘 라틴어 3격 명사 변화를 암송했어요. 로저 선생님은 우리에게 위대한 로마인에 의해 쓰인 시를 우리에게 읽어 줬어요. 제가 그렇게 훌륭한 라틴어를 자유자재로 구사할 수 있다면 얼마나 좋을까요!"

"언젠가는 그렇게 될 게다. 선생님 말씀에 귀 쫑긋 세우고, 역사 속 선인들에게는 교훈을 배우고 악인들은 타산지석의 경계로 삼아 너의 지혜를 갈고 닦으렴. 늘 네 주변을 면밀하게 관찰하고 가능한 한 많은 걸 경험하여 세상의 이치를 습득하렴. 이 세상 존재하는 모든 것에는 진리가 깃들여 있단다."

모어는 아버지의 말을 결코 한마디도 흘려듣지 않았다. 그는 민첩한 눈과 예민한 귀를 가지고 있었으며 경험한 모든 것들을 마음속에 숙지하는 비범한 기억력을 가지고 있었다. 그의 유모가 들려준 이야기들, 어른들의 주고받는 말들, 런던의 거리에서 보고 들은 것들 등 모든 것이 그의 기억창고 속에 고스란히 저장되었다.

"이 세상 모든 게 다 내 스승이네. 아버지 말대로…"라고 그는 중얼거렸다.

얼마 후 초등학생 모어의 라틴어 구사력은 그 명민함으로 이미 중등학교Grammar School 형들 수준에 달해 교내 라틴어 웅변대회에서 상급생 형들을 제치고 우승했으며, 학교 간 대항 논쟁술에서 주도적 역할을 하게 된다. 그래서 기어코 그는 그랜저 할아버지에게서 부상으로 은전 1페니를 받아 원하던 팽이들을 살 수 있었다. 탐구심이 많고 메모하는 것을 좋아했던 모어는, 이때 옛 풍습에 관해 해박했던 할아버지에게서 들은 팽이에 관한 이야기를 적어 놓는 것을 잊지 않았다.

팽이의 기원은 3500년경 구운 점토로 만들어진 것이 역사상 최초인데, 주로 아이들 무덤터에서 발견되었음. 고전고대 그리스·로마에서는 나무, 동, 점토, 뼈, 조가비 등으로 만들어진 다양한 종류의 팽이들이 있었는데, 그리스 아이들은 주로 구운 점토로 만든 팽이를 가지고 놀았으며 로마 아이들에게는 다듬어진 동물 뼈 팽이가 인기였음. 기원전 8세기경 그리스 맹인작가 호메로스의 서사시 『일리아드』에서 트로이 몰락을 '이 도시국가는 마지막 회전에 이르러 기우뚱거리는 팽이처럼 휘청거렸다'라고 읊조린 것을 보면 고전기에도 팽이 놀이가 아이들에게 크게 유행했던 게 확실함. 현재 대륙의 프랑스 같은 나라에서는 정사각형 틀 속에서 끊임없이 회전하는 대형팽이가 유행이라고 함.

모어를 무척이나 사랑했던 모드 아줌마는 하루가 끝나갈 무렵 자신의 안주인과 바깥주인에게 인사하러 왔다가, 그녀가 돌보는 아이들이 무슨 말을 했고, 어떤 행동을 했는지를 일일이 말하였다. 그녀는 늘 모어의 지적 능력에 대해 자랑스러워했으며, 그의 기발한 재치에 경탄을 금치 못했다.

"모어 도련님은 마치 진지한 선생님이고, 나는 도련님의 학생인 것처럼, 내가 올바른 생각을 갖도록 안내한답니다. 게다가 심심찮게 기발한 생각을 해내는 것을 보면 도련님이 신통방통하다니까요!"

존 모어는 아내를 보고 웃었다.

"모드 유모의 말이 맞아요, 모어는 명주원숭이처럼 과연 영특하지요"라고 그가 말했다.

"여보, 우리는 곧 그 아이가 예법과 소양을 익힐 수 있는 귀족 가문을 찾아야 할 것 같소. 성 안쏘니 스쿨의 교과과정으로는 모어의 영특함을 충족시키기에 부족해요. 지금도 같은 또래 급우들에게 모어 선생으로 통할 정도니까요. 그 애 학교 선생님이 제게 말하기를, 그 아이만큼 배움에 목말라 하는 아이는 본 적이 없다고 합디다."

그러자 아내 아그네스가 고개를 끄덕이며 말했다.

"벌써 아이가 딱딱한 빵과 거칠고 질긴 고기도 거뜬히 삼킬 만큼 자랐어요. 모어가 얼마나 컸는지! 하지만 그리 놀랄 일은 아니지요. 나는 그 아이가 큰 인물이 되리라 믿어요. 여보, 신혼 초, 제가 당신에게 말했던 꿈에 대해 기억나세요. 우리가 키우게 될 자식들이 저를 둘러싸고 있었는데, 팔찌 보석들처럼 반짝이고 있었다는 꿈 말이에요. 그런데 이 중 유난히도 더 환하게 수정 보석처럼 빛나는 투명한 어떤 얼굴이 제 눈에 들어왔다고 제가 말했던 것 기억나세요. 모어가 태어나 자라면서 알게 되었지만, 분명 그것은 모어의 얼굴이었지요. 그 꿈속의 아이는 청회색 눈을 하고 있었고 늘 웃을 준비가 되어있는 입을 가지고 있었던 걸로 기억이 삼삼해요."

그런데 그 꿈은 유모 모드에게도 모어에 관한 꿈을 상기시켰다. 그녀는 파손된 교량 너머로 아기인 모어를 안고 가는 꿈을 꾼 적이 있었다. 이 꿈속에서 그녀는 그곳을 건너다가 물에 빠졌고 어느 사이 모어가 그녀의 팔 안에서 빠져나갔는데, 그녀가 가까스로 물가에 이르게 되었을 때, 모어가 언제 왔는지 그 물가에 앉아서는 전혀 다친 데 없이 그녀를 보고 여유있게 웃고 있더라는 것이었다.

"안주인님!, 모어 도련님은 분명 자라서 이 담에 큰 인물이 될 것이에요. 아마도 도련님은 어려움이 생기면 틀림없이 반짝이는 기지와 화술로 그것을 극복할걸요!"

유모 말이 옳았다. 모어는 반짝이는 새 동전만큼 명쾌하고 민첩한 기지와 여유 있는 미소로 주변 사람들을 기분 좋게 만들었다. 이러한 기지와 여유는 장차 그가 어려운 상황을 극복하거나 그가 그 상황을 유연하게 받아들일 수 있게 하는 윤활유로 작용하게 할 것이었다.

고리 던지기 놀이, 지골구슬 공기놀이, 팽이치기 놀이 등을 함께 한 소년들뿐만 아니라 상점 문을 내리고 물품을 바깥의 가대架臺에 놓기 시작하는 소매상인들, 배에서 포도주 통들을 내리는 부두 노동자들, 길 잃은 개, 손가락에 와서 착 달라붙는 참새, 혹은 짓 궂은 소년들로부터 겨우 구출된 겁먹은 고양이 등 모어가 만난 대상들 모두가 그의 지적 상상에 날개를 달아주는 길잡이들이자 친구들이었다.

중상류계층 가문의 동물 애호 자제들처럼, 모어는 딱정벌레들에서 강아지들과 조랑말에 이르기까지 자신의 소규모 애완 동물원을 가지고 있었다. 그는 이 동물원의 조랑말을 타고 아버지 뒤를 졸랑졸랑 따라가다가, 운 좋게도 어쩌다 펼쳐지는 가장행렬을 목격할 때도 있었다. 가장행렬에 등장하는 진홍 빛 복장을 한 시장님, 모피 털로 된 옷자락이 여러 명의 시동에 의해 받쳐진 시장님 부인, 그리고 부두 가에 포도주 통만큼 비대해 보이는 시참사의원들 등은 훗날 그의 저서 『이상국Utopia』의 소재거리가 된다.

모어는 거리를 오가면서 길가 옆 너른 공터로 몰려나와서 서로들 공을 차지하느라고 앞을 다투다가 서로의 옷자락을 찢으면서까지 풋볼 놀이에 열을 올리는 도제들의 모습도 놓치지 않고 기억 속에 담아 둔다. 풋볼은 본래 촌사람들이나 시골뜨기들이 곧잘 즐기는 마을 공터의 놀이였다. 놀이 규칙을 익힌 그는 이따금씩 이 풋볼 놀이에 동참했다.

모어의 주 애호 놀이는 고리 던지기 놀이나 창술 놀이였는데, 잠이 들면 그는 진홍빛 천이 늘어져 있는 군마軍馬 등에 올라타고 마상창검시합에 참여해서 상대방보다 먼저 창검찌르기를 함으로 그 상대방을 말 등판에서 떨어트리는 꿈을 꾸곤 했다. 자신의 멋진 창검 솜씨에 칭송을 보내기라도 하듯 힘차게 휘날리는 깃발들과 환호하는 관객의 손들을 주시하면서 말이다.

런던은 늘 왁자지껄하면서도 생기 넘치는 곳이었다. 장인들이 망치질 연마과정을 통해 금, 은, 백납 등의 금속을 넓게 펴고 있었다. 대장장이들은 말굽에 편자를 박았고 갑옷을 만들었으며 마차를 수리했다. 자갈길이 저벅저벅 걷는 말들의 발굽 소리와 터벅터벅 걷는 노새들의 발굽 소리로 시끄러웠다. 낡아 보이는 짐마차들이 삐걱거리면서 힘들게 굴러갔다. 아낙네들은, 환기를 위해 열어 젖혀진 창문가에서 노랫가락을 웅얼거리면서, 그들이 잣고 수놓으며 바느질할 의복을 위해 실뭉치를 풀고 있었다.

이 당시 가공이 어려웠던 유리창은 부잣집에서나 사용될 수 있는 것이라서 가난한 집과 영세상점의 창문은 대개가 찢어지기 쉬운 반투명 종이나 빛바래기 쉬운 천이 창틀에 끼워져 있거나, 혹은 합판이나 가로 막대로 느슨하게 막혀 있었다. 이들 집이나 상점 창문 틈으로 새어 나오는 퀴퀴한 냄새와 거리 음식점에서 지지고 볶을 때 풍기는 매캐한 냄새가 혼합되어 알 수 없는 묘한 냄새를 풍겼다. 모어는 이러한 모든 것들을 관찰했다.

런던은 악취가 풍기는 청결치 못한 도시였다. 각 도로 아래로 도랑이 뻗쳐있었는데, 때때로 비라도 내리면 쉽게 도랑 배수로가 범람하였다. 평상시에도 갖가지 종류의 도랑 쓰레기로 냄새가 코를 찔렀는데, 범람시 그 냄새는 노약자들을 질식사시킬 정도로 고약했다. 특히 도랑에서 나는 냄새, 갓 구워진 빵과 파이에서 나는 냄새, 부패한 배추들의 악취, 수지 양초들을 만들기 위해 끓여지고 있는 비계에서 나는 냄새 등이 뒤섞여 만들어지는 괴기한 냄새는 최악의 것이었는데, 이 시대 런던인들에게는 그리 낯선 것이 아니었다.

런던 밖으로 몇십 분 말을 타고 가면 사람들은 야생화들로 가득한 시골 초원을 볼 수가 있었다. 그런데 오월제(Mayday : 5월1일 전후 날에 벌어지는 봄맞이 축제. 오늘날 노동절에 해당함)가 되면 이 시골도 도시처럼 화려한 행사가 벌어졌다. 그 모습은 마치 도시 풍경이 시골에까지 확장된 것처럼 보였다. 집집마다 갖가지 아름다운 꽃들과 서양산사나무, 크랩사과나무, 야생자두나무 등의 화사한 나무들이 오월제를 맞이할 준비를 하고 있었으며, 좁은 거리들이 숲속 승마 길의 가로수만큼 서늘한 그늘을 만들어주는 푸른 나무들로 가득 채워져 있었다. 대로에 오월제 기둥들이 설치되었는데, 사람들은 꽃과 리본으로 장식된 오월제 기둥 주변에서 맛난 음식을 먹으면서 춤추고 노래 부르면서 오월제를 만끽하였다. 오월제가 끝나면 이제 더이상 소금 고기 절임 맛을 보기가 힘들 것이며, 오월제를 위해 설치된 통풍이 잘되는 서늘한 그늘막도 사라질 것이었다. 오월제 이후에는 야간 이벤트가 없을 테니까 거리를 쓸데없이 어슬렁거리기보다는, 일찍 귀가하여 잠자리에 드는 게 다음 날을 위해서도 더 유익할 것이었다.

단지 부자들만이 등이나 고급 양초를 사용하였다. 링컨즈 인 법 학원 사무장을 역임했으며 적지 않은 식솔들을 부양하는 부유층에 속했던 모어 아버지조차 시시콜콜한 골풀 양초만을 태웠는데, 이 양초는 불꽃도 약했을 뿐만 아니라 검댕 연기가 많이 배출되었다. 그가 값비싼 양초에 불을 밝힐 경우가 있다면, 만찬에 친구들을 초대했을 때였다.

여름철이 되면 도시에서 각종 질병과 열병 그리고 더러운 곳과 정체된 도랑들에서 번식하는 벌레들을 통해 감염되는 전염병이 종종 엄습해 왔다. 특히 역병이라 불린 전염병은 부두와 시궁창에서 집으로 슬금슬금 기어들어 온 쥐들에 의해 전파되었던 치명적인 병이었다. 왕왕 이 병은 일시에 수많은 사람들의 목숨을 앗아갔다. 부유한 사람들은 런던을 떠나서 자신들이 시골 전원 집에 머물렀지만, 해야 할 일거리가 많았던 존 모어 같은 사람들은 그대로 런던에 머물러 있어야 했다. 자신들의 가족이 감염되지 않기를 기도하면서 말이다.

조안, 엘리자베스 및 존은 건강했는데, 설사 이 셋은 병 혹은 전염병에 걸렸다 할지라도 회복되어 건강한 아이들로 자랐던 것 같다. 그러나 에드먼드와 아가타는 각각 5살, 6살쯤 되어 거의 같은 시기에 죽었는데, 그들의 이름 이외에는 그들에 관해 알려진 바가 아무것도 없다. 모어는 두 동생이 죽은 지 며칠 후에 그 사실을 알게 되었을 뿐이다. 동생들이 죽고 난 후 얼마 지나지 않아 모어는 엄마 아그네스 또한 병마에 시달리고 있다는 사실을 알았다. 엄마는 따로 별채 작은 가옥에 격리되어 있었다.

엄마의 병은 전염병으로 추정된다. 전염병만큼 평등한 것은 없다. 이놈은 신분 고하 지위를 막론하고 남녀노소 구분 없이 인간들을 집어삼킨다. 위생이나 주변 환경이 취약했고 의료기술이 비천했던 모어가 살았던 시대는 더욱 그러했다.

엄마가 병든 후 집안에 정적이 흘렀다. 예전 같으면 집안 단장으로 시끌벅적했을 여름날 대낮이었지만, 방안의 적막이 어찌나 깊었던지, 집안에는 팽팽한 긴장 분위기가 감돌았다.

더 이상 방안을 화사하게 해주었던 꽃나무에 물을 적셔 줄 이가 없었다. 꽃들은 시들어 말라비틀어져 떨어졌고, 바삭바삭 깨질 정도로 마른 잎사귀들이 바닥에 소복이 쌓였다.

존 모어 가家 식솔들은 발소리를 죽이고 걸어가면서 속삭였는데, 모어와 그의 형제 누이들이 나타나자 그들은 갑자기 입을 다물었다.

이날 밤, 잠이 깬 모어는 거실 격자 창문을 통해 유모 모드가 급히 옷을 질질 끌면서 성급히 오는 것을 보았다. 거실 골풀 양초가 깜박거렸고 직물 수예벽걸이 속 나무들이 살아서 걸어 나오는 것처럼 보였으며 말들과 사냥개들이 무엇인가에 쫓겨 숨을 헐떡거리며 산림을 뛰어다니는 것 같았다. 거실 청동 항아리 물속에 꼬리를 세운 '전갈 모양의 별 무리'가 반짝이고 있었다. 달빛에 격자창이 날카롭게 빛나고 있었다.

알 수 없는 무서움에 밖으로 뛰어나간 모어가 물었다.

"유모 바빠 어디 가세요. 엄마는…."

"모어 도련님, 들어가 주무세요, 동생들 깨지 말고…"

라고 유모가 모어의 말을 잘랐다. 유모의 음성은 예전과 달리 떨리고 있었으며 왠지 불안한 기색이 짙게 드리워져 있었다.

모어는 두려운 생각이 들었지만, 곧 잠에 빠졌다. 그는 꿈을 꾸었다. 어둠과 침묵의 시공간에서는 감각이 더 민감하고 크게 다가오는 법이다. 꿈속에서 그는 공포감을 자아내는 장면들을 보았다. 날뛰는 사냥개들, 매서운 눈처럼 쏘려 보는 창문, 용의 혀처럼 날름거리면서 활활 타오르는 불길 등이 온통 그를 덮치고 있었다.

다음 날 아침, 모어는 유모의 얼굴에 눈물 자국이 가득함을 보았다. 그녀가 평상복 대신 검은 경장과 추도 두건을 들고 모어에게로 왔다. 모어의 엄마가 죽은 것이었다.

이 당시 어린 모어가 살았던 런던은 인구가 20만이 넘는 과밀도시였으며, 런던 시민 대부분이 가톨릭교도였다. 당시 런던시 영토의 절반 이상에 해당하는 지역에 밀접접촉이 이뤄지기 쉬운 교회(성당), 수도원·수녀원, 교회시설 등 종교기관이 자리하고 있었다. 인구과밀과 밀접접촉은 전염병 전파의 제1조건이다. 그래서 중세의 런던은 대역병의 도시로 악명이 높았다.

엄마의 죽음 거의 직전에 정황상 격리되어 있다가 비밀에 부쳐졌던 것처럼 보이는 두 동생의 알 수 없는 죽음은 엄마처럼 동생들이 죽음도 같은 전염병이 그 원인이었을 가능성이 짙다. 어린 자식들과 엄마의 연이은 병사는 가족 간의 전파가 있었던 것이었을까. 졸지에 엄마를 포함해서 3명의 가족을 잃게 된 것은 어린 모어에게 '정서적 외상trauma'으로 남게 된다.

모든 것이 달라졌다. 집안에 썰렁함이 감돌았다. 이미 엄마의 온기가 빠져나간 방들은 냉랭했으며 생기를 잃었다.

방문 위로 엄마가 손수 수놓은 문장 덧옷이 걸려있었고 성 바오로 성당의 첨탑 주변을 퍼덕거리며 날곤 했던 시커먼 갈까마귀 날개처럼 창문 밖에 걸려있는 검은 휘장 천이 바람결 따라 펄럭거리고 있었다.

때로는 엄했지만 애정과 관심을 자식들에게 온통 쏟았던 엄마였는데…. 이제 엄마의 애정이 담긴 재촉하는 소리도 결코 다시는 윗방으로 가는 계단을 타고 올라오지 않을 것이었다. 책을 가까이하고 혀를 조심하라는 꾸지람 섞인 낯익은 말도 더는 듣지 못할 것이었다.

모어는 엄마 모습을 제일 많이 닮은 누이동생 조안의 빠른 걸음걸이에서 엄마의 발 디딤 소리를 들어야 할 것이며, 조안의 얼굴에 나타난 미소 속에서 엄마의 모습을 떠올려야 할 것이었다.

살아가면서 모어는 자신의 엄마처럼 '인간애'를 발산했던 사람들에게서 무한한 호감을 느꼈다. 훗날 그는 엄마의 흔적으로부터 진정한 사랑이란 게 때론 소란스럽고, 때론 침묵으로 일관하며, 때론 엄격하지만, 조건 없는 인간에 대한 무한한 믿음에서 나온다는 것을 알게 되었음을 고백하게 된다. 확실히 모어의 '인간을 향한 자애로운 성품'은 많은 부분 엄마 아그네스와의 애착 형성 과정에서 기인한 것이었다.

망자가 된 엄마의 기중忌中기간이 끝났다. 그 끝날은 가을 황혼녘이 더 짙게 물들어 있었다. 낮이 점점 더 짧아지고 있었다. 어느새 겨울이 가까이 왔다.

결혼식을 알리는 종이 근처 교회에서 울려 퍼지고 있었다. 존 모어가 아이들의 새엄마가 될 두 번째 아내를 맞이했다. 그는 자신의 큰 가정을 꾸려 갈 여자가 필요했다. 이를테면 그는 집안이 잘 굴러가려면 자신의 아이들을 양육하는 데 앞장설 누군가가 필요하다는 것, 즉 집 안 주인이 반드시 가정의 제자리를 꿰차고 앉아 있어야 한다는 현실을 알았다.

시간은 서서히 모든 걸 바꾼다. 곧 집안이 가을 잎이 곁들인 꽃들로 환하게 꾸며졌다. 검은 옷들은 밝은 색조의 옷들로 바뀌어 갔다. 집에 드리웠던 어둡고 무력한 분위기도 산뜻하게 바뀌어 가고 있었다. 예전처럼 식솔들이 각자의 맡은 일로 분주해졌다. 백납 접시들이 반들반들하게 광내졌고, 수개월 동안 내팽개쳐져 먼지와 더러운 것들로 덮여 있던 카펫 대신 새 카펫이 바닥에 깔렸다.

엄마가 죽은 지도 몇 해가 지났다. 모어는 초등학교 공부 과정을 마쳤다. 초등학교를 마칠 즈음에는, 엄마처럼 정서적 울타리가 되었던 그랜저 할아버지도 노환으로 망자가 되어, 모어가 태어나기 전에 사별하신 할머니 곁으로 갔다. 든든한 심적 격려자로서 할아버지가 생전에 들려줬던 말들은 모어가 마음의 근육을 키워가는 데 큰 자양분이 된다.

> 모어야, 마음은 땅과 같아 네가 너의 맘속에 어떤 씨앗을 심고 가꾸느냐에 따라서 마음의 땅에 약초나 독초 혹은 잡초가 자라게 할 수도 있고 그것이 황무지가 되게 할 수도 있단다.

모어에게 중요한 삶의 전환기가 왔다. 곧 모어는 지적 확장과 실용적인 사교 방식을 익힐 당대 최고의 명문가인 람베쓰 궁의 모튼 가家, 즉 대주교 존 모튼 경[6] 공관의 시동page[7]으로 종사하기 위해 길을 떠날 것이었다. 모튼 경은 그 당시 속계의 왕 다음의 일인자 대법관Lord chancellor(사법수장+행정총리)[8]도 겸하고 있어 가히 성속聖俗의 자타가 공인하는 유력인사였는바, 그곳에서 그는 예비 사회인으로서 시동의 예법decorum과 기품 있는 신사도를 배우게 될 것이었다.

모어는 몸 치수에 맞는 새 옷을 맞추러 가기 위해 아버지가 끌고 온 말

등위에 올라탔다. 구입하게 될 새 옷은 모피 달린 경장으로 진짜 단검을 그 안에 넣을 수 있는 잘 무두질 된 가죽 칼집이 있는 벨트가 곁들여 있는 경무장용 옷이었다.

모어는 이제 평균 키의 어른만큼 제법 몸이 커 보이는 12살의 어엿한 소년으로 자랐다. 아마도 람베쓰 궁에서 모어는 이 궁의 상징 깃발을 흔드는 사람들을 보게 될 것이고, 박수갈채를 보내는 사람들의 환호 소리를 듣게 될 것이었다. 백일몽에서가 아니라 생생한 현실로 말이다.

제2장

●

시동

삶의 과정에서 누구에게나 작별의 순간은 온다. 인간의 감정은 누군
갈 만날 때와 헤어질 때 가장 순수하며 가장 빛난다.

모어가 옷을 차려입고 짐을 꾸린 후 동행할 아버지를 기다리면서 현관
에 서 있었다. 두 여동생 조안과 엘리자베스가 그에게 눈짓 인사를 보냈다.
존은 따라가기라도 하듯 형 모어의 손을 잡았다. 모어는 새로운 곳에 대한
설렘과 동시에 가족을 떠난다는 아쉬움에 두 감정이 중첩되는 양가감정에
빠져들었다.

마지막으로 모어는 새엄마에게 예의를 갖춰 인사했으며 앞치마로 눈물
을 훔치고 있는 유모 모드에게 미소로 인사를 대신하였다. 유모에게서 난
로 불꽃 속에 익어 가는 이야기들도 더 이상 들을 수 없을 것이며, 아버지
바지에서 나오는 달콤한 사탕과자도 기대할 수 없을 것이었다. 그런가 하

면 이제 고양이나 강아지들에게도 장난 걸 기회가 없을 것이었다. 발이 얼른 떨어지지 않았지만, 모어는 짐짓 의젓한 태도로 옷매무새를 다듬고는 정든 고향집을 떠날 마음의 채비를 단단히 하였다. 모어는 아버지 뒤를 따라 조랑말을 타고 템스강 선창가 부두로 내려갔다.

이미 짐들이 선착하여 배에 실려 있었다. 뱃사공들이 노를 올리고 잠시 쉬고 있었는데, 존 모어 부자가 승선하자 자신들의 모자에 손을 갖다 대고 씩 웃었다. 그들은 모어를 알고 있었다. 모어는 종종 그곳으로 바람 쐬러 갔다가 그들에게 말을 건넸고 그들의 이야기에 귀 기울였으며, 언젠가는 그들의 도움을 받으면서 모어가 직접 노 젓는 재미에 빠지기도 했었다.

그날 아침 강 공기는 유난히도 상쾌했다. 어떤 배는 형형색색의 돛을 펄럭이면서, 또 어떤 배는 조각된 금박의 뱃머리를 뽐내면서 속도를 늦추거나 빠르게 하면서 앞으로 순항해 갔다. 강물이 봄날 햇살에 은빛처럼 반짝였다. 강가 풍차의 회전 날개들이 신선한 바람을 맞으면서 빠르게 돌아가고 있었고, 갖가지 형상의 뭉게구름이 교구 교회의 뾰쪽한 첨탑에 그림자를 드리우면서 유유자적하게 첨탑 위를 가로질러 흘러가고 있었다.

배들이 런던교 아래를 미끄러지듯이 지나갔다. 런던교 후면으로 가게들과 집들이 희미하게 보였다. 수면 위로 부동하는 배들이 크고 작은 선박들이 정박해 있는 성 바오로 선창가를 지나갔다. 그러더니 그 배들은 늪지가 있는 강의 긴 띠 같은 곳으로 회항하였다. 이 띠는 강물이 진흙 둑을 범람하면서 생긴 사초莎草섬이다. 물새 떼들이 군락을 형성하며 그 위아래로 곡선을 그리며 날고 있었다.

저 멀리 웨스트민스터 궁이 희미하게 보였다. 이 궁은 화려하고 위풍당당한 건물들과 작고 볼품없는 건물들이 뒤섞여 흡사 혼합되어 있는 건물집산지처럼 보였다. 이 궁은 그 자체로 소규모 공동부락 같은 느낌을 주는 곳이었다. 의장용 유람선 한 척이 언젠가 있을 왕의 행차를 기다리면서 큰 수로 가까이에 매어져 있었다. 선상에서는 선박 기술자들 몇몇이 진홍빛 돛대 천에 색을 입히고, 조각된 뱃머리의 벗겨진 금도금 색을 다시 입히느라고 바삐 움직이고 있었다. 가로돛이 돛대에 의지하여 선박 갑판 위로 둥글게 말아 올려 있었다.

람베쓰 궁 강변에 이르렀을 때, 모어는 그곳에 정박되어 있는 몇 척의 거룻배를 목격할 수 있었다. 이 배들 갑판의 깃대마다 대주교 상징의 작은 깃발이 펄럭이고 있었고, 그 옆 선창가로는 제복 차림의 대주교 식솔들이 서서 무슨 이야기인가를 주고받고 있었다.

"모어야, 저들이 바로 너와 같이 지내게 될 사람들일 게다. 모든 대주교 가家는 명가 중에서도 으뜸 가문이란다. 모든 경은 이 나라 보감寶鑑이 되는 위인이시다. 네가 그런 가문에서 지낼 수 있게 된다는 게 얼마나 큰 행운이니! 대주교 모든 경은 국왕자문회의 의원이자 나라의 대법관으로 우리 왕국 성속聖俗의 최고의 현자이시란다. 매사 그분의 모든 언행과 몸짓에 주목하도록 해라."

"예, 아버지, 저는 또한 그분의 학식이 해박하다고도 들었고, 그분의 재치와 고결한 성품은 그 누구도 따를 자가 없다고 들었어요."

"정성을 다해 그분을 모시거라. 유연한 성품에서 나오는 지혜, 폭군(리처드 3세)을 내몰고 새 왕조(튜더 왕조)를 열게 한 정의로운 용기, 인민에 대한 애정, 신앙인으로서의 경건함 등은 네가 그분으로부터 본받아야 할 최상의 덕목들이지"라고 아버지가 말했고, 이에 모어는 고개를 끄덕였다.

모어는 아버지가 던지는 단 한마디 말도 놓치지 않고 가슴에 담아 두었다. 모어는 아버지의 가벼운 농담에서조차 건전한 어떤 양식이 혹은 그 어떤 의미가 담겨 있으리라고 생각했다. 이 시대 아버지는 자식에게 지혜 · 경험 · 권위의 표상으로서 문제 해결의 마법사 같은 존재였다.

모어와 아버지 존 모어는 짐꾸러미를 운반하는 짐꾼을 따라 근래 건축된 것처럼 보이는 빨간 벽돌의 대형 아치 통로를 지나갔다. 람베쓰 궁은 구조물 사이사이가 길쭉한 직사각형 석조로 면해져 있었는데, 언뜻 보기에 미학적으로 썩 균형잡힌 건축물 모습은 아니었다. 좁고 긴 창문들과 낮은 '왜기와'가 포개어 올려져 있는 지붕 모습은 궁에 차갑고 음울한 모습을 더 해주었다.

그러나 벽감에 안치된 밝은 색깔의 조상彫像들, '채색문장공예품들' 및 빗물을 받아 흐르게 되어있는 낯선 '동물머리문양조각품들'이 그 궁의 썰렁함을 상쇄시키는 역할을 하였다.

또 다른 아치 통로 주변에서는 사냥개들이 말들을 마구간으로 몰고 있었다. 그 통로 쪽 한 모퉁이에서는 잡담하면서 빈둥거리는 것처럼 보이는 일부 식솔들이 눈에 띄었지만, 대부분은 단정하게 옷을 차려입고 각자 정해진 일을 하느라고 무척 분주한 모습이었다.

모든 가家 사람들은 존 모어가 많은 이들과 접해야 하는 공직인으로서 링컨즈 인 법학원 사무장으로 있었기에 그와 구면인 듯, 그에게 눈인사를 던졌다. 모든 가의 한 집사가 그를 잘 알고 있기라도 하는 듯, 그와 모어를 반가이 맞이하더니, 저쪽에 있는 모어 또래의 소년을 향해 오라는 손짓을 하였다.

"어이, 라스텔John Rastell(훗날 모어의 매제) 군, 라스텔 군! 여기 이 친구는 모어 군이라네, 자네의 동료 시동이 될 게야. 모어 군에게 숙소와 식당에 관해 안내해주고, 여기에서의 기본생활수칙에 대해 알려주게나."

"이곳은 머리에 해당하는 대주교님이 계시고, 그 밑에 그의 혀와 사지가 될 인재들이 포진해 있지요. 대주교님은 이곳의 대가부장 영주님이시지요. 우리 시동들은 모두가 하나가 되어 그분을 시중들며 그분과 대주교 家의 본을 따라 사교생활에 적절한 예법과 신사도를 체득하게 되지요"라고 라스텔이 말했다.

"모어야말로 그럴 준비가 되어있는 적격자일 게야"라고 존 모어가 말했다. "모어의 재치는 늘 상대방보다 한 수 앞서가고 모어의 혀는 늘 명민하게 움직이고····. 다만 내 걱정은 모튼 경이 이런 모어를 어떻게 생각할까 하는 것이지."라며 그는 라스텔을 바라봤다.

그러자 옆에 있던 집사가 얼른 말을 건네받았다.

"모튼 경은 주저하지 않고 진솔하고 정직하게 말하는 자들을 사랑하지요. 특히 그는 상대방이 자신이 처한 위기 상황을 어떻게 극복하는지를 시험해 보기 위해 칼날처럼 날카로운 공격의 말을 던지기도 한답니다. 그는 그런 상황을 슬기롭게 즐길 줄 아는 사람들에게 찬사를 보내지요. 그가 처음 만난 사람들에게 습관적으로 이따금씩 툭툭 내뱉는 거친 말들은 이것에 대한 반응을 통해 상대방의 심성과 지혜를 알아보기 위한 그분 나름의 책략인 셈이지요."

존 모어 부자는 집사의 호의에 감사를 표명했다. 이때 라스텔이 모어의 옆구리를 쿡 찌르면서 자신을 따라오라는 눈짓을 하였다. 라스텔은 박식할 뿐만 아니라 활달한 성격에 마음이 따뜻한 소년이었다. 모어는 금세 라스텔에게 친근감을 느꼈다.

라스텔이 모어를 위층으로 안내하면서 물었다.

43

"너는 이다음에 어떤 일을 할 생각이니? 어른들 말이 요즘 법학을 공부하여 베리스터(barrister 변호사) 자격을 따면 돈도 많이 벌고, 세속 권력과 명예도 성취할 수 있다던데. 많은 우리 또래 아이들처럼 혹시 너는 법학을 공부할 생각은 없니."

이에 모어가 말했다.

"사실 아버지는 내가 법조인의 길을 가기를 원하고 계셔. 사실 나는 그렇게 두껍고 곰팡내 나는 법률 서적들과 평생 씨름하는 법조인이 되기보다는 차라리 글 쓰는 학자가 되고 싶긴 한데 말이야."

라스텔이 고개를 끄덕이며 동감을 표명했다. 그는 신이 나서 목소리를 높였다.

"나는 미지 세계를 여행하면서 글 쓰고, 책 만들며 사는 게 내 바람인데. 먼지 자욱한 양피지 글들을 훑어보는 게 유일한 낙이신 시골 치안판사이신 아버지는 내가 그렇게 사는 것을 반대할 게 뻔해. 그렇지만 나는 시골에 처박혀 그렇게 살고 싶지는 않거든. 나는 내 뜻대로 내 길을 갈거야. 나는 도시 항구에서 어딘가를 향해 떠나는 배를 지켜보면서 미지 세계로의 여정을 꿈꿀 것이며, 여건이 되면 배를 타고 그 미지의 세계를 찾아 떠날 생각이야."

그러면서 라스텔은 계속 말을 이어갔다.

"템스강 선창가 뱃사람들이 그러는데, 태양이 뜨는 쪽으로 계속 항해하면 전설 속의 저 세상 끝쪽에 있다는 황금 사과나무 동산에 도착하게 될 것이래. 어쩌면 황금 사과나무를 지키는 백 개의 머리를 가졌다는 거대한 괴물 뱀과 맞닥뜨리게 될지도 모르지."

라스텔은 상상의 재미에 풍덩 빠져 있었다.

"모어 너는 런던탑에 출몰하곤 했다는 무시무시한 괴수들에 관한 풍문을 들은 적이 있니? 나는 저 먼 미지의 황야에서 포효한다는 전설 속의 사자도 보고 싶고, 밤하늘 저 높은 곳에서 반짝이는 기린 별자리가 시시각각 어떻게 운행되는지 관측하고 싶어. 저번 꿈속에서는 유니콘 뿔 모양의 별들이 내게 우수수 쏟아졌는데 말이야."

궁 내실에 들어선 라스텔은 벽 위에 검들과 다른 전리품들 사이에 걸려 있는 긴 굽은 뿔을 손가락으로 가리켰다. 모어는 검들과 전리품을 통해 잠시 자신이 전설 속의 원탁의 기사가 된 기분을 느꼈으며, 직물수예벽걸이가 일렬로 걸려있는 긴 회랑에서 그는 자신이 크레타섬의 미궁 속에 빠져 있는 착각에 빠졌다.

그들은 서까래가 인상적인 대형 기숙사에 이르렀다. 기숙사 방마다 바퀴 달린 이동식 침상이 있었고, 침상마다 매트리스 하나와 까칠까칠한 세 겹 담요가 올려 놓여 있었다. 소형 반자 하나씩 각 침대 아래쪽에 자리하고 있을 뿐 그 외 어떤 가구도 없었다.

라스텔이 말했다.

"여기서 우리는 기숙하게 될 것이야. 불빛이 꺼져 갈 무렵이 되면 우리는 즐거운 시간을 갖게 될걸. 베개는 날 넓은 칼이나 방패 역할을 하게 되지! 편이 나뉘어 심야의 야간 승부가 한판 벌어지는데, 흥미진진해."

모어가 "세면장은 어디에 있어?"라고 물었다.

"이쪽으로…."

라스텔은 내관을 타고 물이 흐르는 석재싱크대가 있는 작은 부속실로 모어를 데리고 들어갔다. 이 싱크대 위에는 세숫대야와 청동 물 주전자가 있었다.

"이곳이 세면장이야. 여기서는 팔꿈치 힘이 권력이야, 세면장 점령 순서는 팔 힘으로 결정되거든."

이 말에 모어는 빙그레 웃었다. 그들은 대연회장 쪽의 나선형 석재 계단 아래로 내려갔다. 연회장 방들은 매우 화려했다. 깃발들이 쑥 하니 목을 내민 해머 모양의 들보에 걸려있었고, 창문틀 밖으로 삐죽 나온 여유 공간에는 형형색색의 화병 꽃들이 그 자태를 뽐내고 있었다. 벽의 움푹 들어간 공간에는 목각 장식 공예품들이 놓여 있었고, 제단 위 식탁에는 모자이크 자수가 새겨진 양모 보가 덮여 있었다. 깃털 장식천이 깔려있는 대주교 착석용 의자도 보였고, 그 옆에는 쿠션 좋은 귀빈용 의자들이 자리하고 있었다.

혀를 날름거리는 듯한 불꽃이 새어 나오는 널찍한 돌난로 곁에서는 몇 마리 강아지들이 꼬리를 살짝 감아올린 채로 엎드려 곁불을 쬐고 있었다. 바닥에는 깔개들이 깔려있었는데, 무척 깔끔해 보였다. 바닥에 붙여진 타일들이 반짝반짝 빛을 발하고 있었고, 난로 불빛이 만들어내는 색조들이 유리창을 통해 투영되었다.

사람들이 움직이는 소리가 들렸다. 저벅저벅 발소리들도 들렸으며, 하인들이 긴 식탁에 먹을 것들을 차곡차곡 올려놓을 때마다 양은 식기들과 은 식기들이 덜거덕 소리를 내었다. 먹음직한 쇠고기 구이 냄새가 옆 부엌에서 진동하였다.

집사가 "존 모어 경께서는 여기서 대주교님을 만나시게 될 것이고 여기서 같이 식사시간도 갖게 될 것입니다"라며 존 모어를 바라보며 말하자, 알아들었다는 듯이 존 모어가 고개를 끄덕였다.

존 모어는 계획보다 더 긴 시간을 모튼 가家에서 머물게 되었는데, 모어는 아버지와 함께 잠시라도 더 있게 된다는 생각에 기뻤다. 모어는 아버지 옆에 바짝 붙어 궁 구석구석을 산책하면서 둘러보았다. 모어가 혼잣말로 중얼거렸다.

"궁이 우리 동네 체프 거리장터(벅클러스베리의 커브길 꺾어 있는 동네 장터)만큼 분주하고 사람이 붐비네. 나는 여기에서 얼마나 오래 지내게 될까."

돌연 내실 분위기가 엄숙해지는가 하더니 보통 키의 우아한 복장을 한 기품 있어 뵈는 노인이 들어왔다. 그는 온화하면서도 진지한 얼굴을 하고 있었는데, 유달리 그의 눈매는 젊은이들의 눈처럼 민첩하고 빈틈없어 보였다. 그분이 바로 이 대주교관저 주인 대법관 모튼 경이었다.

모튼 경은 자신의 손을 살짝 들어 보임으로 주변 사람들에게 축복과 인사를 대신하였다. 한동안 주변의 모든 이들이 한쪽 무릎을 꿇고 머리를 조아리는 동안 침묵의 순간이 흘렀다. 그러나 곧 연회장은 시끌벅적해졌다.

집사가 모어와 그의 아버지 존 모어를 제단 쪽으로 안내했으며, 모튼 대주교가 그들이 오는 것을 보고는 가벼운 미소로 그들에게 인사했다. 대주교의 미소는 겨울날 햇살만큼 부드러운 것이었다. 모어는 갑자기 자신이 대주교의 미소 속에 빨려 들어가는 느낌을 받았다. 대주교의 엄한 듯 보이면서도 부드러운 표정에서 언뜻 그는 라틴어 실력을 인정받아 팽이를 사게 해줬던 그랜저 할아버지의 모습을 보았다.

"이 아이가 가장 최근에 내 집에 들어온 아들 모어인가? 모어 군! 내 집에 왔으니 이제 너는 내 아들이란다. 우리 가족이 된 걸 환영한다. 여기서 지내는 내내 네 가슴속이 의미 있는 무엇인가로 채워져 행복감이 충만했으면 좋겠구나."

"대주교님! 저는 이미 행복하답니다"라고 모어가 얼른 대답했다. 머리를 조아리고 무릎을 꿇으면서 예를 표하는 중에 나온 모어의 음성은 낭랑했다.

모어의 시원스러운 대답에 모든 경의 표정이 한결 밝아졌다.

"오, 벌써 행복하다니 그럼 네가 앞으로 얻을 행복의 절반은 이미 얻은 게야. 좋은 예감이 드는구나. 네 숙소에는 가 보았니? 사람들이 너에게 도서실은 알려주었니? 손님 접대실은…? 그리고 예배당은…? 나중에 그런 곳을 둘러볼 기회가 있겠지만 말이야. 자 이쪽 식탁에 앉으렴. 내일부터 너는 동료들과 함께 누군가를 시중들기 위해 서 있을 충분한 시간을 갖게 될 터이지만, 오늘만큼은 너는 내 손님이니 편안히 앉아 다른 소년들의 시중을 받거라."

모어는 소년들 각각이 접힌 수건을 자신의 팔에 걸고 귀빈들이나 일반 손님들 의자 뒤에 서 있는 것을 보았다. 어떤 소년은 손님에게 포도주를 따라 주었고, 다른 어떤 소년은 접시를 날랐으며, 또 다른 어떤 소년은 귀를 쫑긋 세우고 그들의 대화를 경청하면서 서 있었다.

다음 날부터 모어도 그렇게 할 것이었다. 모튼 가家는 한마디로 산교육의 장이었다. 날마다 그가 시중들면서 듣게 될 이야기에는 맑은 강물처럼 반짝이는 주옥같은 지혜가 담겨 있을 것이었다. 그는 궁정과 의회에서 어떤 일이 일어나는지를 알게 될 것이며, 그는 유명인사, 작가, 음악가, 시인뿐만 아니라 조정 공직인, 외교관, 대사, 군인, 귀족, 주교, 사제 등의 대화도 경청하게 될 것이었다.

또 다른 하루해가 떴다. 모어는 모튼 가家손님들을 시중들었으며 모튼 경의 잡다한 심부름을 하였다. 모튼 가 손님들은 라스텔이 가고 싶어하던 외국의 풍물담과 여행담에 관해 이야기를 나눴다. 다른 어떤 이들은 일반극들과 막간극들 그리고 낭만극들에 관해 담소를 나눴으며[1], 또 다른 어떤 이들은 대수도원 저편에 자리한 백발노인 캑스턴[2] 인쇄소에서 출판한 책들에 관한 정보를 주고받고 있었다. 일부 연상의 소년들이 일과 중 틈을 내어 농을 주고받는 소리도 들렸으며, 알록달록한 제복 차림의 어릿광대가 세간의 화제거리를 메뉴 삼아 진한 농담을 늘어놓고 있는 것도 목격되었다.

아버지도 이제 모튼 가家를 떠나고 없었다. 모어는 시간이 걸리겠지만 모튼 가에 왕래하는 명사들의 이야기를 경청하고 견습생으로서 산교육을 받으며 시동생활에 익숙해지다보면 고향 집에 대한 향수에서 점점 벗어나게 될 것이었다.

모어가 기숙사 침상 매트에 누웠을 때, 달빛이 활 모양의 덧문에 차단된 창문을 통해 투영되는 것을 보고는, 그는 문득 고독감과 낯섦이 엄습해 오는 것을 느꼈다. "고향 집에서는 달빛이 격자 창유리들을 통해 흘러들어

왔었는데….” 그는 꺼칠꺼칠한 담요를 자신의 머리 위로 획 끌어올렸다. 그는 시무룩해졌다. 예전에 무척 좋아했던 오랜 친숙한 것들을 잊어버리고 살아가야 함을 알았기에 말이다. 팽이 놀이, 고리 던지기 놀이, 난로 불가에서의 유모의 옛날이야기 듣기 등은 이제 추억 속에 묻어 두어야 했다. 그는 이런저런 놀이, 거리의 친숙한 사람들, 학교 친구들, 가족들은 기억 저편에 밀어놓고 낯선 세계를 경험하게 될 것이었다. 그는 희귀본 책, 신사가 갖춰야 할 소양, 큰 행사 등 새로운 것들을 접할 기회를 가졌다. 대주교 모튼은 그가 그 기회를 어떻게 낚아채는지를 지켜볼 것이었다. 그런 대주교의 질문에 대해 센스 있게 답하는 장면에 관해 상상하면서 그는 잠자리에 들었다.

“일어날 시간이야. 모어!”라며 라스텔이 모어 머리 위의 담요를 획 잡아 끌어 내렸다. 모어는 세면실의 왁자지껄한 소년들의 무리에 합류했다. 그는 나무 재와 수지로 만든 꺼칠한 비누를 얼굴에 대충 묻혀가면서 얼음만큼이나 찬물로 얼굴을 씻자마자 재빨리 시동복으로 갈아입었다.

그들은 복도를 지나 예배당으로 들어갔다. 예배당은 늘 신의 섭리와 우주질서가 충만한 엄숙한 분위기가 배어있다. 모어는 집에 딸린 작은 예배당을 두고 하느님을 경배하는 집안에서 자랐다. 예배당에서 풍기는 그런 분위기는 그에게 늘 친숙한 것이었다. 운율을 운율로 답하는 생기발랄하면서도 간명한 단선율 성가는 새벽 새들의 지저귀는 소리만큼이나 새로운 맛을 느끼게 하면서도 수 세기의 성스러운 지혜가 강렬하게 결합되어 있어서 듣는 이에게 신비감을 더해 주었다.

기도하기 위해 무릎을 꿇었을 때, 모어는 무엇인가가 자신의 마음 깊숙이 들어와 꿈틀거리는가 하면 그 무엇인가가 자신의 물음에 응답하고 있음을 느꼈다. 그의 목구멍에서 무심결에 빠져나간 한마디 말, 즉 그가 그렇게 자신도 모르게 던졌던 기도의 말이 갑자기 자신에게 그 어떤 의미로

울림이 되어 메아리쳐 옴을, 그는 확연히 느낄 수 있었다. 마음의 떨림을 통해 그는 매 순간순간이 어떤 의미의 시작임을 알았다. 그의 기도는 신의 그럴듯한 창조물이 되고자 하는 소망을 충족시키고자 하는 그 나름의 무언의 다다름을 위한 약속 같은 것이었다. 그는 문득문득 그 자신이 지금까지 그가 하고자 했던 것과 그가 되고자 했던 것에 늘 못 미치는 결여 상태의 연약한 창조물임을 되씹어 보았다.

모어는 모든 것을 제대로 하리라 맘먹고 시동 생활에 임했지만, 어쩌다가 그는 자신도 모르게 그 자신이 이편저편 싸움의 소용돌이 속에 빠져들게 되는 때가 있었다.

"처신을 똑바로 해라, 미사가 끝난 지 얼마 되지도 않았는데, 볼썽사납게 쌈박질이나 하고, 더구나 예배당 바로 뒤뜰에서 말이다. 너는 네 본분에서 이탈했다는 사실을 기억하거라."

모어를 나무라는 그 사람은 대주교관저 건물 감독관이었다. 그의 이마에는 주름이 깊게 패어 있었다. 아마도 그것은 모어 같은 시동들에 대한 수 세월에 걸친 그의 근심 어린 애정이 하나하나 모여 새겨진 것이었을 게다. 모어는 부끄러워 쥐구멍이라도 있으면 기어들어 가고 싶은 심정이었다. 이때 그는 머리가 하얗게 되어 일순간 기억창고 속 재담들이 새까맣게 사라져 버리는 체험을 하였다.

몇 주가 지난 후에야 비로소 모어는 사라진 재담들을 떠올릴 수 있었다. 후배 시동이 들어오면서 그는 더 이상 갓 들어온 '풋내기 시동'이 아니라는 것을 실감하게 되었으며, 그가 대주교 모튼 경의 주목을 받는 시동이 되어서야 비로소 그에게 대주교 저택이 고향 집처럼 맘 편안한 친숙한 곳이 되었다.

모튼 대주교는 곧 그의 기지가 호감을 얻기 위해서가 아니라 대화에 자연스럽게 몰입해 들어가는 타고난 집중력에서 나오고 있는 것임을 알게 되었다. 소년 모어의 사색에 잠긴 듯한 청회색 눈동자는, 상대방이나 대상물을 주시하면서 명민한 빛을 발함으로, 주변인들에게 그가 예사롭지 않은 소년임을 감지하게 해주었다.

이런 모어를 대주교는 대화에 끌어들였고 마치 그가 단순한 시동이 아닌 학자나 정치가인 양 그에게 제법 고차원의 질문을 던졌는가 하면 아울러 진지하게 그의 말을 경청하기도 하였다.

모튼 경은 모어를 가리키며 좌중을 향해 말했다.

"확신하건대, 여기 시중들고 있는 이 아이가 어른이 될 때까지 살아서 보게 될 경들이 있다면, 아마도 경들은 나중에 이 아이가 훌륭한 사람이 되어있음을 분명 확인하게 될게요."

언젠가 모튼 경은 모어가 시동으로서 자신의 일과를 끝낸 후 자투리 시간 대부분을 도서관에서 공부하는 것을 목도하고는 "저 아이는 역시 큰 인물이 될 것이야"라고 혼자 말로 중얼거렸다.

모튼 家 시동들에게 라틴어 학습은 필수 일과 중 하나였다. 그들의 라틴어 선생은 옥스퍼드대 신학부 출신의 '모튼 경 시종 신부'였다. 이 신부는 모어의 라틴어 구사력이 대학생 못지않다며 극구 칭찬했다. 모어는 모튼 家의 라틴어로 말하는 각종 수사학적 논쟁에도 참여했다. 곧 모어는 평소 소망했던 대로 라틴어를 거의 모국어처럼 읽고 쓰고 말할 수 있게 되었다.

여가 활동으로 무엇보다도 그가 가장 즐겼던 것은 극 연기였다. 모튼 대주교는 연극광이었다. 무대에 올려진 극들은 대개 기적극과 도덕극이었다. 그것은 배우의 정교한 몸짓 연기가 수반되는 무대극이었다. 모어는 람베쓰 궁에서 공연되는 무대극들을 빠지지 않고 관람하였다. 대개 그러한 무대극의 경우 직업 배우들 몇몇이 중요한 역을 맡고, 궁 저택의 소년들과 어른들이 조연으로 동원되곤 하였는데, 나중에는 모어도 그 일원에 합류하게 된다.

극 중에서도 단연 인기를 끌었던 것은 크리스마스 전야에 시연되는 야외 무대극으로 궁정의 일부 고관대작들을 조롱하는 풍자극이었다. 이 야외무대에서 다소 나이가 든 소년들이 조연으로서 극 역 연기 예행연습을 하고 있었는데, 모어는 그들이 극 대본을 넘기며 웃는 소리를 듣고는 호기심에 그 대본 말을 들으려고 두 귀를 쫑긋 세웠다. 그는 배우들이 연극 의상을 하고 연기하는 리허설을 숨어 지켜보았는데, 그 광경에 홀딱 빠져버려서 그 자리를 떠날 생각을 하지 않았다.

리허설이 끝나고, 극의 제1막이 올랐다. 활동하기 좋은 평상복 차림의 일반 관객은 관람하기에 다소 불편한 무대 바닥에 서 있었고, 반면 우아한 복장을 한 관객은 관람하기에 좋은 좌석에 앉아 있었다. 트럼펫이 울리자 한 배우가 갖가지 미사여구의 그럴듯한 말들을 곁들이면서 서곡을 알리는 대사를 늘어놓았다.

첫 막이 끝나갈 무렵에 한 배우가 대주교관저 총감독관 분장을 하고 그의 복잡한 일상사를 그대로 재연하였다. 그 배우는 연기를 하면서 귀빈석에 앉아 있는 대주교관저 총감독관을 힐끔힐끔 쳐다보고 있었다. 자신감 없이 머뭇거리는 배우의 그런 모습은 보는 이들에게 불안감을 불러일으켰다. 라스텔 바로 옆에서 모어가 그 배우의 연기를 초조한 마음으로 끈기 있게 지켜보고 있었다. 첫 막이 끝나고 휴식시간을 알리는 아역 배우의 목소리가 들렸다. 관객들은 잠깐의 휴식에 들어갔고, 배우들은 민첩하게 두 번째 막을 준비했다.

곧 극의 제2막이 올랐다. 흥미를 돋우는 대목도 있었지만 일등석의 엄숙한 귀빈들에게서는 그놈의 체통 때문에 폭소를 기대할 수 없는 노릇이었고, 서 있는 모어와 라스텔 주변의 관객들이 간간이 배우들의 열연에 박수갈채를 보낼 뿐이었다. 모어는 무대극 대본 작가인 대주교 전속 사제 메드올이 과연 극이 성공할 것인지 그렇지 못할 것인지 안절부절 불안해하는 것을 목격할 수 있었다. 그런데 갑자기 한 배우가 중요한 대목에서 대사를 까먹고 당황해하고 있었다. 그는 첫 막에서 머뭇거리며 대주교관저 총감독관 역을 연기했었던 바로 그 배우였다.

"네가 해도 저 배우보다는 더 나을 것 같은데!"라고 라스텔이 모어의 옆구리를 쿡 찌르면서 귓속말로 속삭였다.

갑자기 모어 안의 어떤 힘이 그로 하여금 부끄러움과 신중함을 내버리고 자신의 자리를 박차고 벌떡 일어서게 하였다. 그는 무대로 뛰어올라서 배우들 틈에 끼어 극 상황에 맞는 대사를 늘어놓으면서 무대에서 즉흥 연기를 펼쳤다. 워낙 돌발적이어서 그를 그렇게 하도록 부추겼던 라스텔도 어안이 벙벙한 얼굴을 하고 있었다.

모어의 자신감 충만한 연기는 순간적으로 극에 생기를 불러일으켰으며 신선한 맛을 곁들여 놓았다. 자신의 전속 사제에게 비스듬히 몸을 기대고 있었던 대주교는 이러한 모어의 즉흥 행동에 놀란 표정을 지었으나, 곧 그의 기지가 번득이는 연기에 감탄했다. 모어는 즉흥 행동으로 인해 꾸지람을 받기보다는 관객으로부터 박수갈채를 받았으며 대주교로부터는 격려의 말을 들었다.

모어는 이 같은 재주를 기회가 있을 때마다 보여주었는데, 바야흐로 그는 '특별출연요청'을 받고 무대에 서는 귀한 몸이 되었다. 이것은 그의 연기가 재미를 불러일으키면서도 생기가 넘쳤을 뿐만 아니라 무대극 전속 배우들을 압도할 정도로 맡은 역을 잘 소화해냈기 때문이었다. 모어의 즉

홍연기대사에 착상을 얻은 메드올은 장차 라스텔이 출판 작업을 맡게 될 『풀겐스와 루크레스Fulgence and Lucrece』를 집필하게 된다.

심심찮게 모어는 연기에서뿐만 아니라 일상에서도 이러한 번뜩이는 재치와 경쾌한 기지를 발휘했고 주변의 찬사를 받았다. 그렇지만 그는 결코 교만하지 않았다. 모어는 머리가 아닌 가슴으로 인간을 대할 줄 아는 인간애가 있는 소년이었다. 그래서인지 그에게는 자석처럼 사람을 끌어당기는 매력이 있었다. 그러한 모어의 매력에 모튼 대주교는 자신의 집을 방문한 손님들과 친구들에게 "아마도 모어는 자라서 나라의 큰 인물이 될 게 분명해"라고 말하곤 하였다.

모어의 명민함을 알아보고 그의 미래에 큰 기대를 걸었기에 대주교는 그가 폭과 깊이가 있는 균형 잡힌 교육을 받아야 할 것이라는 생각을 하게 된다. 통찰력이 있었던 대주교는 모어에게서 다른 소년들과 구분되는 면들, 즉 진지한 학구적 측면과 경건한 종교적 일면을 간파하였다.

"모어의 이러한 성품이 빛을 발하기 위해서는 그 스스로의 언어 연습과 고전학 독서 그리고 개인적 영적 수련 등의 자발적인 노력도 필요하겠지만, 모어가 해당 분야 전문멘토인 대학자의 안내와 학구적 열정이 있는 교우들과의 지적 교류를 통해 치열한 학문 공부와 경건한 사색을 체험하게 할 필요가 있겠는걸. 결정은 빠를수록 좋지. 인문학적 지적 능력과 신앙적 도량을 함양케 할 대학으로는 옥스퍼드가 제격이지…."

모튼 경은 모어를 옥스퍼드로 보냈다. 아마도 십중팔구 그는 15살이 채 안 된 이 소년이 옥스퍼드에서 대학 공부를 마친 후, 람베쓰 궁 관저로 복귀해 대법관 겸 대주교인 자신의 후광을 받으면서 훗날 성직에 입문하여 성직계의 큰 별이 되기를 바랐을 것이다.

Thomas more

제3장

●

옥스퍼드대학생

우리는 모두가 크고 작은 별이며, 제 방식대로 반짝일 권리가 있다. 하지만 사방팔방에 빛을 발하는 큰 별이 되는 길은 험난하다.

모어는 마차를 타고 바퀴 자국이 움푹 파인 진흙탕의 도로를 지나 언덕 너머 옥스퍼드를 향해 내려갔다. 내리막길 중턱에 이르자 좁았던 가로수 간격이 갑자기 훤하게 넓어져 보였다. 그는 마음의 화폭에 옥스퍼드대학의 모습을 그려보았다. 그의 마음에 새로운 것에 대한 설렘과 미지의 세계에 대한 걱정이 교차되었다. 모어는 들숨 날숨의 짧고 긴 호흡으로 마음을 가다듬었다.

대법관 모튼 대주교는, 모어가 옥스퍼드로 떠나기 전날, 따로 마련된 저녁식사 담화 중에 옥스퍼드대학에 관한 세세한 내용을 그에게 말해 주었는데, 모어는 이때 기록해 두었던 메모지를 주머니에서 꺼내 그 내용을 천천히 훑어봤다.

옥스퍼드대학에 관하여

옥스퍼드대학를 표상하는 모토는 '주는 나의 학문을 밝히는 빛(DOMINUS ILLUMINATIO MEA)'임. 이 대학은 잉글랜드 남동쪽 옥스퍼드셔주가 있는 도시에 위치해 있으며 런던에서 100km 정도 떨어져 있음. 자유과liberal arts 과정(일종의 인문학부)을 마치면 전문과정으로 신학, 법학, 의학을 공부할 수 있음. 명확하진 않지만 1096년경 처음 수업이 시작되었다는 기록이 있음. 1167년경 헨리 2세가 파리대학 유학을 금지하면서 파리대학 잉글랜드 유학생들이 귀국해 옥스퍼드에 정착하면서 대학도시가 형성되었음. 1201년 대학의 장을 찬슬러라고 불렀음. 1248년에 헨리 3세가 옥스퍼드대학에 칙허를 내렸음. 13세기에 설립된 유서 깊은 칼리지로 유니버시티 칼리지, 베일리얼 칼리지, 머튼 칼리지가 있는데, 이들 세 곳의 칼리지는 커리큘럼, 풍습, 교리 등에 있어서 탁월한 학문적 성취로 교황과 왕으로부터 찬사와 후원을 받으며 발전을 거듭하였음. 14세기에 이르러서는 선택받은 자들로 가운을 입은 학생들Gowners과 대학 자치권을 누리는 학생들이 도시 이권을 침해한다고 여기는 시 주민들Towners사이에 갈등이 심화되었음. 그러한 갈등에서 촉발된 1353년 폭동St. Scholostica Day Riot으로 30명의 주민과 63명의 교수가 사망하는 사건이 발생하기도 하였음. 14세기 이래로 옥스퍼드 교수들은 정치적·신학적 논쟁에 개입하여 논란의 중심에 서 왔는데, 위클리프John Wycliff라는 교수는 라틴어성서를 영어로 번역하여 큰 혼란을 일으켰음. 모든 경의 당부사항 : 옥스퍼드대학에서 학생들과 주민들 간의 갈등에 개입하지 않도록 하고, 신학 논쟁에 휩쓸리지 않도록 할 것이며, '주는 나의 학문을 밝히는 빛'이라는 옥스퍼드대학 모토처럼 신앙의 힘으로 학문적 성취를 이루도록 전심전력을 다할 것.

그 사이 마차가 언덕바지를 다 내려오자 손바닥 만해 보였던 도시가 점점 그의 시야에 크게 들어왔다. 가을날 비스듬히 비치는 햇살에 잠에 빠진 듯 한산해 보이는 구형 고딕첨탑과 석조 건축물이 먼저 눈에 띄었다. 좀 더 가까이 가자, 이 탑과 건축물 전·후 좌·우로 신·구 건축물들이 산만하게 흩어져 있는 게 보였다.

마부가 말 고삐를 잡아챘다.

"도착했습니다. 옥스퍼드에…. 여기서부터 대학 기숙사까지 걸어가셔야 합니다."

모어는 짐을 챙겨 옥스퍼드대학의 기숙사로 향했다. 이 당시 옥스퍼드대학은 옥스퍼드주민 민가들과 뒤섞여서 여기저기 흩어져 각기 독립적으로 운영되는 단과대인 칼리지college들의 연합체였다. 즉 옥스퍼드는 도시 이름이자 대학 이름인 셈이다.

기숙사 또한 이 단과대들을 중심으로 몇 군데 산만하게 흩어져 있어서 모어는 기숙사를 찾는데, 많은 애를 먹었다. 기숙사 주변은 푸른 잔디로 덮여 있었고 그 주변에 대학 건축물과 민가가 보였다. 모어는 기숙사 방에 들어가 짐을 풀었다. 짐이라고 해봤자 옷 몇 벌, 몇 권의 책, 간단한 필기도구가 전부였다.

기숙사는 문이 열려있었지만, 방 안에는 아무도 없었다. 무어가 네 명의 다른 친구들과 함께 사용하게 될 기숙사 방은 수도사들의 방처럼 돌바닥과 좁은 창문이 있는 작은 방이었다. 방 기운은 차가웠으며 침대는 딱딱해 보였다. 그는 문득 람베쓰 궁 모튼 경 관저의 따뜻한 온기가 느껴지는 방들이 그리워졌다.

　방 냉기에 모어의 몸이 차가워졌다. 모어는 방 냉기를 피해 숙소 밖으로 나와 주변을 살피며 대학 주변을 산책하였다.

　산책 중 남루해 뵈는 가운을 걸친 학생들이며, 신식 옷을 잘 빼입은 학생들이며, 부티 나 뵈는 학생들의 광경이 목격되었다. 알록달록한 광대복을 연상시키는 해괴한 옷차림을 한 학생 무리가 모어의 눈길을 끌었다.

　교정 바로 지척에는 진홍빛 모피를 걸친 상인들이 자갈길을 거드름 피우며 걷고 있는 모습이 보였고, 한 시골 아낙네가 닭과 버터를 담은 바구니를 들고 부산하게 오고 있는 모습이 목격되었다. 옥스퍼드 도시 바로 바깥쪽으로 시골길이 인접해 있었다. 인접로에서는 말을 타거나 황소가 끄는 짐차를 타고 무슨 소린가 지껄이는 낮은 목소리의 시골 사람들이 눈에 띄었는데, 그들에게는 시장에 갖다 팔 양 떼나 대학 기숙사에 제공될 식용 거위들이 딸려 있었다. 바람이 불 때마다, 풍향 따라 가지가 휘는 나무에서 갈까마귀 몇 마리가 허공 높이 솟구쳤다. 교회 종도 연거푸 울렸다.

　걷다 보니 모어의 몸에 온기가 올라오고 있었다. 따뜻해진 손바닥을 얼굴에 갖다 대보며 그는 중얼거렸다.

　"몸을 따뜻하게 하는 데는 역시 걷는 게 최고의 보약이네. 약보medicine 보다는 식보food, 식보보다는 산보walking 라더니…."

　모어는 다시 기숙사 숙소 방향으로 발길을 옮겼다. 이번에는 방에서 대화 소리가 제법 크게 들렸다. 그가 방문을 열고 들어가자 앳되어 보이는 홍조 띤 볼의 15살이나 16살쯤 된 네 명의 룸메이트 청년들이 그를 반가이 맞이하였다(모어는 명민함으로 이들보다 두살 정도 이른 14살에 대학에 입학하였음). 그들은 그의 이름을 알고 있었다. 그의 이름표가 벌써 그가 쓸 침대 머리에 걸려 있었다. 이들 중 한 명이 질문을 던졌다.

"네 이름이 모어More니…?" "더 많이(more: 모어는 글자 그대로 읽으면 '더 많이'라는 의미임)라고 했던가? 그래, 많으면 많을수록 좋은 법이야! 여기에 있는 우리 넷은 너와 더불어 우리가 함께할 방의 부족한 온기를 채우게 되는 동지가 될 것이야. 나는 네가 온실 속에서 자란 화초가 아니기를 바랄 뿐이야!"

"그것이 네가 의미하는 바라면, 나는 시커먼 텁텁한 빵을 먹으며 열심히 책 읽을 준비가 되어있어. 여기 생활방식에 관해 이야기 좀 해줘? 그런데 만찬 시간은 언제 갖지?"

"만찬이라고? 만찬을 기대하다니!"

키 큰 소년이 얼토당토않다는 듯 고개를 가로젓더니 옆 친구에게 확인이라도 하듯 그를 바라보며 말소리를 높였다.

"아주 얇게 저민 훈제 소고기 서넛 조각, 속이 훤히 뵈는 묽은 수프, 텁텁한 오트밀 죽 등 그것들이 우리의 주메뉴 식단일터인데. 만일 네가 귀족 가문 출신이라서 예전에 먹었던 기름진 닭구이 요리라든가 포도주를 살짝 곁들여 익힌 비둘기 찜 요리라든가 이런저런 맛깔스러운 요리에 익숙해져 있다면, 명치끝에 단단히 힘을 주고 허리띠를 꽉 쥔 상태에서 장기간 단식 수행 중 제공되는 것과 같은 검소한 식단을 맞이할 마음의 준비를 해야 할 걸, 안 그런가, 네드!"

"그렇지. 여기 있는 사람들은 살이 빠지는 만큼 학문의 발전이 증진된다고 생각하는 것 같아. 또한, 새벽 일찍 일어나야 할걸. 아침 4시 반이 되면

연이어 울려 퍼지는 종소리에 고막이 찢어질 지경이거든. 기상하자마자 너는 곧장 세면장으로 가서 네 얼굴을 세숫대야 물에 잽싸게 담갔다가 빼서 수건으로 물기를 툭툭 털어버리면 일단 너의 하루가 확보되는 셈이지. 하지만 진정한 하루의 시작은 우리가 예배당으로 냅다 뛰어가서 주님께 새벽을 열어주신 것에 대해 감사기도를 드리고 나서부터야. 아침식사 시간은 7시부터 9시까지니까 충분한 편이지. 간혹 식당 사정으로 여러 날 거무스름하고 딱딱한 빵 한 조각으로 빈속을 채우고 일과를 시작해야 할 때도 있어. 이때 온실에서 자란 부잣집 신출내기들은 허기로 뱃가죽과 사지가 뒤틀리는 바람에 양호실로 직행하는 경우가 왕왕 속출하기도 하지."

"그러나 지레 겁먹진 않아도 될 것이야. 고된 생활이긴 하지만 맘만 조금 다져 먹으면 그런대로 즐겁게 지낼 수 있으니까. 그런데, 모어, 넌 매사냥 좋아하니? 에일맥주(ale : 알코올 함유량이 다소 높아 보통 맥주보다 쓰고 독한 잉글랜드산 맥주)한잔은 어때?"

잠시 모어의 얼굴에는 당황해하는 표정이 역력했다. 아버지가 그에게 보내주는 학비와 생활비로는 숙소 동료 친구들과 함께할 사교적 유흥비까지 충당하지 못할 게 확실했으니까 말이다. 예전 모튼 가家에서도 아버지는 아들에게 필기도구 비용과 최소 생활비 이외 그 이상의 여윳돈을 주지 않았으며, 그에게 늘 긴축 생활을 강조했었다. 아버지는 가난해서가 아니라 내핍과 절약이 몸에 배어 그것을 미덕으로 여기는 사람이었다. 더욱이 옥스퍼드는 무료로 숙식이 제공되었던 모튼 가家와는 달리 모든 게 유료였다. 모튼 경이 챙겨 준 약간의 가욋돈이 있긴 했지만 말이다.

상황이 이러한데 도대체 모어가 어떻게 매사냥할 여유가 있겠으며 자신의 동료들과의 에일맥주 한잔할 여유를 부릴 수 있겠는가. 물론, 그러한 취향은 모어의 성향으로 볼 때 함께할만한 것도 아니었다.

모어는 겸연쩍게 미소지었다.

"나…, 나는 말이지, 천성적으로 맥주에 약하고…, 매사냥을 좋아하지 않아"라고 모어는 다소 더듬으면서도 분명하게 말했다.

그러자 네드가 얼른 껴들더니

"모어는 독서광인 게 분명해, 책 읽기에 온 정성을 쏟는…."

곁의 친구가 네드 말을 얼른 이어받았다.

"진솔한 게 맘에 들어. 난 그런 사람을 좋아하거든. 우리 넷이 의기투합하면 재미있겠는걸. 모어야 우선은 옥스퍼드가 어떻게 생겼는지 한 바퀴 돌아보는 게 어떠니."

팔짱을 끼고, 그들은 비좁은 계단을 내려가서는 안뜰을 가로질러 대학 중심가로 나갔다. 그곳은 거의 크고 작은 대학건물들이 다닥다닥 붙어 갑갑해 보였으며, 강의실도 비좁았다. 모어의 룸메이트들은 그에게 그 유명한 학자인 그로신William Grocyn[1]이 그리스어 강연을 하고 있는 곳을 알려주었다.

"그로신은 대단히 저명한 학자야. 너는 그로신의 이탈리아반도 도시국가들에 관한 이야기를 들을 수 있을 것이야. 만일 그기 너에게 관심을 갖게 된다면, 그는 이탈리아반도에서 가져온 신학문을 담고 있는 진기한 책들을 너에게 보여줄지도 모르지. 나로 말할 것 같으면 멋진 매사냥과 낭만적인 맥주 한잔이 내 취향에 딱 맞지만 말이야. 어차피 취향은 서로 각기 다른 법이고 각자 제 기호에 맞게 살아가는 것 그런 게 삶 아니겠어.”

　불량기 있어 보이는 학생들이 투닥거리고 공을 차면서 노상을 지나가기라도 할 것 같으면 모어와 그의 친구들은 그들을 한 발치 살짝 비켜 갔다. 한 상점주는 불량 학생들이 자신의 노점을 발길질하면서 지나가자 그들에게 한 바가지 물을 쏟아 부었으며, 그게 싸움으로 변하자 그곳은 난장판이 되어 버렸다. 모어와 그의 친구들은 싸움 현장을 피해 샛길로 올라갔다. 옥스퍼드의 시민들과 상인들은 그러한 학생들을 ‘성가신 백해무익 골칫덩어리’라고 투덜거리곤 하였다.

　그런데 이 무렵 옥스퍼드대학생들(대학당국Gown)과 옥스퍼드주민들(도시당국Town) 간에 사상자들이 생길 정도의 치열한 싸움이 한판 벌어진 적이 있었는데, 그 결과 도시당국에게 책임이 물어지는 바람에 해당 주민들에게 벌금이 부과된 적이 있어서 대학생들은 의기양양해 있었던 터였다. 이런 분위기에 편승하여 호기에 찬 대학생들은 기꺼이 도시주민들에게 지분거릴 준비가 되어있었으며, 여차하면 그 주민들을 대학 생활에서 오는 스트레스, 짜증, 울화 등 부정감정의 해소대상으로 삼을 태세였다.

　대학생들은 성장 단계상 대개 식욕과 성욕 그리고 도전 욕구가 왕성한 17살 전후의 청춘기였지만, 이러한 젊은이들에게 그런 욕구들을 해소할 출구가 거의 없었다. 생활 자체가 학칙 같은 것으로 제한되어 있었고, 미래의 직업 문제나 결혼 문제 등에 있어서도 불확실하였기에 그들은 정서적으로 불안 상태에 있었다. 대학 규칙은 무척 까다로워서 그들이 입는 옷과 그들이 행하는 놀이조차 규제하였다. 이런 까닭에 그들의 열정이 극단적인 폭력이나 이웃에 대한 이유 없는 반항 형태로 폭발하기도 했다.

　모어는 그러한 분위기에 휩싸이지 않고 다른 방식으로 자신의 열정을 조절하였다. 그는 대학의 학문적 분위기에 젖어 들었다. 즉 유럽 곳곳에서 학문으로 유명했던 학자들을 만나고 그들의 강연들을 경청하며 그들의 명저들을 접하는 데서 정서적 안정을 찾았다. 그는 자신에게 다가오는 이들 모두를 친절로 대하였고, 그들이 도움을 요청했을 때 기꺼이 도와주었기에, 주변의 모든 이들에게 인기 있는 학생이었다.

특히 모어의 논쟁 기술은 탁월했다. 그는 그러한 재능으로 모교 옥스퍼드에다 명예를 안겨다 줄 것이었다. 성 안쏘니 스쿨과 대주교 궁에서 그는 논쟁술과 화술을 익혔고, 이미 그곳에서 그 능력을 인정받은 바 있었다. 옥스퍼드에서도 그는 능숙한 논리적인 화술을 발휘함으로 대학 간 토론대회에서 모교 팀이 승리를 낚는데 결정적 견인역할을 하게 된다.

또한, 모어는 진한 농을 통해 인간의 위선을 폭로하는가 하면 유희의 농을 통해 진실을 드러나게 할 줄 아는 능력을 지닌 재담꾼이었다. 청중인 대학 친구들 앞에서 그는 이런저런 재담 보따리를 풀어 가면서 그들을 울고 웃게 하였는데, 적어도 이런 능력의 일부는 어린 시절 그를 보살폈던 이야기꾼인 유모 모드로부터 그가 자연스럽게 체득했던 것임에 틀림이 없다. 동물들을 의인화하여 잰 체하는 학자의 속물근성을 폭로하거나 물욕에 물든 성직자의 타락을 꼬집거나 자신의 안위만 생각하는 이기적인 귀족의 교만을 질타하는 식의 그의 재담 방식은 어린 시절 유모 모드가 야수들을 의인화하여 인간 군상들의 위선을 은연중 폭로하였던 풍자적 이야기 방식과 흡사했기에 말이다. 그는 친구들 사이에 옥스퍼드의 익살스러운 재담꾼으로 통했다.

모어는 옥스퍼드 방식의 질서를 기꺼이 수용할 자세가 되어있었다. 그것은 그에게 주어진 상황이 어떤 것이든지 간에 그 상황을 최상의 상태로 즐기는 그만의 재주가 있었기에 가능한 것이었다. 그는 또한 크고 작은 어려움을 고귀한 손님처럼 맞이하였는데, 이러한 긍정적 삶의 태도는 훗날 그 자신을 짓누른 고난을 그가 즐겁게 받아들이는 든든한 토대가 된다.

절제, 규율 엄수, 무익한 오락 억제 등 모어의 옥스퍼드 생활방식은 옥스퍼드에서 그리고 옥스퍼드를 떠난 후에도 그가 공부와 글쓰기에 몰입하도록 하는데 큰 밑거름이 되었다. 옥스퍼드의 인문학도로서 그는 이제 새로운 지식을 추구하는 데서 삶의 즐거움을 만끽했다. 이러한 그의 학구적 취향은 이후로도 지속될 것이었다. 먹는 것이나 마시는 것 그리고 입는 것 등의 보이는 세계보다는 보이지 않는 정신세계에 관심을 쏟는 그런 유형의 지식인으로서의 기반이 확립된 것은 바로 이 옥스퍼드에서였다.

모어에게 중요한 것은 진리였다. 그는 부단한 독서와 고전어 습득 그리고 치열한 학문탐구를 통해 진리를 발견하고자 했으며, 지식인들과의 지적 교류를 통해 지적 지평선을 넓혔을 뿐만 아니라 그 교류를 통해 순수한 우정도 확인하였다. 훗날 모어는 옥스퍼드 시절을 다음과 같이 회고하였다.

> (…) 나는 인간을 나태하게 만드는 경향이 있는 유해한 오락들에 결코 빠진 적이 없었다. 나는 사치와 낭비가 어떤 것인지 경험해 볼 필요성을 전혀 느끼지 않았다. 나는 결코 돈을 헛되게 소비하는 법을 몸에 배어들게 하지 않았다. (…) 나는 공부의 재미에 빠져서 오로지 공부만 생각했다.

모어와 그의 친구들이 주로 공부했던 것은 이른바 중세 이래로 3학trivium이라 일컬어졌던 문법과 수사학 그리고 논리학이었다. 이 3학에 산술, 기하, 천문, 음악의 4과quadrivium를 합친 것이 바로 그 당시 대학의 7자유인문과목seven liberal arts이었다.

모어는 신문물을 소개하는 학자들의 강연을 경청하였고 논쟁에 참여했으며 라틴어 원전을 읽고 필사하였다. 그는 일상생활에서 라틴어로 말하고 글을 썼지만, 그로신의 그리스 고전학 강연을 접하고서부터 그리스어 학습에 열중하기 시작했다.

그로신 같은 학자의 강연은 신선한 것이었다. 그의 강연은 무미건조하고 지루한 구석이 있는 논리학이나 문법 공부와는 매우 달랐다. 그는 이탈리아반도의 도시국가들의 신학문을 흡수한 열정과 패기가 넘치는 신진 학자였기에 말이다.

후대 사가들은 이 같은 르네상스기의 인문학적인 신진 지식인들을 휴머니스트(인문주의자)라고 부르게 되며, 그들이 전개한 인본주의적인 생각들을 휴머니즘이라고 칭한다. 이 시기 휴머니즘 운동은 한마디로 '인간의 얼굴을 한 고전고대 그리스·로마 문화의 재생·부흥'을 통해 '중세의 신을 위한 인간'을 '본래 그러했던 인간을 위한 원시 기독교의 순수한 신'으로 변화시키고자 하는 '각성한 지식인들의 정신사적인 운동'이었다. 이러한 운동을 이끌었던 많은 이들이 모어의 지적 스승이자 친구가 된다.

그로신은 고대 그리스의 멋진 시와 극들, 그리고 그리스의 위대한 유산들인 대리석 사원들과 아름다운 조각상들에 관해 이야기보따리를 풀어놓았다.

내가 유학한 장화 모양의 이탈리아반도 도시국가들에서는 예술가들과 문필가들이 고전고대의 것들을 감상함으로 자극받았으며 그것으로부터 고무되는 영감을 통해 고전고대 세계의 위대한 선배들처럼 멋진 그림들을 그렸고 시들을 지었으며 조소상彫塑像들을 조각하였다. 이 도시국가들은 인간들로 하여금 위대한 것들을 창조하도록 불붙이는 문화예술의 점화터전이다. 대기가 따뜻하고 온화해서 겨울에도 꽃들이 개화하는데, 그곳 여행자들이라면 그 누구든 짙푸른 잎사귀들 틈바구니로 고개를 삐쭉 내민 오렌지 과일들의 작열하는 광휘光輝를 감지할 수 있으며 그 밀납 같은 꽃들의 향내를 맡을 수 있다.

그로신의 강연을 듣고 그와 담화를 나눔으로 모어의 학문에 대한 애정은 한층 더 깊어졌다. 자신의 학생이지만 모어의 지적 열정과 반듯한 인품에 끌리게 된 그로신은 모어를 학문적 친구로 여겼다.

이 시기 모어의 유일한 바람은 더욱더 많이 배워 지적 지평을 넓히는 것이었다. 빗방울이 부드러운 소리를 내며 바닥을 두드리듯 토닥거리는 리듬을 토해내며 고전어로 말하고, 그것을 글로 쓸 수 있도록 그리고 그 언어 세계를 이해할 수 있는 경지에 이르기 위해서 그는 고전어 공부에 매진하였다. 친구들이 즐기는 매사냥, 짐승사냥, 매력적인 소녀와 춤추기, 장작 타는 화롯가에서 에일맥주 마시기 등은 그에게는 생소한 것들이었다. 그는 책벌레였다. 놋쇠 못으로 제본된 책장을 넘기며 한 행 한 행 읽을 때마다 그는 지식이 주는 즐거움에 희열을 느꼈다.

모어의 옥스퍼드 삶의 방식은 내핍과 검소였다. 그는 계절별로 4벌의 옷과 4켤레의 신발로 1년을 넘게 버텼다. 그는 사과 몇 조각과 한 줌의 견과류가 곁들인 소식과 채식을 하였기에 식비도 절약할 수 있었는데, 모자라는 단백질은 간간이 달걀과 몇 조각의 훈제 소고기로 보충하였다. 아버지 존 모어는 서너 달에 한 번씩 생활비를 보내주었는데, 생활하기에 충분한 것은 아니었지만 그렇게 부족한 것도 아니었다. 그는 생활비를 긴축·절약했으나 그것의 절반 이상을 당시에는 고가였던 서적들을 사는 데 사용했기에, 그의 생활비는 늘 아슬아슬했다. 애서가였던 그는 학생 신분이었음에도 교수들 혹은 부자 지식인들이나 구입할 수 있는 그리스·로마 고전서 같은 초고가의 희귀서를 구입하기도 하였다. 이런 경우에는 생활비 부족의 결과를 초래하기도 하여 그는 가끔 아버지에게 긴급하게 재정적 도움을 요청하는 서한을 보내기도 하였다.

모어는 옥스퍼드에서 지적 추구에서 오는 희열로 더없는 행복감을 맛보았다. 책 냄새로 가득한 대학 도서관에서의 책 읽기, 교회예배당에서 엄숙하면서도 부드러운 단선율 성가 듣기, 바람이 스치는 나뭇가지에 평화롭게 앉아 있는 새들 바라보기, 친구들과 시골길 산책하기, 그로신 같은 대학자의 등 밝힌 방에서 밤늦도록 담소하기 등 이러한 모든 것들은 모어에게 이루 말할 수 없는 환희를 안겨주었다.

특히 모어는 도시 지척의 근교 시골의 산책길 걷기를 좋아했다. 그 당시 도시 근교에는 오늘날처럼 구획된 주택가나 정비된 가로가 없었다. 옥스퍼드 외곽 근교에는 푸른 들판이 쫙 펼쳐져 있었으며, 농민들이 거주하는 초가집들과 숲은 듬성듬성 있을 뿐이었다.

도시 근교 사람들에게 황소들은 유익한 삶의 도구였다. 도시와 시골 인접 지대에는 황소들이 묵직한 흙들을 갈아치우면서 쟁기를 끌거나 건초 더미가 실린 우마차들을 끄는 광경이 곧잘 목격되곤 하였다.

앞치마를 적갈색 가운 위에 걸친 아낙네들이 건초 작업 인부들에게 에일맥주가 담겨 있는 가죽 용기들과 큼직한 딱딱한 빵 조각들을 건네주었으며, 거위 지기 소녀가 거위 떼를 지켜보다가 한 무리의 젊은이들이 지나가자 그들에게 살짝 미소지었는데, 그 모습은 참으로 정겨워 보였다.

도시 근교의 시골 사람들은 겉으로 보기에는 한적하고 행복해 보였지만 그들에게 비참한 일들이 벌어지고 있었다. 부농 지주들이 넓은 땅에 양 방목을 위해 거대한 울타리를 치고 있었다. 이로 인해 그들은 양모 생산량을 대량으로 늘려 국내수요를 충족·진작시키고 외국으로 수출함으로 엄청난 수익을 올렸으며 대농장 경영자로 거듭날 수도 있었다.

부농 지주들이 한층 더 큰 부자, 즉 거상이 되기 위해서는 필수적으로 농민들의 가혹한 희생이 뒤따랐다. 울타리로 에워싸여진 '양 떼 방목 초지'의 확산으로 인해 오고 가는 길목에 있는 오두막집들이 죄다 허물어졌으며, 혹 그 농민들이 그곳을 떠나려 하지 않기라도 할 것 같으면 그들은 강제 퇴거당하는 운명에 처했다.

양 떼가 오가는 길목에 이르렀을 때, 모어와 그의 친구들은 이러한 상황들이 발생하는 것을 목격했다. 그들은 두려움에 사로잡힌 아이의 울음소리와 성난 사람들의 외침에 고개를 돌렸다.

"무슨 일이지?"라고 모어가 소리쳤다. "저기 봐, 저 불한당 같은 사람들이 저 불쌍한 아낙네를 오두막집에서 강제로 끌어내고 있잖아. 어서 가서, 도와줘야겠어."

이에 한 친구가 태연하게 말했다.

"멍청한 짓 하지 마, 내버려 둬, 껴들면 골치 아파지니까. 너 같은 런던 사람들은 시골이 돌아가는 상황을 잘 몰라. 우리가 여기서 할 수 있는 일은 아무것도 없어. 우리 아버지도 새로운 '양 떼 길목'을 만들기 위해 열두 가구나 되는 농민들을 농가에서 쫓아냈어."

모어가 무엇인가 골똘한 생각에 잠겨 청회색 눈을 반짝이며 그 광경에 눈을 떼지 못하고 있었다.

"저 가난한 농민들도 우리와 똑같은 살과 피, 생존 욕구를 가지고 살아가는 사람들이 아니던가. 저 오두막집들은 생존을 위한 그들의 기본적인 안식처가 아니던가. 거기에서 쫓겨난다면, 그들은 어떻게 살아가지…."

"그들은 구걸하며 다니겠지. 모어 네가 신경 쓸 일이 아니야. 우리는 그러한 문제에 끼어들 권리가 없어."

모어는 마음이 편치 않았다. "내가 이 가엾은 이들을 위해 해줄 게 아무것도 없다니…!" 그는 왠지 죄인이 된 기분이었다. 그는 그들이 겪는 비참한 상황을 결코 잊을 수 없었다.

훗날 『유토피아』를 집필하게 될 때, 모어는 자신이 목격했던 처참한 장면과 불쌍한 사람들을 상기하면서 다음과 같이 서술하게 된다.

> 이 양은 전에는 아주 온순한 소식의 초식동물이었는데, 이제는 아주 큰 걸신쟁이가 되었고, 또 아주 사나워져서, 사람들까지 먹어치우고 삼켜버립니다. 양 떼는 전답, 집, 도시를 죄다 먹어 치우고 때려 부수고, 삼켜버립니다. 우리나라에서 제일 좋은, 제일 비싼 양모가 생산되는 지방을 보세요. 그런 지방에서는 귀족들, 신사분들, 심지어는, 분명 거룩한 분들일 게 확실한 수도원장님들까지도 그들의 조상들이나 전 소유자들이 그들의 땅에서 해마다 거둬들였던 그 정도의 수입과 이익에 만족하지 않고, 그들의 농경지를 전부 없애는 짓거리를 벌이고 있습니다. 그들은 땅 주위를 모두 둘러막아 목장으로 만들고, 집을 헐어버리고, 마을을 무너트리고 있습니다. 더 한심한 것은 나라마저 그들의 짓거리를 부추기고 가세하기까지 합니다. (…) 이렇게 되어 이들은 객지를 돌아다니다가 그나마 남았던 돈마저 죄다 떨어지게 되면 도둑질을 하게 됩니다. 그리하여 결과적으로, 최소 생존을 위한 몸부림이었건만 피도 눈물도 없는 비형평inequities의 엄격한 법 때문에 마땅히 사형을 당할밖에 달리 무슨 도리가 있겠습니까? 일자리가 없어서 거렁뱅이 노릇을 하거나 부랑자가 되기라도 하면 감옥에 처넣지만, 사실은 아무리 일하려고 몸부림쳐도 그들에게 일을 맡기는 사람이 없지요. 그도 그럴 것이 남아 있는 농경지가 없는 상황에서 여태까지 농사일만 해 온 그들이 무슨 도리로 일자리를 구할 수 있겠습니까.

옥스퍼드는 모어로 하여금 인간세상에서 벌어지는 상황들에 대해 더 많은 연민과 더 많은 이해력을 갖고 사물들과 인간들을 더욱 명확하게 관찰하게 하는 인식력을 키워주었다.

어린 시절 그는 놀이나 학교생활을 통해 인간은 홀로 살아갈 수 없는 사회적 동물이라는 것을 학습할 수 있었고, 모튼 가家 시동 시절 그는 '인간의 혀가 상이나 벌을 초래하는 무기가 될 수 있다'라는 것을 체득했다.

소년기에 때때로 그는 자신의 결여감과 고독감을 통해 인간은 무엇인가로 부단히 채워져야 하는 정서적 동물이라는 걸 알았다. 인간은 감정의 바람결을 따라 갈대처럼 흔들린다. 인간은 언제든 오류를 범할 수 있는 불완전한 창조물이기에 말이다.

옥스퍼드 시절에 모어는 자신이 간절히 하고 싶었던 공부를 함으로 자신의 결여감을 메꾸고 자신의 흔들림을 다스릴 수 있었다. 그는 고대 그리스·로마의 고전학과 성서 원전의 공부를 통해 인간은 호흡이 남아 있는 한 생의 의미를 찾아 생의 여정을 가야 하는, 제멋대로 흔들리고 흐지부지 무너질 수 없는, 신성·존엄한 존재임을 알았고, 인간은 누구든 그렇게 대우받아야 한다는 것을 알았다. 그에게 창조주를 향한 기도와 감사는 신성·존엄한 존재로서 인간의 원죄적 불완전성을 극복해가는 과정의 일환이었다. 그의 옥스퍼드의 삶은 한마디로 '인간을 위한 신을 발견해가는 과정'으로써 인간애人間愛를 빼놓고는 세상만사는 물론 신성神性에 관해서도 운운해야 할 가치도 의미도 없다는 것을 알아가는 새로운 나날의 연속이었다.

기쁨의 나날이 계속되지는 않는다. 그런 게 인생이 아니던가. 모어에게 런던으로 귀경하라는 아버지의 명령이 떨어진 것이었다. 옥스퍼드로 온 지 2년이 채 못되어서 학위를 받기 위해서는 더 공부해야 했지만 말이다. 그의 친구들은 평상시 그렇게 밝고 흥겨워 보였던 그의 눈 속에서 우울의 그림자를 볼 수 있었다.

"무슨 일이니? 나쁜 소식이라도 받았어?"

"나쁜 소식은 아니야, 다만 고향으로 돌아오라는 전갈일 뿐이야. 아버지가 내가 이젠 런던의 법학원에서 공부를 시작할 때가 되었으니 귀향하라는 전갈을 보내셨어."

조용히 모어는 자신의 책들을 꾸리기 시작했다.

"그런데, 모어 너는 대학의 학자가 되려고 그리스어를 배우는 데 열을 올리는 중이었던 것 아니니!"

"그렇긴 하지. 그러나 아버지는 그러한 공부들이 내 미래의 진로에 별로 도움이 되지 않을 것이라고 생각하셔. 나는 아버지의 뜻을 따라 법조인이 될 생각이거든. 법학원에서 법학 공부를 시작해야 해."

모어의 친구들이 서로를 바라보았다. 아버지의 말이 떨어졌는데, 모어 같은 효심 지극한 아들이 어찌 그 뜻을 거역할 수 있겠는가. 모어는 아버지에게 순종하였다. 그는 불평하지도 않았으며 불만을 내보이지도 않았다. 그는 울적한 감정을 가라앉혔다. 그는 아쉽지만, 자신이 처한 현실 상황을 받아들이고 옥스퍼드에서의 마지막 아쉬움의 밤을 보냈다.

만일 모어가 옥스퍼드 삶에 관해 꿈꾸었다면, 즉 그로신처럼 그리스어를 공부하며 고전고대의 위대한 인물들에 관해 더욱더 깊이 공부하면서, 오로지 책들과 평생을 함께 하는 직업적인 학자가 되기를 갈망했다면, 그는 이제 그 꿈을 접어야 할 때가 온 것이었다. 아버지는 결코 모어의 그런 생각을 결코 용납할 리가 없을 터였으니 말이다.

실제로 아들이 인문학 공부에 빠져 인문학자를 직업으로 택하려 한다는 소식을 접한 아버지 존 모어는 몹시 상심하였다. 이 당시 학자의 삶은 가난했으며 권세의 삶도 거의 보장되지 않았다. 아들의 학자로서의 진로가 못마땅했던 아버지는 학비를 줄여서 보냈다. 존 모어는 모어가 자신의 뒤를 이어 법조인의 길을 걷지 않으려 한다는 것을 알고서는 아들과 의절도 마다할 태세였다.

  존 모어는 자식에 대한 야심이 큰 사람이었다. 그는, 진즉에 알고 있었지만, 아들 모어가 얼마나 영특한지를 그리고 담화에서 얼마나 기지가 넘치고, 얼마나 상황에 민첩하며, 얼마나 수사 기술에 능한지를 대주교 모튼 경에게도 재차 들을 수 있었다. 모어의 기지, 민첩함, 토론 기술 등은 아들이 훌륭한 법조인이 될 수 있는 중요한 자질들이 아니던가. 아버지 생각에 모어가 전도 양양한 법조인의 길을 가기 위해서는 더 이상 옥스퍼드에서 시간을 낭비할 여지가 없었다. 존 모어는 도대체 장차 아들이 권세의 진입구가 없는 가난한 학자로 세속의 삶을 펼쳐려는 꼴을 볼 수는 없었다.

  이때는 상업과 도시의 발전과 더불어 신흥 부르주와의 맹아기로 개인 간이든 국가 간이든 이권 갈등이 증폭하고 있었던 시기였기에 해결사로서 법조인의 역할이 점점 더 증대하고 있었다. 당연히 변호사나 판사 같은 법조인은 부와 명예와 권세를 꿰찰 수 있는 당대 최고의 안정적인 직업으로 부상하고 있었다.

  더구나 모어 같은 명민한 청년은 싹수로 보아 법조인으로서의 실력과 명망만 쌓아 놓는다면 그것을 발판으로 조정 공직계에 중용될 소지가 다분했다. 그렇게만 된다면 모어에게는 세속적 성공 기준인 부, 명예, 권세가 보장될 것이며, 그러한 모어의 자취는 가문의 영광으로 후세 길이길이 남게 될 것이었다. 상황이 이러한데 그렇지 않아도 현실적 세속욕망이 강한 아버지 존 모어가 어떻게 아들 모어가 가난한 학자로 일생을 보내거나 따분한 성직자로 일생을 보내게끔 옥스퍼드에 처박아 둘 수 있겠는가?

존 모어는 자신의 생각과는 판이한 방향으로 아들 모어의 운명로運命路의 향배가 결정될 것이라는 사실을 알 턱이 없었다. 아들의 실제 미래가 존 모어 자신이 생각한 방향에서 어떻게 이탈되어 어떤 방식으로 후세에 더 위대한 인물로 남게 될 것임을 도대체 존 모어가 어떻게 예견할 수 있었겠는가? 물론 그 당시에는 모어도 자신에게 일어날 일을 예측할 수 없었겠지만, 세월이 흘러 모어가 세속적 승리자로 승승장구하게 되었을 때, 모어는 그 자신 앞에 어떤 일들이 벌어질 것인가를 예감하게 될 것이었다.

모어는 입을 만큼 입어 나달나달해진 옷들과 수선된 자국이 마치 수술 자국처럼 보이는 신발들, 그리고 읽고 읽어 두툼해진 책들을 꾸려 집어 들고서는, 마지막으로 옥스퍼드의 정겨운 가로수와 낯익은 고딕첨탑과 건물들을 바라보았다.

그리고 나서 마차에 올라 그는 천천히 옥스퍼드 외곽으로 향했다. 그는 처음에는 낯설었지만 이젠 정이 듬뿍 들게 된 도시 옥스퍼드를 빠져나와 런던의 법학도로서 새로운 삶을 시작할 것이었다.

Thomas more

제4장

●

경건한 법학자

다른 삶의 시작은 앞의 삶을 덮는다.

　모어가 법학원에 입학한 해는 1494년이었다. 처음에는 예비법학원 런던의 찬서리 소속 뉴인 및 퍼니벌즈 인 법학원에서, 그리고 나서 1496년부터는 런던 링컨즈 인 법학원에서 수학하였다. 법학원 졸업 즈음의 1501년경 그는 변호사barrister 자격증을 취득하고 정식으로 법조인의 길을 걷게 된다.

　그러나 입학 후 법학원 생활 3년여의 기간은 모어가 현재 가고 있는 법학도의 길을 갈 것인가 성직자의 길을 갈 것인가를 두고 갈등하던 시기였다. 이때의 갈등은 바로 모어가 성인으로서 독립적 정체성을 찾기 위해서는 반드시 겪어내야 할 청년기의 통과의례 같은 것이었다.

런던에서의 법학원 공부와 심리적 갈등은 모어가 떠나면서 아쉬워했던 옥스퍼드의 삶을 덮어 버렸다. 3년 여의 갈등 끝에 내린 그의 결론은 법조인의 길과 성직자의 길 사이의 갈등을 일단 변호사 자격증 취득 후로 미뤄 놓는 것이었다. 이러한 결단이 없었으면 그는 법학원을 졸업하지 못했을지도 모른다.

런던은 그의 고향이었고, 그는 런던을 사랑했다. 런던은 옥스퍼드보다 훨씬 더 개방적이고 인파로 북적거리는 상거래 중심지였으며, 예비변호사나 예비법관을 육성하는 법학원이 있는 법조타운이었다. 또한, 런던은 왕실이 있는 곳이며, 잉글랜드 행정타운이었기에 세속적 성공을 꿈꾸는 이들은 한 번쯤 거쳐 가야 하는 곳이었다. 명예와 부 그리고 권세를 꿈꾸는 사람들은 옥스퍼드에서 공부하는 것보다 런던에서 공부하는 것이 훨씬 더 유리하다는 사실을 알고 있었다.

법학도 모어는 변호사들과 그들의 의뢰인들 간의 회동과 변호사들의 집회에 참석해서 법조 세계의 분위기를 익혔다. 그는 관습법의 나라 잉글랜드 법정에서 실제로 법조문이 어떻게 적용되는지를 관찰하였고, 그는 증거선택과정이 어떻게 이뤄지는지를 주시하였으며, 배심원들의 역할상도 주목하였다. 그는 또한 법정에 앉아서 엄숙한 모피 제품의 법복을 입은 판사, 가운과 후드를 걸친 변호사 및 자료 내용을 바삐 적는 정장 차림의 서기 등을 지켜보면서 실제로 재판과정이 어떻게 진행되는지를 살펴보았다.

이때만 해도 법학원 도서관은 법학도들의 지적 욕구를 채워 줄만큼의 충분한 법학 도서를 보유하지 못하고 있었다. 그래서 법학도들은 책을 통해서보다는 재판과정을 경청하거나 지켜보고 나서 그것을 실습해봄으로 더 많은 법조 지식을 익혔다. 다행히도 모어는 법률 상식, 법조문 분석, 법리 해석 등에 있어서 지적 호기심을 느낄 때마다 법조인이었던 아버지에게서 직·간접적으로 도움받을 수 있었다. 법조 멘토였던 아버지 덕분에 예비 법조인으로서 그의 출발이 순탄했던 셈이다.

법학도 시절 언제나 지참하고 다녔을 정도로 모어에게 깊은 영향을 끼친 책이 있었다. 그것은 당대의 최고의 법사상가 포테스큐 경Sir John Fortescue의 『잉글랜드법 예찬론De Laudibus legum Anglie』이 바로 그것이다. 그는 포테스큐를 잉글랜드 법 정신의 아버지로 존경했다. 그래서 법조인으로서의 모어를 이해하기 위해서는 포테스큐의 법사상이 어떤 것인지 살펴볼 필요가 있다.

포테스큐에 따르면 성서나 잉글랜드 연대기는 법학원 학생들의 필수교양과목이었다. 아버지 존 모어처럼 아들 모어도 그 과목을 수강했다. 모어 가문에는 지식인들의 필독 연대기인 몬머스 제프리Geoffrey of Monmouth의 『브리튼 왕 열전History of the Kings of Britain』이 소장되어 있었다.

역사는 잉글랜드 법조인들에게 중요했다. 잉글랜드 법은 로마법에 토대를 둔 대륙의 성문법과는 달리 역사적 판례를 법리적 논거로 삼는 불문법인 보통법이었기 때문이다. 헨리 8세는 '앤 볼린Anne Boleyn[1]이라는 매혹적인 여인과의 열애에서 불거진 헨리종교개혁'과 관련하여 관습법으로서 보통법의 위대한 신화적 역사성을 통해 법리적 근거를 조합해냄으로써 초국가 권위적인 로마가톨릭교회로부터 잉글랜드의 교회를 분리시키는 데 성공하게 된다.

법을 대하는 포테스큐의 태도는 한 마디로 '성직자적clerical'이다. 그의 견해에 따르면 법은 신성한 것이고, 법조인은 일종의 세속계의 성직자들이며 인간들에 의해 공표된 모든 법은 진실로 신에 의해 포고된 것이었다. 그러하기에 법은 신의 은총이 구체화된 것이었다. 포테스큐의 이러한 태도는 사제직을 원했다가 법조인의 길을 택했던 모어에게 차선의 선택이지만, 성직으로서 법조인 직업에 대해 소명감을 갖게 해주었다. 모어는 성직

자가 될 수는 없었으나, 법조인 활동을 통해 신을 섬길 수 있는 기회를 포착했던 셈이다.[2]

모어 동시기 사람들은 관습이 인간 삶의 일상사에 관여한다고 생각했기 때문에 그것을 소중히 여겼다. 매사 회의적인 철학자들을 제외한다면 대부분의 잉글랜드인들에게 이러한 관습은 신의 섭리가 배어있는 진리였다. 이 관습 속에는 생의 목적이 내재되어 있다. 세상은 죄악으로 신음하고 있지만, 신은 그들을 구원할 것인데, 구원받는 자들은 바로 이러한 관습에 순종하는 자들이었다. 잉글랜드에서는 관습은 곧 법을 의미하는 것이었기에 관습에 따른다는 것은 법에 따른다는 것을 의미했다. 모어에게 교회법이 성령적인 신법 그 자체라면 보통법은 성령의 입김이 배어있는 세속법이다. 따라서 본질적으로 양자가 충돌할 리가 없었다. 로마제국에 의해 그리스도교도들이 박해받으면서도 로마법과 로마당국의 권위에 순종한 것도 바로 이러한 그리스도교도들의 법 관념에 연유한 것이었다. 중세에도 관습에 법의 위상을 부여하여 모든 법률이 관습과 일치한다고 믿었다. 모어 또한 그러한 관념을 공유하고 있었다.

포테스큐는 잉글랜드 관습들이 그 어떤 그리스도교도 국가들의 것들보다 더 오래된 것이라고 믿었다. 그는 '트로이 몰락 후 기원전 1100년에서 1000년경 알비온(Albion: 잉글랜드의 옛 이름)으로 건너와 거인 고그마고그 Gogmagog를 물리치고 런던 주변에 정착한 브루투스와 그의 추종자들에 의해 잉글랜드가 세워졌다고 몬머스 제프리가 전하는 신화를 열렬히 받아들였다. 그러니까 잉글랜드 법으로서 관습들은 로마법을 비롯한 그 어떤 법들보다 훨씬 더 장구한 것이었으며, 그것들의 위대한 신화적 성격 때문에 이 잉글랜드 관습들은 그 어떤 다른 것들에 비해 창조 시 신이 인류에게 준 자연법에 한층 더 가까운 것이었다. 자신들이 반쯤 천국에서 산다고 여기는 잉글랜드인들은 잦은 전쟁으로 저주받은 로마법의 나라 프랑스에서는 결여되어 있는 신화적 완성도를 그들의 관습법에 부여하였다. 이러한 잉글랜드 법의 신화적 성격은 이윽고 헨리 8세가 로마가톨릭교회에서 잉글랜드교회를 떼어내는 선전·홍보 전략에서 활용된다.

그러나 포테스큐의 잉글랜드 법개념으로부터 모어가 배운 가장 중요한 것은 왕의 권위는 이러한 신성한 법의 제한을 받는다는 것이었다. 포테스큐는 말하기를 왕이 성사에 따라야 하듯이 법에 따라야 했으며, 만일 왕이 신성한 관습 규칙에 위배 되는 법률들을 만든다면, 잉글랜드의 인민들은 그 왕에게 복종하지 않을 권리가 있다는 것이었다. 포테스큐 생각에 그런 불량 왕들은 의회의 동의 없이 과세하려 했으며, 인민의 가난한 상태를 그대로 유지하려 했다. 포테스큐는 왕정은 인민의 생명·자유·재산을 안전하게 지키는 것이 제1의 존재이유raison d'etre이고, 특히 재산의 소유는 인간이 충분히 인간다워지려면 반드시 필요한 것이라고 생각했다. 재산이 없다면 인간들은 노예 상태로 전락할 것이었는데, 이런 노예들은 그리스도교 문명에 필요한 옳고 그름에 대해 구분할 수 있는 '온전한 능력 소유자들'이 아니었다. 왕정이 존재이유를 망각한다면 노예 같은 인간이 되지 않기 위해 인민은 이 왕정에게 저항해야 할 것이었다. 또한, 포테스큐는 잉글랜드 법은 그 어떤 고문도 사용치 않으며, 명확한 유죄 증거가 없다면 피고는 석방되어야 함을 역설하고 있다. 모어는 포테스큐의 이러한 법 개념에서 인간애적인 법 정신을 배울 수 있었다. 이러한 포테스큐의 법 정신은 현실 세상의 불의에 민감한 청년 모어에게 정의 의식을 고취시켰을 것이다.

한편, 모어는 '양심은 어두운 밤 횃불처럼 법조인에게 정의를 안내하는 최후의 영적 가이드'라고 생각하는 포테스큐에게서 개인 가치로서 양심의 신성성에 관해 배웠다. 이것은 '양심은 성령이 내재한 이성적인 식별력을 통해 도덕적 선을 선택하도록 이끄는 어둠 속의 촛불 혹은 선천적 각성의 불꽃이다'라는 교부 철학자 제롬Jérôme의 견해를 수용한 것이다. 제롬은 양심이 인류 타락으로 망가졌지만 그렇다고 해서 그것이 완전히 상실된 것은 아니라고 말했다.[3]

법학자 모어는 그러한 양심관을 토대로 양심을 판사의 도덕적 식별력으로서 이성의 형평의 빛 혹은 불꽃으로 보았다. 그에게 자연법 속에 이성의 불꽃이 내재해 있기에 자연법은 곧 이성법이다. 이러한 이성법에 따라서 양심은 신이 인간에게 선사한 자연 본능으로 인간의 무의식 심층에 내재해 있는 것이었다. 말년 양심수로서 그의 신앙적·도덕적 죽음은 불의에 저항하기 위한 최후의 심오한 영적 도덕 준거로서 자연 본능에 잠재해 있던 내면의 양심이 표면화된 것이었다.

법학원 졸업 후 변호사 활동을 개시하는 시점인 1501년부터 모어는 법학자의 길을 걷게 된다. 같은 해 그는 퍼니벌 법학원 조교수를 거쳐 모교 링컨 법학원 부교수로 재임하게 된다. 그러나 그는 법학원 부교수 재임 3년여 기간 동안 런던 카르투지오회 수도원에서 수도자 생활을 하면서 법학원 시절 보류해뒀던 과업 '성직자의 길 체험'을 실행하게 된다.

1504년 런던시 의회 의원으로서 정계 입문하기 직전까지 그의 이중생활은 계속되었다. 그런데 그 기간에도 에라스무스 같은 인문학자들과의 지적 교분도 꾸준히 쌓아가며 틈틈이 글을 쓰고 있었으니까, 엄밀히 따져 보면 사실상 그는 삼중(법학자, 수도사, 인문학자)생활을 하고 있었던 셈이다.

모어가 수행 생활지로 카르투지오회 수도원을 택한 것은 그 수도원이 정갈한 성직 수도사들로 명망이 높고 런던과 그 근교에서 기율이 가장 엄격한 곳으로 정평이 나 있기 때문이었다. 여기에서 그는 많은 수도사들과 영적 교감을 나누게 되는데, 그들은 평생 모어의 영적 생활의 사표가 된다.

카르투지오회 수도원은 수도사들이 각기 기도하고, 공부하고, 묵상하는 개인 별실이 갖춰진 소가옥 군집 수도자공동체였다. 수도사들처럼 공식적인 영적 서약에 의해 수도원에 매어진 몸은 아니었지만, 모어는 수년간 성직 수도사들의 삶을 그대로 좇아 생활하였다. 그들과 똑같이 수도원에 기숙하면서 심신 수련을 하였고, 소식하였으며, 꺼칠꺼칠한 나무 의자나 맨 마룻바닥에서 잠을 청했다.

3년 여간의 수도원 체험기 동안 모어는 거친 '고행용모직셔츠'를 입은 채로 수행하며 회개하는 자의 자세로 살아갔다. 이 셔츠는 일반적으로 고행자들이 자신의 죄를 고통을 통해 정화하거나 심신을 단련하기 위해 입는 '말총속옷hair shirts'을 말하는데, 수도사 생활이 끝난 후에도 그는 심신 수행을 위해 남몰래 채찍으로 자신의 몸을 후려치는 '편타고행鞭打苦行'을 하였다.

모어에게 고행용 셔츠는, 말 등에 오른 기수가 말을 통제하고 훈련하기 위해서 그 말에 물리는 재갈 같은 것으로, 조금만 방심해도 끊임없이 고개를 쳐드는 갖가지 욕망을 제어하기 위한 도구였다.

바로 이 제어하기 힘든 욕망이 모어로 하여금 수도원에서의 성직자의 길을 포기하게 한다. 에라스무스는 모어가 사제서품을 포기한 이유에 관해 다음과 같이 적었다.

> 모어는 성직자가 될 생각으로 세속의 욕망을 극기하기 위해 수도원 안팎에서 경건하고 엄격한 생활의 실천에다 철야기도, 단식 및 이런저런 수행에 온 마음을 쏟았답니다. (…) 그런데 그가 성직자가 되기를 포기했던 것 한 가지를 든다면, 그것은 그가 성욕 혹은 결혼 욕구에서 벗어날 수 없기 때문이었습니다. 그래서 그는 불량한 성직자가 되기보다는 차라리 충실한 남편이 되는 게 더 낫기에 세속계의 성직, 즉 법조인의 길을 가게 되었지요.

완곡하게 표현해보면 모어는 자신이 이른바 성직자의 삶을 소망하면서도 남편과 아버지가 되어서 얼마나 행복한 가정을 이루어 나가는지 그 본을 다른 이들에게 보여줄 그런 부류의 인간에 속한다고 스스로 생각했던 것 같다. 그래서 그는 자신이 가야 할 길이 성직자의 길이 아님을 깨닫고 그 길을 포기했던 것이다.

그렇다고 모어가 신학 공부까지 포기한 것은 아니었다. 그는 교부 철학자 성 아우구스티누스 신학에 많은 관심을 가지고 있었다. 그는 20대 초에 친구들 사이에서 이미 성 아우구스티누스 신학연구의 대가로 통했다.

일례로 성 로렌스 쥬리 성당 교구 신부 그로신(옥스퍼드대학 은사)이 성 아우구스티누스의 『신국론』[4] 해설 연사로 모어를 초빙한다. 그의 성 아우구스티누스에 대한 주석 강연은 논리정연하면서도 열정적인 것이었기에 저명한 학자들을 포함해서 수많은 군중이 그의 강연을 듣기 위해 몰려왔다. 그 강연은 그가 지식인들 사이에서 명강사로 알려지는 계기가 되었다. 이들은 청년 법학자로서의 그의 법 논리, 웅변적 연사로서의 그의 수사, 그의 인격적 풍모 등에 이끌려 그의 친구가 되기를 바랐다.

모어는 아우구스티누스 신학을 접하면서 그의 청년기를 고뇌하게 했던 인간의 결혼과 성욕 문제에 대한 의문을 해소해보고자 하였다.

아우구스티누스는 기본적으로 결혼생활을 포함해서 모든 성욕은 죄악이라고 생각했다.[5] 그에 따르면, 감각적인 죄들 가운데 최악의 것은 성욕이었다. 그래서 그는 부부성관계에서 출산에 그 의미를 국한시켰다. 왜냐면 이 세상은 죽어가는 구세대 생명을 대신할 새세대 생명에 대한 꾸준한 공급이 요구되었기에 말이다. 그러나 부부성관계에서 원천적으로 쾌락이 동반될 수밖에 없기에 그는 부부성생활이 인간 타락에 대한 표징이라고 언급하기까지 했다.

아우구스티누스는 젊었을 때 사랑하는 여인이 있었지만, 그리스도교도로 회심했을 때, '신의 은총'이라는 의미의 이름을 지닌 아데오다투스

Adeodatus라는 아들을 그에게 안겨주었던 그 여인을 버림으로써 인간의 타락에서 벗어나고자 했다.

아우구스티누스에게 결혼은 인간 종족 번식을 위한 필요악이었던 셈이다. 모어의 결혼관도 그러하였다. 이러한 생각을 지닌 모어는 가능한 한 결혼을 피하고자 했다.

그러나 모어는 엄격한 수도원 생활이나 금욕적인 고행실천을 통해서도 인간으로서 육체의 유혹을 떨쳐버릴 수 없음을 체감했다. 그래서 그는 영적 멘토 콜렛[6]의 적극적인 조언에 따라 결혼하여 세속계의 성직으로서 법조인의 삶을 살기로 결심했던 것이다.

이제 모어의 영혼의 친구였던 에라스무스에게 화제를 돌려보자. 모어가 에라스무스를 처음 만난 것은 1499년 가을날 땅거미가 질 무렵 연회장 만찬에서였다. 그들 둘 다 만찬에 초대되었다. 모어는 이미 그리스어 등 몇 개 언어에 통달해 있던 이 대학자에 관한 명성을 익히 들은 바 있었다. 관찰력이 뛰어난 모어는 모피제품의 겉옷을 걸치고 모자를 이마 바로 위까지 꾹 눌러 쓰고 있던 과묵하고 수줍음을 잘 탈 것 같은 그 사람을 유심히 바라보고는 그의 섬세한 성품을 감지해내려고 그의 모습을 스캔하고 있었다.

에라스무스는 말하는 도중 내내 '이프if'라든지 '벝but'이라는 낱말들을 과도하게 사용하는 버릇 때문에 말을 쉽게 끝맺지 못하는 지나칠 정도로 섬세한 성격의 신중한 사람이었다. 그래서 동시기 일부 지식인들은 그를 '그러나 박사Dr. Mais'라고 조소하기도 하였다. 그러한 성향은 그의 기질적·체질적 특성에서 비롯된 측면이 많다.

에라스무스는 체질적으로 날씨가 좀 더워지면 몸이 온통 땀으로 젖고, 안개라도 끼면 우울감이 찾아들어 주변 환경에 민감한 반응을 보이는 약골이었다. 특히 그는 추위에 예민해서 조금이라도 찬 바람이 불면 늘 비염기가 도졌다. 이러다 보니, 에라스무스는 본능적·습관적으로 하찮은 일에도 매사 신중한 반응을 보이는 성향을 기질적으로 형성하게 된다.

그들 간에 첫 만남이 있었던 이날은 창틈 사이로 서리가 껴 있을 정도로 외풍이 느껴지는 스산한 날이었다. 연회장의 창틈 사이로 들어오는 냉기에 에라스무스가 외투 깃을 목 위까지 바짝 세우고는 몸을 움츠리고 있었다.

모어가 얼른 에라스무스 곁에 가서 말을 걸었다. "외풍 냉기까지 그대를 반기는군요. 냉기조차 그대를 알아보는 것 같군요."

그러자 총명한 젊은 변호사 모어에 관해 알고 있었던 에라스무스는 "어, 저런, 이제 연회장에 온기가 도는군요. 그대는 분명 모어가 틀림없지요. 모어가 아니라면 그 누가 이곳에 온기가 돌게 하겠소"라고 맞장구쳤다.

이 두 사람 간에 담소는 계속되었다. 그들은 서로의 음조에 맞춰 라틴어로 말을 주고받았다. 에라스무스가 모어가 도대체 이해할 수 없는 심오한 농을 던지자, 모어가 "그렇게 말하는 그대는 에라스무스이겠지요, 그렇지 않으면 악마이던가!"라고 화답했다. 모어의 화답은 에라스무스가 심오한 철학적 창조물이기도 하지만 다른 이들이 쉽게 범접할 수 없는 악마처럼 영특한 인물이라는 의미를 함축하고 있었는데, 에라스무스는 그 말을 칭찬으로 받아들이고 즐거워하였다.

훗날 에라스무스는 '자신이 마치 순수하면서도 재기발랄한 사랑스러운 아이의 호수 같은 모어의 눈동자에 풍덩 빠져들어 가고 있었으며, 그런 그에게 매료당했음'을 고백한다.

에라스무스는 "모어는 우정을 위해서 태어나고 그것을 위해 창조된 것처럼 보인다"라고 썼다.

모어는 얼마나 친절하고 매너가 좋은지, 그는 가장 우둔한 영혼까지 유쾌하게 만들며, 그 누구든 그에게서 발산되는 환한 빛을 받게 되면 불행의 그림자가 사라지게 된다. 그는 재담을 하도록 태어났던 것처럼 보인다. 모든 것에서부터, 하물며 가장 심각한 것에서조차 그는 즐거운 요소를 추출해내는 비범한 재주가 있다. (…) 그의 얼굴에는 늘 희색이 만면하고 쾌적한 명랑함이 배어있는데, 그는 상대방으로 하여금 웃음을 터트리게 할 준비가 되어있는 그런 재담꾼이다. 이러한 그의 재주는 그의 고결한 성품과 조화를 이루기에 더욱 값진 것이다.

모어와 에라스무스는 세상이 어떻게 하면 행복해질까 고민했고, 고전고대 그리스·로마의 저술가들의 작품세계에 빠졌으며, 재담과 풍자를 즐기는 등 공통의 관심사를 가지고 있었다. 이들은 신도 인간을 위해 존재하며 '인간애가 없다면 그 어떤 것도 의미가 없다Nihil Sine Humanitate'고 생각하는 인문주의자들이었다. 그들은 신앙과 이성의 조화에 대한 모색, 새것과 옛것의 창조적 조화의 구현, 평화 추구 등에서 공감대를 형성하고 있었다.

그러나 모어와는 달리 에라스무스는 따뜻한 가정생활의 참된 맛을 느껴보지 못한 채 매우 불우한 어린 시절을 보냈다. 또한, 모어가 수사가 되고 싶었으나 그 길을 단념해야 했던 반면에, 에라스무스는 본인의 생각과 달리 수사가 될 수밖에 없었다. 그래서 에라스무스는 자신의 바람대로 수사의 길을 포기하고 인문학자의 길을 걸었다. 그런 과정을 겪으면서 그는 모어와 마찬가지로 타자의 상흔을 보듬는 인간애가 충만한 인간으로서 유럽 지식인들의 사표가 되었다. 성격상 그는 수줍음을 잘 타는가 하면 고독감에 곧잘 빠져들곤 하는 소심한 구석이 있는 사람이었다. 그런 성격이기에 에라스무스가 그 자신의 단점을 상쇄할 수 있는 '관대함의 여유와 유머 감각이 있는 모어'에게 한층 더 끌리게 된 게 아닐까.

"내가 어찌나 모어 그 사람을 좋아하던지, 런던 길거리에서 그가 나보고 요쪽 저쪽 스텝을 밟으면서 춤추라고 한다면, 나는 그가 시키는 대로 기꺼이 그렇게 할 겁니다"라고 에라스무스는 어떤 친구에게 말한 적이 있었는데, 그 정도로 그는 모어에게 공감했으며 호감을 느꼈다. 아마도 실제로 독서·연구·집필활동으로 인해 몸 움직임이 뜸하여 비대해진 에라스무스의 체중을 감량시키고자, 모어는 몸소 그런 동작을 선보이면서 에라스무스를 따라 움직이게 하여 그의 둔감해진 몸을 다소 경쾌하게 만들어주었을 것이다.

모어와 에라스무스는 우정과 존경으로 가득 찬 많은 편지를 주고받았다. 모어는 기회가 오면 문필가 에라스무스에게 강력한 후원자로서 잉글랜드의 유력자나 권력자를 소개시켜 주려고 맘먹고 있었다.

에라스무스는 그리니치 근처의 전원 집에서 머무르고 있었는데, 이때 모어가 그에게 함께 산책을 하자고 청했다. 모어는 "걷는다는 건 자연과 우리의 원소인 돌·흙·물·공기·햇살·바람을 느끼는 유쾌한 일이지요"라며 산책을 유인했고, 에라스무스는 "돌은 나의 뼈요, 흙은 나의 살이고, 물은 나의 피이며, 햇살은 나의 기운이고, 바람은 나의 영혼이어라. 오!, 자연을 걷는다는 건 놀라운 은혜를 만나는 일이지요"라는 말로 모어의 제안에 흔쾌히 응했다.

모어와 에라스무스는 쾌적한 켄트주 녹지들판을 가로질러 가던 중에 그곳의 울타리 없는 초지에서 목자들이 양 떼를 방목하고 있는 모습을 목격할 수 있었다. 그런데 이들 중 일부는 동료의 피리 부는 소리에 가락을 맞춰 춤을 추고 있었고, 또 다른 이들은 양 새끼들을 가둘 울타리를 만들고 있었다. 에라스무스와 모어는 그 장면들을 바라보면서 해자 위의 다리 쪽으로 갔다. 이곳으로부터 멀지 않은 곳에 고딕식 장식의 격자창들과 섬세하게 조각된 석조 문간이 있는 높은 건물이 보였다. 이 건축물은 에드워드 2세 통치 이래로 왕가의 별궁으로 쓰였던 엘담 궁이었다. 내실로 들어가자 화려한 복장의 왕실 가족들이 담화를 나누고 있는 장면이 그들의 시야에 들어왔다. 9살의 요크 공 헨리 왕자[7]가 보였으며, 그의 어린 남동생 에드먼드 왕자와 두 누이 마가레트 공주와 메리 공주도 보였다.

왕자와 공주 보좌 조신들이 햇살이 반사되는 착색유리창 아래 서 있었다. 크고 작은 깃발들이 외팔들보지붕(Hammerbeam roof 고딕양식건축물에서 보이는 목재지붕구조)에서 펄럭였으며 벽 군데군데 걸려있는 군기들에 수놓아진 모자이크 문장, 붓꽃 문장, 표범 문장 등의 각양각색의 문장들이 궁 내실을 더욱 화사하게 해주고 있었다.

금발 머리 소년 헨리가 방문 손님이 누구인지를 알아보기 위해 자신의 민첩한 파란 눈을 반짝이면서 그들이 오는 방향을 주시하고 있었다. 음울하고 깊이 파인 눈을 가진 새장 속 송골매처럼 부라린 눈을 하고 마른 얼굴을 한 검정 복장 차림의 스켈톤[8]이 헨리에게 어떤 말인가를 건네고 있었다. 이 당시 왕자의 가정교사로 있던 스켈톤은 기벽에 가까운 호쾌한 기개로 잉글랜드 문단에서 괴짜풍자시인으로 알려져 있던 자였다. 스켈톤과 모어는 구면이었던지라, 저만치에서 스켈톤이 모어를 알아보고는 손을 약간 들어 예를 표했다. 헨리 바로 곁에는 겨우 10살에 불과하지만 성숙한 여인네 같은 우아한 옷차림을 하고 있는지라 그 자태가 퍽 위엄 있어 뵈는 마가레트 공주가 서 있었고, 이 공주 옆에는 4살도 채 안된 메리 공주가 장난감을 가지고 놀고 있었으며, 이들 뒤쪽에서는 아기 왕자 에드먼드가 포대기에 감싸진 채로 유모 품에 안겨 있었는데 그녀는 이 아기 왕자를 어르느라고 여념이 없었다.

모어를 보자 반가워하면서 "모어 경, 모어 경! 이번에는 내게 어떤 시를 보여주실 것인가요?"라고 헨리 왕자가 모어에게 말했다. 모어는 자작시가 쓰인 두루마리 종이를 그에게 주었다. 왕자는 그것을 읽고 난 후 그것을 가정교사 스켈톤에게 주고는 에라스무스에게 고개를 돌렸다.

"모어 경, 이 사람은 누구죠?"라고 왕자가 물어보았다. 모어에게서 이 사람이 바로 네덜란드 출신의 대학자 에라스무스라는 소개를 받았을 때, 헨리는 확실히 그에게 또 다른 시 선물을 기대했을 것이다.

에라스무스가 예기치 않게 왕자를 만나게 된 것은 에라스무스를 당황하게 했을지도 모른다. 그는 왕자에게 줄 그 어떤 선물도 준비하지 못했으며, 그는 모어처럼 시를 즉흥적으로 지어낼 재간도 없었던 터라 그가 무척 곤혹스러워했을 것임은 불을 보듯 뻔했다. 에라스무스는 그러한 모어의 즉흥적 처사에 그의 예측불허 행동을 원망했을지도 모른다. 모어가 목적지나 만나는 사람의 정보를 에라스무스에게 사전에 조금이라도 제공했더라면 그는 왕자에게 바칠 짤막한 헌시 정도는 준비할 여유를 가졌을 것이며, 왕자에게 줄 소소한 선물 정도는 챙겼을 테니까 말이다.

그러나 모어는 친구를 놀라게 하고 당황하게 한 것에 대해 일단 자신의 작전이 성공한 양 흡족해하고 있었다. 이를테면 모어는 에라스무스가 다른 보통의 문필가들처럼 초면에 헨리 왕자에게 시를 헌정한다면 그 또한 이름 없는 보통의 아첨꾼 방문객들 부류에 끼게 되어 왕자에게 강한 인상을 남겨 주지 못할 것이 뻔하며, 그렇게 되면 일급 문필가인 에라스무스의 가치가 평가절하되는 결과가 초래될 것이라고 생각하고 있었다. 모어의 생각이 맞는다면, 에라스무스는 왕자의 마음속에 강렬하게 각인되었을 것이다. 모어는 문예적 기질이 다분했던 헨리 왕자가 문필가 에라스무스에게 깊은 관심을 갖고 그의 든든한 후원자가 되길 바랐던 것이다.

왕위계승자는 헨리 왕자의 형 아서였지만 헨리 또한 막강한 유력자로서 제1의 교회의 수호 제후가 될 막강한 미래의 예비 권력자였으니까 말이다. 그러므로 모어 생각에 헨리 왕자는 에라스무스 같은 대학자를 물심양면으로 후원해 줄 안성맞춤의 후원자였던 것이다. 그리하여 며칠 후 이 일급 문필가 에라스무스는 시 한 편을 써서 그것을 헨리에게 보냈다. 이제서야, 에라스무스는 '친구 모어가 늘 그 자신을 도와주고자 이렇게 저렇게 궁리한다'라는 사실을 새삼 깨닫고 그의 속맘 깊음에 감탄하면서 '진정한 친구의 가치'를 실감하게 되었을까.

모어는 이미 궁정에서 시인이자 학자이며 기대가 촉망되는 법조인으로 그 이름이 자자하게 알려져 있었다. 특히 그는 법학자로서 그의 강연들과 수사학적인 법 논리로 인해 주변의 인정을 받은 터였다. 이제 그는 한곳에 정착해서 자신의 가정을 꾸려야 할 시기가 되었다. 그래서 그는 결혼에 관해 진지하게 생각하기 시작했다.

4장 경건한 법학자

Thomas more

제5장

●

행복한 가정

"결혼은 연옥 정도면 행복이다. 천국도 지옥도 아닌…."

결혼에서의 성공은 올바른 상대를 찾아서 오는 게 아니라 올바른 상대
가 됨으로써 온다.

결혼 직전인 1504년경, 모어는 의회 하원의원으로 선출되었다. 하늘이
1월의 회색빛으로 우중충했던 어느 날 모어는 어깨가 축 처진 것처럼 보
이는 의원들과는 달리 웨스트민스터 의회 의사당의 지정 의원석에 당당하
게 앉아 있었다. 그도 그럴 것이지 의원들 대부분이 나이기 기나하게 든
중년의 신사들이었던데 비해 모어는 26살의 한창 피 끓는 젊은 의원이었
기에 말이다. 의원들의 연설은 무뎠을 뿐만 아니라 그들에게는 그 어떤
생기도 느껴지지 않았지만, 젊은 모어에게서는 활기찬 생동감 같은 것이

느껴졌다. 모어는 곧 의회연설의 기회를 잡았다.

왕 헨리 7세는 돈을 필요로 하고 있었다. 그의 딸 마가레트 공주는 스코틀랜드 왕 제임즈 4세와 결혼했는데, 오랜 습관대로 그녀는 혼인 지참금으로써 많은 액수의 돈을 남편에게 갖다 바쳐야 했기에 말이다. 왕은 또한 세자 아서의 기사 작위 행사비 명목으로 기사 작위 비용 금액을 의회에 요청하였다. 그러나 왕세자 아서는 이미 2년 전에 죽은 망자였다.

헨리 7세는 무소불위의 왕권을 행사하고 있었던지라 그 어떤 도전도 용납할 태세가 아니었지만, 그의 계속되는 돈의 요구에 의원들의 불만이 점점 더 커져가고 있었다. 왕의 그러한 요청들은 매우 탐욕스럽고 불합리한 것이었으며 잉글랜드 형편상 의회는 왕에게 그러한 요청금을 지출할 여유가 없었다.[1] 의원들이 내심으로는 화가 머리끝까지 치밀었지만, 그 어떤 의원도 왕의 권위에 저항할 용기를 낼 수 없었다. 왕의 뜻을 좌절시키는 자는 그가 누구든지 간에 왕에 의해 겨냥된 복수의 화살의 희생양이 될 것이 불을 보듯 뻔한데, 이런 왕에게 그 누가 감히 저항의 깃발을 치켜세우랴.

그런데 맹랑하게도 풋내기 의원인 모어가 왕의 요구가 얼마나 부당한 것인지를 조목조목 따지며 왕의 권위에 저항했다. 이것은 분명 왕권에 대한 항명이었다.

이러한 항명은 다른 의원들이 왕의 눈치를 보지 않고 소신껏 행동할 수 있는 계기가 되었다. 이를테면 또렷한 청회색 눈동자를 번뜩이면서 당당한 몸짓과 카랑카랑한 어투로 자신의 소신을 밝히는 모어의 용기 있는 모습은 동료 의원들이 취해야 할 행동 방향을 제시해 주는 나침반이 되었던 것이다.

이제 의회 의원들은 왕의 요청에 반대투표하는 행동을 보여주었다. 얼마 후에 왕은 자신의 목적을 좌절시킨 자가 다름 아닌 '애송이 의원' 모어라는 사실을 알게 되었으며, 이에 왕은 분노의 화살을 그에게 겨냥하려 하였다.

만일 모어가 돈 많은 부자라면 그는 비싼 벌금형에 처해질 것이고, 만일 그가 나이가 거나한 가난뱅이라면 그는 투옥형에 처해질 판이었다. 그는 이 두 경우 중 어디에도 해당되지 않았다. 왕에게는 그런 모어가 부자 아버지를 둔 풋내기 변호사로 비쳤다. 그래서 왕은 모어가 100파운드의 벌금을 낼 때까지 모어가 아닌 아버지 존 모어를 런던탑에 투옥하였다.

하원의원으로서의 정계 입문 후 발생했던 이 사건은 한편으로는 정치인으로서의 모어의 확고부동한 정의 의식과 굽히지 않는 소신을 반증하는 것이었지만, 다른 한편으로는 창창해 보이던 모어의 앞길이 순탄치만은 않을 것임을 예감케 하는 징후 같은 것이기도 하였다. 이후, 모어는 결혼 문제로 고민하게 되었는데, 존 모어는 아들 모어가 다른 관심사, 즉 사랑과 구혼 문제에 관심을 쏟고 있음을 눈치채고는 아마도 다행이라고 여겼을 것이다.

모어 가문에서는 이미 제인의 부친인 네더홀 출신의 존 콜트를 익히 알고 있었다. 왜냐면 존 콜트의 부친은, 즉 제인의 조부인 토머스는, '왕실재정담당고위관직(재무부 차관)'을 역임한 바가 있었던지라 재정처리의 법률적 문제로 모어의 부친 존 모어를 법학원에서 여러 번 만난 적이 있었기에 말이다. 존 콜트는 곧잘 청년 모어를 자신의 시골집에 초대하곤 했는데, 그것을 보면 그는 일찌감치 모어를 자신의 사윗감으로 점찍어 놓았었던 것 같다.

존 콜트 가家는, 런던 외곽시골에 본거를 두고 있었지만, 대가문이었다. 피후견 아이들을 포함해서 애들만도 18명이나 되었고, 빨간 벽돌의 해자 두른 바깥채에 기거하는 식솔들도 일일이 열거하기 어려울 정도로 많았다. 대낮에는 사냥용 말들이 콜트 가家 사유지 숲속 사냥터를 누볐으며, 저녁이 되면 가내에서 몸짓극과 막간극이 한바탕 벌어지기도 했다.

모어의 방문 날에는 세 딸이 모어 곁에 모여들어 이야기를 해 달라고 청하곤 했다. 이들은 옹기종기 턱 괴고 앉아 모어의 구수한 이야기에 시간 가는 줄 몰랐다. 존 콜트의 딸들은 모어를 말 잘하는 멋진 재담꾼 신사라고 생각했다.

모어는 이들 중 가장 아름다운 막내딸을 제일 좋아했다. 그러나 그는 큰딸 제인의 그를 향한 눈길을 강렬하게 느낄 수 있었다. 제인은 모어를 좋아하고 있었다. 그래서 그가 그녀에게 말을 걸기라도 하면 그녀의 볼은 금세 볼그스레해졌다. 모어는 제인이 자신을 사랑하고 있음을 눈치채게 되었다.

"만일 내가 막내딸에게 구혼한다면, 제인은 마음의 상처를 크게 받게 될 텐데"라고 모어는 생각하였다.

"하지만, 막내는 참으로 아름다운 여인인데…!"

남녀 사랑이란 게 서로에게 교감이 있을 때 가장 아름답게 피어나는 법이며, 상대방의 사랑이 아무리 뜨겁고 진실하더라도 그것이 받아들여지지 않는 외짝사랑이라면, 이런 사랑은 한쪽에게는 상처의 눈물을 남기고, 또 다른 한쪽은 곤혹스럽고도 찝찝한 감정을 여운으로 갖게 되지 않는가.

그러나 막내딸에 대한 모어의 관심은 곧 큰딸 제인에게로 향했다. 모어는 자신을 언제나 따뜻한 눈길과 부드러운 미소로 맞이하는 제인을 뿌리칠 수 없었던 것이다. 그는 그녀를 결혼 상대자로 생각하기 시작했다.

"내가 어찌 이 온순한 숙녀 제인의 마음에 상처를 받게 할 수 있으랴! (…) 만일 막내가 그녀보다 먼저 결혼 신청을 받는다면, 그녀의 상심과 수치심이 얼마나 크겠는가!"

이를테면 모어는 '찬물을 마시는데도 위아래 순서가 있는 것처럼 남녀 사랑에도 위아래 순서가 있다'라는 일종의 '계서적階序的연애관'을 가지고 있었던 셈이다.

이러한 모어의 연애관은 '사랑이라는 것은 시공을 초월한 순수한 감정이다'라고 생각하는 사람들이나 대다수의 현대인들에게는 도대체 납득되기에 난감한 구석이 있겠지만, 모든 면에서 여전히 가부장적 질서의 계서적 사회의식이 지배하고 있었던 당대의 관점에서 본다면 그러한 모어의 생각이 전혀 이해될 수 없는 것만은 아니다.

여하튼 모어의 제인에 대한 사랑은 '혼인 순서상 셋째딸보다 맏딸이 우선해야 마땅하다'라는 '계서존중'에 바탕을 둔 동정심에서 시작되었던 것임에는 틀림이 없다.

모어에게 제인은 다듬어지지는 않았지만 온순하고 티 없이 청순한 여인으로 비쳤다. 그런 그녀에게서 그는 격 높은 여인으로서의 완성미는 떨어지지만, 여필종부의 순정 어린 여인의 향기를 느꼈던 것 같다.

모어는 제인의 미완성된 부분은 교육을 통해 채워지면 되리라고 생각하고는, 그녀의 아버지 존 콜트에게 '큰딸 제인을 아내로 맞이하겠다'라는 의사를 표명했다. 이에 존 콜트는 모어의 뜻을 흔쾌히 받아들였고 이렇게 해서 모어와 제인의 혼인은 성사되었다.

전해지는 제인의 개인초상화는 없다. 모어 가家의 가족 묘지에, 모어는 그녀를 '내 사랑, 소녀 같은 아내'라고 기록하고 있다. 그녀는 남편에 은은한 사랑의 감정을 불러일으키는 소녀 같은 아내였다.

모어와 제인 사이에 태어난 세 딸에는 진지하고 영리면서도 고집 센 성격의 마가렛과 과묵한 성격의 엘리자베스 그리고 당당한 성격의 쎄실리가 있었다. 이렇게 성격은 달랐지만, 그들에게서 공통으로 발견되는 바른 몸 가짐, 청순한 용모, 단정한 발걸음, 크고 맑은 눈, 미소짓는 입 등을 보면 그들은 영락없이 피를 나눈 자매 소녀들이었는데, 남편 모어에게 제인은 아마도 그러한 딸 같은 아내처럼 느껴졌을 것이다.

모어와 결혼 할 시기 제인의 나이는 17세였는데, 그녀는 그때까지 줄곧 시골 전원에서 자랐다. 이곳엔 천혜의 방목지와 말 타기 좋은 초지 숲길이 있었다. 그곳에서 그녀는 천으로 감싸진 자신의 손목 위에다 애완용 매를 올려놓곤 잘 길들여진 조랑말의 안장에 걸터앉거나, 두 발을 한쪽으로 모 으고 아버지의 애마 뒷자리 보조안장에 다소곳이 착석하여 승마를 즐겼을 것이다.

그 당시 대부분의 명문가 여성들처럼, 제인은 늘씬한 이탈리아 명품종 의 그레이하운드나 수놓아진 우단 옷깃을 목에 두른 형상을 한 순백색 몰 타 품종의 테리어 같은 애완견을 길렀다. 그녀는 자주 애완견과 함께 산 책하곤 하였고, 산책 후에는 조랑말에게 당근이나 무를 간식거리로 던져 주었으며, 잠자리에 들기 전에 애완용 매에게 모이를 주며 저녁 인사를 나눴다.

그러나 제인이 그런 여유만을 즐긴 것은 아니었다. 그녀는 틈틈이 새엄 마의 집안일들을 거들어야 했다. 제인의 아버지 존 콜트는 처가 병사하자 집안일을 권사 할 새엄마를 맞이했는데, 제인은 그런 새엄마를 도와 다른 자매와 함께 허드레 방에서 약초를 건조하고 비누와 향수를 제조하였다. 왜냐면 이곳에서는 기초화장용으로 쓰는 화장품을 파는 화장품상점도 없 었고 기본 비상약을 파는 약종상藥種商도 없었기에 말이다. 시골 전원의 여 성들은 대개 그러한 화장품과 비상약도 직접 제조해야만 했다.

때때로 제인은 자매들과 함께 새엄마를 도와 통조림, 기침·소화불량 및 두통대비응급약, 화장수나 화장유化粧油, 방향제, 세두제洗頭劑 등을 대형

찬장에다 채워두는 일을 거들었다. 새엄마는 제인에게 그것들 중 긴요한 몇 가지 경우 제조 방법을 알려주었으며 안주인으로서 집안 살림을 꾸려가고 식솔들을 거느리는 법을 가르쳤다.

그러나 제인은 하녀들과 잡담하는 것을 더 좋아했다. 남녀 간 선호 감정은 제 눈에 안경이기에 모어에게는 그녀가 조신하고 온순한 양갓집 규수로만 보였겠지만, 실상 그녀는 자기 또래의 가내 하녀들과 수다 떨기에 여념이 없고 자신의 속내를 맘껏 드러내는 다소 방정맞은 명랑 소녀이기도 하였다. 분명 그녀의 거리낌 없는 수다 소리는 한적한 시골마을 사방팔방으로 울려 퍼졌을 것이다.

가족과 하녀들 모두가 따스한 햇살을 받을 수 있는 널찍한 방에 옹기종기 앉아 실을 자아 만들었으며, 이들은 그 실로 손수 갖가지 천 커버와 식탁보 및 가내 의복들을 가공하였다. 이 시기 시골 여성들에게 실을 자아내고 짜며, 바느질하고 수놓는 일은 여성이 해야 할 풍속이었다.

시골 여성들이 책을 읽거나 글을 쓴다는 것은 거의 생각할 수 없는 일이었다. 당시의 많은 소녀들처럼 제인도 책 읽는 법과 글 쓰는 법을 제대로 익히지 못했다. 그러나 이제 그녀는 여성도 책을 읽을 줄 알아야 하고 글을 쓸 줄 알아야 하며 악보를 볼 줄 알아야 한다는 여성교육관을 가진 사람과 결혼해야 할 것이었다.

제인은 시골 장터가 간간이 설뿐 사람들의 왕래가 뜸한 로이돈 지역을 벗어난 적이 없었다. 그녀의 마음을 가장 들뜨게 하는 것은 크리스마스 축제이거나 시골 장이었다. 그녀는 혼례복 가공 천을 사는 일로 들떠 있었다. 그녀는 손수 실로 잣고 짤 가내 아마포를 눈여겨볼 것이고 런던에서 들여오는 갖가지 천을 담은 짐짝을 개봉해 볼 것이며 꽃잎처럼 홍조를 띤 비단과 다마스커스천을 고를 것이었다. 괴나리봇짐 장수가 집안 뜰까지 들어오곤 했었는데, 그 상인으로부터 그녀의 아버지는 시집갈 딸에게 리본과 레이스, 목걸이와 장신구 등을 사주었다.

제인의 아버지는 꽤 많은 혼인 지참금과 혼수감을 마련해야 했을 것이다. 전도양양한 청년에게 딸을 맡기는 존 콜트 입장에서나 딸의 시아버지가 될 존 모어의 입장에서 볼 때, 당시 풍습상 그러한 혼인 지참금과 혼수감 마련은 당연한 처사였으니까 말이다.

제인은 수줍고 겁 많은 처녀였다. 그녀는 동반자가 될 모어에 대해 두려움을 가지고 있었을 것이다. 사회적으로 잘 나아가고 있는 남편의 내조자가 되어야 하는 그녀로서는 그런 그에게 부담을 느끼지 않을 수 없었을 것이다. 그녀의 아버지는 딸에게 말했다.

"애야, 너는 명가 출신의 똑똑한 젊은이를 남편감으로 맞이하게 되었구나. 네 남편에게 일편단심으로 순종하며 그를 잘 섬기거라. 그는 참으로 다른 이들의 모범이 될 만한 덕성을 갖춘 신사란다. 너는 남편의 명성에 누 끼치지 않는 분별력 있는 아내가 되도록 늘 애써야 할 것이다."

아버지의 말에 제인은 고개를 끄덕였다. 그녀는 모어를 사랑했다. 청회색 빛의 명민해 보이는 그의 눈, 입가에 빠르게 머물다가 잔잔하게 사라지는 그의 미소, 말굽이 바스락거리는 잔디를 박찰 때 나는 조랑말 요동처럼 마치 춤추듯 율동적이다가 높아지는 그의 어투 등 그의 모든 것들을 그녀는 사랑했다. 그렇지만 그녀는 자신이 사랑해왔던 모든 것들, 즉 여태까지 그녀에게 낯익었던 모든 것들을 제쳐두고 앞으로 펼쳐질 낯선 새 삶을 맞이해야 한다는 것에 대해 일종의 두려움 같은 것을 가지고 있었다.

마침내 혼례식 날이 왔다. 예식은 신부댁 가까운 곳에서 거행되었다. 제인이 교회당 문간에 섰을 때, 그녀는 자신이 입은 모피 장식의 웨딩드레스와 부드러운 곡선의 망토 가운이 주는 가벼운 착용감에 새처럼 날 것 같은 기분을 느꼈다.

예식이 거행되자 예식 절차에 따라 예식 주관 사제에 의해 신의 축복이 내려졌고, 성혼 서약이 이뤄졌으며, 신랑과 신부에게 몇 마디 질문이 던져졌다. 신랑 모어와 신부 제인은 '예'라고 동시에 대답했고, 신부의 아버지 존 콜트도 주관 사제의 물음에 '예'라고 대답했다.

그러나 제인은 그녀 자신의 손가락에 결혼반지가 끼워지고 그녀 자신이 이제 남편의 성을 딴 제인 모어임이 알려지는 소리를 들었지만, 그녀에게는 여전히 실감나지 않았으며 마치 꿈 결속에 벌어지는 일처럼 아련하게 느껴질 뿐이었다.

예식이 끝나고 신혼부부는 푸른빛의 지그재그 문양으로 띠 두른 빨간 벽돌집의 존 콜트 가家로 향했다. 몹시 흐린 날이었지만, 마을 까마귀들은 그런 날씨에도 아랑곳하지 않고 높은 느릅나무 가지 위에 자신들이 살 보금자리를 짓느라고 분주했다.

모어는 곧 고향을 떠나야 한다는 생각에 아쉬움이 역력한 제인의 얼굴 표정을 읽고는 그녀의 마음을 토닥거려 주었다.

제인, 네더홀을 떠나는 것을 너무 아쉬워 마오. 가능한 한 자주 그대와 함께 이곳에 오리다. 장인 장모님, 처제 처남들 이들 모두가 이젠 내 가족이나 다를 바 없으니까 말이요. 그러나 이제 그대는 또 다른 가족이 있는 우리의 신혼집에서 매우 분주하게 될 것이고, 자긍심 높은 안주인이 되어 그대의 아버지 집인 이곳에 대한 향수에서 벗어나게 될 것이오. 우리가 앞으로 살집에 대해 그대가 처음엔 낯설게 느끼겠지만, 차차 낯익게 되면 그대의 고향 네더홀 집 못지않게 푸근한 보금자리가 될 것이오.

제인은 남편에게 미소로 답하였다. 런던으로 여정을 떠날 날이 왔을 때,

그녀는 고향을 떠나는 아쉬움과 사랑하는 사람과 함께 할 곳에 대한 기대감에서 오는 흥분됨을 동시에 느꼈다. 그러다가 이 양면 감정은 금세 행복감으로 교차되면서 그녀의 마음을 설렘으로 들뜨게 하였다. "런던 근교 벅클러스베리의 월부루크 거리는 어떻게 생겼을까?"

제인은 벅클러스베리가 전원풍의 동네처럼 생겼으리라 생각했다. 또한, 그녀는 남편이 너벅선집(Barge 거실이 너른 배 바닥 같은 집)이라고 불렀던 벅클러스베리 신혼집은 그 이름이 풍기는 만큼 매우 널찍하고 안락한 공간일 것이리라고 기대했다. 그녀는 아침 일찍 신혼집에서 살며시 빠져나와 냉이와 물망초도 캘 수 있으리라고 생각했다. 그녀는 월브루크 거리에는 갖가지 약초 가게와 향수 가게가 줄지어 서 있으리라 추측했다.

"전원풍 동네니까, 거리에 들어서면 푸른 수목들, 향긋한 냄새가 나는 꽃들과 정원들로 가득 차 있겠지…."

그러나 기대가 산산이 깨졌다. 제인은 벅클러스베리가 자신의 추측과는 천양지차의 동네라는 것을 알게 되었다. 그 흔한 나무도 찾아보기 힘들고, 거리 집들이 자갈길을 그늘지게 할 뿐이었다. 어둠침침한 동굴 같은 가게에서 뒤섞인 꽃들의 향취-라벤더, 로즈메리, 등꽃 및 기타 외래품종의 갖가지 꽃들의 강한 향취-가 코를 찔렀다. 소란스러운 좁은 길, 고함지르는 도제, 절거덕거리는 들통 실은 마차, 대장간 망치 소리 등의 크고 작은 소음이 그녀를 심란하게 하였다.

신혼집에 도착한 제인은 집 밖 소음들을 차단하기 위해 집안 격자 창문들을 닫고 깔끔하게 정리되어있는 방들을 둘러봤다.

"왜 이렇게 모든 게 낯설고 불편하지…."

제인은 친정집 네더홀의 남루한 가구, 빛바랜 벽걸이 융단, 허름한 다락방 같은 친숙한 것들이 그리워졌다. 그런 아내에게 모어는 살다 보면 익숙해질 것이라며 위안의 말을 하며 그녀를 안심시켰다. 그러나 그다음 날 뻐딱해 뵈는 런던의 벅클러스베리 식솔들에게 그녀를 홀로 내팽개친 채로 이른 아침 출근했다가 밤늦게 귀가하는 남편을 보고, 그녀는 다소 야속하게 생각했으리라.

런던 출신 식솔들은 말 속도가 매우 빨랐고 동작도 무척 잽쌌다. 제인에게는 그런 것들이 모두 소음처럼 느껴졌다. 순간적으로 그녀는 향수에 젖어 들었다.

"이런저런 소음 때문에 머리 아파 죽겠어. 고향의 정겨운 소리가 그리워. 집 앞 개천의 조약돌 부딪히며 내는 물소리, 우거진 관목들 틈새에서 짹짹거리는 참새 소리, 뒤뜰 우리에서 꿀꿀거리는 돼지 소리, 주인의 기척에 반가움을 전하는 개짓는 소리, 바람에 살랑거리는 나뭇잎 소리 등등의 정겨운 소리가 아직도 내 귓전에 맴도는데!"

제인은 남편이 사다 준 신형의 루트(기타와 비슷한 14~17세기 현악기)를 보자 한숨짓고는 그녀는 자신도 모르게 "어휴, 지겨워 죽겠네"라는 말을 내뱉었다. 모어는 음악광이었다. 그는 책장마다 기어가는 조그마한 거미 같은 음표가 다닥다닥 그려져 있는 악보를 그녀에게 갖다주었다.

제인이 음표 읽기를 실수라도 할 것 같으면, 모어는 그런 그녀의 볼에 살짝 키스하고는 "제인, 그 음이 아니잖소, 음표에 발이 달렸니 보오 그놈의 음이 그대 곁을 비켜 갔구려"라며 그녀를 점잖게 나무랐다. 저녁까지 그의 '음악공부'와 그녀의 '음표읽기공부'는 계속되었다.

저쪽 부엌에서는 하녀들이 저녁을 준비하고 있었다. 부엌에서 나는 냄새가 그녀를 허기지게 하였다. 그녀는 "저녁이 이미 준비되어 있건만! 식탁의 음식들이 다 김빠지겠네!"라고 중얼거리며 입을 삐죽 내밀었다.

그러나 음악공부에 빠져 있는 모어에게 그런 것은 전혀 문제가 안 되었다. 그렇기는커녕 그는 "음악만큼 달콤한 만찬은 없어"라며 흥겨워하였다. "요 음표 가락들만큼 맛난 음식을 이 세상 어디에서 맛볼 수 있겠소."

모어는 부점附點을 율동적인 음조로 바꾸면서 흥얼거렸다. 그러고 나서 그는 루트 현을 뜯어 현의 멜로디가 사방으로 울려 퍼지게 하였다. 제인은 남편의 악기연주에 귀 기울였다. 그녀는 속으로 생각했을 것이다. '평생 그녀 자신은 서방님의 연주를 듣기만 하면 되고, 서방님께서 그녀가 악보음조를 배우는 것에 대해 기대하지만 않는다면 얼마나 좋을까!'라고.

"자 다시 해봐요, 제인, 잘 보라니까, 이 음조는 라, 미, 도잖소! 소리를 조금만 낮춰 봐요. 아니야, 그게 아닌데, 왜, 집중하지 못하지요, 평이한 음조잖소."

그러나 제인은 그놈의 음표를 제대로 이해할 수 없었다. 음표읽기는 일종의 수학 공부였다. 그녀는 요리법과 실을 자아내는 법에 관해서는 제법 잘 알고 있었지만, 악장에 쓰인 곡조는 여름날 파리떼처럼 그녀 앞에서 어른거리며 춤을 추는 듯해서 도통 잘 알 수가 없었다. 남편의 음성이 더이상 참지 못하고 고조되었을 때, 제인의 눈물이 악보의 잉크 글자를 번지게 하였다. 그녀는 남편이 자신을 우둔하다고 생각할 것이라고 지레짐작하고, 마음이 움츠러들었다. 그녀가 더욱 불안해하고 걱정하면 할수록, 그녀는 더 많은 실수를 할 뿐이었다.

한술 더 떠 모어는 집에다 몇 가지 악기들을 더 들여놓았다.

"제인, 이 조그마한 곡선형 루트를 봐요, 당신의 아담한 손 모양에 딱 맞을 것이요. 그러니 한번 이 현을 뜯어보시오 루트를 다 익힌 다음에는 플루트(저음이 부드럽고 청신한 음색을 내는 금속 관악기)를 연습해 봅시다. 플루트는 당신과 내가 함께 연주하기에 딱 좋아요."

제인은 자신의 두 손으로 양 귀를 막았다. 모어는 결코 멈추려 하지 않았다. 이어지는 질문들과 계속되는 말들! 마치 그녀가 어린아이인 것처럼 그는 그녀에게 시를 읽어 주었고 일요 예배 설교에 관해 말하였다.
그녀는 입을 삐죽 내밀며 중얼거렸다.

"도대체 왜 그는 나를 그냥 내버려 두지 않는 것일까? 왜 나는 잡담하고 놀며 요리하고 뜨개질할 수 없는 것이야? 그것들은 내가 예전에 고향에서 줄곧 해 왔던 것이고 내가 하고 싶은 일들인데…. 그때는 나는 자유로웠는데…. 아, 죽고 싶어!"

제인에게 모어는 남편이라기보다는 완고한 교장선생님 같았다. 그녀는 좋았던 옛 시절은 다 가버렸다고 생각하니 마음 한구석이 울적해졌다. 서로가 눈높이를 맞추어야 하는 결혼생활이란 것은 처녀 적에 그녀가 생각한 것만큼 그렇게 만만한 것이 아니었다.
오고 가는 사람들로 분주한 런던 거리에서 장보는 일은 아주 번거로운 일이었다. 상점 주인들이 말다툼하고 있었는데, 그 말이 무척 빨라서, 그녀는 도대체 알아들을 수가 없었고, 사람들이 그녀를 밀치고 지나갈 때마다, 깜짝깜짝 놀라곤 했다.
제인은 런던어투를 쓰는 실눈의 곁눈질하는 식솔들에게 어떻게 무엇을 해야 할지를 물어보려 하였지만, 그들이 그런 그녀를 자신의 등 뒤에서 비웃을 것 같았다. 그녀는 자신도 모르게 "우리에게 그런 것들을 물어보는 것을 보면, 역시 어린 마님은 촌 여자야"라고 종알거리는 식솔들의 모습을 떠올리고 있었다. 갑자기 그녀는 마음이 심란해졌다.

그러나 뭐니 뭐니 해도 가장 짜증나는 일은 남편의 친구들을 맞이하는 일이었다. 그들은 어찌나 현학적이었던지 그녀가 이해할 수 없는 말들만 골라 지껄였다.

특히 이들 중 두 신부님 콜렛과 그로신은 그녀가 가까이하기에 어려운 사람들이었다. 새카만 눈동자가 매력적이지만 날카로워 뵈는 인상의 콜렛과 몸놀림이 어눌하지만 예민한 어투를 사용하는 그로신은, 뚱뚱보라는 별칭을 가진 투박하지만 다정다감했던 친정집 고향의 신부님과는 모든 면에서 전혀 딴판이었다. 무뚝뚝했던 그들과는 달리, 고향 집 신부는 간혹 지나가다 그녀를 보기라도 하면 그녀의 애완용 매와 조랑말이 마치 자신의 친구들이라도 되는 양 그들의 안부를 묻곤 했었던 친근함이 묻어나는 사람이었다.

콜렛과 그로신은 그녀에게 정중하긴 했지만, 그들의 정중함이란 것은 어른이 어린아이에게 대하는 그런 것이었다. 그들이 그녀에게 보이는 호감의 표식은 고작해야 한번 상대방을 향해 미소 짓는 그런 것이었다.

그러나 그들은 남편과 대화를 나누기라도 하면 신들린 듯 말을 해댔다. 그들은 지식인의 소통 언어인 라틴어로 담소하였다. 그들은 담소를 나누는 경우 라틴어를 대단히 민첩하게 그리고 큰 소리로 내뱉었는데, 이때 그들의 눈은 평소에 볼 수 없는 생기가 감돌았다. 그들은 그녀를 의식하지 않고 자기들끼리 자기들의 언어로 떠들어대다가, 그녀에게 미소 한번 짓고는 자기들끼리 밖을 나가는 경우가 종종 있었는데, 그럴 때마다 그녀는 그 자신이 홀로 고립된 섬에 내팽개쳐진 것 같은 지독한 소외감을 느꼈다.

제인이 잘 따랐던 유일한 '남편 친구'는 에라스무스였다. 그녀에게 그는 큰오빠 같은 사람이었다. 그는 그녀를 볼 때마다 방금 막 외국 여행에서 돌아온 다정한 오빠처럼 맑은 눈을 깜박이면서 그녀에게 그가 여행하며 본 진기한 각국의 풍물들을 맛깔스럽게 이야기해주곤 하였다. 확실히 덤불 속에 벌떼처럼 윙윙거리면서 그들만의 현학적 대담잔치에 빠져 있었던 남편의 대부분의 친구들과는 달리, 그는 제인의 눈높이에서 그녀와 대화함으로 그녀의 답답한 가슴을 풀어주었다.

언젠가, 에라스무스는 제인에게 자신의 모국 네덜란드에 관한 이야기를 들려주었다.

> 그곳은 매우 평평한 땅이지요…. 제인! 마치 그대가 아마포 주름이 쫙 펴지도록 다림질할 때 평평해진 그것처럼 평평한 땅이지요. 그곳에는 많은 풍차가 있고, 쭉 이어지는 은빛의 맑은 수로가 물기로 촉촉한 녹지를 관통하고 있지요. 우리 네덜란드의 여인들은 우리의 특산물 치즈처럼 얼굴이 동그랗답니다. 그런데 특히 그들의 두건들은 그대의 나라에서는 볼 수 없는 독특한 것이지요. 그 모양이 마치 뻣뻣해지도록 풀을 먹여 날랜 칼처럼 깔쌈하게 세워진 날개 같답니다. 제인 그대가 그것을 봤다면, 우스워서 입을 다물 수 없었을걸요.

이런 에라스무스에게서 제인은 마음이 편안해짐을 느꼈다. 그는 그녀에 대해 안쓰러운 마음을 가지고 있었다. 그에게 그녀는 가정주부라기보다는 여전히 예민한 감수성으로 인해 상처받기 쉬운 10대 소녀였다. 그는 그녀가 낯선 런던에서의 생활에 대해 마음을 편안해하지 않는다는 사실을 알고 있었다. 자신의 책 한 편에서 그는 대놓고 누구라고 지칭하진 않지만 17살의 소녀와 결혼한 한 지혜로운 사람에 관한 일화를 쓰고 있는데, 이 일화의 주인공들이 바로 제인(그녀로 지칭하였음)과 모어

(그로 지칭하였음)였다.

그는 그녀에게 문학과 음악 그리고 그녀가 갖추기를 바라는 소양들을 가르치기 시작했다. 고향에서 잡담과 수다, 그리고 놀이에만 익숙해져 있던 그녀는 더이상 교육받기를 거부했으며 그녀가 그러기를 강요받았을 때, 그녀는 털썩 엎드려 자기 머리를 바닥에 찢곤 했다. (…) 그녀의 남편은 자신의 초조한 심경을 감추고 아내를 그녀의 고향 친정집으로 데려갔다. 장인과 사냥하러 나가던 중에, 그는 자신의 고민거리를 털어놓았는데, 그는 장인으로부터 남편의 권위로써 그녀를 매로 다스리라는 충고를 받았다. 그는 아내에 대한 자신의 권리들이 어떤 것인지는 알겠지만 아내의 아버지로서 장인이 설득해 봄이 더욱 효과가 있지 않겠냐고 조심스럽게 반응했다. 아버지는 적절한 시기를 잡아 딸을 엄한 눈길로 바라보면서 그녀가 얼마나 교양 머리가 없으며, 그런 그녀가 얼마나 경박한지를 지적하면서도 그렇게 자상한 남편을 만난 것이 얼마나 다행인지 모른다는 자조 섞인 훈계를 하였다. 그러고 나서 아버지는 그녀가 세상에서 성격 좋은 고품격 신사를 남편감으로 만났음을 상기시켰으며, 그럼에도 그녀가 이에 부응하여 처신하지 못했음에 대해서 지적했고, 더 나가 그녀가 그런 남편에게 순종하지 않았음에 대해 호되게 힐책했다. 크게 깨달은 그녀는 자신의 남편에게 가서는 바닥에 엎드려 '이제부터 서방님의 뜻에 절대 순종하는 새로운 아내로 거듭나겠노라고 남편에게 굳게 약속했다.

위의 일화처럼 실제로 제인은 모어의 가르침을 따르는 순종적인 아내가 되려고 애썼다. 그리하여 그녀가 남편의 인생뿐만 아니라 그의 관심사들도 공유하기 시작했을 때, 그녀는 남편의 친구들이 덜 두려운 존재로 다가왔으며 런던은 결혼 초 모어가 말했던 대로 편안한 곳이 되었다. 이제 그녀는 소외감에서 벗어날 수 있었다. 때맞추어 훗날 아주 성실하고 매우 용기 있는 소녀로 자라나게 될 첫째 딸 마가렛이 태어났다.

제인은 요람의 포대기에 싸여서 해맑은 눈으로 자신을 바라보는 아이를 보고 분명 가슴 벅차게 꽉 차오르는 행복감에 젖었을 것이다. 기쁨이 넘치는 가정, 사랑하는 남편, 거기에다가 그녀 자신이 배 아파 낳은 아기까지 있었으니 그녀는 얼마나 행복했겠는가!

모어는 변론에 여념 없는 개업 변호사로 많은 시간 여유는 없었지만, 벅클러스베리 너벅선집의 모어 가는 웃음소리가 그치지 않았다.

1506년에는 둘째 딸 엘리자베스가 태어났고, 그다음 해에는 쎄실리가 태어났다. 모어 가家는 식구가 빠르게 늘어갔다. 그는 애정과 자유로운 양육관에 입각해서 아이들을 대하였다. 만일 덕과 배움이 그들의 주메뉴 먹거리였다면, 놀이는 보조 양념이었다.

이 무렵 모어는 에라스무스의 도움을 받으면서 고전고대 그리스·로마의 저작들을 번역하는 일에 푹 빠져 있었다. 그는 자신이 좋아하는 고전을 번역하고 주석을 다는 일에서 행복을 느꼈다. 그의 번역작품에는 위트와 재미 그리고 번역자의 해석관으로 요약될 수 있는 모어 나름의 작가 정신이 녹아 있다.

모어는 "자신의 번역작품들이 종교라는 가면을 쓰고 인간들의 마음속에 엄습해 오는 미신들의 타파에 조금이라도 도움이 되었으면 좋겠노라"는 서한을 한 친구에게 썼다. 또한, 그는 "우리가 어둠의 통로에서 기어 나오는 미신적인 거짓에 의해 덜 억압될 때, 우리의 삶은 더 행복해질 것이며…. 거짓의 징표가 있는 곳에서는, 진리의 권위가 점점 약화되거나 차차 파괴되게 될 것이다"라는 말을 덧붙였다.

모어가 영역서 『피코 전기』[2]를 출간했던 무렵(1510년경 전후)에 모어 가家에 머물고 있던 에라스무스가 열흘만에 집필을 끝낸 책이 있었는데, 그 책이 바로 '로테르담의 데시데리우스 에라스무스가 그의 새 친구 토머스

109   5장 행복한 가정

모어 경에게' 바친 『우신예찬Encomium Moriae』이었다. 그렇게 속전속결로 에라스무스가 책을 쓸 수 있었던 것은 그가 집필 내용을 미리 구상해 놓았기 때문이기도 하겠지만, 평소 3시간 정도의 수면 시간을 뺀 거의 모든 시간을 독서·토론·집필 등의 지적 활동에 할애하는 그의 생활 습관에 기인한 바가 컸을 것이다. 에라스무스는 여행하는 도중 마차에서도 글을 썼고 여관방에서도 보이는 테이블마다 곧장 자신의 책상으로 용도변경할 만큼 지독한 독서가이자 글쟁이였다.

『우신예찬』은 한바탕 웃을 수 있는 유머로 풍자형식을 빌려 사람들의 풍속을 비판함으로써 인간의 무지와 어리석음을 통렬하게 꾸짖고 있다. 특히 당시의 가톨릭교회의 형식화 및 성직자들의 부패와 타락이 날카롭게 풍자되고 있고, 인간의 우매함을 바로잡으려는 휴머니스트의 염원이 담겨 있다.

에라스무스는 우둔함과 사악함에 대항해서 싸우는 가장 효과적인 방법으로 풍자를 교묘하게 이용했던 것이다. 그런데 그것은 자신도 놀랄만큼 여파가 커서 세간의 격찬과 비난을 동시에 불러일으켰다. 재미난 사실은 로마 교황도 『우신예찬』을 읽으며 박장대소했다고 한다.

모어와 에라스무스 간의 우정이 절정에 달한 것은 바로 이 『우신예찬』이 집필되고 있을 때쯤이 아니었을까. 에라스무스의 방랑벽에도 불구하고 이 무렵이야말로 에라스무스가 장기간 모어 가에서 모어와 숙식을 같이함으로 이 두 사람이 소소한 소재거리에서 무거운 주제에 이르기까지 맘껏 지적교류와 감정소통을 나눌 수 있었던 시기였으니까 말이다.

모어는 갖가지 종류의 창조물들의 생태에 호기심이 많아서 각종 동물을 수집하는 취향을 가지고 있었다. 그러한 취향은 대상물에 대한 자신의 통찰력을 키우기 위한 그의 공부였을 뿐만 아니라 기분전환을 위한 그의 오락 활동이었다. 그는 동물들을 지켜보면서 상호 간에 그들의 의사소통이 어떻게 이뤄지는지를 알고 싶어했다. 그는 이 동물들이 자신들의 아름다운 몸짓이나 하물며 기괴하면서도 독특한 행위를 통해 자신들을 창조한 조물주를 찬미하고 있다고 생각했다.

그래서 모어는 애완용 동물들로 잽싼 동작의 고양이들, 새장 속 나뭇가지에서 쉴새 없이 지저귀는 새들, 커다란 눈망울을 두리번거리는 토끼들, 정신없이 여기저기 기웃거리는 날쌘돌이 족제비들, 늘씬한 허리의 영특해 뵈는 은빛 여우, 장난기가 얼굴에 가득한 개구쟁이 원숭이 등을 사육했다.

어느 날, 에라스무스가 햇살이 내리쬐는 정원에 앉아 있었다. 토끼들이 그가 앉아 있는 데서 멀지 않은 곳에 있었던지라 그는 그 토끼들이 한가하게 뛰어노는 모습을 지켜보면서 살에 와 닿는 것이 느껴지는 햇살과 그의 얼굴을 스치고 지나가는 미풍을 즐기고 있었다. 그때 족제비가 자신의 영역에서 벗어나 토끼 우리의 허술한 부분을 뚫고 들어가려는 광경이 목격되었다. 그런데 그것을 주시하던 원숭이가 목 고리를 풀고는 조심조심 토끼 우리 쪽으로 가더니 그 족제비를 쫓아버리고 주변의 관목의 잔가지로 그 구멍을 막는 것이었다.

에라스무스는 '원숭이는 토끼들에게 대개 우호적인 감정을 가지고 있음에 틀림이 없다'라고 생각했다. 그는 동물 간 교감에 관해 자못 신기해하며 그것을 모어에게 세세히 말했는데, 에라스무스는 훗날 책 집필 시 이 원숭이 일화를 원자료로 삼아 재미나게 살을 붙여 우화적인 글을 쓰게 된다.

그러나 모어는 며칠 간의 행동관찰을 통해 이 원숭이가 평소 장난기가 심하고, 기분이 좋으면 남의 일에 사사긴긴 끼어들며, 화가 나면 우화 속 청개구리처럼 정반대의 행동을 한다는 것을 알아냈다. 모어는 관찰 결과를 토대로 에라스무스가 목격한 원숭이의 행동은 '그날 순전히 기분이 좋아 토끼와 족제비 사이에 끼어든 것이었음'을 에라스무스에게 말했다. 이에 에라스무스는 "모어 경, 참으로 놀랍소! 그대의 신통한 관찰력이 '태양 아래 새로운 건 아무것도 없다Nihil Sub Sole Novum'는 고금의 진리를 단박에 증명해내는구려!"라며 친구의 통찰력에 감탄을 자아냈다.

당대의 지식인 친구들과의 교분, 돌봐야 하는 식솔들과 챙겨야 할 동물들로 분주했지만, 모어는 가난한 사람들에 대한 '자애의 베풂'을 잊은 적이 없었다. 그는 가난한 이웃들을 자주 모어 가家 식탁으로 불러들여 식사를 제공하였으며, 그는 자신의 저택 안에 '안식의 집(쉼터 공간)'을 한 채 지어 늙고 병든 이웃 사람들이 맘 편안히 묵어가게 하였다.

모어 가家에 충만한 행복의 기운은 자연스럽게 행해지는 일상적인 종교의식을 통해 더욱 배가되었다. 모어 가에서 이뤄지는 종교의식은 딱딱한 격식을 떠난 유연한 것이라서 누구에게나 부담이나 긴장을 주지 않는 그런 것이었다. 모어 가의 행복은 포용적인 신앙생활에 토대를 두고 있었다. 사실 신앙적 힘은 모어에게 평생 고난극기의 원동력이 되었다. 그는 날마다 새벽 기도하고, 또 미사에 참여함으로 마음의 기쁨과 평화를 얻었다. 그의 입에 자주 오르내리는 구절 중 하나는 "주님 안에서 즐거워하십시오"였다.

그런데 이 무렵 모어는 진지한 고민에 빠져 있었다. 조정의 친구들로부터 왕 헨리 7세가 왕 그 자신의 계획을 좌절시키는 대담한 의회 연설을 하였던 그 젊은 변호사 모어를 잊지 않고 있더라는 소식을 전해 들었던 것이다. 그래서 그가 다시 왕의 문제에 껴든다는 것은 기름을 안고 불 속에 기어들어 가는 것과 다를 바 없는 일이 될 것이었다.

더 큰 문제는 우선 당장 왕 헨리 7세가 건재한 한, 왕의 마음 먹기에 따라 모어가 언제든지 왕의 먹이감이 될 수 있다는 사실이었다. 왕은 모어를 어떻게 혼내 줄 것인가 벼르고 있었다. 그에게는 부양해야 하는 아내와 어린 세 딸이 딸려 있었다. 그래서 그는 진지하게 해외망명을 고려하고 있었다.

그런데 때마침 바로 이 무렵(1509년 4월)에 왕 헨리 7세는 죽었으며 이제 18살 난 황금시대를 열 기대주 왕자 헨리가 선왕先王의 왕위를 계승하게 된다.

기나긴 추운 겨울날이 지나가고 따스한 봄날이 찾아 든 것 같았다. 모어에게 헨리 7세 통치기는 왕의 음흉한 술책과 냉혹한 폭정에 의해 신민들 간의 상호 견제와 의심이 최고조에 달했던 암울한 시기로 생각되었다. 국왕의 절대권력에 도전한 자는 신분고하를 막론하고 그 누구든 치명적 위기 상황에 봉착할 수도 있었으며, 하물며 믿었던 가까운 이웃에 의해 그 사실이 고발되는 사태가 생김으로 해당 당사자가 고발 당국에 잡혀가는 침울한 상황이 초래될 수도 있었다. 신민들은 불안감과 공포감에 사로잡혀있었다.

그러나 이제 새 왕의 즉위와 더불어, 신민들은 경이롭고도 상서로운 어떤 일들이 자신들 앞에 다가오리라는 기대감에 충만해 있었고 그 기대감으로 인해 신민들의 얼굴에는 희망의 물줄기가 솟구치고 있었다.

젊은 왕 헨리 8세는 라틴어·프랑스어·독일어 등에 능통했고 음악과 스포츠에도 뛰어났으며 문학·천문학에도 흥미를 갖고 있었다. 르네상스적 교양을 갖춘 만능 왕이었던 그에게 휴머니스트들이 큰 기대를 건 것은 당연한 것이었다.

헨리 8세는 그들에게 "학식이 없는 인생은 살 가치가 없다"고 말할 정도였으니까 말이다. 휴머니스트계의 소문난 마당발 마운트조이Mountjoy[3]가 에라스무스에게 보낸 편지는 그 기대감이 일마나 벅찼는지를 잘 보여순다.

(…) 오! 에라스무스님, 세상에 이렇게 충만한 즐거움을, 우리 잉글랜드 국민이 새로운 왕을 얼마나 자랑스럽게 여기는지를 보실 수만 있다면, 그대

께서는 만족하여 눈물을 흘릴 것입니다. 하늘은 미소짓고 땅은 기뻐하며 사람들은 희망과 여유에 넘쳐 있습니다….

모어도 그 벅찬 기대감을 다음과 같이 노래하였다.[4]

왕께서는 극도의 자제력으로 자신의 운명을 감내하려 하셨으며, 좋든 나쁘든 그 어떤 상황이 엄습해 오든지 간에 자신의 운명의 주인이 되고 자 하셨네!

겸양을 명예로 삼는 그의 사려분별은 얼마나 위대하던가! 그의 부드러운 가슴속에서 환하게 번져가는 그의 자비는 얼마나 유유자적한 것인가!
그의 마음에는 도대체 자만이란 놈이 자리할 데가 없구나!

과거 세월 속에 종종 꽃 피웠던 황금 시절이 장차 언젠가 다시 돌아오리라고 플라톤은 예견했다네! 세월의 민첩한 흐름 속에 추운 겨울은 가고 따뜻한 봄날이 다시 온다네! 애초에는 황금시대가 펼쳐졌고, 이어 은의 시대가 왔으며, 그다음에는 청동의 시대가 왔다네!

이제 철의 시대는 흘러가고 폐하 통치기(헨리 8세 기)에 이르러, 황금시대가 개화하려 하네! 플라톤의 예언대로 말일세.

새 왕 헨리 8세는 동화 속의 왕자만큼 매력적이었다. 그는 그리스 신화 속 영웅의 체형을 연상시키는 떡 벌어진 어깨와 큰 키의 듬직한 체격에다가 찰랑거리는 짙은 금발 머리카락과 혈색 좋은 준수한 얼굴로 사람들의 이목을 끄는 쾌남아였다. 모어는 헨리야말로 아킬레스 같은 인간 군상을 대표하는 젊은 영웅이라고 생각했다.

특히 헨리가 여장 풍의 왕실 복 차림을 했을 경우 그의 홍조 띤 볼의 혈색과 단아한 거동이 어우러져 여성다운 미감을 풍기면서도 그의 건장한 체격에서 발산되는 남성미는 단연 돋보이는 것이었다. 새 왕의 위엄, 풍모, 예법 등은 실로 헨리가 왕 다운 왕이 될 것임을 예시하는 것 같았다.

선왕 헨리 7세가 죽은 지 9주 후에 왕 헨리 8세의 결혼식이 있었다. 이 혼인은 아서 왕자가 죽고 난 후 잉글랜드 왕국과 에스파냐 아라곤왕국 양측의 혼인 동맹 관계의 지속이라는 정략적 동인에 의해 양국의 선왕들에 의해 진즉에 합의된 외교적 사항이었다. 더욱이 새 왕(헨리 8세)의 맏형인 망자 아서의 미망인, 즉 한때 형수였던 아라곤의 공주 캐서린Catherine of Aragon이 새 왕과 재혼하기를 원하였고 새 왕 또한 캐서린과의 결혼을 원하고 있었다. 그래서 일반적인 교회법 해석에 따라 미망인이 죽은 남편의 형제와 결혼하는 것을 금하고 있던 '혈족관계혼인장애'에 대한 관면寬免을 교황 율리우스 2세로부터 얻어냄으로써 마침내 혼인이 성사될 수 있었다.[5]

젊은 왕 헨리 8세가 장엄하게 말을 타고 행차하고 있었을 때, 런던거리에는 물오른 굵은 가지들과 치렁치렁 늘어진 활짝 핀 꽃가지들이 그 자태를 뽐내고 있었는데, 그 가지들은 발코니에 걸려있는 고품격의 벽걸이 융단들 그리고 왕의 행차를 기리는 기념 석주와 그곳을 둥그렇게 둘러싼 화환들과 어우러져 묘한 조화를 이루었다. 왕은 가느다란 순백 색 모피 털이 테를 두르고 있는 진홍 빛 우단을 걸치고 있었고, 캐서린은 우아한 순백색 바탕에 곱디고운 수가 놓아진 비단옷을 입고 있었는데, 그 모습이 어찌나 환상적이었던지, 거리의 구경꾼들은 한결같이 탄성을 자아내며 왕과 왕비에게 열화와 같은 환호를 보냈다.

모어는 행복했다. 새 왕의 즉위로 모어는 선왕에 대한 불쾌 감정을 털어버릴 수 있었으며, 게다가 아내 제인이 그에게 아들까지 낳아주었으니 말이다. 막내아들 존은 그해 황금시대를 약동하는 봄날 태어났다. 그가 새 왕에게 라틴어 시들을 헌정했을 때, 그는 왕 또한 그 기쁨을 맛보게 될 것을 기원했다. 모어는 왕비 캐서린도 왕에게 곧 아들을 안겨 줌으로 왕을 기쁘게 하리라 생각했다.

모어와 그의 친구들은 새 시대와 더불어 학문도 새롭게 진일보하게 될 것임을 확신했다. 왜냐면 왕 스스로도 학문의 진작을 위해 지적연마에 늘 매진하고 있었고 휴머니스트들의 후원자를 자칭하고 있었기에 말이다. 몇 개국의 언어에 능통했던 그는 음악을 작곡하기도 했다. 섬세한 청력과 변화무쌍한 목청을 가졌던 그는 노련한 루트 연주자이기도 하였다. 또한, 그는 춤에 능했으며 테니스, 궁술, 사냥 등에 능한 만능 스포츠맨이었다.

특히 그는 '마상창검시합'에서 탁월한 능력을 선보였는데, 반짝이는 갑옷을 입고 바람에 나부끼는 화려한 깃털 장식의 투구를 쓴 채로 수놓아진 장식의 마구 안장에 앉아 말을 도약시키는 그의 모습은 그를 낭만적 기사담의 주인공이 되게 하기에 충분했다. 그는 시합마다 승리를 거뒀는데, 그것은 그가 그저 왕이기에 그런 게 아니라 그가 몸동작이 민첩하고 체질이 강건하며 전투력에 능한 전사였기에 그리할 수 있었다.

그런 왕을 지켜보는 뭇 여성들은 그가 그녀 자신들의 수호 기사가 되기를 갈구했을 것이다. 그는 "옛날 옛적에…"로 시작하여 "그래서 그들은 행복하게 살았다"라는 행복한 결말의 낭만적 기사무용담의 동화를 재연시킬 주인공처럼 보였다.

모어에게 헨리는 화사하게 활짝 핀 완전무결한 장미처럼 보였다. 전쟁 중의 요크 가家 가문의 하얀 장미와 랑케스터 가家 가문의 빨간 장미의 줄기에서 자라서 두 색이 부드럽게 교묘히 융합되어 개화된 진홍 빛 장미처럼 말이다.[6] 헨리 8세는 평화와 번영 속에 잉글랜드를 통합할 것이었다. 라틴어 시에서 모어는 갖가지 색을 발하는 반사경처럼 다색 빛을 발하는 왕의 꽃의 미덕에 관해 노래했다. 그렇지만 그는 자신의 시를 다음과 같이 경계의 말로 끝맺었다.

이 덕 중심부에는
장미가 있네,
이 장미를 사랑하는 자들은
보답으로 사랑받네.

아차, 으~흠, 경계하게나!
완전무결의 아름다운 장미는
길들여지지 않은 것이니.

아! 방심은 금물이라네.
이 장미는 찌를 것이니,
사랑하지 않는 자들의 살을.

오호라! 그 장미는
부드러운 꽃들뿐만 아니라
통렬한 가시들도
사방에 두르고 있다네.

훗날 많은 이들에게 모어는 미래를 예감할 줄 아는 직관적인 예언 시인으로 기억될 것이었다. 위의 시는 모어가 안팎으로 희망만이 찾아올 것 같은 마사형통의 호시절에 쓰였음에두 불구하고 그는 이 시에다 동시기에 대한 직접적 체험의 희망에 찬 현실상황을 넘어서는 미래에 대한 암울한 예감을 직관적으로 담아내고 있다. 이를테면 그는 현 왕 헨리 8세를 잉글랜드 신민에게 희망을 줄 개화된 장미꽃에 비유하면서도, 미래 언젠가 상대방에게 치명타를 입힐 칼날 같은 왕의 발톱, 즉 장미꽃 속에 감춰진 날카로운 가시를 잊지 않음으로, 그는 왕에 대한 암묵적 경계를 늦추지 않고 있다. 이것은 왕의 폭군화 여지에 대한 그의 불길한 예감을 시사한 것이기도 하다.

수년 전에 미래의 헨리 8세, 즉 젊은 왕자 헨리에게 시를 헌정했던 적이 있었던 에라스무스가 헨리 8세의 즉위에 맞춰 잉글랜드를 방문하였다. 선하고 정의로운 것을 갈구하는 성군聖君으로 세간에 명성이 자자했던 헨리 8세는 문필가들을 환대하였으며, 자청하여 그들의 후원자가 되었는데, 에라스무스도 왕의 후원을 받은 문필가들 중 한 사람이었다.

에라스무스는 이미 유럽 지성계에서 휴머니스트들의 제왕으로 통할만큼 저명인사였다. 식자층에 속하는 사람들은 대개가 그의 책『아다기아 Adagia』[7]를 일독一讀하였다. 그들은 이 책 속의 많은 일화와 흥미로운 모음 내용을 인용하였다. 그 책이 얼마나 흥미를 끌었던지 캔터베리 대주교조차 다 읽기 전에는 도대체 그것을 손에서 내려놓을 수 없었음을 만나는 사람들에게 고백할 정도로 식자층의 인기를 사로잡았던 책이었다.

모어와 제인은 자신들의 아늑한 보금자리 벅클러스베리 모어 가家로 에라스무스를 초대하였다. 집 안 구석구석마다 우의와 생기가 넘쳐흘렀다. 여러 장의 악보와 함께 루트가 놓여 있는 책상 바로 옆에서는 제인이 무릎 부위를 밝은 색조의 비단 포목으로 덮은 채 걸상에 앉아 평화롭게 바느질하고 있었다.

집안 거실벽에는 행복한 집의 심장처럼 시계가 일정한 간격을 두고 똑딱거렸다. 이제 가구는 칙칙해 보이는 구형에서 세련된 신형으로 바뀌어 있었다. 집을 생동감 있게 만듦과 동시에 집안을 온통 난장판으로 만들어 놓는 애완용 동물들에다가 방들 곳곳을 헤집고 뛰어다니거나 아장아장 걸어 다니는 자식들이 넷이나 있었으니, 그러한 집안 사정에 맞는 가구들로

대체되어야 함은 당연한 일이었다.

벽걸이 융단 뒤에서는 원숭이란 놈이 씩 웃곤 거무스름한 얼굴을 삐죽 내밀었고, 횃대 위에 앉은 새들이 화려한 깃털들을 부리로 다듬고 있었다. 그리고 한편에서는 깨끗한 카펫 위에 앞발들을 쭉 뻗고 누워 있거나 코를 킁킁거리면서 검은빛의 서늘한 콧등으로 방문객의 손을 슬쩍 건드려 보고 있는 애완견의 모습이 목격되었다.

로즈메리 덩굴들이 화단 울타리를 넘어 당장이라도 집 안으로 뻗쳐 올 것 같은 기세였다. 마룻바닥 화분들에는 달콤한 약초들이 있었고, 광택이 잘 내진 가구 위에는 꽃병들이 놓여 있었다. 모어는 이 모든 것들-집, 정원, 가족-을 에라스무스에게 자랑스럽게 보여주었고, 에라스무스는 모어의 행복하고 평화로운 그런 모습에 자신의 마음도 평안해지는 것을 느꼈다.

모어와 에라스무스는 이탈리아반도 도시국가들에 관해 담소를 나누었다. 잉글랜드 방문 전에 에라스무스는 이탈리아반도 여기저기를 여행하며 그곳의 신진문화를 흡수하였다.

에라스무스는 르네상스의 가장 미학적인 책들이 제작되는 베네치아의 알두스 대형 인쇄소를 방문한 적이 있었는가 하면 유럽 제일의 명문대 파도바대학에서도 연구한 적도 있었으며, 예술의 보고이자 로마네스크 양식과 고딕 양식이 절묘한 조화를 이루는 두오모 대성당이 있는 시에나에서도 머무른 적이 있었다.

이런 에라스무스가 말하기를, "오, 내친구, 모어경!, 이제 그대 집을 방문하고 나서 나는 망각의 레테강Lethe(물을 마시면 생전의 모든 것을 잊어버린다는 황천Hades의 강)에 풍덩 빠져 이탈리아반도의 흥미진진한 도시국가들을 잊어버리게 될 것 같다"라는 것이었다.

참으로 감탄스럽소, 이 세상에서 내 일찍이 모어 경 그대 집만큼 이렇게 자유스러운 온기의 강이 흐르는 곳을 본 적이 없으며, 내 일찍이 그대 서재만큼 진리가 가득한 보고를 본 적이 없으며, 내 일찍이 그대만큼 지적 지평의 폭과 깊이가 느껴지는 사람을 만난 적이 없지요. 그대의 집은 마치 지적 배양소이자 감성 충전소였던 그 옛날 올림포스 학예관처럼 문학과 예술 그리고 각자의 개성이 시시각각 표출되는 학예의 전당 같군요. 더욱이 그대의 선천적 사교성은 얼마나 다른 이들을 편안하게 해주는지!

에라스무스가 주변을 둘러보다가 친구 모어의 고고학적 관심을 보여주는 골동품과 모어의 생태학적 흥미를 시사하는 낯선 동식물들, 그리고 그 관련 책들과 이런저런 악기들을 보자 그의 눈이 번뜩였다.

"참으로 유별나기도 하시지…, 모어 경! 여기에서 말고 내 어디에서 이런 진기한 것들을 볼 수 있겠소"라며 에라스무스는 행복한 미소를 지었다.

과연 모어 家는 행복이 충만한 가정이었다. 바야흐로 모어에게 길조의 서광이 비치고 있었다.

1510년 모어는 런던시의 법률 자문 부시장이 되었다. 이 직책의 소임은 시장과 주 장관에게 법률적 자문을 수행하고 시에서 발생하는 민사 소송 재판관으로서 시장 대행업무를 수행하는 것이었다.

에라스무스는 정의 구현에 힘쓰기보다는 돈을 더 밝히는 탐욕스러운 대다수 판사들이나 변호사들과 달리 소송 청원자들이 가난한 자들이었을 경우 모어가 얼마나 자주 무료로 변론하였는지를 증언하였다. 모어는 그 어떤 뇌물도 받지 않았으며 부정부패에 연루된 적이 없었다. 그는 연 소득이 당시로서는 상당한 액수인 400파운드 이상에 달하는 능력있는 고소득 법조인이었다.

모어는 큰 수입을 필요로 했다. 그에게는 4명의 친 자식들이 있었고, 게다가 그 당시 대부분 명망가들처럼 수명의 피후견 부양 아이들(고아들의 교육과 복지까지도 떠맡아야 했음)이 딸려 있었다. 또한, 그는 많은 식솔을 거느리고 있었다. 그 당시 주인들과 식솔들의 관계는 가족처럼 매우 밀접했다. 임금은 낮았지만, 젊은 식솔들에게는 교육의 혜택이 부여되었고 풍습과 예의범절에 관한 가르침이 전수되었으며, 의식주와 모든 생필품이 제공되었다.

그래서 모어 가家에서 모어와 제인의 자식들, 피후견 양아들이나 양딸로 들인 아이들, 식솔들 등 모두가 한 가족처럼 살았다. 모든 이들이 상호 존중되고 애정으로 감싸졌다. 식솔들도 가재家財 같은 노예로 취급되지 않고 평등하게 대해졌다. 모어에게 모든 이들은 하느님 앞에 평등한 형제였다.

친척 일가들 또한 자주 오고 갔다. 모어의 여동생들인 엘리자베스와 조안 둘 다 결혼했는데, 조안은 오빠(모어)와 동창생이었던 변호사 스태버튼Richard Staverton과 결혼했으며, 이에 앞서 엘리자베스도 오빠의 친구 라스텔John Rastell과 결혼했다. 엘리자베스와 라스텔은 코벤트리에서 쭉 살아왔지만, 그들은 이제 3명의 자식들(영거 조안·리틀 존·베이비 윌리엄)과 함께 런던으로 귀향했다.

라스텔은 변호사이자 출판업자였다. 그는 법률 서적들을 주로 출판했지만, 그는 또한 극을 좋아해서 극작품들을 직접 집필하는가 하면 직접 출판 일을 하기도 하였다. 거상巨商들의 후원하에 무대 위에 올려지는 야외극의 안출案出로 유명한 도시 코벤트리에서 라스텔은 야외극들을 제작하고 무대에 올려놓는 일을 거들었는데, 이 야외극들 중 몇 편의 시나리오는 그가 직접 쓴 것이었다.

게다가 그는 공학적인 기술을 이용하여 직접 무대설치작업도 하였다. 그는 극 제작자요, 극 연출가요, 극작가였는가 하면 공학 건축가이기도 하였다. 런던에서 그는 이탈리아의 알베르티[8]나 다빈치,[9] 혹은 미켈란젤로[10] 같은 유형의 르네상스적 만능인l'uomo universale으로 통했다.

모어 또한 연극을 무척 좋아했다. 그래서 모어와 그의 매제 라스텔이 어쩌다 만나기라도 하면 그들은 곧잘 런던의 대가문 후원 극작품들에 관해 소소한 담소를 나누었으며, 그 작품들에 대해 아마추어적 비평을 교환하기도 하였다. 그 당시 공용 극장들은 없었다. 일부 부자들과 귀족들이 크고 작은 사설 극장들을 부속시설로 갖추고 있었을 뿐이었다.

라스텔이 "처남, 우리 둘이 '람베쓰 대 공회장 상연 연극'을 관람하느라고 저녁 먹는 일도 까먹었던 일 기억나시오?"라고 말하자 모어가 고개를 끄덕였다. 그러자 흥에 겨워 라스텔이 말했다.

"새집을 짓게 되면 정원 옆에다 극장을 지을 생각이지요. 그러면 우리가 그때 그곳에서 보았던 주요 행사 중간에 껴 넣어지는 막간극 같은 극들을 무대에 올릴 수 있게 되겠지요. 우리 한번 기회가 되면 공동 작업하여 무대에 올려질 풍자극을 한번 써 봅시다. 처남이 소년 시절 탁발승으로 분장해서 상대역과 흥겨운 농담을 던졌던 장면이 내겐 아직도 생생해요. 발라드곡이 흐르는 풍자담을 연극으로 재연해보면 무척 재미있을 것 같은데…. 처남 생각은 어때요? 그 당시 실연實演된 치고 박고 땡 기고 미는 극 장면들은 지금도 내 기억에 또렷하게 남아 있지요. 우리 애들이 그런 장면들을 본다면, 박장대소하면서 폭소를 터트릴 터인데…!"

모어와 두 매제 라스텔과 스태버튼은 실제로 벅클러스베리 너벅선집의 모어 가家 뒤뜰 임시 가설무대에서 몸짓 역할극을 무대에 올렸는데, 거기에서 당사자들이 직접 배역을 맡아 깜짝연기를 펼쳤다. 그것이 어찌나 재미있던지, 마가렛은 눈 한번 깜박이지 않고 그들의 극 중 연기 과정을 뚫어지라고 쳐다보았다.

이 역할극에서 평상시 부드러웠던 모어의 음성이 노인의 저음으로 바뀌는가 하면 폭군의 고함으로 변화되기도 하였는데, 어린 그녀는 가히 아버지의 그런 변화무쌍한 음색 변화에 마냥 신기해하였다.

여기서 스태버튼은 점잖아야 하고 단정해야 할 공직자답지 않게 처신이 자발 맞으며 콧수염이 기이하게 뻗친 방정맞은 서기로 분장했고, 라스텔은 구걸하며 사는 사람답지 않게 일곱 가지 색깔로 물들인 머리카락 흩날리는 멋쟁이 거렁뱅이로 분장했다.

확실히 이들의 연기력은 수준급이었던 것 같다. 그들의 몸짓 연기가 얼마나 실감났던지 마가렛과 아이들은 그들에게 한시도 눈을 떼지 못했으며 연기 대목 대목마다 배꼽을 잡고 자지러졌으니까 말이다. 그들의 분장 옷차림은, 마가렛과 아이들이 아동극에서 연기를 펼칠 때마다, 두고두고 따라 했던 무대 복장이었다.

모어 가家는 실로 아기자기하게 사람 사는 냄새가 나는 행복한 가정이었다. 마가렛은 5살로 글자를 익히고 있었는데, 그녀는 심지가 굳건해서 고집도 세고 독립심이 강한 아이였다. 수년 후, 어렸을 때 그녀를 알았던 사람들은 정장을 하도록 강요받거나 다른 아이 풍의 미복美服을 하도록 요구되었을 때, 저항감이 얼마나 컸었는지를 기억했다. 그녀는 허례허식에 대해 반항적이었으며 의복, 태도, 생각 등에서 고식적이거나 형식적인 것 등에 반감을 드러냈다.[11]

엘리자베스는 4살이었는데, 긴 드레스를 잘 입었던 금발 머리의 차분한 아이였으며, 쎄실리는 3살이었는데, 풀 입혀 뻣뻣해진 페티코트를 선호했던 건강미 넘치는 소탈한 아이였다.

모어의 딸들이 입던 옷들은 대개가 중년 여성들이 입던 것을 축소해 놓은 듯한 치맛자락이 긴 정장들이었다. 이 정장들이 아이들에게 어울리도록 제인은 아이들의 머리카락을 곱게 땋아서 등 아래로 길게 늘어뜨렸다.

누이들은 막내인 남동생 존을 무척 사랑했다. 존은 헨리 왕자가 왕(헨리 8세)으로 즉위했을 때, 즉 잉글랜드민들이 희망에 넘쳐 있었던 바로 그해에 태어났는데, 존은 솜털 같은 갈색 머리를 한 온순한 꼬마로 자랐다.

이 꼬마 존은 아버지 모어를 팽이 박사라고 불렀다. 아들의 손놀림이 제법 자유로워졌을 때 그는 아들에게 집 안 거실에서도 큰 정사각형 도구에다 넣어놓고 돌릴 수 있는 팽이를 사주었는데, 짬이 날 때마다 팽이 돌리기 원리를 알려주면서 초등학교 옛 시절 실력을 되살려 아들과 함께 그 팽이 놀이를 즐기곤 하였기에 말이다.

> 팽이 돌리기는 균형 잡기가 제일 중요하지. 팽이는 심막대를 대칭축으로 하여 균형을 잡으며 돌아간단다. 이 심막대 중심으로 좌우 무게가 맞아야 똑바로 서서 돌 수 있으며 어느 정도 무게가 있어야 오래 버틴단다. 직접 해보고 또 하다 보면 틀림없이 어느 순간 너는 팽이 돌리기 명수가 되어있을 것이야. 자, 존아! 팽이 채로 한번 쳐 돌려보렴.

이 무렵 모어 가에서는 웃음소리가 그치지 않았다. 아이들을 낳고 키우면서 어린 소녀 같기만 했던 제인도 이제 모어 가의 완전한 안주인이 되어 있었다. 다음의 대화는 모어 가의 어엿한 안주인다운 제인의 모습과 유머가 넘치는 모어 부부의 정감 어린 모습을 보여준다.

> 제인 : 우리가 낳은 딸이지만, 마가렛 저 아이는 왜 저렇게 고집이 센지 모르겠어요. 참 이상한 일이에요. 당신도 전혀 고집이 없으시고 나도 전혀 고집이 없는 사람인데….
>
> 모어 : (웃으면서) 아이고, 제인, 자신을 조금도 모르는구려. 우리가 처음

결혼했을 때 생각나오. 당신은 그때 라틴어를 죽어도 안 배우겠다
고 고집부렸지요. 그리고 절대로 강론 말씀도 듣지 않겠다고 우기
지 않았소.

제인 : (모르는 척 자신의 머리를 매만지면서) 그렇지만 그건 옛날 일이
에요. 지금은 라틴어를 제법 하잖아요. 여전히 강론 말씀은 지루
하긴 하지만요.

그 누구도 이런 행복한 가정에 고통스러운 불행의 먹구름이 몰려오리라
고는 전혀 예상할 수 없었을 것이다. 모어 가家는 언제까지나 만사가 형통
할 것처럼 보였으니까 말이다. 그러나 모어 가를 비춰 주었던 따뜻한 오후
의 황금빛 햇살과 함께 찾아 든 고요한 평온함은 한 바탕 일진광풍이 몰려
오기 직전의 위장된 것이었다.

Thomas more

제6장

●

이상국 유토피아

"언제나 항상 모든 이가 기쁘고 행복할 순 없는 노릇이지요. 그런 게 저기 유토피아에서는 가능할지 모르겠네요."

평온함을 창조하는 금빛 햇살 너머에서 먹구름이 대기하고 있고 언제든 폭우가 쏟아질 수 있다. 그런 게 삶이다.

캠브리지 대학의 교수연구실에서 에라스무스는 런던으로부터 날아온 편지 겉봉을 뜯고 있었다. 그는 필체가 친구 모어의 것임을 금세 알아챘다. 편지를 읽지미지 그의 얼굴에는 돌연 침통한 기색이 역력해졌는데, 그는 창문가로 걸어가더니 바깥 고딕첨탑 쪽 허공을 멍하게 바라보았다.

모어의 '사랑스러운 소녀 같은 아내' 제인이 죽었다는 편지였다. 에라스무스는 작별 인사를 하고 '벅클러스베리 너벅선집의 모어 가家'를 떠나왔던 기억을 문득 떠올렸다.

"제인과 인사를 나누고 커브 길을 돌아 '체프거리장터'를 뒤로하고 떠나온 게 어제 일처럼 생생한데…."

캠브리지를 낯설지 않은 도시로 느끼게 해줬던 모어 부부의 다정다감한 얼굴과 그들의 우호적인 목소리가 그의 마음속에 맴돌았다. 모어 가家의 온정 덕분에 에라스무스는 잉글랜드를 낯익은 고향처럼 느끼게 되었으며 모어 가족을 자신의 피붙이처럼 생각했다.

에라스무스는 모어 부부와 아이들 모두 화평하게 잘 지내고 있다는 반가운 소식을 다른 친구에게서 들어 왔던 터였다. 그런데 그런 안타까운 소식을 접했으니 그의 애통함이 얼마나 컸겠는가. 더욱이 제인은 결혼 6년 차 새댁이 아니었던가.[1]

에라스무스는 도대체 믿기지 않아 편지를 읽고 또 읽었다. 편지는 아무 말도 없었지만, 휘갈겨 쓰인 몇 줄의 잉크 글 행간에 짙게 스며들어 있는 모어의 커다란 슬픔을 읽을 수 있었다.

제인은 모어의 매력적인 동반자였다. 에라스무스는 모어 가家에 기거하면서 자신이 가졌던 고독과 낯선 감정이 눈 녹듯 사라지는 것을 경험했다. 아이들은 빙 둘러앉아 있고 모어는 루트를 연주하고 제인은 노래를 부르고 있던 모습이 그의 뇌리에 선하게 떠올랐다.

모어는 제인이 어떤 병으로 죽었는지는 말하지 않았다. 그러나 아마도 그것은 발한병sweating sickness이었을 것이다. 여름이 찾아들 때마다, 잉글랜드 도시들의 많은 사람들이 그 병에 걸리곤 했었다. 매년 동네의 이웃 사람들이 그 병으로 죽어 나갔다. 각종 병균과 파리떼가 들끓는 지저분한 거리, 오염된 물, 위생 개념 부족 및 배수로 결여 등이 그 병의 원인이었을 것이다. 의사들은 그 병에 대한 퇴치법을 몰랐다. 두통과 오한이 찾아오면, 고열에 시달리며 시름시름 앓다가 얼마 안 되어 사망으로 이어졌다.

에라스무스는 따스한 햇살에도 불구하고 갑자기 몸이 으스스해지는 느낌에 자신의 겉옷을 바싹 끌어당겨 올렸다. 그는 그리스어 원전을 펴서 읽으려 하였지만, 제인의 얼굴이 행간 사이로 어른거려 떠오르는 바람에 책장을 넘길 수 없었다. 어미 잃은 아이들의 얼굴 모습이 떠오르더니, 그 위에 갑자기 어둡고 적막해져 버린 집에서 풀이 죽어있는 아이들을 돌보려 애쓰는 모어의 모습이 겹쳐졌다. 그는 책장을 덮어 버렸다.

제인을 잃은 슬픔에 비탄에 잠긴 모어 가족만큼이나 에라스무스도 비통함 속에 잠겨 있었다.

"아, 제인, 너무나도 짧은 인생이었소! 내일은 알 수 없는 거구려."

그는 로마시인 호라티우스의 시 몇 구절을 중얼거리며 올라오는 울음을 삼켰다.

알려고도 묻지도 말게, 안다는 건 심히 불경한 일, 신들이 나에게나 그대에게 어떤 운명을 주었는지. 레우코노에여! 점을 치려고도 하지 말게. 더 나은 일은 미래가 어떠하든 주어진 대로 겪어내는 것이라네. 유피테르(제우스) 신이 그대에게 주는 게 더 긴긴 겨울이든, 최후의 겨울이든….

지금, 이 순간에도 티레니아해의 파도는 맞은편의 절벽을 깎고 있다네 현명하게나, 포도주는 그만 숙성시켜 따르고, 짧은 인생, 먼 미래로의 기대는 줄이게. 지금 우리가 말하는 동안에도, 인생의 시간은 우릴 시샘하며 먹어 삼키고 있다네. 지금 거둬들이게, 내일에 대한 믿음은 가능한 한 버리고….

상심에 빠진 모어 가족들은 실로 당황해하고 있었다. 마가렛은 엄마가 했던 일을 봐왔던 대로 하면서 집안일을 거들려고 했지만, 어린 소녀의 여린 손가락으로 아버지의 뻣뻣한 웃옷이나 동생들의 흙투성이 신발들을 다루기에는 아직 역부족이었다.

게다가 마가렛은 장 보거나 바느질하는 데 익숙해 있지 않았다. 안주인이 없는 바람에 식솔들은 수시로 나태하게 잡담하거나 먹거리를 살 때도 지나치게 많이 사지 않으면 지나치게 적게 사기가 일쑤였다.

모어는 연민으로 결혼했다가 살면서 사랑하게 된 소녀 같은 아내 제인을 잃은 깊은 슬픔에 빠져 헤어나지 못하고 있었다. 그러나 상심에 빠져 있을 수만은 없었다. 그는 큰 집안 살림을 관리하며, 아이들을 양육하며, 수시로 드나드는 손님들을 접대하는 일을 거들어주며, 동반자이자 친구며 내조자가 될 조력자를 필요로 했다. 그 유일한 해결 방법이 재혼밖에 없다고 생각한 그는 가족을 돌볼 헌신적이면서도 분별력 있는 아내감을 찾았다.

모어는 '딸린 가족이 있었던 7살 연상 미망인 미들톤Alice Middleton'이야말로 자신의 가정을 이끌어 가는데 안성맞춤의 여자라고 생각했다. 그녀의 제일 어린 딸 앨리스Alice는 모어 가家에 들어와서 모어의 딸들의 자매가 되어 어울려 살기에 딱 맞는 또래 아이였다.

미들톤은 제인처럼 부드럽거나 아름다운 여자는 아니었다. 실제로 몇몇 모어 친구들은 그녀를 퉁명스러운 여자로 소개하고 있다.

모어의 학문적 친구로서 모어 가家를 곧잘 방문하곤 했던 '이탈리아 출신의 휴머니스트 암모니우스Andreas Ammonius(이 당시 그는 헨리 8세의 라틴어 서기를 역임하고 있었음)'는 친구 모어의 재혼 이후에는 모어 가 방문을 꺼렸는데, 그는 미들톤을 '매부리코의 심술보 여자'라고 평하며 그녀를 더이상 보지 않아 기쁘다고 말했다. 에라스무스는 미들톤을 퉁명스럽고 무뚝뚝한 노파라고 불렀으며, 남편 모어조차 그녀는 결코 영롱한 진주처럼 빛나거나 순박한 여인이거나 사근사근한 숙녀는 아니라고 말했다.

그러나 모어는 집안을 꾸려 갈 유능하고 소탈한 동반자, 즉 사리에 밝은 실용적인 아내를 필요로 했는데, 부인 미들톤이야말로 이 같은 조건에 딱 맞는 여자였다.

미들톤은 말도 빠르고 성깔도 있었지만, 사려분별력이 있었고 가정적인 데다가 친근한 유머 감각도 있었다. 그녀는 남편을 즐겁게 하기 위해 노래를 불렀으며, 루트, 하프 및 다른 악기들을 연주하는 법을 익혔다. 그렇게 하기가 그녀의 나이를 생각할 때, 무척 힘들었을 것이겠지만, 친딸 엘리스와 의붓딸들과 함께 하는 악기연주에 동참함으로 그녀는 잠시라도 다시 젊어지는 기쁨을 맛보았을 것이다.

모어는 아내 미들톤의 선하고 수더분한 성품에 만족해하면서, 그리고 그녀의 완숙한 살림살이와 기막힌 요리 솜씨를 칭송하면서, 그녀에게 농을 걸어 보기도 하고 지분거려 보기도 했다. 그녀의 괄괄하면서도 왁자지껄한 품성은 집안에 생기가 돌게 하였다. 화통한 성격의 미들톤은 집안일을 원만하게 이끌었다.

그런데, 집안에는 마들톤을 신경 쓰게 하는 많은 일들이 기다리고 있었다. 방정맞게도 그녀가 작업 중인 양동이 안에다 제 손발을 쭉 뻗곤 하는 버릇없는 원숭이, 진흙투성이 발로 집안을 엉망진창으로 만들어 놓는 천방지축 강아지, 정원의 희귀 동물들, 그리고 왕왕 집에 와서 이해할 수 없는 라틴어 말을 지껄이는 남편의 낯선 친구들 등 그러한 것들은 분명 그녀에게는 고역스러운 것이었을 게다.

미들톤의 첫 남편은 상인이었기에 그녀는 가사 업무 분담과 지시, 기율적인 일상사 처리, 집안 재산관리 등에 익숙했다. 그녀는 재혼 시 가져온 자신의 재물들을 직접 관리하고 있었다. 그래서인지 그녀는 집안 살림을 일사불란하게 잘 꾸려나갔다.

그러나 모어 같은 이에게는 그녀의 기율이나 지시가 먹혀들지 않았다. 그녀는 모어를 충분히 이해할 수 없었다. 그녀에게 모어는 그저 남편으로서 사랑의 대상일 뿐이었다.

모어의 친구들, 모어의 가족 그리고 모어를 접한 이들 모두가 모어를 사랑했다. 그는 타자 편에서 이해할 줄 알고, 베풂과 나눔을 실천하며, 타자의 아픔에 공감할 줄 알았기에 사람들에게 신뢰와 존경의 대상이었다. 모어는 그러한 이해, 베풂, 관심 등을 넓고 유연한 의미의 친절로 규정지었다.

모어가 애송했던 키케로의 시는 그가 말하는 친절이 얼마나 포괄적이고 자연스러운 행위였는지 잘 보여준다.

> 길 잃고 방황하는 자에게
> 친절하게 길을 가르쳐주는 사람은
> 마치 자신의 등불로
> 다른 사람의 등에
> 불을 비쳐주는 것과 같도다.
> 그런데 남에게 불을
> 비쳐주었다고 해서
> 자신의 불빛이
> 덜 빛나는 것이 아니니라.

교우 관계에 있어서 그는 자신의 친구들의 삶 속으로 들어가 그 입장에서 그들을 이해하려 하였다. 그것은 그의 단순한 타자에 대한 호기심의 발동이 아닌 타자에 대한 그의 공감 의지의 소산이었다. 그의 공감력은 타자의 가슴에 희망의 불꽃을 점화시키는 심지로 작용하였다.

모어의 사위 로퍼William Roper는 '집에서 장인과 대화를 나누는 도중, 장인이 화내는 것을 한 번도 본 적이 없다'라고 회고하고 있다. 또한, 에라스무스는 "모어는 모든 것에서 즐거움을 찾는 기막힌 재주를 가지고 있다"고 말했다. 그러면서, 에라스무스는 덧붙이기를 "만일 모어가 식자들이나 지혜로운 자들과 대화를 나눈다면, 그들의 재능을 즐기고, 만일 그가 무식한 자들이나 어리석은 자들과 대화를 나눈다면, 그는 그들의 단순성을 즐긴다. 그는 각양각색의 성향에 따라 자신의 눈높이를 조절하는 비범한 재간이 있다"는 것이었다.

이 무렵 모어는 라틴어와 영어 두 언어로 『리처드 3세사』란 사극을 썼는데, 이 작품은, 자신이 살았던 시대 이전 역사를 배경으로 하고 있지만, 모어 동 시기의 시대정신과 역사 상황을 함의하게끔 의도된, 미완성 풍자 사극이다.

모어가 『리처드 3세사』에서 실감나게 묘사한 장미전쟁 종식기의 일화는 대주교 모튼Morton이 자택 방문 손님들과 대담을 나눴을 때, 모어가 그 곁에서 주로 귀동냥으로 들었던 내용을 기반으로 하였다.

기억력이 좋은 모어는, 그의 아버지의 한 궁정 친구가 왕 에드워드 4세의 죽음 소식을 전하기 위해 아버지를 만나러 왔을 때, 아이였던 그가 집안 벽난로 굴뚝 가에 앉아 있다가 혹은 집안 어디인가에 있다가 우연히 언뜻 들었었던 내용을 소환채내 자신의 현 저작 속에 담아냈을 것이다.

또한 "틀림없이 우리의 희망 글로우쎄스터 공公Gloucester(훗날의 리처드 3세)이 조카들을 제치고 왕이 될 것이야'라며 아버지 친구가 숨을 헐떡거리면서 내뱉은 말을, 모어는 잘 들었다가 기억의 창고 속에 저장해 놨었을 것이다.

한편 모어는 글로우쎄스터 공작의 두 조카(에드워드 5세와 요크공작 슈루즈베리의 리처드)가 런던탑 방에서 유령처럼 홀연히 사라졌다거나 시체로 발견되었다는 둥, 이 조카들은 유폐되었다가 암살된 게 분명하다는 둥 둥의 떠도는 풍문도 들었을 것이다. 이러한 귀동냥을 토대로 모어는 사극 『리처드 3세사』속에다 폭군에 대한 증오와 정치 권력의 사악한 속성에 관해 서술해냄으로 모어 동시기(튜더시대) 및 후대 사람들에게 '폭군과 권력의 잘못된 조합'이 초래하게 되는 '인류 · 도덕 말살'과 '인간 무의식에 잠복해 있다가 언제든 고개를 쳐들게 되는 악에 대해 상기시켜 경계하게 하였다. 그러나 아쉽게도 모어의 『리처드 3세사』는, 그의 분주한 공직 활동과 다른 작품 『이상국utopia』의 집필로 인해 완성되지 못했다. 16세기 말이 되면 윌리엄 셰익스피어는 모어의 이 미완성 사극을 원자료로 활용하여 『리처드 3세』를 집필하게 된다.

분주한 모어를 더욱 바쁘게 만들었던 사건이 있었다. 그것은 다름 아닌 플랑드르와 잉글랜드 상인들 간의 분쟁이었다. 이 두 나라 상인 간의 분쟁은 수년간 양국 간의 크고 작은 갈등으로 인해 상황이 더욱 꼬여 있었다. 이 꼬인 매듭을 풀기 위해서는 논리적 대화에 능숙하고 법률에 정통할 뿐만 아니라 기지가 넘치고 상대방을 매료시키는 화술을 가지고 있으며 인내심 있는 분쟁 해결 협상 사절이 플랑드르에 파견될 필요성이 점점 더 커지고 있었다. 여러 가지 면에서 모어는 이러한 사절에 안성맞춤의 적격자였다. 그는 모국의 해외 대표 사절 단원으로 선임되어 플랑드르에 파견된다.

모어는 가고 싶지 않았다. 그것은 아내와 자식들 곁에서 멀리 떠나 있어야 된다는 것을 의미하며, 법조인(변호사)으로서 고수익을 포기해야 한다는 것을 의미했기에 말이다. 그는 사절단 일원으로서 적지 않은 '해외파견급료'을 받았지만, 그 급료는 모어 가家의 큰살림을 꾸려 가기에 충분한 액수가 아니었다.

더욱이 그 기간이 예정되었던 2개월 정도를 훨씬 상회하는 6개월이라는 것을 알고 나서는 모어에게 지루한 느낌과 막연한 걱정이 밀려왔다. 그러나 이러한 개운치 않은 부정 감정은 발상 전환이나 상상력 촉발 동인의 순기능으로 작용하게 되어 그 자신으로 하여금 더욱 경쾌한 생각을 끌어내게 하기도 한다.

해외파견 중 모어는 브뤼주(Bruges 현 벨기에 서북부 도시)에서 새 친구를 사귀게 되는데, 이 친구와의 교제를 기점으로 그는 장차 고전으로 자리하게 될 책 집필 계기의 착상을 얻게 된다. 모어가 에라스무스에 의해 소개받은 사람 자일스Peter Gilles(안트베르펜 시청 서기) [2]가 바로 그 사람이다.

자일스는 익살스럽게 생긴 약간 들어 올려진 긴 코, 늘 웃을 준비가 되어있는 입, 그리고 반짝이는 까만 눈동자로 인해 첫 만남만으로도 호감을 끄는 신사였다. 그는 책과 사람을 사랑했으며, 늘 맛깔스럽게 말하였다. 모어는 그런 자일스를 무척 좋아했다.

> 내가 여행을 다녀 봤지만, 자일스와 담소를 나누는 것보다 더 흥겨운 일은 없지요. 그 친구는 해박하고 기지가 넘치는 신사로 늘 겸양이 몸에 배어 있는 진솔한 사람이지요. 그를 위해서라면 나는 내 전 재산도 기꺼이 바칠 준비가 되어있지요. 그와의 우정을 위해서라면 단연코 내가 내놓지 못할 게 뭐가 있겠습니까.

자일스와 모어는 만나서 덕담을 나누곤 하였는데, 모어 가家 시동인 클레먼트John Clement가 자주 그들과 함께하였다. 클레먼트는 당시 모어 집에서 모어의 시동 역할을 하면서 모어 가家 딸들의 가정교사로 있었던 청년으로 나중에 모어의 피후견 수양딸 기그스Margaret Giggs와 결혼하게 된다. 모어는 자신이 모든 가家에서 그랬던 것처럼 이 청년도 모어 가의 시동 경험을 통해 유익한 것들을 배우기를 바랐다. 그는 훗날 의학계에서 이름을 떨치게 된다.

그들이 나눈 대화는 주로 미지의 세계에 대한 담소였다. 자일스는 포르투갈 탐험가 아메리고 베스푸치[3]의 항해담을 읽고 있었는데, 그는 자택 정원 그늘진 기대기 좋은 곳에 걸터앉아 자신이 읽은 내용 일부를 모어에게 이야기하였다.

"베스푸치는 가장 이국적인 땅들과 짐승 가죽을 두른 자연인들(미개인들)에 관해 기록하고 있지요. 나는 그의 미지 세계 탐험에 동참한 일부 선원들에게 말을 걸었는데, 이 선원들이 말하기를, 그들이 어떤 개인도 결코 토지를 소유하지 않은 미지의 나라를 방문한 적이 있다는군요. 또한, 특이하게도, 그곳에서는 그 어떤 화폐도 사용되지 않는다네요."

이에 모어가 말했다.

"오, 그런 곳이 있다니! 도무지 지금 여기 이 세상에서는 플라톤이 그려본 이상공화국을 꿈조차 꿀 수 없는데 말이에요. 그런데 베스푸치 탐험 단원들이 방문한 거기 그 익명의 나라야말로 플라톤이 말하는 평등과 정의가 실현될만한 이상향 같은 곳이군요. (…) 내가 꿈꾸는 세상은 개개인의 마음과 기능이 유일한 자산인 그러한 땅이지요. 그런 세상은 지배자와 피지배자, 부자와 빈자, 천재와 둔재가 차별 없이 자신의 능력에 따라 모든 이들이 소외되지 않고 평등하게 살 수 있을 테니까 말이지요."

자일스는 "웃으면서 그리고 노웨어Nowhere(이 세상 어디에도 없는 땅)의 그리스어 어원의 낱말, 즉 유토피아Utopia라는 말을 사용하면서 그러한 나라는 실제로는 이 세상에는 존재할 수 없지요"라고 말했다.

클레먼트가 자일스의 식료품 저장실에서 가져 온 포도주의 향취를 맡으며 그들 간에 나눈 여행과 탐험에 대한 흥겨운 담소는 모어의 상상력에 불을 지폈다.

대화가 깊어지면서, 모어는 부조리한 현실을 비판하고 그 현실을 초월할 어떤 세계 즉 그의 상상 속 바람대로 작동될 수 있는 이상국을 사색하기 시작했다. 그 세상은 갖가지 종류의 부당한 것들이 교정될 수 있는 이상적 정의 공화국이었다. 그는 자일스가 제시한 화두 노웨어nowhere의 의미를 함축하는 유토피아에 대한 상상에 젖어 들었다. 그리하여 그는 시도 아니요, 전기나 역사라고도 할 수 없는 아주 새로운 장르의 책을 쓰기 시작했으니, 그 책이 바로 어원상 유토피아라는 문학 양식의 원조가 될 『유토피아』였다.

기본적으로 『유토피아』는 작중作中 자일스가 작중 모어에게 소개한 히슬로다이Raphael Hythlodaye[4]라는 구릿빛 얼굴을 한 가상 속 나그네 철학자가 자신이 체험한 미지의 나라에 관해 작중모어와 작중자일스에게 들려준 이야기를 그 내용의 뼈대로 하고 있다.

히슬로다이의 겉모습, 즉 햇볕에 그을린 듯한 얼굴과 손, 길게 자란 턱수염, 어깨 주위를 감싸면서 아래로 늘어트린 망토 등의 모습은 다분히 모어 자신의 모습을 담고 있기도 하다. 그는 자신의 주변에서 실제로 그런 모습을 한 사람을 만난 적도 있었을 것이다.

모어는 매제인 라스텔과도 미지의 세계와 그 여행 계획에 관해 자주 대화를 나눴는데, 아마도 라스텔은, 그의 주변인들이 전하는 바에 따를 때, 실제로 몇몇 미지의 나라들로 여행을 떠나기도 했던 듯하다.

모어는 라스텔이 전해 주는 여행과 탐험 담소에서 영감을 얻고는 모어 자신의 이상적인 자아인 이야기꾼 히슬로다이를 창조하여 자신의 발상을 대변하게 한다.[5] 모어의 내면 감정이 이입된 히슬로다이는 플라톤 부류의 그리스 철학자이다.

모어는 플라톤과 그의 친구들과의 이상 사회에 대한 대담인 플라톤의 『국가Politeia』를 자신의 책 구상의 기본 맥락으로 삼았으며, 그가 그렇게 애독하여 주석을 달기도 하고 대중을 상대로 강연도 하였던 성 아우구스티누스의 『신국론De Civitate Dei』을 자신의 책에 흐르는 종교 사상의 원류로 삼았다.

아울러 모어는 사랑이 모든 차이를 극복하는 자신의 행복한 가정에서 이상 사회 유토피아의 모습을 찾는다. 그의 가정은 모든 이들이 관념과 재산을 공동소유하는 소규모 형태의 이상적인 공동체와 같았다. 즉 그의 가정은 가족 구성의 한 개인인 자신만을 위해서가 아니라 서로를 위해서 그리고 가족 전체를 위해서 상부상조하는 그런 곳이었다. 만일 나라가 모어 자신의 가정과 같이만 될 수 있기만 하다면, 그것이 바로 이상 국가가 아니겠는가! 그런데 이것은 일면 노동과 재산을 공유로 하는 중세 수도원 공동체 집단의 모습을 연상시킨다.

모어는 자주 자국 동포들과 플랑드르인들 간의 상권 논쟁에 협상 요원으로 개입하곤 했었는데, 그는 논쟁으로 인해 양국 간 이해 갈등과 양 국민 상호 간 혐오감이 부각되어 양측의 견해차가 더 커지는 것을 지켜보았다. 모어의 에라스무스, 자일스 등 친구들과의 지적 교섭은 국적의 차이가 그들의 우정에 대한 장애물이 결코 될 수 없음을 보여주었다. 그는 다양한 국적의 학자들과 우정어린 교분을 나누고 있었으니까 말이다.

그러나 국내외적으로 여기저기에서 국지전, 통상 쟁의, 의견 분분한 지상논전 등이 계속 벌어지고 있었다. 그래서 『유토피아』를 통해 모어는 전

공동체 사회의 행복(공익)이 개인의 그것(사익)보다 더 중요한 그러한 나라를 상상 속에 그려보았다. 그가 상상한 그곳은 차분히 뜯어보면, 그가 실제로 살고 싶어 간절히 원하는 곳은 아니었음을 알아챌 수 있다. 하물며 우리 자신들도 진정으로 살고 싶어할 만한 곳은 아니다.

실제로 모어는『유토피아』종결 부분에서 이상국 유토피아의 우스꽝스러운 풍습과 별난 제도들, 특히 '화폐 불용 공유제'에 대해 강한 의혹을 제기하고 있다. 그런데, 이 공유제를 논거로 마르크스주의적 연구자들은 모어를 공산 사회주의의 선구자로 서술하기도 한다.[6]

독자들은 유토피아가 이성으로 기획·작동되는 기계적 사회 체제라는 인상에서 쉽게 벗어날 수 없다. 유토피아 사회는 인민이 조직화 되어 안내되는 낯선 이국인 공동체 사회와 흡사하다. 그 누구보다도 모어는 '따뜻한 감성 부재의 차가운 이성만으로는 인간이 행복해질 수는 없다'라는 사실을 잘 알고 있었다. 그런데, 모어는 어째서 그렇게 경직된 것처럼 보이는 감정 부재의 이성만이 지배하는 사회를 구상했을까?

이에 대한 한가지 대답은, 자신이 살았던 현실 세상이, 교만, 탐욕, 편견 등 부정 감정이 인간 본성을 지배함으로 인해, 동시기를 이성 부재의 각종 부조리와 불의가 판을 쳤던 시기로 확신했기에, 모어는 이성이란 장치를 유토피아 구성의 주 코드로 설정·배치했던 것이다.

물론 이 이면에는 모어 동시기 유럽현실의 역상의 세상인 유토피아 세상을 통해 작금의 악폐·병폐·적폐로 인해 정도正道에서 일탈한 모어 동시기 유럽현실사회에 대해 동시기 식자귀족층에게 자성의 경종을 울려 주기 위한 모어 나름의 포석이 깔려있었다.

이성은 때로 인간을 기계적이고 무정하게 만드는데, 마찬가지로 유토피아인을 유토피아인답게 만드는 이성적인 제도는 마치 유토피아인이 얼음 인간으로 만들어졌거나 강철 로봇으로 만들어진 게 아닌가 하는 강한 인상을 받게 하기도 한다.

이러한 인상은 '과학적 이성과 인간 본성의 교화'라는 공통의 기조를 띠는 안드레이의 『그리스도교의 나라』, 캄파넬라의 『태양의 나라』, 프랜시스 베이컨의 『새로운 아틀란티스』 등 17세기 유토피아 작품들에서도 간파된다. 뜻하지 않게 모어는 유토피아 사상가로서 그들의 선구가 된 셈이다.

좀 더 멀리 비약의 날개를 펼쳐보면, 모어가 창조한 유토피아인의 한 치의 착오도 없는 이성적인 모습은 '기계문명과 AI(인공지능)'가 결합된 미래의 '초현대적 SF 디스토피아 국가'의 모습의 기시감(deja vu)이다.

그런데 재미나게도 모어는, 16세기 초 유토피아 작품에서, 21세기를 살아가는 우리가 현대적 발명품이거나 현대적 아이디어라고 생각할 만한 것들(당시로서는 평범과 상식을 뛰어넘는 기발한 발상들)을 기술했다.

이를테면 유토피아에서는 달걀들이 인큐베이터 속에서 부화 되는가 하면, 주택 지붕이 일종의 방화재 콘크리트 같은 것으로 시공된다. 유토피아에서는 '근로복지차원'에서 '하루의무노동시간이 6시간으로 제한되고, '거리환경정화차원'에서 모든 쓰레기가 친환경적으로 처리된다. 각 도시에는 의료 장비가 잘 갖추어진 종합 병원들이 자리하고 있어 유토피아인들의 의료복지가 보장된다.

이러한 이야깃거리를 논제로 일부 연구자들은 모어를 '생태의료사회복지국가'의 선구자로 자리매김 한다. 한편 일부 연구자들은 유토피아 사회 지배층을 형성하게 될 '예비관료'로 선발된 탁월한 학자나 지식인에게는 '하루 6시간의무노동'이 면제된다는 점에서 그 특혜를 논거로 부각·확장함으로써 모어를 지식인지배사회 대변자이거나 여가 계층으로서 부르주와 시민지배사회 대변자로 규정짓는다.

유토피아인들은 금, 은 및 보석류 등 희귀한 것들을 중히 여기지 않는다.

희귀한 것들은 소중한 게 아니기에 인간들의 눈에 잘 띄지 않게끔 자연 속에 감춰져 있다는 논리이다. 그래서 그들은 인간의 눈에 잘 띄는 흔한 돌이나 철을 한층 더 소중히 여긴다. 그들은 호사스러운 잔치나 퇴폐적인 오락 등 자원 낭비적인 불건전한 사치·허영 행위를 악덕으로 여기며 건전한 행위로서 독서와 노동, 음악 및 스포츠 활동 등에서 쾌락을 찾는다.

유토피아인들은 사냥을 잔혹한 악행으로 그리고 전쟁을 불의한 악행으로 간주한다. 그러나 그들은 황무지 개척이란 명분으로 수행되는 식민지 개척 전쟁을 자연스러운 행위로 정당화한다. 그들은 유토피아 밖의 버려진 땅 개간은 권장되어야 할 순리적인 것이라고 말한다. 이 황무지 개간 문제를 논거로 확대·비약함으로 일부 연구자들은 가상의 이상국 창조자 모어를 식민제국주의자로 낙인찍기도 한다.

유토피아는, 타자의 신앙들과 견해들이 유토피아 사회 전체의 공익에 위배가 되지 않는 한, 그것들이 관용적으로 받아들여지는 이교도 국가다. 그러나 그들의 신앙 간 차이에도 불구하고 그들은 절대자에 대한 감사기도라는 단일한 공동 예배를 드리기 위해 매달 한 번씩은 신앙의 차이와 관계없이 일사불란하게 공동의 장소에 함께 모인다. 또한, 유토피아인이라면 누구나 3대 기본신앙 수칙인 신의 섭리 의식·영혼 불사의 의식·인과응보의 사후보상의식을 반드시 받아들여야 한다.

한편 유토피아에는 평화를 위해 국가 간 전쟁을 종식할 만한 절대 권위를 지닌 교황 같은 성직자가 존재한다. 이 3대 기본신앙수칙과 절대 권위 성직자는, 가톨릭국가의 모습과 일맥상통하여, 유토피아가 '가톨릭국가의 위장'에 불과하다는 주장의 논기가 되기도 한다.

모어에게 심신 수련은 우리의 몸을 지탱하는 척추처럼 강력한 생의 중추적인 활력 에너지이다. 신앙의 차이를 초월한 감사기도는 그러한 심신 수련의 의미를 함축한다. 모어는 자신이 살아가고 있는 동시기 현실 사회를 심신 수련 결여의 무규율·비이성 불의한 사회로 규정한다. 그래서 그는 역발상의 사회상을 창조해본 것인데, 그게 바로 유토피아 세상인 것이다.

그러나 모어는 이러한 이성 지배의 유토피아 세상에서도 불완전한 인간이 사는 세상이기에 만에 하나 경계심을 놓으면 얼마든지 상황이 뒤틀어질 수도 있음을 시사한다. 하물며 모어 동시기처럼 무규율·비이성이 지배하는 사회현실에서는 인간 상황의 왜곡으로 인한 폐해가 얼마나 컸겠는가.

모어는 잉글랜드가 자신이 구상한 유토피아 사회를 모방해야 한다는 것을 제안한 것은 아니었지만, 그가 구상한 이상국의 몇몇 어떤 것들은 확실히 모어 동시기 사회의 더 많은 행복증진에 보탬이 될 수 있는 것들이었다.

여기 일례로서 시대를 초월한 이성적 감각인으로서의 모어의 면모를 보여주는 유토피아인들의 '배우자선택풍습'이 있다.

배우자를 선택하는 데 있어서, 유토피아인들은 우리에겐 매우 우스꽝스럽게 보이는 관습을 엄격하게 지키고 있습니다. 즉 결혼하고자 하는 여자는 -그녀가 처녀이든 혹은 과부이든-결혼한 어느 정숙한 부인에 의해 완전히 발가벗겨진 자신의 모습을 상대편 남자에게 보여주며, 또 남자도 마찬가지로 덕망 있는 남자에 의해 발가벗겨진 자기의 모습을 상대편 여자에게 보여줍니다. 몇 푼밖에 안 되는 말 한 마리를 살 때, 그 말을 완전히 발가벗겨 놓고 샅샅이 살피며, 말안장과 마구를 벗기기 전에는 그 아래에 흠이 감추어져 있지나 않을까 해서 그 말을 사려고 하지 않으면서도, 한 개인의 생의 행·불행을 좌우하는 배우자 선택에 있어, 온 육체가 옷으로 가려 있어 눈으로 볼 수 있는 부분이 한 뼘밖에 안 되는 얼굴만을 보고 전체를 판단하여 배우자를 결정하는 우리의 어리석음을 유토피아인들은 기이하게 생각하는 것입니다. 그럴 경우, 결혼한 후 상대방의 몸 어딘가에서 기분 나쁜 결함이 발견되면 평생 화목하지 못하게 될 위험이 내포되어 있기 때문입니다. 물론 오직 배우자의 도덕적 성품에만 관심을 기울이는 사람이라면 그러한 결함 따위는 문제가 되지 않을 것입니다. 그러나 그 정도로 현명한 사람은 거의 없으며, 때로는 그러한 사람들조차도 결혼한 후에 육체의 아름다움이 영혼의 아름다움에 적지 않은 영향을 준다는 것을 알게 됩니다. 옷 속에 감추어져 있을지도 모르는 그러한 흉한 결함은 남편의 마음을 그의 아내로부터 떼어놓을 수 있으며, 그때에는 이미 헤어지기에는 너무 늦어 버리는 것입니다. 결혼 후에 그러한 육체적 결함이 우연히 발견된 경우에는 자기 자신의 운명을 참고 견디지 않으면 안됩니다. 그러므로 남녀 상호 간에 속아서 결혼하는 일이 없도록 제도적인 장치나 보호가 필요한 것입니다.

어떤 점에서, 『유토피아』는 체스 선수가 아이디어를 짜내 유리한 양상을 꾀하는 일종의 체스 게임과 흡사하다. 그것은 대화체로 쓰였다. 모어는 성 안쏘니 스쿨과 모튼 대주교 관저, 그리고 옥스퍼드대학에서 학술 논쟁에 대비하도록 수사학 교육을 받았고, 그는 변호사로서 변론을 위해 법리적 논쟁 기술을 체득했으며, 그는 외교협상사절단원으로서 인내를 요구하는 회담과 협상에서 유리한 고지를 선점하는 설득기술을 축적했다. 대화체 양식의 문장은 바로 그러한 모어의 체험에서 나온 것이었다.

자신의 양심과 소신에 따라 종교적 진리를 수호하고자 했던 후년에도 변론 글들에서 모어는 이 같은 대화체 글쓰기 형태를 사용했으며, 말년에 시커먼 그림자처럼 찾아드는 죽음의 공포를 체감하면서 쓰게 되는 옥중서에서도 그는 그런 형태를 사용하게 된다.

지식인들 간의 생생한 대담 내용을 담아내고 있는 『유토피아』는 그 당시 지식인들(휴머니스트들) 간의 대담, 종교 분열과 사회계층 양극화가 몰고 올 불행, 인간 소외의 소산으로서의 불안 의식의 증폭, 이국적이며 기발한 것들에 대한 재미 등의 소재거리가 한데 어우러져 세상에 그 모습을 드러내게 된다.

모어가 플랑드르로부터 런던으로 돌아와서는, 쓰다만 부분들을 마저 완성하는데, 대부분의 저술가들이 그렇듯이 그는 집필을 마무리하려고 안달하였다. 그러나 집의 아이들 문제, 식솔들 문제 및 일상 업무 등이 그의 집중력을 떨어트려 그 책의 완성을 방해하였을 것이다.

그래서 모어는 한적한 곳을 찾다가 아버지 소유 시골집(일종의 별장)이 있는 허트포드셔 고비온즈Gobions로 갔다. 근처에는 매제 라스텔이 정원과 양어지養魚池가 딸린 풍치 있는 집에 살고 있었는데, 아마도 라스텔은 집필 진척 상황이 어떠한지를 알아보기 위해 그리고 격려 차원에서 고비온즈로 처남 모어를 만나러 왔을 것이다. 모어가 쓰고 있었던 아직 미완성의 『유토피아』를 읽을 때마다 라스텔의 상상력 또한 점화되었을 것이다. 책속의 히슬로다이처럼 방랑벽에다 지적 호기심이 발동하여 이미 미지의 세상에 대한 탐험을 떠난 적이 있었던 라스텔에게로 점화된 상상력은 그로 하여금 유토피아 같은 미지의 세계를 탐험하도록 자극했다. 책 집필이 완성된 6개월 후에, 라스텔은 실제로 미지의 세계로의 탐험여행을 떠나게 되니까 말이다. 아쉽게도 라스텔은 그러한 미지의 세계를 발견하지 못한다. 그는 자신의 생각대로 일이 원만하게 진척되지 않았음을 모어에게 고백한 기록이 남아 있다. 분명한 사실 한 가지는 모어가 집필한 그 책이 적어도 라스텔 같은 도전적인 이들에게 미지의 세계를 경험하고픈 충동과 모험심을 불러일으켰다는 것이다.

모어의 책 『유토피아』는 라틴어로 쓰였다. 그는 자신의 책이 이해력이 부족해서 사고방식이나 행동양식에서 논리정연하지 못한 무식자들에 의해 읽히기를 바라지는 않았다.[7] 원고가 교정되고 정리되었을 때, 그것은 네덜란드에 있는 에라스무스에게 보내졌다. 그는 그것을 일독한 후, 그것을 자일스에게 보내 읽어볼 것을 권했다. 그러고 나서 에라스무스는 그것이 루뱅에서 인쇄되도록 절차를 밟았으며, 그리하여 1516년 말경에 모어의 『유토피아』는 출간될 수 있었다.

모어가 저 멀리 루뱅으로부터 『유토피아』인쇄 본이 자신의 수중에 언제 들어오나 하고 초조해하며 기다렸을 것이다. 그 기다림은 자긍심과 흥분됨의 표출이다. 『유토피아』초판본은 일상의 소포 뭉치나 꾸러미 뭉치처럼 마대자루에 넣어져 그렇게 봉해진 채로 선창가 덥수룩한 짐꾼에 의해 운반되어서는, 수취인의 수중에 들어왔을 것이다.

이 초판본은 한 행 한 행을 따라 찍혀 있는 시커먼 하면서도 난잡한 잉크 글씨와 기괴한 형태의 글자들로 인해 오늘날의 우리가 읽기에는 불편하겠지만, 모어에게는 그 초판본 책은 그가 에라스무스에게 보낸 거미가 기어가는 것처럼 휘갈겨 썼던 그 필체와는 그 품격이 다를 뿐만 아니라 그 자신이 지금까지 본 책들 중 그 어떤 책에도 비견될 수 없는 최고급 미장의 최신판 책이었을 것이다. 그는 마대자루를 급히 풀어서 자신의 책을 가족에게 보여주었으며, 그것을 가깝게 지내는 친구들에게 보내 주었다. 여기 모어가 그 책을 절친한 친구 워럼 캔터베리대주교[8]에게 보내면서 쓴 편지가 있다.

> (…)이 보잘것없는 책 『유토피아』를 존경하는 대주교 경 그대에게 보냅니다. 서둘러 쓴 책이라서 흠잡을 데가 많아 저는 출판을 꺼러헀으니 피디 자일스 경을 비롯한 친구들(에라스무스 경 등)의 출판 권유로 이 책을 감히 세상에 내놓게 되었습니다. 이 책이 빛을 보게 된 것은 대주교 경 그대의 글쓰기에 대한 평소의 격려와 후원 덕분입니다. (…) 그대가 이 보잘것없는

책을 기쁘게 받아 주신다면, 그 호의의 빛으로 인해 저자의 마음은 한없이 환해질 것입니다. 존경하는 대주교 경, 그럼 안녕히 계십시오.

런던에서 모어 올림.

　모어는『유토피아』초판본 책들 중 한 권을 자신의 연구 서재 책꽂이에 꽂았다가 다시 그 책을 빼 펴서 산뜻한 흰 종이 위의 검정 글자들을 자랑스럽게 응시해 보고는 자아도취에 빠졌다. 뿌듯한 마음에 그는 서재 창가 쪽에 기대어 서서 어슴푸레하게 보이는 하늘 저쪽의 오밀조밀한 도시 지붕들 너머로 석양이 사라져가는 모습을 지그시 바라봤다. 모어 앞에 펼쳐진 정돈되지 못한 불결한 도시가 그가 발을 디디고 부닥쳐 사는 이 세상 현실이라면, 청결한 거리의 잘 구획된 맵시 있는 집들은 상상 속의 나라 유토피아처럼 그의 심상 속에 그려진 가상의 현실인 것이다.

　확실한 것 한가지는 모어가 자신의 마음과 상상력을 사용함으로 생생한 자유를 느껴 보았다는 것이다. 그 누구도, 그 어떤 것도 결코 앗아갈 수 없는 그 자신의 내면에만 존재하며, 자신의 마음먹기에 따라 무엇이든지 할 수도 있고 아무것도 하지 않을 수도 있는 절대자유를 말이다. 상상은 자유의 성소聖所가 아니던가. 요컨대『유토피아』는 작가로서 모어 내면의 신성불가침한 바로 그 '절대 자유의 결정체'인 것이다.

　모어의 '절대 자유'란 아마도 풍자적으로 정의를 생활화·체화한 사람들이 사는 유토피아국을 창조함으로써 역설적으로 갖가지 불의가 판치는 당대 잉글랜드와 당대 유럽의 현실을 맘껏 비판해보는 그런 자유였을 것이다. 그래서 유토피아국은-그 전체 틀이 기계적이라는 느낌을 주긴 하지만- 정의가 유토피아인들 개개인, 가족 및 정치체에 이르기까지 일사불란하게 내면화가 이루어지는 사회형태를 띠게 된다.

　정의 공화국으로써 유토피아 사회의 정의내면화유도방식은 다음과 같다. ① 공유제를 통해 인간의 사리사욕(탐욕)과 자만의식을 사전에 차단한다. ② 6시간 의무 노동 시간 이외의 남는 시간을 인간으로서의 기본 소양을 쌓게끔 여건을 조성한다. ③ '권선징악 체스게임'같은 건전한 놀이 등을 통해 악덕은 반드시 미덕에 무릎을 꿇는다는 의식을 심어준다. ④ 유토피아인들이 생태환경적으로 건전한 심성인이 될 수 있도록 생명 존중 경시풍조를 조장할 여지가 있는 사냥 행위와 도심에서의 가축 도살행위 그리고 요행과 방종을 유발할 여지가 있는 도박행각 등을 금지하며 정원 가꾸기와 흙과 가까이하기 등의 자연과 더불어 사는 삶의 방식을 생활화한다. ⑤ 확대된 가부장적 사회 시스템을 통해 내면화된 정의의지가 계서적으로 통합되도록 한다. ⑥ 다양한 종교하에서도 3대 기본 신앙 수칙인 신의 섭리관, 영혼 불사관 및 사후보상관 등을 인간 내면에 각인시킴으로 이 세상의 불의는 저세상에서 반드시 심판받는다는 인식을 일반화한다. ⑦ 희생의 덕의 실천을 최고의 쾌락으로 하는 도덕철학을 습관화한다. ⑧ 지혜와 정의로 무장된 학자층을 육성해서 그들 중에 대사, 관리자, 성직자, 군주 등의 통치계층을 선발하여 그들을 통해 철인 통치의 정의공화국 이상이 유토피아국 곳곳에 스며들도록 한다.

　모어는 이렇게 함으로 '반드시 정의나 선이 불의나 악에 이긴다'라는 인식이 유토피아인들의 심성 속에 내면화할 것이며, 그렇게 하여 유토피아는 자연스럽게 정의 공화국이 되리라고 생각했다. 유토피아에는 변호사도 없으며 유토피아인 자신들이 변론할 만큼 아주 명료한 최소의 법 조항만이 존재한다. 과연 유토피아는 법 없이도 정의의 강물이 흐르는 공평한 국가인 셈인데, 그런 세상이 이찌 이기심·팀욕·교만으로 작동뇌는 '인간현실세상'에 그대로 적용될 수 있겠는가.

　아마도 모어는 자신의 절대자유의 결정체 『유토피아』를 통해 정의로운 세상을 독자에게 꿈꿔 보게 하고 그런 세상을 담론화함으로 이상국 유토피아의 거꾸로 선 세상인 잉글랜드와 유럽의 불의한 현실을 맘껏 비판해 보고 잉글랜드와 유럽의 지식인들로 하여금 그러한 불의한 동시기 현실을 절실히 자각하기를 간절히 바랐을 것이다. 그는 그런 것만으로도 '이 절대 자유의 결정체 소산의 책자'가 소기의 목적은 달성하게 되는 셈이라고 생각했을 것이다.

오늘을 사는 우리도 가끔은- 도대체 그런 세상이 이뤄질 수 없다는 것을 알면서도 우리가 사는 세상이 그렇게 되기를 갈망하고 그런 세상에 세상 사람들이 동참하기를 갈구하면서- 낮은 가지에 둥지를 틀어도 아무도 그 둥지 속의 알을 탐내지 않는 이기심 없는 무욕無慾의 도덕적 인간 세상을 꿈꿔 보지 않는가. 과연 그런 이상국에서는 교만과 편견, 그리고 차별과 소외가 없는 행복한 세상이 펼쳐질 수 있을까….

제7장

●

왕의 종복

상상의 세상은 광대한 자유 지대이지만, 실제 세상은 누군가 뭔가로부터의 물리적·심리적 구속의 무대일 수밖에 없다.

왕의 곁을 보좌하는 측근 신하가 된다는 것은 명예만큼 그 속박의 무게도 무겁기 마련이다. 헨리 8세는 모어가 왕과 나라를 위해 궁에 들어와 조정 관료로 봉직해 줄 것을 거듭하여 요청하였다.

모어는 왕으로부터의 입궁 요청을 받았을 때, 그는 자신이 사랑하는 소중한 가족과 함께 하는 평화로운 여유 시간이 줄어들까 하는 아쉬움이 앞섰지만, 그는 왕과 왕국에 대한 공적 의무감에서 마지못해 왕의 뜻을 받아들였다.

삶을 살아가면서, 모어는 그가 진실로 원했던 것은 아니라서 선뜻 내키지 않지만, 자신에게 요청된 것을 마지못해 수락하고서는, 그 일에 최선을 다해 그것을 긍정적으로 승화시키는 특별한 재주가 있었다. 변호사로서의 분주한 변론 활동, 공직인으로서의 과중한 공무 처리, 해외 사절단 일원으로서의 외교통상 협상 활동의 참여 등의 일들은 그 자신이 절실히 원해서 선택한 것은 아니었지만, 그는 이 모든 일을 주도적으로 수행했으며, 수행 과정에 발생하는 갖가지 난제들을 지혜롭게 풀어나갔다. 한마디로 그는 자신에게 주어진 일들이 마음에 내키든지 안내키든지 간에 일단 가부간 결정이 내려지면 진행되는 현 상황을 즐길 줄 알았다.

이 무렵, 모어는 북적거리는 집안 식구들과의 가족애 다지기, 우정 깊은 친구들과의 지적 교류, 문필활동 등에서 내적 기쁨을 맛보고 있어서 심적 평온과 행복감을 느끼고 있었다. 이것은 그가 늘 갈구해왔던 '오롯한 여유가 있는 활동(otium)'이었다. 그러나 이제 그는 왕의 종복으로서 '책무가 따르는 공직 활동(negotium)'에 매진해야 할 판이었다. 이런저런 난제들이 그를 기다리고 있었다.

소년 시절부터, 헨리 8세는 모어를 알고 존경해 왔다. 헨리는 현자들을 자신의 주변에 끌어모았다. 그는 그들의 경험담과 덕담을 경청하기 위해서, 특히 그들의 지혜로운 자문을 받기 위해서 자기 휘하에 그들을 두고싶어했다. 비록 왕이 늘 그들의 조언을 귀담아 들었던 것은 아니지만 말이다.

모어의 책 『유토피아』는 유럽 도처의 지식인들 사이에 읽히고 있었는데, 담론의 소재가 되고 있었으며 헨리도 그 책을 읽었다. 또한, 그는 행정·징세·사법지휘권이 있는 주장관sheriff 직책을 수행하면서 보여준 공명정대한 일 처리뿐만 아니라 빈틈없는 공무집행능력으로 인해, 인민들에게 '똑 부러지는 덕치법무행정가德治法務行政家'로 신망이 높았다. 이런 인재를 왕이 조정으로 불러들여 측근 관료로서 자신을 위해 봉직하게 한 것은 당연한 일이었을 것이다.

5월제 메이데이는 런던인들에게 항상 유쾌한 이벤트 날이었다. 사람들은 이벤트의 일환으로 그 전날 새벽녘에 일어나 전원 시골 숲속에 들어가서 산사나무와 상록수 줄기를 따는 풍습이 있었다. 그것들은 화사한 꽃들을 곁들여 집 안팎으로 장식될 것이었는데, 이로 인해 런던거리는 싱싱한 푸르름과 울긋불긋한 꽃들로 마음을 들뜨게 하는 시골 가로처럼 보였다.

일반 시민들은 대개가 그런 건전한 방식으로 5월제를 즐겼지만, 일부는 이 축제를 불만 토로의 배출구로 활용하기도 했다. 특히 견습공들이나 도제공들이 왕왕 말썽을 일으키곤 하였다. 그들은 대개 엄격한 규율로 다스려지지 않으면 그들의 끓는 피가 억제되기 어려운 젊은이들이었다. 그들은 대개가 본격적인 직업세계에 들어가기 전단계의 견습공들이거나 실습공들이었기에 보수도 작았고, 먹거리 공급도 충분히 제공받지 못하면서 고된 일을 수행해야만 했다. 이러하니 그럴 여건만 조성된다면, 그들의 불만에서 오는 반항의 충동적 뇌관은 언제든 폭발할 여지가 있었다. 비번 날, 그들은 삼삼오오 모여 집회를 형성하여, 군중시위를 하는가 하면 폭동을 일으키고 쌈질을 하기도 하였다.

1517년, 런던에서 네덜란드와 이탈리아 출신의 많은 외국 상인들에 대해 불평불만을 토로하는 시민의 수가 증가하고 있었다.

"외국인들이 우리나라에서 우리보다 더 유리한 조건에 불법적 상업 활동을 하는데, 왜 우리는 그런 그들이 우리에게 돌아갈 몫을 앗아가게끔 그대로 방치해야 하는가. 외국 상인들은 물러가라!"

4월 중 일단의 젊은이들이 무리 지어 거리로 뛰쳐나와 외국 어투의 상인들을 죄다 잡아 그들을 도랑에 밀어 빠지게 한 사건이 발생했다. 5월 축제일에 즈음하여 외국인들에 대한 대대적인 인종 혐오적인 공격이 감행될 것이라는 소문이 이미 쫙 퍼져 있었다. 이에 당국은 바짝 긴장하고 있었다.

상황의 심각성을 감지한 모어와 런던시 사건진상조사기록담당관 브루크Richard Brook는 대법관Lord Chancellor 울지 추기경[1]에게 상황을 보고했다. 울지는 "4월의 마지막 밤 9시에서 다음 날 5월 1일 아침 7시까지 식솔, 상인, 장인, 도제 등 모든 런던 시민들은 자신의 가족들과 함께 집 안에 있어야 한다"라는 포고문을 내렸다.

이 포고는 5월제 행사인 갖가지 꽃으로 단장된 광장의 새벽 집회 및 아침 축연, 거리 가무, 축구 시합이나 흥겨운 놀이, 시골길 승마체험 등의 금지를 의미하는 것이나 다름없었다. 분명 많은 젊은이들이 여태까지 누적되어 온 스트레스를 맘껏 날려 보내고자 일탈을 꿈꾸며, 그날들이 오기를 학수고대하고 있었을 터인데 말이다.

모어는 잠시 안타까운 생각에 잠겼다.

"언제나 예의, 질서, 교양 등과 같은 인위적인 것들에 구속받아 왔기에, 젊은이들은 5월제 같은 축제 날들 동안에라도 그 억압을 보상받아야 할 터인데…. 축제마당은 살면서 사람들의 가슴 한구석에 밀어 놔뒀던 욕망이 해소되는 게 허용되는 '본능충동발산'을 위한 '스트레스 해소 향연의 장'인데, 이런 날 외출금지령이 내려졌으니…".

사건진상기록담당관은 모어의 그런 생각을 알아채기라도 한 듯 걱정 반 아쉬움 반 표정으로 모어를 바라보았다. 그들은 어떤 일이 발생할지 예감하였다. 폭동이나 거친 저항이 있을 것이고, 그리하여 런던시는 한바탕 혼란과 무질서에 빠지는 큰 홍역을 치를게 불을 보듯 뻔했다. 쉽게 분노하는 경향이 있는 젊은 견습공들이나 도제들이 그러한 폭력 시위의 중심에 서 있게 될 게 확실했다.

안타깝게도 그들의 예감은 적중했다. 젊은이들이 분노에 휩싸여 삼삼오오 무리를 지어 모여들었다.

"왜 우리는 집안에만 처박혀 있어야 하는가. 우리는 자유로운 잉글랜드인들이다! 메이데이를 의미 없이 지나가게 할 것인가. 왜 우리가 공인된 '우리를 위한 잔치 한마당'을 즐기지 못하는가."

일부 젊은이들이 폭동을 일으켰다. 시참사의원들Aldermen 중 한 사람이 대법관 울지 추기경의 포고에 확실히 복종하라고 말하면서 거리 여기저기를 뛰어다니다가, 일부 젊은 그들이 포고를 어기고 과격한 스포츠 게임을 즐기고 있는 현장을 목격했다. 그가 그들 중 한 사람에게 게임을 하지 못하게 제지하려고 했을 때, 다른 젊은이들이 "도제들이여! 뭉치자!"라고 외쳤는데, 이 외침은 동료들을 분기시키는 선동 역할을 하였다.

시참사의원은 그것이 의미하는 바를 알았다. 도제들은 그가 든 제지용 지휘봉을 빼앗고 다른 군중에 합류하여 더 큰 시위 집단을 형성할 게 뻔했다. 여기저기서 젊은이들은 무리를 지어 분기했고, 폭동이 확산되었다. 이들의 분노가 그에게 가하는 위해로 돌변할 수도 있는 상황이었다. 아슬아슬한 지경에 이르렀을 때, 그는 "분노가 폭발하게 되면, 군중은 물불 가리지 않는 비이성적인 야수로 돌변하는 경향이 있는데…"라고 중얼거리며 겨우 피신했다.

여기저기 문 출입구에서 그들이-도제들, 식솔들, 뱃사공들 및 부두 노동자들이 각목과 이런저런 도구를 손에 들고 뛰쳐나왔다. 그들 중 일부는 돌과 벽돌을 집어 들었다. 그들은 "외국인들은 물러가라!"고 외쳤다. 급기야 그들은 감옥 문을 깨부수고 죄인들을 풀어놓기까지 하였다. 밤 11시까지, 칩사이드 거리는 육칠백 명의 사람들로 꽉 차 있었는데, 이들이 성 바오로 성당 교회 뜰을 가로지를 즈음 3백여 명의 사람들이 그 무리에 합류하였다.

모어는 벅클러스베리 거리 여기저기에서 들리는 군중들의 아우성에 돌아가는 상황의 긴박함을 알았지만, 위험을 무릅쓰고 그들 무리 속으로 들어갔다. 그는 그들이 법과 질서를 준수해야 할 당위성을 역설하였다.

> 런던의 시민들이여! 여러분들이 하고있는 행동을 숙고해 봅시다. 여러분들 저 위에는 여러분들에게 은총을 베풀어주시는 하느님과 국왕 폐하가 계시고, 여기에는 여러분들의 안전과 행복을 보장하는 잉글랜드 법이 있지 않습니까? 법은 여러분들의 보호막이고 질서는 여러분들의 안전판입니다. 폭동은 어리석고도 불건전한 짓입니다. 자, 다시 한 번 생각해 봅시다. 런던 시민으로서 런던의 법과 질서를 보존해야 할 여러분들이 그것들을 스스로 깬다면 런던은 어떻게 되겠습니까? 머리를 맞대고 대화로 문제를 해결해 봅시다.

군중들은 거침없이 토로하는 모어의 열변을 듣더니, 이들 중 감복된 일부 사람들이 분노를 누그러트리기 시작했다.

"그분 말이 옳아요, 이제 해산하고 집으로 돌아갑시다"라고 그들 중 하나가 말했다. 그리고 그들 중 몇몇 사람들이 사랑하는 가족이 기다리고 있는 가정으로의 귀가를 종용하더니, "모어 경은 현명하고도 정의로운 신사분이십니다. 자, 더 늦어지기 전에 귀가합시다. 귀가 시간에 이렇게 어둑해지는 거리에서 소란을 떨다니 이 얼마나 어리석은 일입니까?"라고 거의 동시에 소리쳤다.

그러나 군중이 해산할 즈음, 이 군중 틈에서 다소 흥분한 상태에 있던 한 젊은이가 돌을 던졌으며 모어 바로 곁에 있던 한 무장 경관이 그 돌에 맞았다. 이 젊은이는 경관의 고통을 아랑곳하지 않고 외쳤다.

"외국 상인들을 타도하자!"

이것으로 모어의 역할은 끝난 것 같았다. 더 많은 돌멩이가 날아왔다. 그러자 시위 주변 집 창문 안에서 집주인들이 반대 시위라도 하듯 뜨거운 물을 거리에 내 쏟아부었다. 한편에서는 화상에 살이 베껴진 사람들이 고함을 질러 댔으며, 다른 한편에서는 타박상 입은 사람들이 고통을 호소했다. 모어는 폭동 진압대에게 도움을 요청하러 갔다. 폭도들이 성 마틴 성당의 아래쪽 거리를 향해 쇄도해 가고 있었다. 그러더니 그들은 상점을 무차별로 때려 부수고, 그 안의 물품들을 자신들의 전리품인 양 챙기고는, 다른 부대 시설들을 사정없이 박살내는 등 약탈을 자행하였다. 더러는 약탈물들을 가지고 출행랑치고 있었고, 더러는 그 광경에 자신들도 경악하고 있었으며, 더러는 발악으로 제풀에 지쳐 탈진상태로 자리에 푹 주저앉아 있었다.

다음 날 새벽 3시경이 지나서야 군중이 자진 귀가하기 시작했다. 곧 런던탑 치안소에서 파견된 경관들이 화포를 발사할 채비를 하였다. 다행히도 군중에게 큰 피해가 없었다. 이미 많은 사람들이 귀가한 상태였기에 말이다. 질서가 회복되었다. 간혹 거리를 활보하는 폭도들은 체포되었다.

런던 거리에는 무장 군인들이 깔려있었고, 런던시는 그날을 치욕의 날로 기록하였다. 폭동 후 죄수의 몸이 된 남녀 폭도들은 '선동·선전 국기문란죄' 혹은 '반란죄'가 적용될 것이었다. 그들은 엄한 형벌로 다스려질게 확실했다. 런던시장과 시참사의원들은 왕의 사면을 청원하기 위해 모어를 대표로 하는 국왕 알현 임원단을 구성하였다. 기록에 따르면 왕의 마음이 자비를 행하도록 움직이게 한 것이 대부분 모어의 간청과 설득에 의해서였다. 그가 말한 내용은 정확히 알려져 있지 않지만, 아마도 그는 왕에게 일반 런던 시민들의 고충에 관해서 전달했을 것이다. 외국 상인들에게 주어지는 일부 특혜를 거론하면서 그런 연유로 하여 이방인들인 그들이 일반 런던 시민들의 시샘 대상이 될 수도 있었던 정황을 끄집어내면서 말이다.

모어는 스포츠광인 왕 헨리에게 도제들 혹은 견습공들이 축구 경기와 레슬링 그리고 콰터·스태프 놀이(양끝에 쇠를 박은 나무 몽둥이 놀이, 즉 6척 봉 놀이)에서 패배했을 경우 얼마나 분통터져 할 것인지를 외국 상인들과의 경쟁에 비유하면서 말했다. 죄인들(4백 명의 남자들과 11명의 여자들)이 굴레를 목에 끼고 셔츠 차림으로 왕 앞에 끌어내졌을 때, 그들 모두는 부들부들 떨고 있었으며, 엄중한 처벌이 내려지리라 예상하고 있었다. 이때 이 죄인들은 왕비가 눈물을 글썽이며 그들을 사면해 줄 것을 왕에게 청원하는 말을 들었으며, 검은 법복 차림의 모어가 왕비의 탄원을 거들고 나서서 왕에게 자비를 간청하는 소리를 들었다. 그 소리는 한 줄기 희망의 빛이되었다. 죄인들은 용기를 얻었다. "폐하시여, 자비를 베풀어주소서!" 그러자 화려한 관복 차림의 대법관 울지 추기경이 몇 발 앞서 나와 그들을 호되게 꾸짖었다. 이러한 책망 후에 왕의 재가를 통해 그들에게 일반사면의 은총이 내려졌다.

웨스트민스터 화이트홀의 종이 울릴 때까지, "국왕폐하 만세, 만세!"라고 죄인들 모두가 외쳤으며, 그러자마자 경박스럽게도 그들은 자신들의 굴레들을 벗더니 공중에 휙 던져버렸다. 그래서 왕은 "그들은 참으로 신중하지 못한 무지렁이들이다"라고 개탄했다고 연대기는 적고 있다.

사람들 눈에 잘 띄는 도심 시가지에 설치되어 있어서 제법 떨어져 있는 집들 너머로도 희미하게 목격될 수 있었던 험악한 형상의 교수대들이 죄다 치워졌다. 사람들은 모어가 보여준 덕행에 관해 수군대었다.

"모어 경은 왕의 귀 같은 분이셔. 왕에게 자비를 베풀게 만든 것은 그분의 간청 덕분이야."

아마도 그들의 말이 옳았을 것이다. 왜냐면 왕은 자주 모어의 조언을 경청하고자 궁으로 불러들였고, 그를 조정 현안 및 왕의 개인사에 대한 허심탄회한 대화 친구로 여기고 있어서 그를 조정으로 끌어들여 자신의 측근 관료로 삼고자 마음먹고 있었기에 말이다.

왕은 모어를 조정에 억지로라도 끌어들이려고 많은 애를 썼다. 하지만 궁중의 허식과 조정에서 벌어지는 권모술수를 혐오하였기에 조정 관료로의 출사를 꺼려했던 모어는 그런 왕의 입궁 요청에 이렇다 할 반응을 보이지 않았었다.

그러나 왕은 훗날 사랑하는 여인을 위해 종교도 갈아치울 만큼 강력한 권능의 소유자였다. 만일 누군가가 왕에게 복종하지 않는다면, 그러한 불복은 가혹한 결과로 이어질 수도 있을 것이었다. 그러나 왕의 뜻을 좇는다면, 그것은 큰 보답과 명예를 수반할 것이었다.

주변의 모어의 친구들은 그가 왕명을 받들어 조정 관료로 출사할 것을 설득하였다. 특히 왕의 비서인 절친 페이스Richard Pace와 추기경 울지는 갖가지 수사적인 말로 모어의 출사를 재촉하였다. 그리하여 모어는 시큰둥하게나마 출사를 고심하게 된다.

모어의 아버지 존 모어는 아들이 왕을 측근에서 섬김으로 생기게 될 명성과 번영을 계산하고 있었다.

모어의 망설임에 부의 번영에 대한 애착이 강했던 미들톤은 왜 남편이 그런 야망을 갖지 않는지를 이해할 수 없었다.

"도대체 당신은 무엇을 하실 작정인가요? 당신은 평생 불가 옆에 앉아 할 일이 없는 한량들이나 어린애들이 하는 것처럼 부지깽이로 켜켜이 쌓인 재 속이나 뒤적거리며 인생을 보낼 참인가요"라고 그녀가 말했다. "남자로 태어나 무엇인가를 한번 해봐야 할 것 아니에요!"

허리에 양손을 대고 선 채로 자신을 째려보는 '오동통한 볼의 미들톤'을 보자 모어는 웃음이 터져 나왔다.

"여보, 마누라! 흥분됨이 지나쳐 심기가 불편해지면 몸에 병이 생기는 법이라오. 그러니, 고정하시오. 나는 그렇다 치고 당신은 하고 싶은 게 무엇이오."

"으흠, 내가 남자라면 최상의 것을 향해 거침없이 진두행군할 터인데 말이에요. 지배받는 것보다는 지배하는 것이 더 낫지 않나요. 난 지배할 수 있는데도 머뭇거릴 만큼 그렇게 어리석지는 않아요."

비비 꼬여 있는 부인의 말에 여느 때처럼 모어는 짓궂게 반응하였다.

"마누라, 정말이지, 내가 감히 말하는데, 당신은 천성대로 늘 그렇게 하지 않소. 내가 아는 한, 당신은 앞으로도 누군가에게도 지배받지 않을 것이고 또한 지금도 여전히 지배받지 않고 있지요. 어제도 그러셨듯이 말이오."

결국, 모어는 왕의 뜻대로 입궁하여 왕의 종복으로서 조정 관료의 길을 갔다. 그렇게 했던 건 그가 야심이 있어서가 아니라 그렇게 하는 것이 그의 의무라고 생각했기 때문이었다.

무엇보다도 모어는 런던의 보통 사람들의 고통을 이해하는 런던시민변호사였다. 그는 자신이 런던 시민임을 자랑스럽게 여겼으며, 그는 런던 시민에 대해 각별한 애정을 가지고 있었다.

국왕자문회의 의원들 중 한 사람이자 청원 재판소Court of Requests판사로서 그는 런던인들을 위해 성심성의껏 변론하였다. 청원재판소에서는 빈민들의 갖가지 상정되는 고충들이 다뤄졌다. 모어는 화이트홀(Whitehall)의 웨스트민스터 법정에 입정하여 많은 소송을 해결하였다. 그곳에서는 주로 토지문제, 혼인분쟁조정, 손해배상문제 등과 관련한 제 고발 소송건들이 취급되었다. 그는 이런 민사 소송 문제들에 대해 판결을 내리는데 있어서 '자애가 혼화되어있는 공평무사한 법 정신'을 보여주었다. 이것은 휴머니즘 정신을 토대로 그가 각 개인에게 처한 정황을 참작하여 원리적으로 무자비할 수 있는 법을 형평적으로 적용하였음을 의미한다.

국왕자문회의에 관해 언급해보면, 그것은 국왕을 조언하기 위한 기관으로서 '각 영역의 전문가 토론집단' 같은 '국왕직속자문기관'이었다. 자문회의는 행정 전문가나 재정 전문가, 다중 언어 외교 전문가, 법리에 능한 변호사, 군 최고위 지휘관, 왕실 고위 전례관, 최고위 성직자 등을 포괄하고 있었다. 왕은 자신의 개인 문제나 국가 중대사에 직면했을 때, 자의적 결단을 내리기에 앞서 자문회의 소집을 요청하여 자문의원들에게 조언을 듣곤 하였다. 그러나 그들의 조언은 왕의 결정을 위한 참고 자료에 불과했다. 이를테면 설사 왕이 그르고 어떤 자문의원의 조언이 옳다 해도 왕이 그 자신이 옳다고 고집의 날을 세운다면, 이 의원의 조언은 무의미한 메아리에 불과했을 터이니 말이다. '국왕자문회의'라는 것은 '자문회의'란 용어가 풍기는 인상과는 달리 실질적으로는 국왕이 결정한 사안을 집행하기 위한 들러리 성격의 '국왕직속어용기관'이었으며 자문회의의원들은 왕권수행의 충실한 대리자들에 불과했다.

모어는 날마다 강 수로를 왕래하는 꽤 빠른 거룻배를 타고 런던 중심부에 있는 웨스트민스터 궁전의 화이트홀로 출근했다. 이 거룻배는 사람들로 붐비는 '육로대중교통수단'에 비해 그와 그의 업무 서류나 서적들 그리고 그의 수행원들을 더 용이하게 웨스트민스터로 태워다 주는 일종의 '수로택시'였다. 사람들에게 일반적으로 사용된 교통수단은 말이었지만, 만일 누군가가 운반되어야 할 서류들이나 책들이 딸려 있었다면, 그러한 교통수단은 불편했을 것이다. 그래서 사업가들과 공무로 분주한 공직인들은 왕왕 배편을 이용했는데, 그들은, 현대인들이 출퇴근용 및 여가외출용 자가용차를 소유하고 있듯이, 대개 너른 통나무 판자로 제작되어 '개인용 너벅선'이라고도 불린 일종의 '자가용 거룻배'를 소유하고 있었다. 모어도 그런 용도의 작은 거룻배를 가지고 있었는데, 그는 이외에도 좀 더 많은 사람이 승선할 수 있는 유람용 소형 너벅선을 소유하고 있었다. 모어는 첼시의 모어 가家로부터 강변까지 이어지는 개인 산책 정원을 가지고 있었는데, 외부로 나갈 경우, 그는 정원 산책로를 빠져나와 강변에 정박해 있는 자가용 배나 소형 유람선을 이용했다. 그 배는 강에서 유유자적하게 노니는 백조 떼들과 수면 위에서 물결 따라 이리저리 움직이는 야생풀들과 야생붓꽃들을 헤집고 목적지를 향해 운치 있게 이동했을 것이다. 비록 집들이 다닥다닥 모여 있는 강변 마을을 지나갈 때는 그 마을 사람들이 닥치는 대로 버린 쓰레기로 수질이 오염되어 악취가 진동했지만 말이다.

조정에서의 생활은 권태로운 것일 수도 있었지만, 그것은 또한 흥분되는 일이기도 했다. 모어는 심심찮게 외국인들을 만났는데, 그들 중 일부는 이미 그와 서신 왕래가 있었던 친구들이었고, 다른 일부는 그가 해외에서 한번쯤 만난 적이 있었던 구면의 지인들이었으며, 또 다른 일부는 초면의 낯선 유명인사들이었다.

또한, 조정에서 봉직 중인 친구들, 자국의 이름난 식자들, 인품 높은 귀족들뿐만 아니라 대사들, 사절들, 학자들, 외교관들 등 이들 모두가 모어와 직·간접적으로 소통하며 교우했던 사람들이었다.

조정 생활은 기본적으로 노곤한 것이었다. 모어는 아침 8시 무렵까지 출근하여 울지로부터 서한들과 발송문들을 수령 받아 왕에게 직접 전달해야 했는데, 그것이 그리 간단한 일은 아니었다. 왜냐면 왕이 때로는 햄프턴 궁정에, 때로는 그리니치 궁에, 때로는 화이트홀에, 때로는 다소 외진 엘담 궁 등 어디에든지 가 있을 수 있어서 왕이 머무르는 곳을 찾아다녀야 했기에 말이다. 그는 추기경이 기획한 정책안과 외교 전략 등의 내용을 왕에게 보고하거나 브리핑해야 했으며, 그는 왕의 승인이나 교정을 필요로 하는 국사 관련 문서들을 작성해서 그것들을 왕에게 제출해야 했다. 그리고 나서 그는 그것에 대한 왕의 반응을 대법관 울지 추기경에게 보고해야 했다.

모어가 늘 울지와 견해가 일치했던 것은 아니었는데, 어느 날인가 국왕 자문회의 회동에서 그는 강력한 논거로 울지의 견해에 반론을 제기했다. 이에 울지는 크게 분노해서 모어를 훈계했다.

"모어 경, 지위로 보나 권위에 있어서 한참 낮은 위치에 있는 자네가 대다수의 신중하면서도 기품이 높은 선배들의 견해에 토를 달다니 자네의 언행은 참으로 오만불손하기 그지없네 그려? 자네는 스스로 '나는 버르장머리 없는 우둔한 자문회의의원임에 틀림없어'라는 것을 드러내고 있구면."

그러자 모어는 완곡하게 응답했다.

"국왕 폐하께서 그 자신의 자문회의 의원들 중 단 한 사람만이 우둔한 바보라니 참으로 다행입니다. 그것을 하느님에게 감사할 따름이지요."

이처럼 모어는 아무리 자신의 상전이라도 직분상 위계를 최대한 존중하면서도 그 자신이 해야 할 말은 하는 사람이었다. 이를테면 울지가 왕이 요구한 가혹한 세제안을 의회에서 통과시키기 위해 하원의원들을 협박하였는데, 이에 모어는 왕에게 의회 하원의원들이 소신껏 말할 수 있는 자유를 달라고 연설함으로 울지를 간접적으로 공격하였다. 그것은 모어가 국왕자문회의의원과 하원의장을 겸하고 있던 '1523년 의회에서의 언론 자유 청원 연설'이었다.

> (…) 자비로운 국왕 폐하시여!, 폐하의 최고법정인 의회에서는, 폐하의 많은 신민이 침묵할 수밖에 없게 되어, 그 결과 공무에 대한 큰 지장을 받는 일이 없도록 배려하여 주시옵기를, 즉 폐하의 신민 각자가 그들이 말하고자 하는 일이 폐하에게 어떻게 받아들여질 것인가 하는 의심이나 공포로부터 해방되게 배려하여 주시옵기를 간청합니다. 인자하고 경건한 왕이시여! 폐하의 끝없는 관대함에 알맞게 여기에 모인 폐하의 온 신민들에 대해서 폐하의 불쾌감을 살지 모르겠다는 두려움 없이 각자가 자유롭게 자기의 양심과 소신에 따라 대담하게 각자의 의견을 말할 수 있도록 허용하여 주시옵기를 비옵니다. 또 그들이 어떠한 발언을 하더라도 폐하의 고귀한 위엄과 측량하기 어려운 덕에 알맞게 모든 것을 선의로 받아들이시고 아울러 그들의 말이 아무리 예절에서 벗어난 것이라도 그것이 폐하의 왕국의 이익과 폐하의 명예를 도모하는 열의에서 나온 것이라고 해석하여 주시옵기를 간절히 바라옵니다.

모어는 헨리 8세 및 울지 추기경과의 비근한 접촉을 통해 그들에 대한 내밀한 사실들을 알게 되었지만, 그는 그것들을 자신의 가슴에 묻어 두었다. 당시 그가 수행했던 직책은 신뢰와 봉사를 최우선 덕목으로 하는 국왕

보좌직에 있었기에 어찌나 바빴던지 런던시의 법률 자문 부시장 보직을 사임해야 했을 뿐만 아니라 겸하고 있던 개업 변호사 업무까지 그만두어야 했다. 저녁 늦게까지 그는 웨스트민스터에 남아 문서를 작성하거나 방문객과 대화를 나누었으며, 혹은 왕이 그곳으로 올 때까지 대기해야 했다. 마음만큼은 자신의 글을 쓰거나 자신의 소중한 자식들에게 무엇을 가르칠 것인가 등을 생각하면서 조금이라도 이른 시간에 귀가하고 싶었지만 말이다.

그러나 왕왕 일을 마무리하고 귀가하려는 순간 그는 자신을 찾는 왕의 음성을 들었다.

"모어 경이 어디에 있는가? 모어 경을 찾아 짐에게 보내도록 하라. 도대체 이 세상에서 모어 경만큼 기발한 재담 거리로 짐의 맘을 흥겹게 만드는 사람은 없어!"

그러다 보니 모어는 왕과 왕비를 알현할 기회가 많았다. 모어는 왕과 왕비의 식사자리에 초대되곤 했었는데[2], 식사를 하면서 왕비 캐서린이 "모어 경 우리 이야기 좀 나누어요"라고 말했고, 왕은 그날의 나랏일에 대해 모어의 조언을 구하곤 하였다.

식사가 끝나면, 왕은 "따로 나하고 어디에 좀 갑시다"라고 말하면서 모어의 손을 끌었다. "왕비는 왕비로서 해야 할 일로 무척 바쁘니까 우리끼리 천문학과 음악에 관해 담소나 나눠 봅시다"라고 왕이 말하면, 모어는 사전에 준비해 온 책들과 지구의地球儀 그리고 천세도를 들고 왕의 서재로 들어갔다. 천문학은 신학문이었다. 많은 식자들이 그러했듯이 그들은 별들과 혹성들의 운행에 관해 담소했는데, 종종 헨리는 모어를 별들이 보이는 왕궁 맨 꼭대기 평평한 옥상에 데리고 올라가 그와 함께 여기저기를 거닐면서 자신의 고민거리를 털어놓곤 하였다. 여기 모어와 함께 왕궁 옥상을 거닐면서 헨리가 읊조린 자작시가 한 편 있는데, 그것은 한창때의 왕의 취향이 어떤 것이었는지를 시사해준다.

> 내 생명 다할 때까지
> 기억하고 사랑할 것이다,
> 좋은 벗들과 함께한 유쾌한 시간을.
> 누구라 쾌락을 주기를 싫어하는가,
> 그러나 아무도 받기를
> 머뭇거리지는 않는걸.
> 신도 즐거워하실 것이니,
> 내 그렇게 살리라.
>
> 내 취미는
> 사냥, 노래, 그리고 춤이라네.
> 마음의 안위를 위해
> 난 온갖 흥겨운 놀이에
> 한껏 빠져 있다네.
> 내게 그 누가
> 이런 기쁨을 줄까나.

또한, 왕은 모어의 음악평을 기대하면서 그 자신의 창작곡을 연주하기도 했다.

"모어 경, 이 멜로디는 음색이 지나치게 강한 감이 있지요? 모어 경은 예민한 귀를 가지고 있으니까 평 좀 해보시구려. 짐에게 말해 보오, 내가 멜로디와 대위선율對位旋律을 잘 조화시켰는지 궁금하군. 자, 자, 여기 악보가 있으니까. 나는 노래를 부르고 모어 경은 그것을 연주해보면 어떻소…."

헨리는 생기발랄하면서도 선명한 음색을 가진 프로급 가수였으며, 모어는 노련한 손놀림의 악기 연주가였다. 모어의 음색은 왕의 그것에 비한다면 썩 좋은 것이 아니었지만, 그는 카랑카랑한 음조로 왕의 읊조림에 응답했다.

> 호랑가시나무 푸르러지더니,
> 담쟁이덩굴 또한 그렇다네.
> 한줄기 강한 겨울바람이
> 그렇게 높이 일지 않아서일까나.
> 호랑가시나무 한층 더 푸르러지네.

모어는 왕과의 저녁 식사에 초대되는 빈도수가 많아졌고, 식사 후에는 자연스레 시와 노래를 주고받았다. 왕은 그에게 여흥과 조언 그리고 우정을 요구했다. 그는 한적한 여유나 자유로운 시간이 없었다. 귀가 후조차, 그로부터 더 많은 조언을 받고 더 많은 즐거움을 얻기 위해서 왕은 전령을 그의 집으로 보내 그로 하여금 궁정으로 다시 입궁할 것을 요구했다. 그는 그리 내키지는 않았지만, 왕의 명령에 흔쾌히 따랐다.

이런 남편을 곁에서 늘 지켜봐야 했던 미들톤은, 남편과 함께 음악을 연주하고 노래부르며 흥겨워했던 벅클러스베리 너벅선집에서의 한때의 추억을 떠올리면서, '혹 남편이 조정 관료가 되지 않았으면 더 좋았을 텐데'라고 생각하고는, 그때 망설이는 남편의 조정 출사를 재촉했던 것을 후회하지 않았을까.

아이들은 각기 제 침대에 가 있었고, 식솔들은 일하느라 분주했다. 밤마다 모어는 너무 늦게 귀가했고, 피곤함에 지쳐있는지라 그는 그 누구와도 대화를 나눌 여력이 없었다. 이러하니 조정에서의 자신의 일들을 아내 미들턴에게 시시콜콜 이야기할 겨를은 더더욱 없었다. 마들톤은 남편과 소소한 대화시간을 갖고 싶었고, 남편에게 잡담도 늘어놓고 싶었으며, 남편에게서 바깥세상의 색다른 이야깃거리를 듣고 싶었다. 그녀는 심적 허전함을 느꼈고 어쩌면 남편을 자기 마음대로 오라 가라 할 수 있는 왕을 무척 부러워했을지도 모른다.

거실안락의자에 착석한 모어는 어찌나 노곤했던지 부지불식간에 눈꺼풀이 닫혀 졸음의 세계에 빠져들었을 터인데, 아마도 그러는 동안 그는 모처럼 초저녁에 돌아와 무사태평한 여유를 즐긴다고 생각했을 것이다. 자신을 좀 더 빠르게 집에 귀가시켜 주는 새로 구입한 신형의 쾌속자가용 거룻배에 관해 만족해하면서 말이다.

그러고 나서, 그는 난로 가에서 소녀 같은 아내 제인은 바느질하고, 첫딸 마가렛이 요람 속에서 흥얼대고 있는 엊그제 같은 아득한 신혼 초 너벅선집의 옛 시절로 세월의 수레바퀴를 돌렸을 것이다. 그러나 잠 깨어나서, 첼시 집의 널찍한 방 들보, 다채롭게 수놓아진 길쭉한 벽걸이 융단, 큼지막한 신형 가구 등을 보고는 그는 현실 세계로 돌아왔다.

모어는 혼잣말로 중얼거렸다.

예전의 너벅선집은 가족 규모가 적당해서 살기에 족히 넓었는데, 지금 같은 상황이라면 어림도 없었겠지. 그때는 조그마한 아기였던 딸 마가렛이 벌써 14살이 다 되었으니까. 몇 년 후에는 그 녀석에게 남편감을 찾아 줘야겠는걸. 더구나 막내 아들놈 존도 벌써 열 살이라니. 시간은 모든 걸 삼킨다는 말이 실감나네….

모어는 또한 호기심 많은 성실한 처녀 피후견 수양딸 기그스Margaret Giggs 생각에 잠겼다. 그녀는 그리스어에 꽤 능통했고 의술 분야에 많은 관심을 보였는데, 마침 의술에 해박했던 모어는 그녀의 그런 특성을 신장시켜 주기 위해 그녀에게 의술과 관련한 많은 조언을 해주었으며, 그녀가 커 가자, 그녀의 장래에 대해서도 적잖은 신경을 썼다.

기그스와 클레먼트는 친밀하게 지냈는데, 최근에 보니 서로 사랑하는 것 같아. 클레먼트는 모범적인 청년이고 충실한 모어 가家 사람이며 진실한 인간이지. 그와 그녀가 결혼한다면 참으로 이상적인 결혼이 될 것이야. 아내와 상의해 봐야지. 그들의 미래를 생각해 봐야 할 시기가 왔어.

분주했던 하루일과의 노곤함에도 불구하고 자신의 친자식이나 진배없는 양딸 기그스의 미래를 생각하다가 모어는 어느새 잠에 곯아떨어졌다. 남편과 몇 마디 말을 나누려고 방에 들어온 미들톤은 깊이 잠든 모어를 바라보고는 한숨지었다. 그의 얼굴에는 피곤한 모습이 역력했다. 몸도 예전보다 여위어 있는 것처럼 보였다. 그녀는 그런 그를 지켜보면서 안타까워했을 것이다. 그렇지만 그와 함께 있다는 사실만으로도 그녀의 우울해 보였던 얼굴표정은 밝아졌고, 그녀의 서운했던 마음은 눈 녹듯이 녹았다. 그녀는 그를 진실로 사랑했다. 비록 그녀가 심원하고, 영적인 남편의 내면에 자리한 것들 모두를 이해하고 공유할 수는 없었지만 말이다.

모어가 제인의 묘비명에 다음과 같이 재혼해서 살고 있는 미들톤에 대해서도 함께 새겨 놓은 것을 보면 참으로 이색적이다.[3]

여기 토머스 모어의 사랑하는 귀여운 소녀 같은 아내 제인이 잠들어 있고, 나와 아내 미들톤이 이 묘비를 세운다. 내가 젊었을 때, 나와 결혼한 첫 사람은 나를 아버지라고 부르는 아들 하나 세 딸을 두고 갔다. 두 번째 아내(미들톤)는 새엄마로서 보기 드물게 전처의 자녀를 마치 친자식처럼 사랑한다. 전처가 지금 나와 살고있는 후처보다 더 큰사랑을 받았는지는 말하기 어렵다. 만일 운명과 종교가 우리 셋이 함께 사는 것을 허락했다면 얼마나 복된 일이었을까. 나는 이 묘가 하늘이 우리 셋을 하나로 결합해 주었으면 하고 갈구한다. 그리고 삶이 주지 못한 것을 베풀어주기를 기원한다.

　　미들톤은 대단히 실용적이고 현실적이었다. 그녀는 보석과 장신구 등 세속의 매력적인 것들을 무척 좋아했는데, 그녀는 맛 좋은 음식을 요리하고 먹는 데서 즐거움을 느꼈으며, 이 세상 사람들이 그녀가 바로 부유한 명문가 유명인사의 아내임을 드러나게 할 수 있게끔 화려한 금목걸이로 치장하고 다채로운 우단 의복을 입는 데서 만족을 느끼는 그런 보통 부류의 여인이었다.

　　그러나 모어는 그러한 물질적 집착과 허영에서 벗어나려고 애썼다. 그는 세속재물에 마음을 빼앗기지 않았으며 세속 안에 있으면서도 세속에 묶이지 않고 살았다. 즉 그는 자기 재물을 즐길 줄 알면서도 소유에 얽매이지 않았다. 왜냐면 모어 생각에 참된 부와 진실한 행복은 세속적이며 물질적인 것이 아닌 영적이며 정신적인 것에서 온다고 믿었기 때문이다. 그리하여 모어는 소유로부터 자유로운 지순한 마음과 순수한 영혼만이 인간에게 참된 부와 진실한 즐거움을 가져다줄 수 있다고 확신하며 날마다 그런 자세로 생을 살았다.

생을 살아가면서
어제는 사랑이었어라고 말했고,
오늘은 환희라고 말하며,
내일은 행복이라고 말하게 될
그 신비로운 것들은,
알고 보면 교만이란 뱀이,
욕망이란 허깨비가
꿈틀대고 춤추는
저기 '허영의 무대'에 있는 게 아니라,
순수 영혼이 머무는 겸허의 맘속
여기 내 안에 존재한다네.

Thomas more

제8장

●

첼시의 모어 학교

에라스무스는 "가정은 덕과 지성, 신앙과 평화의 나무가 심어지는 터전이자 행복의 씨앗이 뿌려지는 묘상苗床이며 도덕성과 인격이 자라는 학교가 되어야 한다"고 말한다. 첼시의 모어 가家는 바로 그런 곳의 전형이었다.

모어는 기도와 고해, 성체성사(세례 · 견진 · 성품 · 병자 · 혼인성사를 더해 7성사라고 함)를 그 자신에게 심적 평화를 가져다주는 생의 버팀목으로 생각하였다. 그가 시련과 고난에 직면했을 때, 그가 생기를 얻을 수 있었던 것은 바로 그것들로부터였다.

모어의 식전활동은 자로 잰 듯 규칙적이었다. 그는 매일 새벽 3시에 일어나 미사 예배를 드리러 가는 것으로 하루를 시작했다. 예배 기도가 끝나면 그는 새벽시간을 짬 내어 첼시Chelsea의 모어 가家 정원 바로 지척에 있는 템스강 주변을 산책하곤 하였으며, 그러고 나서 아침 7시까지 독서, 고전학 연구, 명상 등에 시간을 할애하였다.[1]

이러한 엄격한 습관은 '심心·지知·체體가 조화를 이뤄 온전히 하나가 될 때, 인간은 본래의 결여 상태를 메꿈으로써 완전한 인격체에 가깝게 접근할 수 있다라는 모어의 인식에 기인한 것이었다. 그는 규칙화된 연습과 수행으로 인간의 심신은 비로소 자유로워지고 평화로워질 수 있다고 생각하며 그것을 실천했다. 그는 심력은 기도 같은 신앙활동을 통해서 기르고, 지력은 독서 같은 지적 활동을 통해 배양하며, 체력은 산책 같은 가벼운 운동을 통해 단련함으로 좀 더 온전한 자아를 형성시키고자 노력하였다. 이 이면에는 인간은 식물혼·동물혼·지성혼·영성혼이 허술하게 혼재하여 하나로 결합되어 있는 불완전한 존재라는 아리스토텔레스적 인간관이 짙게 깔려있다.

이렇게 아침 활동이 끝나고 나서 그는 한잔의 우유나 물과 함께 빵과 몇 조각의 건포 같은 간소한 음식으로 배를 채웠다. 그는 알콜성 맥주나 포도주에 대해서는 알레르기 반응을 일으켰다. 그는 달걀과 과일을 즐겼으며, 대부분의 사람들이 애용하는 부드러운 흰 빵보다는 거무스름한 색깔의 꺼칠꺼칠한 빵을 더 잘 먹었다. 그는 덜 가공된 거친 음식이 몸에 좋다는 사실을 알고 있었다. 저녁식사에 초대된 한 친구는 육류나 케이크류가 배제된 콩, 빵, 달걀, 샐러드 중심의 식탁을 보고, 모어의 집은 수도원 같다고 투덜댔다.

다만 특별한 손님이 공식적으로 초대되었을 때, 미들톤은 별미 음식들을 주방 하녀들에게 부가적으로 준비하게끔 하였다. 이때 추가되는 음식은 대개 설탕과 갖가지 양념으로 요리된 육류와 건조된 과일들, 다양한 종류의 파이들, 정제 설탕과 으깨진 아몬드에 꿀이 첨가된 당과류, 거위 찜요리, 새끼 통돼지 구이, 신선한 양념 생선구이 등이었다. 이것은 예외적인 특별한 경우라 하겠다.

검소와 절제를 생활의 미덕으로 삼고 살았던 모어는 언제나 그런 호사스럽고 과소비적인 음식들을 멀리하였다. 그는 딱딱한 견과류와 거친 야채류 같은 자연 음식을 즐겨 먹었던 채식 위주의 소식주의자였다. 그러나 그는 훈제 쇠고기 몇 쪽과 소량의 절임 생선으로 몸의 영양학적 균형을 유지하였다.

모어는 단순한 것을 좋아하는 성격의 소유자였다. 모어는 늘 소탈한 생활을 했으며, 자연스럽고도 간소한 복장을 하였다. 그는 자신의 긴 겉옷이 한쪽 어깨로 쭉 늘어지게 하여 어깨너머로 둥그스름한 모양으로 휘날리게 하는 버릇이 있었다. 그의 손은 거칠었고, 손가락들은 두툼하고 실무를 처리하기에 적합하게 보였으며, 늘 바삐 움직이는 노동자들의 손 같았다.

이런 모어에게 과시와 치장은 허영의식에서 나오는 것으로 치료되어야 할 질병이었다. 그는 허영을 마음속 공허함을 외적 화려함으로 보상받고자 하는 심리적 '물욕집착증'이라고 생각했다. 그는 이 병에 걸린 자들은 외면적인 것들의 추구에 급급한 나머지 보이지 않는 내면 세상의 참된 가치들에 대한 반추 능력을 상실하게 된다고 생각했다. 과시욕에 사로잡힌 자들, 외면만 꾸밀 줄 알지 내면을 가꿀 줄 모르는 자들, 재물을 모을 줄만 알고 베풀 줄 모르는 자들, 그리고 권력을 부릴 줄만 알지 겸허히 선용할 줄 모르는 자들은 그에게 인생의 참된 목적과 방향성을 상실한 가엾은 인간들로 비쳤다.

그러나 이제 모어는 그러한 허영의 무대인 궁정 세계에 합류해야 할 것이었다. 그는 아마도 헨리 8세와 추기경 울지가 징임하고 호사스러운 것에 매달리는 것에 대해 안타깝게 여겼을 것이다. 울지의 치밀한 기획에 따라 왕의 프랑스 방문준비가 착착 진행되고 있었다. 잉글랜드측 행사 관련자들이 '황금천 들판 회동Field of the Cloth of Gold(두 나라 왕이 레슬링을 겨루기도

함)[,2]이라고 일컬어지는 '양국 친선 도모 정상회담 행사(1520년 6월 17일부터 20일 동안의 행사로 스포츠·무술·연극·가무·연회 등이 수반되었음)'를 준비하기 위해 프랑스 서북부 발링헴을 향해 영불해협을 가로질렀다.

이 행사에 소모된 비용이 얼마나 천문학적이었던지 잉글랜드의 한 연대기작가는 그것을 '세계 제8대 불가사의'라고 말하며 그 규모와 광경을 다음과 같이 적었다.

> (…) 27척의 잉글랜드 해군 함정이 헨리 8세 부부를 비롯한 5,700여명의 일행과 말 3,000여 마리를 싣고 영불해협을 건너가게 된다. 헨리 8세가 타는 말을 치장하는 데만 대형진주 1,100개와 50kg의 금이 들어갔다. 헨리 8세 일행은 설치된 천막들과 막사들 모두를 '들판이 온통 황금으로 보일 만큼' 죄다 금으로 발랐다. 목재 골조 위에 금박 입힌 천을 두른 반영구적 건축물이 2,800여채나 들어섰다. 연회장으로 사용하려고 146평짜리 천막도 세웠다. 프랑스 측도 행사준비에 이에 못지않은 천문학적인 돈을 퍼부어 황금천 들판 회동은 허세와 과시의 정점을 보여주었다.

황금천 들판 회동 전에 잉글랜드 왕 헨리와 프랑스 왕 프랑수아는 서로 만난 적은 없었지만, 동년배였던 이들은 강력한 절대왕정의 군주들로서 서로에게 개인적 관심을 가지고 있었을 뿐만 아니라 유럽에서의 패권과 국외팽창을 두고 선의의 경쟁을 하는 라이벌 관계였다.

회동에 앞서 잉글랜드 명공名工들은 프랑스에서 왕이 자국의 부와 자신의 권위를 과시하기 위한 전시 명품으로 기억될 장려한 궁전을 짓고 있었다. 이 궁전은 태양을 안으로 받아들이는 거대한 창문들이 나 있었고, 적포도주와 백포도주가 흐르는 샘이 있었으며, 그 주변 좌우로는 비단과 태피스트리 장식들이 팔랑거리는 천막들과 누각들이 있었다.

모어의 매제 라스텔은 궁전 대연회장의 지붕을 설치하고 장식하는 일을 책임지도록 초빙되었다. 연출가, 무대 매니저 겸 설치가로서 활약하면서 일반극들과 야외극들을 선두 지휘하는 종합예술전문가로서뿐만 아니라 건축기술로 인해 그는 이미 프랑스에서 일류급 건축가이자 '실내무대설치가'로서 그 명성을 떨치고 있었던 터였다.

처남 모어가 나타났을 때, 라스텔은 자신이 설계한 야외극 공연 무대를 위해 세워진 멋진 지붕- 그림자를 드리우며 세련된 자태를 뽐내고 있는 멋진 지붕-을 바라보면서 서 있었다. 모어가 라스텔을 툭 치며 말했다.

"라스텔 경, 그런데 여기에서 공연될 야외극 제작 일은 잘 진척되고 있나요. 대본을 보니 극중 스토리 전개가 흥미진진하면서도 교훈적이던데…. 이 극의 핵심은 전쟁의 양 당사국에게 닥쳐올 비참한 상황을 통해 전쟁의 비극에 대해 경종을 울리는 데 있는 것 같은데…".

그러자 라스텔이 미소지으며 대답했다.

"처남의 예리한 극평 솜씨는 예나 지금이나 변함이 없군요."

이제 모어는 공연 무대의 지붕에 눈길을 돌렸다.

"저 지붕은 그대 작품 같은데, 지붕 사방에 설치된 저 별들에 담겨 있는 의미가 무엇인가요."

"처남이 별들의 운행에 대한 왕의 애착에 관해 내게 말해 주었던 일을 나는 생생하게 기억하고 있지요. 거기서 아이디어를 얻어서 지붕 들보에 크고 작은 별들을 매달아 설치해 놓았지요"라고 라스텔이 대답했다.

이번에는 모어가 파란색의 천장 위에 별들 중 왕별 역할을 하는 큰 별과 그 옆에서 반짝이는 작은 별들의 운행 모습이 그려져 있는 쪽을 유심히 쳐다보았다.

"오, 찬란한 별빛이 금방이라도 그림 밖으로 쏟아져 나올 태세인데요. 매제, 저기, 큰 창문 너머 저편을 보니, 각종 보석을 달고 오색실로 수놓아진 웃옷을 걸친 잉글랜드 왕이 신료·시종들에게 뭐라고 말하고 있는 것 같군요. 저편 얼마 떨어지지 않은 곳에 귀금속으로 치장된 화려한 복장 차림의 프랑스 왕의 모습도 보이네요. 상황을 보니, 두 왕이 곧 회동하겠군요. 그런데 언뜻 보니 완전무장한 모습인 것 같기도 하고요. 두 왕이 마상창검시합이라도 한판 벌이려나….."

그러자 라스텔이 말했다.

"처남, 내가 보기에는 그런 것 같지는 않은데요. 옆 그림을 잘 보세요, 그들은 말고삐를 제어한 채로 포옹하고 있지 않나요. 그 뒤를 따르는 양측 신하들도 화기애애하게 어떤 말을 주고받으면서 서로 포옹하고 있고요. 프랑스인들과 잉글랜드인들은 형제나 동포 같아 보이는군요. 우호와 친선이 충만한 평화적 분위기가 감돌고 있어요."

분명 모어는 '현실에서도 그림처럼 양국이 저렇게 계속 평화적 분위기를 연출한다면 얼마나 좋을까'라고 생각했을 것이다.
그림처럼 황금천 들판에서 양국인들이 친선과 화합을 도모하고 있었다.

모어와 라스텔은 프랑스인들과 잉글랜드인들이 기립한 채로 서로가 먹고 마시는 것을 권하면서 서로에게 행운을 기원하는 광경을 지켜보았다. 여기저기서 뒤섞여 들리는 양국의 언어는 마치 찌르레기 떼가 만들어내는 화성음和聲音처럼 혼화渾和되면서 새로운 평화의 언어를 창조해 내는 것 같았다. 황금천 들판은 깃발과 휘장들이 형형색색 빛을 발하며 펄럭이고 있었는데, 그 주변의 크고 작은 막사들과 천막들, 그리고 생기 넘치는 사람들의 움직임으로 인해, 그곳은 흡사 왁자지껄한 거대한 전람회장 같았다.

한편, 모어는 그러한 초호화판의 '황금천 들판행사 광경'을 목도했을 때, 문득 이와는 천양지차의 자국의 비참한 현실을 생각하고는 수심에 잠겼다. 움막집에서 담요를 끌어안은 채로 빵 한 조각 던져 주는 것에 몸을 지탱하는 병자들, 지붕이 새는 오두막집에서 기거하는 넝마로 몸을 가린 아이들, 차디찬 방에서 오들오들 떨고 있는 독거노인들 등의 모습이 떠올랐다. 이들은 마땅히 국가로부터 보살핌을 받아야 할 사람들이었지만, 엄청난 전비 충당, 과도한 왕실 행사비 마련 등에로의 예산과 국력 소모로 국가는 경제적으로나 정책적으로 그들을 돌봐줄 여유가 없었다. 그래서 그들은 민간 유산자들의 배려와 보살핌에 의존하여 목숨을 연명할 수밖에 없는 노릇이었다. 그들을 돕기 위해 모어는 친딸 마가렛과 양딸 기그스와 함께 그들이 사는 집을 여러 차례 방문한 적이 있었다. 미들톤 또한 남편 모어를 따라 수프와 빵 그리고 푼푼이 모아 둔 구호금을 들고 소외되고 궁핍한 사람들을 방문하곤 했었다. 빈자들이나 소외된 이들에 대한 모어의 이런 깊은 관심과 애정은 노블레스 오블리주noblesse oblige 의식에 바탕을 둔 그의 온정주의paternalism에서 나온 것이었다.[3]

현실상황에 대한 우울한 감정과 그로 인한 모어의 착잡한 심경은 모어를 고독과 향수에 빠져들게 하였다. 모어는 하루빨리 이 허영의 무대를 벗어나 고향으로 돌아가고 싶었다. 세월이 약이라고 했던가. 이제 그는 귀향준비를 서두르고 있었다. 그런데 그에게 반가운 일이 생겼다. 프랑스에서 모어가 에라스무스와 재회한 것이다.

"오, 나의 영원한 친구!, 모루스(Morus 바보와 모어의 이중의미어임)[4]"라고 외치면서 에라스무스는 모어를 껴안았다. "내가 그대와 서신으로 연락을 주고받았지만, 얼마나 내 그대를 직접 만나고 싶었던가. 서신이란 만남의 궁여지책 대체물에 불과하지요."

모루스는 바보라는 영어 말의 라틴어 말에 해당한다는 것임을 알고 있었기에 모어는 미소지었다.

"에라스무스 경, 그대가 나를 모루스(바보)라고 불러 주니 참으로 기분 좋군요. 그대로부터 그렇게 오랫동안 떨어져 있었다니, 과연 나는 바보 중 왕바보이지요. 그대가 어떻게 지내왔고 어떻게 생활해 왔는지 참으로 궁금하기 그지없군요."

에라스무스는 안색이 썩 좋아 보이지 않았다. 그는 프랑스에서 최근 비염에다가 관절염과 소화불량으로 고통받아 왔음을 말했다. 그는 모어를 보니 예전에 가깝게 지냈던 잉글랜드 친구들이 더욱 그리워진다는 말을 덧붙였다. 그는 자신은 그럭저럭 지낸다고 말하고 난 후 모어를 한참 바라보더니 혈색이 좋은 걸 보니 건강해 뵌다며 무척 기분 좋아했다. "친구는 나날이 하는 일이 잘되고 있는 것처럼 보이는군요. 그대의 군주도 안녕하시지요"라고 에라스무스가 말했다. 모어와 에라스무스의 대화는 계속되었다.

> 모어 : 우리 군주님이야 늘 혈기왕성하시지요. 왕궁 조정 일은 워낙 잡다한 일에서 중대한 일에 이르기까지 사방에 널려 있어서 저는 늘 분주하답니다. 에라스무스 경, 저는 마지못해 조정의 일들에 간여하게 되었지요. 그 일들은 내게서 포근한 가정의 안식을 앗아갔지요. 이렇게

외유 중일 때는 가정이 얼마나 소중한 곳인지 새삼 더 절감하게 된답니다. 고향집이 그리워지는군요.

에라스무스 : 그러나 모어 경, 곧 그대는 런던의 고향 집을 향해 가지 않소. 나도 그대 집 원숭이처럼 그대 주머니 속으로 쏙 들어가 그대와 함께 배에 승선한다면 참으로 행복할 텐데 말이요. 늘 웃음꽃 피우는 그대의 집이 그립군요. 그대 가족의 얼굴들이 삼삼하게 떠오르는군요. 가시거든 미들톤과 아이들에게도 안부 좀 전해 주구려. 아이들이 잘 자라고 있다는 소식을 들었던지라 나는 무척 흡족합니다. 특히 마가렛에게 내 소식 좀 전해 주오. 그녀의 맘 씀씀이를 보면 참으로 기특한 생각이 들지요. 그녀의 말 한마디 한마디가 철부지 소녀 같은 티라고는 전혀 찾아볼 수 없지요. 그대가 내게 보여준 그녀의 글들은 또 얼마나 순수하던지 그것들을 읽노라면 내 마음이 정화되는 기분을 느끼게 되지요! 그녀만큼 그렇게 능숙하게 라틴어를 구사하는 여성은 내가 일찍이 만난 적이 없답니다.

모어 : 자식 자랑은 팔불출입니다만, 제가 보기에도 마가렛은 다재다능한 소녀지요. 그렇지만 다른 딸들도 그 아이 못지않게 자신들의 심신을 연마하고 소양을 쌓는 일에 게을리하지 않고 있지요. 막내 존이 좀 게으릅니다만, 아직은 어려서 그러려니 생각합니다. 그렇지만 나는 그 아이가 그런 세 명의 누나들에 의해 기가 죽을까 걱정이긴 합니다.

에라스무스가 헤어짐에 대한 아쉬운 표정을 지으면서 아이들에게 줄 선물을 모어에게 건네주었다.

"이 두 꾸러미의 사탕과자와 토종자두를 그대의 아이들에게 전해 주구려. 그리고 여기 마가렛에게 줄 책이 있소. 그녀는 마음의 양식을 흡수하는 것을 더 좋아할 것이 분명하니까 말이오. 그대 아이들의 훌쩍 커 버린 모습이 내 눈에 선합니다."

작별인사를 하고 난 후, 창백한 얼굴의 에라스무스가 모어가 말을 타고 가는 뒷모습이 보이지 않을 때까지 지켜보았다.

"아, 모어 경을 언제나 또 만나게 될까."

서재로 돌아가 책장을 펼쳤지만, 글 행간 사이로 아른거리는 모어의 얼굴이 그로 하여금 잉글랜드에 대한 향수에 젖어 들게 하였다.

모어 또한 만날 기약이 없는 친구 에라스무스를 생각하면서 아쉬움에 뒤를 돌아보았다. 그는 그가 자신의 가족을 위해 사 놓은 선물 꾸러미들과 에라스무스가 준 아이들의 먹을 것들, 마가렛에게 줄 책 등을 운반되기 좋게 함께 꾸려 묶어 놓았다. 가족이 선물 꾸러미를 풀면서 즐거워할 모습에 그는 기분이 좋아졌다.

외유 중에도 모어는 서신을 통해 고국에 있는 가족에게 각별한 애정과 세심한 관심을 보임으로 가족과의 소통을 멈추지 않았다. 그는 아이들에게 라틴어로 편지를 썼는데, 그것은 그들이 학자적인 기본 소양을 쌓으면서 지혜롭게 자라기를 바라는 아버지로서의 바람을 반영하는 것이었다. 그러나 그는 부인 미들톤에게는 영어로 편지를 썼다.

다음은 큰딸 마가렛에게 보낸 모어의 편지글 중 일부이다.

사랑하는 딸, 마가렛아, 네 편지를 받아서 이 아비는 무척 기뻤단다. 너와 네 남동생 존이 어떤 공부를 했는가에 관해서, 너의 일상의 독서에 관해서, 네가 생각하는 가벼운 논제 점들에 관해서, 네가 쓴 수필들에 관해서, 그리고 너를 시간 가는 줄 모르게 행복하게 하는 문학 작품들에 관해서 알게 되어 내 마음이 흡족하구나. 그런데 존의 공부 진척 상황에 대한 소식도 알게 되었으면 더 좋았을 텐데 말이다. 너의 공부 소식이 내게 큰 기쁨을 주지만, 특히 공부를 더 해야 하는 존이 네 도움을 받아 나날이 글솜씨가 개선되는 소식을 접할 때, 내 기쁨은 한층 더 커지게 되는구나.

모어는 종종 마가렛을 애칭인 메그Meg라고 불렀는데, 얼굴의 수줍음 띤 미소와 사색적이며 꿈꾸는 듯한 눈동자 등이 그 자신과 빼다 박은 메그는 모어가 가장 총애하는 딸이었다. 그녀는 머리 회전이 빨랐으며 기억력이 뛰어났는데, 모어의 친구들이 그녀의 라틴어 작문이 누군가의 도움 없이 쓰였다는 것을 거의 믿지 않을 정도로 그녀의 라틴어 실력은 빼어났다.
또한, 메그는 분별력 있는 상냥한 소녀였다. 사람들이 조언을 구하러 그녀를 찾아올 정도였으니 말이다. 그녀는 냉철한 지성과 당찬 용기로 충만해 있는 신식 여성이었다. 그녀의 주업은 모어 가家 입주 가정교사의 도움을 받으면서 독서하고 공부하는 일이었지만, 미들톤과 집안 식솔들이 수행하는 집안일도 틈틈이 도와주는 것도 잊지 않았다. <보올트 작 토머스 모어 극> 중에 나오는 다음의 '왕과 메그의 라틴어 대담장면'은 메그의 지적 소양이 얼마나 높았는지를 잘 예증한다.[5]

왕 : 네가 학자라고들 하던데.
(메그는 어리둥절해 함.)
모어 : 메그야, 물으시는 말씀에 답해드리렴.
메그 : 여성들 간에는 그렇게 통합니다. 폐하.

(노르포크 공과 미들톤이 대답을 잘했다는 눈짓을 교환함.)

왕 : 너의 라틴어는 고전 라틴어니, 옥스퍼드식 라틴어니Antiquone modo
　　Latine loqueris, an Oxoniensi?

메그 : 아버지 모어 식 라틴어입니다Quem me docuit pater. Domine., 폐
　　하.

왕 : 오! 그게 최고지, 그리스어도 가르쳐 주었니Bene, Optimus est.
　　Graecamne linguam quoque te docuit?

메그 : 아닙니다, 아버지 친구이신 성 바오로 성당 참사회장 존 콜렛 신
　　부님이 가르쳐 주었습니다. 그리스어도 라틴어도 제자의 무능 때
　　문에 선생님들의 훌륭한 기술이 무색해집니다Graecam me docuit
　　non pater meus sed patris amicus, Johannes Coletus, Sancti Pauli
　　Decanus. In literis Graecis tamen, non minus quam Latinis, ars
　　magisteri minuitur discipuli stultitia.(메그의 라틴어가 자신의 것보다
　　낫다고 생각한 왕은 샐쭉한 표정을 지음.)

　마가렛(메그)이 16살도 채 안되어 아버지 모어는 3년 동안 자신의 집에
기숙했었던 젊은 법학도 로퍼William Roper에게 그녀를 시집보낼 마음의 준
비를 하고 있었다. 모어는 그 젊은이를 큰아들 같은 친구로 대하고 있었던
터였다. 당시 결혼이란 관습적으로 부모에 의해 결정되는 것이었지만, 모
어는 마가렛이 얼마간 로퍼와 가깝게 지내다가 그를 매우 사랑하게 된 사
실을 알게 된 후, 두 사람으로부터 서로 사랑한다는 사실을 확인하고는,
그 둘의 뜻을 존중하여 그들의 결혼을 허락하였다. 이 미래의 사윗감은
모어를 무척 따랐던 생각이 진지하고 마음이 따뜻한 청년이었다. 모어 사
후 로퍼는 관찰자 입장에 서서 장인 모어를 바라본 저서 『모어 전기』를
집필하게 된다.

　마가렛과 로퍼의 사랑은 각별했던 것 같다. 마가렛은 로퍼와 함께 있는

것만으로도 행복해하였고, 로퍼가 한시도 그녀로부터 눈을 떼지 않으려 했다는 그의 고백을 보면 말이다. 실제로 그들은 한 번도 서로 떨어져 산 적이 없었다.

쎄실리와 엘리자베스에 관해서는 거의 알려진 바가 없지만, 이들 또한 지혜로운 소녀들이었다. 그들의 동생 존은 갈색의 얼굴빛을 띠고 있는 사내다운 구석이 있는 소년이었다. 그가 자신의 누나들만큼 명석한 것은 아니었지만, 그는 라틴어와 그리스어를 어느 정도 아는 유식한 소년이었다. 고전어와 더불어, 존과 그의 누나들은 논리학, 철학, 신학, 수학, 천문학 같은 과목들을 배웠는데, 특히 천문학은 오늘을 사는 우리에게 첨단 물리학과 우주 탐험이 흥미를 불러일으키는 것 같은 재미를 그들에게 불러일으키는 신학문이었다.

‘모어 家 학교More Academy’[6]의 각종 학술 강연에 참여하여 모어 가에 초빙된 현자들의 말에 귀를 기울일 수 있는 기회를 가지면서 신비로운 우주질서와 오묘하게 운행되는 크고 작은 밤하늘 별들에 관한 갖가지 이야기들을 듣는 일은 모어 家 아이들에게 새로운 세계를 경험할 좋은 기회를 제공해 주었다. 모어는 그들을 ‘모어 가 학교 학생들’이라고 불렀는데, 그들이 자라서 결혼했을 때도, 그는 그 분가 가족들을 모어 본가로 불러들임으로 그들의 학습, 독서, 번역, 작문 등의 지적 활동은 계속될 수 있었다.

모어 家는 지적 활동을 하기에 더할 나위 없는 천혜의 공간이었다. 로퍼의 말에 따를 때, 모어는 ‘책이 없다면 신과 신학도 침묵을 지키고 정의는 잠자며 문학, 역사, 철학, 자연과학도 깊은 동면에 들어갈 것이다’라고 생각하는 광적인 에서기였기에, 모어 가의 사실 도서관에는 다른 곳에서 찾아볼 수 없는 희귀서나 각종 장서(어렵게 수집된 필사본 고서들과 인쇄술 확대의 바람을 타고 당대에 인쇄되거나 재인쇄된 고전이나 신간 서적들)로 서가가 빼곡하게 차 있었기에 말이다.

8장 첼시의 모어 학교

모어는 장차 탁월한 학자들로서 유명해지게 될 시동들이나 전도유망한 청년들의 후원자였다. 존 클레먼트는 이들 중 한 사람이었는데, 몇 년 후 그는 옥스퍼드대학에 입학해서 의학을 전공하게 될 것이었다. 의학을 최고의 실용 학문으로 여겨 의술을 독학으로 공부한 적이 있었던 모어는 아마도 그로 하여금 의학자가 되겠다는 꿈을 품게 하였을 것이다. 나중에 그는 양딸 기그스Margaret Giggs와 결혼하게 되는데(결혼 후 마가렛 클레먼트라고 불림), 기그스 또한 어렸을 때 모어 가家 식솔 아이의 열병을 진단하여 모어를 놀라게 할 만큼 의술에 관심이 많았다. 훗날 그녀는 가난한 이웃 병자를 치료하는 클레먼트의 일을 거드는 간호사가 된다. 어린 시절 기그스는 고의로 모어의 달콤하고 사랑스러운 꾸지람을 들을 즐거운 생각으로 그 행동이 잘못된 것임을 알면서도 같은 실수를 반복하곤 했던 맹랑한 아이였다. 그녀는, 마치 수녀원 식당 수녀가 그렇게 하듯이, 식사시간에 성서 구절을 정통 라틴어로 또박또박 완벽하게 낭송하여 모어의 찬탄을 자아내기도 했다.

힘든 일도 있었지만, 모어 가家에는 흥겹고 즐거운 일들이 그치지 않았다. 오락거리로 모든 가족이 정원을 가꾸었고 아이들과 식솔들은 일할 수 있는 만큼의 자기 자신의 텃밭을 가지고 있었다. 그들은 적어도 각기 한 가지씩의 악기를 연주했고 함께 노래 불렀으며 극 역할 놀이도 하였다. 아마도 그들은 음악에 맞춰 춤도 췄을 것이며 서로에게 재담의 말을 주고 받았을 것이다.

특히 식솔 패턴슨Fool Henry Patenson은 모어 가家를 한층 더 흥겨운 곳으로 만들었다. 그는 거침없이 말을 지껄여 대는 탄탄한 체격의 다소 우둔해 뵈는 어릿광대였는데, 때때로 그가 내뱉은 말은 화제에 오른 사건이나 인물에 대한 진한 농담 같은 것이어서 듣는 이들의 궁금증을 삭히는 해소제 역할을 하는가 하면 그 궁금증을 증폭시키는 발효제 역할을 하였다.

부호 집안이나 유력 가문에는 대부분 어릿광대가 딸려 있었다. 패턴슨은 기꺼이 다른 사람들에게 재롱과 익살을 떨어 그들을 흥겹게 함으로 생계를 영위해 가는 직업적인 재담꾼이었다. 그는 자신의 알록달록한 광대복이 그에게 제 마음을 털어놓을 수 있는 자유와 진한 농담으로 날카롭고 풍자적인 말들을 지껄여 댈 수 있는 자유를 준다는 것을 깨닫고는 그 자유를 만끽했다. 그러나 종종 어릿광대는 지능이 떨어지는 사람을 의미하기도 했는데, 그 경우 아마도 요즈음 말로 지진아라는 표현에 어울리는 사람이었을 것이다. 아마도 패턴슨은 재담의 언어 한쪽 방면에서 빼어난 능력을 보이는 서번트 증후군(savant syndrome)류의 지진아가 아니었을까. 아니면 허허하게 지진아로 살기로 작정을 한 인생 달관자였을까. 그는 실없이 읊조리곤 했던 짧막한 자작 애송시로 주변 사람들에게 '아무것도 아닌 자유인Nothing Free'이라는 별칭으로 불리기도 하였다.

> 아무것도 나는 바라지 않는다네.
> 아무것도 나는 소유하지 않는다네.
> 아무것도 나는 두려워하지 않는다네.
> 나는 자유인이다.

패턴슨은 혹 찌푸린 표정을 짓는 모어 가家 사람들을 보기라도 하면 "어둡고 찌푸린 표정엔 오늘이 없다네, 그래서 내일도 없고, 장래도 없지. 덤으로 다른 사람의 삶을 망치기도 한다네"라는 뼈 있는 농을 던지기도 하였다. 그는 너그러운 주인 모어의 집에서 가족의 당당한 일원으로 대우받았다. 그는 "저 이는 나 같은 광대에게는 현재의 먹을 것을, 클레먼트 같은 젊은이들에게는 위대한 미래를, 죽어가는 늙은이들에게는 추억될 친절을 준다네…!"라며 모어를 찬양하기도 하였다. 그는 모어와 함께 플랑드르 같은 도시로 해외 나들이 가기도 하였다.

홀바인[7]이 모어 가家 가족 구성원 모두를 그림 속에 담았을 때, 패턴슨도 포함되어 있었는데, 그는 그 그림 속에서 첼시 모어 가의 일부 다른 식솔들과 함께 포즈를 취하고 서 있다. 그는 어릿광대 복장의 무뚝뚝해 뵈는 사람으로 그려져 있다. 비록 그가 일반적으로 말하는 정상인의 지능을 가지고 있지는 못했지만, 그는 익살스러우면서도 진솔한 데가 있는 데다가 세상을 풍자하는 그만의 톡 쏘는 입담으로 주변 사람들의 마음을 속 시원하게 긁어주었으며, 그렇게 하는 자신의 행위에 대해 그 자신도 만족해했을 것이다.

많은 사람들이 손님으로 혹은 일 때문에 모어 가家를 오고 갔거나 체류했는데, 이 모든 이들이 모어에게 호감을 가지고 있었기에, 미들턴의 거친 말투와 모어 가의 엄격한 가내 규칙에도 불구하고 불평 없이 모어 가에 더 오래 머물기를 원했다. 모어 가에서는 '요행 놀이 금지 가내 규칙'이 있어서 그가 창조한 유토피아인의 가정처럼 카드놀이나 도박이 허용되지 않았다. 모어 가를 찾아온 손님들에게조차도 말이다.

모어 가家의 첼시 집으로의 정착과정으로 화제를 돌려보자. 가세가 커지면서 벅클러스베리의 너벅선집이 비좁게 되어, 모어는 이사를 생각하게 되었는데, 그래서 정착하게 된 곳이 바로 지금의 첼시 저택이었다. 1523년 그는 비숍스게이트의 대저택 크로스비 홀을 구입하여 대략 6개월 동안 소유하고 있다가 그것을 친구에게 되팔아서 첼시에다가 토지를 구입했다. 첼시 토지에다가 그는 그 당시로는 매우 현대적인 건축양식의 집을 지었다. 집 뒤로는 들판과 농장이 펼쳐져 있었고 집의 앞면에는 템스강 지척까지 연결되어있는 거대한 정원이 조성되어 있었다.

첼시의 모어 집은 평면지붕대문이 있는 큰 저택이었는데, 집 안에 경당과 복도로 둘러싸인 연회장을 갖추고 있었으며, 예배당, 사설 도서관 및 회랑이 있는 별채가 딸려 있었다. 이 별채는 연구와 신앙적 몰두를 위한 세속으로부터 도피처 역할을 하는 모어 개인만의 안식처였다. 여기서 그는 틈나는 대로 세속의 은자隱者로서 명상과 기도로 많은 시간을 보냈다. 이곳은 그가 홀로 하느님과 깊은 영교靈交를 나누는 은밀한 공간이기도 하였는데, 거기서 그는 하느님 이외에 그 어디에도 종속되지 않는 자유를 발견하였다. 그곳에서 모어는 고행용 털 셔츠를 입고 있었는데, 마가렛만이 그 사실을 알고 있었다. 미들톤은 그런 남편을 이해하지 못했지만, 마가렛은 그런 아버지에 대해 공감하였다. 마가렛은 아버지와 닮은 구석이 많았는데, 그녀는 그가 얼마나 신을 심오하게 사랑하는지를 이해했으며, 그가 섬기고 있는 영적 절대자야말로 그의 삶의 가장 실질적이며 영원한 애정의 대상임을 알고 있었다.

모어는 집 정원 가꾸기에서 많은 즐거움을 찾았다. 그는 자신의 정원 터를 아름답게 가꾸는데 많은 정성을 쏟았다. 모어는 저택 방문객들이 올라서서 저 먼 곳 런던의 건축물 지붕들과 첨탑들을 볼 수 있도록 두둑하게 쌓아 올려져 잔디가 덮힌 인공 흙무지를 만들었다. 모어 가家의 정원 산책로에는 수목들이 심겨 있었다. 특히 라임관목, 과일나무, 덩굴나무 등이 엮인 철사 선들을 타고 올라가서는 양 열로 둥근 원의 형상을 하고 서 있는 가로 터널은 사람들이 사색에 잠겨 거닐기에 더할 나위 없는 산책로였다.

모어는 우정의 꽃이라 불리는 로즈메리를 무척 좋아해서, 그는 그것들을 집 정원 곳곳에다 심어 놓고는, 벌들이 그 꽃들 속에서 윙윙거리며 날아다니는 것을 지켜보았다. 홀바인외 한 스케치에는 폐 높은 화강대 위의 화병 속 꽃들이 소재대상으로 등장하고 있는데, 이 꽃들을 클로즈업해보면, 그것들이 붓꽃, 카네이션, 마돈나 백합, 참매발톱꽃, 자스민꽃 등이었음이 쉽게 간파된다. 또한, 정원에는 잎사귀에서 사과 향 같은 단내를 풍기는 들장미(sweetbrier 흰색에서 빨간색에 이르기까지 꽃 색이 다양함)뿐만 아니라 왕의 꽃이라 불리는 장미가 무성하게 자라고 있었다.

집 바깥에서 들여다보면, 벽에는 심플한 벽걸이들과 태피스트리들이 걸려있었으며, 사각형 창틀의 큰 창문 안쪽으로 몇 개의 팔각형 등燈이 보였다. 문간 너머로는 조각된 천개天蓋모양의 차양들이 있었으며, 내실 천장들은 다소 큰 방들에서나 찾아볼 수 있는 호방한 인테리어 제품으로 장식되어 있었다. 마룻바닥에는 골풀로 엮어진 깔개들이 덮여 있었고, 일부 가구는 린네르 주름 기법으로 새겨진 목각 문양을 하고 있었는데, 그 모습이 단순하면서도 세련미가 있었다.

집안 여기저기서 목격되는 서적과 별채 도서관은 모어 가家가 학구적 가정임을 엿보게 해주었고, 화장대에서 빛을 발하는 많은 수의 은접시와 양은그릇은 모어 가가 큰살림 집임을 예증했다. 이사하면서 너벅선집에서 가져온 유달리 긴 '진자 추시계'가 여전히 일정한 간격을 두고 똑딱거리고 있었다.

모어는 골동품들, 옛 주화들 및 외국에서 가져온 진귀한 것들 등을 다수 소장하고 있었는데, 그것들 중 그 안에 곤충이 봉인된 채로 있는 호박琥珀 같은 희귀품도 있었다. 호박은 우정의 상징 로즈메리처럼 결코 퇴색하거나 사멸하지 않을 우정의 징표 같은 것이었다.

첼시는 템스강 둑을 쭉 따라 교회 주변에 작은 집들이 옹기종기 모여 있는 작은 마을이었다. 모어의 새집 지척의 강 맞은편 저쪽 강변에서는 오리를 비롯한 물새들로 가득한 늪지가 펼쳐져 있는 게 목도되었는데, 그 주변으로 현재는 베터시공원과 휴식정원Pleasure Garden이 들어서 있다. 그 근처에는 꽤 널찍한 개방공유지가 있었는데, 지금의 클래팜타운으로 변모하게 된다. 이 클래팜타운 지척에 미풍이 스쳐 지나기에 원만하게 솟아있는 녹지전원이 있었다. 바로 이 녹지전원을 관통해서 맑은 강물이 흐르고 있었다. 강가에는 물망초, 미나리아재비꽃, 노랑장다리꽃 등의 야생화가 서식하고 있었는데, 꽃색들이 강물에 투영되어 혼화되면서 강물 빛이 신비로운 색조를 띠었다.

템스강에는 갖가지 물고기들로 풍성해서 텀벙 소리를 내며 뛰어오르다가 재수 없이 그물에 걸리는 연어들과 왕왕 그 강 수로를 따라 올라가려 온몸을 뒤트는 위풍 있는 철갑상어 등이 목격되곤 하였다. 강 주변의 마을 사람들은 대개 고기잡이로 삶을 꾸려 갔다. 강가에서 그들의 생계 도구인 작은 고기잡이배들이 풍향에 따라 이리저리 요동치는 모습이 보였다.

강 근처 모어의 첼시 저택에서 별로 멀지 않은 곳에 마을 교회가 있었는데, 모어는 이 교회에 금식기·은식기 같은 고가기부품을 내놓았으며 거기에다 그 자신의 개인 예배당도 지었다. 그는 교회 행사에서 중백의 (surplice :성가대나 성직자들이 입는 소매가 넓은 옷)를 입고 응창성가應唱聖歌에서 회중會衆을 이끄는 교구사제가 하는 역할을 하였고, 십자가를 운반하였으며, 미사에서 사제를 돕는 복사服事역할을 하였다. 그는 또한 성가대에서 노래 부르곤 하였는데, 그의 음성은 명쾌하긴 했지만 그리 음악적이지는 못했다.

모어가 첼시 집으로 이사했을 때는 그의 나이 마흔세 살이었다. 앞으로 그에게 15년의 여생이 남아 있었던 셈이다. 이 15년은 그에게 시련과 고난의 시기가 될 것이었다. 특히 이 시기는 유럽 대륙에 퍼지고 있던 종교개혁의 여파가 잉글랜드에로까지 밀려 들어와서 잉글랜드 곳곳에서 마르틴 루터[8]라는 이름이 거론되기 시작하던 때였다.

이 루터라는 사람은 독일의 수사로 로마를 방문했다가 너무나 속세에 물든 교회의 실상을 보고, 인민들로 하여금 모두 분기하여 불의한 교회 권력에 저항해야 한다고 설교했는데, 도처의 많은 이들이 그의 설파에 감복되어 그를 추종하고 있었다.

8장 첼시의 모어 학교

유럽 대륙에서는 이미 항거가 시작되어서 그것이 최고조에 달하고 있었다. 종교혁명이 바야흐로 진행되고 있었던 것이다. 이 여파가 잉글랜드에 미치자, 런던에서도 종교혁명의 많은 지지세력이 구축되고 있었다. 왕 헨리는 종교혁명의 지지자는 아니었다. 그런 움직임에 대한 그의 첫 번째 반응은 그것에 반대하는 입장을 취하는 것이었다. 그는 교황권을 옹호하는 책을 썼으며, 이 책은 로마교황청으로부터 그에게 '신앙의 수호자'라는 칭호를 얻게 하였다.[9]

처음에 왕 헨리는 이 칭호를 영예롭게 받아들였지만, 그 초심이 오래가지는 못했다. 로마교황에 대한 그의 충성은 점차 흔들리기 시작했다. 이때는 헨리가 왕비 캐서린의 시녀 앤 볼린에게 빠져 있던 무렵이었다. 그가 그녀에게 매혹된 것은 1526년쯤이었는데, 1년 뒤에 왕은 자신의 혼인 적법성에 의문을 품고 혼인 무효화에 대해 궁리하기 시작한다.

앤 볼린은 외교관 출신 토머스 볼린의 딸로 어렸을 때부터 총명하고 재치있는 성격으로 프랑스 궁정에서 예법과 신지식을 습득했으며 프랑스어와 라틴어에 능통했다. 이런 딸을 토머스 볼린은 자신의 권력 쟁취의 발판으로 삼았다. 그는 딸을 프랑스 궁정의 왕비 시녀로 이력을 쌓게 한 후 딸을 왕비 캐서린의 시녀로 들여보냈다. 왕의 눈에 쉽게 띄게 하기 위해서였다. 그녀는 금발에 푸른 눈을 가진 서구의 전통적인 미인상은 아니었으나 세련된 프랑스식 화술에 뛰어나며 애교가 넘치는 흑발에 새까만 눈동자를 가진 매혹적인 신여성이었다.

왕비 캐서린과의 혼인 무효화에 대해 궁리하기 시작했던 1527년은 왕의 '앤 볼린을 향한 애정'이 절정에 달한 시기였다. 그는 앤 볼린과의 재혼을 정당화하기 위해 로마교황청으로부터 캐서린과의 결혼 무효와 캐서린과의 이혼에 대한 공식 추인을 손꼽아 기다리고 있었다. 그러나 왕의 기대와는 달리 교황은 머뭇거리며 그 문제 처리를 차일피일 미루고 있었다.

앤 볼린은 로마 교황이 헨리의 캐서린과의 혼인무효에 대한 승인을 미적거리자 그녀는 자기가 생각한 위험한 말들을 도발적으로 내뱉었다.

> 생소하거나 자기 눈에 보기 안 좋다고 틀렸다고 말해서는 안 되잖아요. 잉글랜드에서는 파격이라며 혐오하는 복장이 프랑스에서는 대유행인걸요. 흥, 그 잘난 교황이 아득히 먼 옛날에 존재하기나 했던가요. 지금 잉글랜드 왕국의 주인 노릇을 하는 교회(가톨릭교회)도 처음 시작될 때는 본래의 순수한 원시교회의 틀에서 일탈한 비정통 이단이 아니었던가요.

앤 볼린은 루터의 종교개혁 사상에도 깊은 관심을 가지고 있어서 헨리 최측근자로서 나중에 캔터베리 대주교로 서임되는 루터주의 성향의 토머스 크랜머Thomas Cranmer[10]와도 깊게 연계되어 있었다. 그는 잉글랜드 교회를 대표하는 대주교 자격으로 '교황이 아닌 잉글랜드 국왕이 잉글랜드 왕국 교회의 수장임'을 선포함으로 대내외적으로 헨리 8세의 잉글랜드 교회 수장권을 공식화하여 잉글랜드 왕의 공식적인 왕비가 되고자 하는 앤 볼린의 욕망을 성취하게 하는 데 일조하게 된다.

모어는 이러한 일련의 사태 추이를 무거운 마음으로 지켜보면서 잉글랜드가 흘러가고 있는 방향에 대해 깊이 우려·고심하고 있었다.

나랏일에 대한 모어의 깊어지는 고심은 그의 명망이 높아지고 그의 권세가 커져 그만큼 나라를 위한 생각이 증가함을 반영하는 것이었다. 일면 한낮의 '모어 가家'의 첼시 대저택에 드리워진 크고 넓은 그림자'는 그러한 그의 명망, 권세, 고심, 생각 등의 무게를 버겁게 투영하고 있는 것처럼 보였다.

첼시의 모어 가家를 주제로 한 그림이 전해져 내려오는데, 그것은 모어 가의 면면을 잘 보여준다. 첼시의 모어 가를 소재로 한 홀바인Younger Hans

Holbein의 그림을 보면, 모어 가가 기율과 자유가 조화를 이루며 가부장적 질서가 작동되는 평온한 가정이었음을 우리에게 환기시켜 준다.

그 그림이 그려진 시기는 아마도 마가렛이 결혼한지 6년이 되어 아이들 몇 명을 낳아 기르고 있었던 1526년쯤 되었을 것이다. 쎄실리와 엘리자베스 또한 결혼해서 남편과 가정을 이뤄 모어 가家에서 살고 있었다. 첼시의 모어 가는 딸들 부부 모두가 가정을 이뤄 살기에 충분한 대저택이었다.

존은 모어의 피후견 양딸들 중 하나인 장난기가 눈에 가득한 15살의 늘씬한 소녀 크래싸크Anne Cresacre와 약혼했다. 다소 허영기가 있는 그녀는 모어에게 진주곽인 빌레망billement을 사달라고 졸라댔다. 그녀는 빌레망곽 속에 소형장신구들을 담아 목에 걸고 나다니고 싶었다. 그래서 모어는, 그녀의 소망도 들어주고 그녀의 허영심도 고쳐줄 생각에, 꾀를 내어 그녀에게 하얀 완두콩이 달린 목재곽을 만들어주었다. 그러나 홀바인의 '모어 가家 그림'에서 그녀가 빌레망을 목에 걸고 있는 것을 보면, 아마도 모어가 결국 그녀의 소망대로 그녀에게 진짜 진주곽을 사준 게 분명하다. 그는 그녀를 무척이나 귀여워했다.

이 무렵, 모어는 충실한 가장이었을 뿐만 아니라 나랏일에 헌신하는 저명인사였다. 그는 1520년 기사작위를 받았고, 같은 해 재무차관이 되었으며, 1523년 하원의장으로 선출되었고, 1524년과 1525년에는 각각 옥스퍼드대 재정담당간사장과 캠브리지대 재정담당간사장을 역임하였다.[11] 이러한 직함들은 모어에게서 많은 자유시간을 앗아갔지만, 그러한 이력으로 인해 그는 왕으로부터 한층 더 큰 주목을 받게 된다.

모어의 가족들 또한 유명해지게 되었다. 마가렛의 라틴어 글들과 존의 번역 글들을 읽었던 모어 가家 방문학자들은 다른 이들에게 '모어 가家 학교'에 대해 입소문을 내었는데, 왕도 그 소문에 관해 들었다. 마가렛, 엘리자베스 및 쎄실리는 궁정으로 초대되어 왕 면전에서 철학에 관해 논쟁을 벌였다. 그것은 큰 명예였다. 당대에 모어의 딸들만큼 그렇게 제대로 교육받은 여성들은 극히 드물었다. 더욱이 부녀간의 정, 형제자매간의 우애, 가족 구성원 상호 간의 소통과 교감 등에서 비롯된 화목한 가정 분위기는, 그 어떤 유력 가문에서도 여간 찾아보기 힘든 가히 귀감이 될만한 이상적인 것이었다. 현재에 만족할 줄 모르고 더 높은 곳을 향하고 더 취하려는 세속적 욕망에 사로잡혀있던 왕 헨리에게 분명 첼시의 모어 가家는 평화와 행복이 충만한 유토피아 같은 곳으로 다가왔을 것이다.

이 유토피아 같은 첼시 저택에는 지식인들, 학자들, 예술가들 등 많은 이들이 한 번쯤 방문하기를 고대한 명소였다. 방문객들 중 모어에게 큰 신세를 진 적이 있는 홀바인에게로 이야기의 초점을 맞춰 보자. 이 당시 홀바인은 몹시 가난했던 독일태생의 젊은 화가였다. 홀바인은 독일어권 나라에서 중견 화가로서의 이력을 쌓아 가고 있던 중 프로테스탄트 종교 개혁의 소용돌이 속에서 미래에 대한 희망을 상실하고 있었다. 이때(1526년) 홀바인은 모어 경을 찾아가 보라는 에라스무스의 권고로 당시에 그의 활동무대였던 스위스를 떠나 잉글랜드로 건너오게 되었다. 당시의 스위스의 정황이 어떠했는지를 함축적으로 시사하는바, "여기서는 예술이 얼어 죽어가고 있소"라는 그 한마디는 바로 에라스무스가 홀바인을 모어 경에게 추천하면서 한 말이었다. 모어는 이 화가의 재능을 단박에 알아보고 그를 자신의 저택에 불러들여 기숙하면서 화가로서 활동할 수 있는 여건을 마련해 주었다. 홀바인은 얼마 후에 모어의 소개로 헨리 8세로부터 재정적인 후원을 받는 '잉글랜드 왕실의 궁중 화가'가 된다.

오늘날에도 우리는 헨리 8세 시대의 남성과 여성의 모습을 생생하게 추정해볼 수 있는데, 그것은 순전히 홀바인의 인물들에 대한 날카로운 통찰력 덕분이다. 앞에서 언급된 것처럼 그는 모어의 초상화와 모어의 가족 인물화를 그렸는데, 그것은 모어가 베푼 호의에 대한 홀바인의 작은 보답이었다. 이 그림으로 인해 모어의 명성은 한층 더 높아진다. 그가 그린 모어의 인물 초상화는, 아주 엄숙한 모습이지만, 그는 기술적으로 자연스럽게도 마치 모어의 고정된 눈길이 모어 家의 사람들을 내려다보고 있는 듯하게 묘사해 놓았다.

홀바인이 그린 그림들 다수가 스케치 소묘 초상화였는데, 이들 작품 대부분이 윈저궁에 보존되어 있다. 스위스의 한 화랑에서도 그런 식으로 그려진 그의 그림 몇 점을 만나볼 수 있는데, 몇 점 중 하나가 바로 '첼시 저택 모어의 가족'을 소재로 한 그림이다. 모어 전기작가 우드게이트는 그 그림에 대한 감상평을 다음과 같이 생생하게 묘사하고 있다.

이 그림의 주인공들은 호화로운 가구로 장식된 방에 앉거나 선 모습으로 그려져 있는데, 여자들은 모두 그 당시로서는 최신 유행의 옷들을 입고 있다. 한쪽 벽엔 시계가 걸려있고, 그 옆엔 비올라가 있다. 이 그림 속 비올라는 모어 경이 미들톤 부인에게 연주하게끔 가르친 악기이다. 원숭이가 부인의 길고 우아한 치마의 접힌 주름 사이에 누워 있는 모습으로 그려져 있다.

후대 미술비평가들에 의해 '홀바인은 특출한 인물묘사로 대상을 돋을새김(부조浮彫)의 입체적 영역으로까지 끌어올렸으며, 또한 정교한 필치에 의한 세부의 마무리와 절묘한 색칠로 의상의 재질감까지 드러나게 함으로 기존의 회화 수준을 한 차원 끌어 올려놓았다'는 평가를 받고 있다. 가난한 화가 홀바인이 훗날 이렇게 미술계의 대가로서 인정받게 될 수 있었던 데는 그의 재능을 알아보고 활동 여건을 조성해 주었는가 하면, 그의 재정적 후원자로서 헨리 8세를 소개시켜 줬던 모어의 그에 대한 심적·물적 후원 덕도 크다 하겠다. 홀바인이 에라스무스와 재회하였을 때, 그는 모어의 집에서의 기숙을 회고하며 모어를 영혼의 친구라고 말한다.

에라스무스 경, 그대는 친구란 모든 걸 공유하는 관계라고 말한 적이 있지요. 모어 경은 언제나 그걸 참신하게 보여주는 동무랍니다. 궁하거나 힘들 때 마음을 나눌 수 있는 영혼의 친구라고나 할까요. 인간관계든 국가관계든 달면 삼키고 쓰면 내뱉는 게 요즘 세태인데…, 그는 참으로 진기한 동무이지요.

당대의 유력자들, 저명인사들, 지식인들, 예술가들 그리고 글을 모르는 무지한 사람들도 이 첼시의 저택에서는 똑같이 환대받았다. 이즈음 왕 헨리 8세와 궁중의 많은 조신들도 이 저택을 방문하기 시작했다. 실로 모어는 친구 에라스무스의 말처럼 누구나 그리고 어떤 환경에서나 잘 맞춰 나갈 수 있는 전천후 인간이었다. 바야흐로 그런 모어의 지지를 그 누구보다도 절실히 바라고 있는 사람이 있었으니 그는 다름 아닌 바로 헨리 8세였다.

그 당시 개인사(great matter)로 심기가 몹시 불편했던 왕은 적어도 몇 번예고 없이 첼시의 모어 저택을 방문하여 모어 가家를 분주하게 만들었다. 언젠가 왕 헨리는 한 시간여 동안 첼시 정원에서 자신의 팔을 모어의 목 주변에 정겹게 얹어 놓은 채로 산책하며 개인사와 관련하여 모어와 속 깊은 담소를 나눈 적이 있었다. 이때 로퍼는 장인 모어가 자신에게 한 말을 회고하여 기록으로 남겼다.

울지 추기경 이외에 왕에게 그렇게 친근하게 대해진 사람이 없었는데, 이 얼마나 큰 영예인가. 이 왕국 그 누구도 나만큼 폐하의 총애를 받지 않음을 알고 있다네. 재차 나는 주의 종인 것처럼 폐하의 종임을 알게 되었네. 이러한 것에 대해 주 그리스도께 감사드릴 뿐이네. (…) 그렇지만, 나는 사위에게 그러한 일에 대해 자랑스러워할 만한 이유는 전혀 없다는 것을 말하고 싶네, 왜냐면 왕은 내 머리로 프랑스 성城 하나쯤 얻을 수만 있다면, 왕은 그 당장 내 머리쯤은 단칼에 날려 버릴 태세가 되어있는 분이시니까.

모어는 왕국의 표면상의 번영에 현혹되지 않았다. 모어는 수심에 잠겨 로퍼에게 말한다.

"제발 우리 왕국에서 벌어지는 이 모든 상황이 다 바뀌고, 우리가 평화스럽게 우리 교회가 누렸던 누세기의 번영이 앞으로도 지속될 수 있게 된 것을 기뻐할, 그런 날을 볼 때까지 살았으면 좋겠는데…."

모어는 자신을 덮치게 될 불길한 그림자를 예감하고 있었다. 황금빛 미래를 가져다줄 것 같은 키가 훤칠한 왕자였던 헨리가 강력하고 야수적인 사자 왕으로 변해가고 있었다.[12] 왕의 무소불위의 자의적인 힘은 언제든 저항 불가의 폭력이 될 수도 있지 않은가. 그런데, 만일 그런 그가 변덕을 부린다면 그것의 옳고 그름에 관계없이 그 변덕의 그물망에 걸려든 사람은 그 누구든 그 힘의 희생물이 되어야 할 것이었다.

왕 헨리는 감언이설에 귀 기울였고, 그에게 굽신거리고 아첨하는 자들만 가까이하였기에, 결국 그는 폭정적이며 교만한 인간으로 변질되었다. 왕은 권세와 부 그리고 재능으로 인해 여전히 매력적일 수 있었는데, 그는 그것들을 신민들에게 흩뿌리며 주변 사람들을 매료시킬 수 있는 미소를 가지고 있었지만, 왕의 미소 뒤에는 냉혹하게 번뜩이는 앙칼진 푸른 눈이 번득이고 있었다. 모어는 '왕 다운 화려한 자태를 뽐내는 사랑스러운 꽃이지만, 굴복하지 않는 모든 이들과 모든 것들에 대해서는 가차 없이 할퀴는

살인 가시들을 감추고 있는 꽃인 장미꽃을 주제로 시를 썼던 일을 떠올렸다.

친구로서 왕과 함께 정원을 산책할 때, 모어는 자신의 어깨를 가로질러 친근하게 얹힌 왕의 팔이 마치 가축에게 씌우는 멍에처럼 무겁게 느껴졌다. 왜냐면 그는 왕의 종복에 불과해서 더 이상 자유의 몸이 아니었기 때문이다.

Thomas more

제9장

●

대법관

은혜가 해악이 되고 해악이 은혜가 되기도 한다恩生於害 害生於恩. 은총으로
여기는 조정 관료나 대신의 권세와 부귀영화는 언제든 인민을 고통스럽게
하는 적폐이자 자기 자신을 파멸시키는 해악이 될 수 있다. '관직을 맡은
사람은 현재의 은과 해에 일희일비하지 말며 시시각각 벌어지는 일에 머
물러 좌고우면하는 바 없이 공평무사하게 제 마음을 내야 한다'는 게 공직
자 모어의 일관된 생각이었다.

조정 관료로서 왕을 위한 봉직은 모어를 곤혹스러운 번잡한 일들에 연
루시켰다. 그는 1527년 대법관 울지 추기경과 힘께 프랑스방문외교사질단
일원으로 파견되었다. 이때 울지는 사치스러운 갖가지 장신구들을 동반하
여 행차 길에 나섰다. 9백여 명의 기병들이 울지가 타고 가는 화려한 마구
로 치장된 말을 호위하였으며, 그 뒤로 프랑스 궁중 사람들의 호감을 얻기

위해서 보내지는 다량의 금궤가 무장병들에 의해 호송되었다. 여기에 모어도 동참하여 국제통상외교사절 일원으로서 모국의 이익을 위해 활약하였다.

그해 여름날, 답방의 명분으로 프랑스 대사들이 잉글랜드에 입국하였다. 그런데 이때 헨리는 외교정책 일환으로 메리 공주와 프랑스 왕실 유력자 오를레앙공작 간에 혼인을 도모하고 있었다. 그래서 그들의 환심을 사기 위해, 헨리는 그리니치 궁전에서 대대적인 여흥을 벌이도록 하였다.

이 무렵 라스텔은 아내이자 모어의 여동생인 엘리자베스와 함께 첼시의 모어 가家에 머물고 있었다. 그는 "처남도 홀바인이 그린 신들이 개입된 장엄한 전투장면을 보셨는지요. 홀바인의 세밀묘사는 신기에 가깝지요. 내가 그의 그림과 관련해서 야외극 한 토막을 연출할 계획입니다만…"이라며 자신의 생각을 모어에게 털어놓았다.

"요즈음도 왕께서는 천체의 우주질서를 관측하는 재미에 흠뻑 빠져 있으시다고 들었는데, 이번에도 왕을 주인공으로 매제는 별들의 움직임이나 천체의 변화를 주제로 극을 연출할 생각인가 보지요?"라며 모어가 물었다.

이에 라스텔은 고개를 저으며 대답했다.

"아닙니다. 이번에는 큐피드Cupid와 플루토스Plutus 간의 문답 논쟁을 무대에 올려놓을 생각이지요. 이 극에서 사랑의 신 큐피드와 부의 신 플루토스는 '사랑과 부 둘 가운데 어떤 것이 더 중요한가'라는 문제를 놓고 치열한 논쟁을 벌이게 될 것입니다. 신들의 제왕 제우스Jove는 이 둘 간의 심판관 역할을 하게 되지요."

모어가 얼른 말을 이었다.

"그렇다면, 제우스만 신이 나겠군요. 제우스는 이 두 신의 논쟁에서 막상막하의 싸움을 실컷 즐기다가, 마음이 당기는 신의 손을 들어주면 그만이죠. 제우스에게 이 둘의 승패는 한바탕 놀이에 불과하잖아요. 사랑이 승리하면 좋겠지만 말이죠".

이 말에 라스텔은 고개를 끄덕이면서 말했다.

"물론, 모어 가家라면 당연히 사랑의 승리로 굳혀지겠지만요. 그런데 근래 세간에 떠도는 풍문에 따르면, 왕비 캐서린에 대한 왕의 사랑이 식은 게 확실해요. 왕실에서는 사랑이 승리하리라는 보장이 없지요. 저잣거리 아낙네들Dame Gossips이 말하기를 궁녀 앤 볼린이…."

다소 얼굴이 상기된 모어가 라스텔의 말을 잘랐다.

"이 말 저 말 지껄이는 수다쟁이 아낙네들의 수다를 그대로 죄다 받아들여서는 곤란하지요. 그런 아낙네들의 잡담은 채로 쳐서 들어야 할걸요."

그러나 실상 왕의 이혼문제는 온 세상에 다 알려져서 이제는 암암리에 세간에 나돌고 있었으며, 게다가 왕비의 시녀 중 한 사람과 왕이 사랑에 빠지게 되었다는 소문까지 자자하게 피지기 시직하고 있었다. 욍의 억자로서 스캔들 대상은 앤 볼린이란 고혹적인 궁녀였는데, 그녀는 잉글랜드의 왕비가 되어 보겠다는 결기가 대단해서 이 욕망을 이루고자 왕의 여인으로서의 내공을 쌓고 있었다. 조정 밖에서는 그녀의 인기가 대단치 않았으나, 조정 신하들은 그녀 앞에서 허리를 굽히고 머리를 조아렸다. 다만 모어만은 그녀를 보통의 궁녀로 대했다. 이 때문에 모어는 그녀에게 눈엣가시였다. 그녀는 그에게 적대감을 보였다. 이런 그녀에게 모어가 가졌던 감정은 연민과 측은함이었다. 그에게 그녀는 치명적인 불꽃을 향해 날아드는 허망한 불나방으로 비쳤다. 분명한 끝이 보이는….

"오, 가엾은 여자…. 이윽고 그녀의 끝없이 타오르는 욕망의 불꽃 춤도 사그라져 끝장이 날 터인데…."

모어는 왕과 앤 볼린에 대한 세간의 스캔들을 익히 들어 알고 있었기에, 아낙네들의 수다에 곤혹스러워하였다. 메그는 그의 얼굴에 투영된 근심의 그림자를 보자, 자연스럽게 화제를 바꾸려 하였다. 그녀는 라스텔에게 말했다.

"고모부, 사람들이 그러는데, 고모부께서 그리니치 새 연회장 주변과 지붕 인테리어 기획자로 선정되셨다면서요. 어떻게 인테리어 하실 생각이세요?"

"그래, 메그야, 죄 많은 변덕스러운 인간들에 관한 이야기보다는 다른 얘기를 나누는 게 더 나을 것 같구나! 나는 별들의 운행과 혹성들의 움직임 그리고 12궁도[1] 성좌배치에 따라 별 고유의 속성들을 가지고 있는 각각의 별자리를 연회장 지붕에 인테리어 할 생각이야. 나는 네 아버지가 내게 말했던 것을 기억하거든. 왕께서 어떻게 옥상 꼭대기를 거닐고 별들에 관해 어떤 이야기를 나누었는지 등등에 관해서 말이다. 이제 왕께서는 야외에서뿐만 아니라 옥내에서도 별들을 보게 될 것이야."

"그 별들이 발하는 빛이 왕께서 올바른 길을 가도록 안내하는 길잡이가 되었으면 좋겠는데…"라며 모어가 라스텔과 마가렛을 바라봤다.

모어는 왕실과 관련된 좋지 않은 소문이 더 이상 사람들 입에 오르내리지 않기를 바랐지만, 왕과 왕비 그리고 왕의 여자에 관한 소문이 꼬리에 꼬리를 물고 잉글랜드 왕국 사방에 퍼지고 있었다.

왕비 캐서린은 거듭되었던 사산이나 유산을 피해 낳은 유일한 아이, 즉 이제 14살이 된 공주 메리만을 헨리 8세에게 안겨 주었다. 왕이 자신의 계승 왕자를 가지는 것은 중대한 일이었지만 나이가 든 왕비로서는 더이상 왕에게 사내아이를 안겨줄 수 없었다. 이때 헨리는 미망인이 된 형수와 결혼한 것이 부당한 것이었는지에 대해 의구심을 품기 시작하고 있었다. 그는 캐서린이 사산을 했던 것이나 왕자를 낳지 못한 것은 아마도 하늘의 징벌일 것이라는 생각을 하게 되었다. 그는 성서를 뒤적거려 형수와의 혼인은 부당한 것으로 기록되어 있는 증거를 찾아냈다. 그는 신이 왕 자신의 부적절한 결혼에 진노했을지도 모른다는 의구심에 사로잡히게 되었다.

"교황이 내게 내 형의 미망인과 결혼하는 것을 허락해 주었지. 그렇지만 결국 교황도 인간이니까, 오류를 범할 수 있는 것이 아닌가. 교황의 오류로 인해 나 또한 죄의 구렁텅이에 빠진 것일 수도 있지 않겠는가."

헨리가 그 생각에 골몰하면 할수록, 이에 대한 그의 내적 집착은 한층 더 심해졌다. 이제 왕은 결혼 문제로 강박관념에 사로잡히게 되었다. 그래서 그는 이 '큰 문제great matter'[2]로 계속 고심하였고, 그 문제와 관련해서 자신의 측근 자문회의 의원들과 논의했으며, 그들 각각에게 거듭 질문을 던졌다. 왕의 큰 문제에 대한 표면상 모어의 반응은 찬성도 반대도 아닌

9장 대법관

침묵이었다.

왕의 큰 문제를 두고, 런던의 저잣거리 사람들 사이에 익명의 시가 회자되고 있었다.

> 여인의 욕정이 왕의 심장에 꽂혔나 보지.
> 그녀는 기어코 왕비가 되려나 봐.
> 그녀의 뽀얀 목덜미에 쓰여 있다네,
> '날 만지지 마, 난 왕의 마지막 여자'라고
>
> 오늘도, 우리의 거룩한 왕비님은 흐느끼네,
> 온 나라를 뒤흔드는 변덕스러운 사랑 때문에.
> 수치심에, 우리의 불쌍한 왕비님 잠못이루네.
> 왕을 달아오르게 하는 여인의 욕정 때문에.

모어는 이런저런 입소문을 무심결에 들었고, 그것은 그로 하여금 많은 생각을 하게 하였다. 모어는 왕비의 궁녀들 틈에서 앤 볼린을 본적이 있었다. 그녀는 아름답지는 않았지만 늘씬했는데, 윤기 나는 머리카락과 이국적인 고혹적인 아몬드형의 새카만 눈동자를 가지고 있었다. 그녀는 노랫말과 시를 지을 수 있는 문학적 재능이 있었고, 화술과 기지가 빼어났으며, 춤과 경쾌한 스포츠를 즐길 줄 아는 생기발랄한 영특한 여인이었다.

결혼 문제로 왕은 모어를 햄프턴 궁정으로 불렀다. 왕이 책을 손에 들고 긴 회랑 이리저리로 거닐고 있었는데, 이때 왕은 그가 오는 것을 목격했다. 왕은 미소로 맞이했다. 잠시나마 모어는 왕의 미소에서 오래전 엘담 궁에서 보았던 순수한 소년 왕자의 모습을 떠올렸다. 그러나 이내 양미간이 찌푸리어져 있는 왕의 모습을 볼 수 있었다. 금세 왕의 눈이 새파란 얼음처럼 날카롭게 번뜩였다. 놋쇠 빛깔 턱수염을 한 왕의 얼굴은 흡사 쥐 사냥에 신경을 쓰느라고 수염을 곤두세운 고양이의 얼굴 같았다.

왕은 "모어 경, 내 맘이 무척 심란한 상태요"라면서 말문을 열었다.

"나는 내 결혼이 잘못된 것이었음을 알게 되었는데…. 내 형수와의 혼인은…. 아무리 생각해 봐도 교황의 내 혼사 개입은 단언컨대 신법에 위배되는 불의한 것이었소."

"폐하, 그럴 리가 있습니까? 폐하께서는 현 왕비님과 결혼하셔서, 이미 수 세월 동안 동거동락해오지 않으셨습니까?"

"그대가 말하다시피 수 세월 살아왔지만, 아마도 죄지음의 나날의 세월이었겠지…. 모어 경, 자, 여기 이 성서 구절 좀 보라고. 여기 ≪레위기≫에 '그 누구든 자신의 형수와 결혼해서는 안 된다'는 구절이 나와 있지 않은가? 명확한 구절이지, 그렇지 않은가?"

모어는 갑자기 두려워졌다. 그는 왕이 자신에게 무엇을 원하는지를 알고 있었다. 그것은 왕의 친구로서 모어의 견해요, 국왕자문회의 의원으로서 모어의 조언이었다. 견해나 조언이라 봤자 그저 왕의 생각이 옳음을 확인시켜 주고 왕의 욕망과 의도를 지지해 주면 될 것이었다. 왕은 모어가 그렇게 해주리라고 믿고 있었다.

그러나 양심상 모어는 왕에게 케서린과 이혼하라는 조언을 할 수 없었다. "헨리와 미망인이 된 형수와의 결혼은 교황에 의해 재가를 받고 성령 교회의 축성을 받아 이뤄졌으며, 그리하여 애까지 낳으면서 살을 맞대는 부부로서 수 세월을 살아왔는데, 이제 와서 인간의 주석이 가미된 ≪레위기≫의 그 한 구절이 뭐 그리 중요한 의미가 있겠는가, 더구나 ≪신명기≫에는 그 반대의 구절도 있지 않은가"라는 게 모어의 분명한 생각이었다.

속마음을 드러낼 수 없었던 모어는 속인으로서 본인은 그러한 문제를 다룰 수 있는 자격이 없음을 운운함으로 스스로 방어벽을 쳤다.

"폐하, 저는 신학자도 아니고 성직자도 아닙니다. 저는 그런 문제에 개입할 자격이 없습니다"라고 모어는 말할 뿐이었다.

"모어 경, 어째서 그대는 울타리에 매어져 있는 말처럼 움츠리고 자꾸 방어적인 자세를 취하는가?"라고 왕이 고함을 질렀다.

"기수가 탄 말이 기백이 사라지고, 비겁이 그놈의 심장에 스며들어오면, 기수가 낙마하게 된다는 것을 그대는 모르는가! 나는 그대가 열심히 뛰어주길 요구하네! 그대의 생각을 듣고 싶네"라며 모어를 다그쳤다.

모어의 반응은 침묵이었다.

왕은 화가 머리끝까지 치밀어 올라왔지만, 모어에게 더럼 주교와 바쓰 주교 두 사람과 왕 자신의 큰 문제를 상의해 보라고 퉁명스럽게 명령하고는, 회랑 밖으로 나갔다.

모어는, 그 두 주교와 진지하게 의견을 주고받았지만, 그 의견은 제쳐두고, 왕에게 보고하기는 '더욱 지혜로운 현자들에게 문의해 보았다는 것'이었다. 그 현자들은 다름 아닌 성 제롬, 성 아우구스티누스 및 그 밖의 종교사적 인물들로서 고래의 교부들이었다. 모어의 보고내용은 '이 교부들의 종합된 견해에 따르면, 교회에 의해 축복을 받아 성사된 결혼 당사자에게는 설사 그것이 미망인이 된 형수와의 혼인이었다 할지라도 그 이혼이 결코 용인될 수 없다는 것'이었다.

이에 왕은 "해박한 신학자들에 따르면, 현 왕비 캐서린과의 이전 결혼이 교회 실정법과 성문화된 신법에 위배될 뿐만 아니라 자연법에도 위배된다"고 말하고는, "교부들도 인간들인데, 그들이라고 오류를 범하지 않을 수 있겠는가"라는 말을 덧붙였다. 모어는 자신의 견해는 밝히지 않았다. 답답한 듯 얼굴이 붉어진 왕은 그를 응시하며 미간을 찌푸렸다.

이 무렵 모어의 마음은 종교적인 문제에 몰두하고 있었다. 그는 사람의 마음에 심각한 해악을 끼치는 것으로 생각되는 이단의 확산에 대해 심히 우려하고 있었다. 틴데일[3]은 영역판 『신약』을 출간했다. 라틴어가 아닌 영어판 성서가 출간되었다는 것은 무지렁이 서민들도 교회 신부나 식자층의 힘을 빌리지 않고 쉽게 성서를 읽을 수 있는 혜택을 입게 되었다는 것을 의미했다. 『신약』뿐만 아니라 그에 의해 자국어 영어로 쓰인 많은 팸플릿과 논쟁 글들이 이단성향의 사람들에게뿐만 아니라 일반 인민들에 의해 두루 읽히고 있었다.

처음에는 모어도 이런 현상에 대해 지식 대중화의 호기라며 지지입장을 취하였으나, 루터주의의 잉글랜드에로의 침투·확산이 거세지자, 무지한 자들의 오해 소지가 있는 종교 관련 글들이 영어로 쓰이는 것에 대해 우려를 표명했다.

모어는 그런 현상이 무지한 이들의 성경에 대한 정확한 지식의 결여로 인해 성서 해석상 심각한 곡해와 오해가 초래될 수 있다고 생각했다. 그래서 그는 그런 곡해나 오해를 바로잡는다는 소명감에서 반反틴데일 논쟁서인 『논박』을 1528년에 집필·출간하게 된다.

그해 여름날, 사위 윌리엄 로퍼(딸 마가렛 남편)는 첼시의 템스강변을 따라 장인 모어와 산책하고 있었다. 로퍼는 모어가 이상하리만치 지나치게 말수가 줄었으며, 수심에 잠겨 있음을 알 수 있었다. 생기가 사라진 그의 청회색 눈빛이 로퍼를 울적하게 만들었다. 그의 눈은 차가운 강물처럼 싸늘해 보였고 슬픔의 그림자가 드리워져 있었다. 갑자기 그는 로퍼에게로 고개를 돌렸다.

"여보게, 로퍼 군, 만일 그리스도교 세계에서 내가 생각하는 세 가지 문제만 해결된다면, 내가 자루 속에 봉인되어 템스강에 집어 던져진다 해도 행복할 텐데 말이야!"

로퍼의 얼굴에는 당황해하는 기색이 역력했다.

"장인어른이 그럴 정도로 절실하게 바라는 세 가지가 어떤 것들인지요?"

"첫째는 전쟁에 혈안이 되어있는 군주들이 평화적 해결 방안을 찾는 일에 몰두했으면 좋겠고, 두 번째는 현재 이단의 횡행으로 수난을 당하고 있는 가톨릭교회가 이 혼란을 잘 수습하여 온전히 제자리를 잡으면 얼마나 좋겠는가. 세 번째로는 시급한 큰 문제인 왕의 문제(현 왕비와의 이혼문제)가 교황의 재가하에 정의롭고 평화롭게 결론 맺는 걸 보는 것이지."

로퍼는 이날의 대화를 결코 잊지 못한다. 그는 가까운 미래에 모어 가家에 밀려올 폭풍우를 예시하듯, 템스강 너머 저 멀리에서 시커먼 먹구름이 몰려오는 것을 목격했다.

이런 일이 있고 난 며칠 후, 모어 가家는 찾아든 우환으로 근심이 더 커졌다. 마가렛이 병에 걸린 것이다. 여름철마다 거의 그랬던 것처럼 이번 여름에도 발한병이 기승을 부리고 있었는데, 그녀가 그 병으로 고열에 시달리고 있었다. 그녀는 완전히 의식을 잃은 상태였다. 의사는 그녀가 회복되기 어려울 것 같다고 말했다. 모어는 슬픔에 잠겨 정원을 가로질러 있는 개인 예배당과 서재가 있는 '신축별채가옥New Building' 주변을 서성거림으로 불안한 마음을 떨쳐보려고 했다.

마가렛의 고열은 모어에게서 어린시절 엄마의 죽음이 몰고 온 심적 공황 상태를 떠오르게 하였다. 아픈 엄마가 사람들로부터 철저히 격리되어 있어서 그녀의 임종을 지켜보지 못했지만, 임종 전에 고열에 시달렸다는 소문을, 그는 유모에게서 어슴푸레 들었다(전염병으로 추정됨). 첫 번째 아내 제인도 결국은 고열병을 앓다가 세상을 떠나지 않았던가(식은땀을 동반한 발한병). 엄마의 죽음 후, 그와 동생들이 어떻게 해야 할지를 몰라 목적 없이 동네 이리저리로 배회했던 일을 회상했다. 꽉 닫힌 집 대문과 창문들, 그리고 내려진 시커먼 커튼들이 집안 분위기를 더욱 어둡게 만들었던 옛날 일을 생각하면서 모어는 몸서리를 쳤다. 만일 마가렛이 잘못되기라도 한다면, 그의 손자손녀들도 그런 암울한 분위기에 휩싸여 결국 마음의 상처를 안고 살아갈 터이다. 그는 혼잣말로 중얼거렸다.

"신이시여, 제발 메그(마가렛)가 암흑에서 나오도록 광명의 빛줄기를 내려 주소서!"

모어는 서둘러 예배당으로 가서 그가 습관적으로 앉곤 했던 자리에 앉아 기도를 올렸다. 로퍼의 말에 따르면, 모어는 하느님에게 자신의 간청을 들어 달라고 눈물로 호소했는데, 얼마나 속이 탔던지 그의 입술이 바싹바싹 말라붙다 못해 거칠게 갈라져 버렸다. 이때 계시라도 받은 듯, 돌연 그에게 어떤 치료약이 떠올랐는데, '클리스터'가 바로 그것이었다.

클리스터는 오늘날 에너머enema라고 일길어지는 일종의 판장약이었는데, 그것은 체내의 독을 씻어 내는 효험이 있었다. 의약 지식에 해박했던 모어는 그 약이 자신의 딸을 구할지도 모르겠다는 생각에 서둘러 귀가하여 딸을 바라보며 침울하게 앉아 있는 의사들에게 그 약을 투여해 볼 것을 제안했다. 미들톤은 불안해서인지 부산하게 집 안팎을 오가고 있었다. 딸 마가렛의 얼굴은 백지장처럼 창백했고 움직임이 없었다. 그녀는 혼수상태 coma에 있었다. 모어는 침묵으로 근심을 묻었다.

의사들은 의식이 없는 마가렛에게 모어가 제안한 치료약을 투여했다. 그녀의 피부에는 그 당시 '신의 점'이라 일컬어졌던 검푸른 멍 같은 점들이 돋아나고 있었다. 점들은 그녀를 죽음으로 몰아갈 매우 심각한 징후였지만, 신기하게도 며칠 후 그녀의 병세는 호전되었다. 그 뒤로 일주일쯤 지나 그녀의 건강이 완전히 회복된다. 그때서야 모어는 안도의 한숨을 쉬며 침묵을 풀었다. "질병은 하늘이 치료하고 의사는 그 과정을 도우며…, 하늘은 스스로 돕는 자를 돕는다더니…, 오! 하느님 감사합니다."

그해 여름 내내 대법관 울지 추기경은 수하 대사들을 통해서 캐서린과 헨리의 결혼이 적법한 것이 아니었음을 교황에게 설득시키느라고 여념이 없었다. 그는 그 설득에 실패했으며, 왕비 캐서린을 수녀원으로 들어가도록 설득했지만, 그것도 실패하였다. 보통 때는 그렇게도 온순했던 왕비도 자신의 이혼문제에 대해서는 매우 완고했다. 모어 생각처럼, 그녀의 생각도 왕이 다른 여자를 원하고, 그들 사이에서 태어날 자식이 왕을 계승하게 하기를 원한다고 해서, 교회의 성령이 깃든 축복을 받고 성사된 결혼을 무효화하고, 그것을 없었던 것으로 한다는 것은 도대체 어불성설이었다.

그렇지만 헨리는 자신의 의지를 추호도 굽히지 않았다. 그는, 울화통을 터트려 자신에게 가장 가까운 사람, 즉 곁에서 자신을 가장 많이 돌봐주었던 사람에게 억지떼를 쓰는 어린아이처럼, 울지에게 책임을 돌려 분풀이 하였다.

헨리의 이혼문제가 공론화된 것은 1527년이었다. 그러나 이혼이 극히 어렵다는 건 명백해졌다. 헨리가 교황의 허락을 얻어내려 했으나, 이모 캐서린의 이혼을 반대하고 있었던 신성로마제국 황제 카를 5세가(스페인에서는 카를로스 1세로 이탈리아에서는 카를로 5세로 불리었음) 로마를 점령하고 교황을 쥐락펴락하고 있었기에 그럴 가능성이 사라진 것이었다. 이에 헨리는 프랑스와 동맹을 맺어 카를 5세에게 대항하여 교황을 카를의 손아귀에서 벗어나게 할 책무를 울지에게 맡겼던 것이었는데, 그것 역시 실패로 끝난 것이었다. 더욱이 1529년 런던에서 '이혼소송심리'가 열렸으나 교황은 재판절차를 중단시키고 그 사안을 '로마교황법정'으로 이관시켜버렸다. 모욕감과 분노가 치민 헨리는 울지를 그 희생양으로 삼았다.

울지는 유죄 선고를 받았는데, 그 구실 중 하나는 교황전권대사로서 그가 자신의 권위를 부당하게 남용했다는 것이었다. 그는 오만한 권력을 누렸던 수 세월 동안 수많은 정적을 만들었다. 그래서 그에 대한 왕의 불신과 비난은 그의 정적들이 그를 공격할 빌미를 제공했다. 부정 축재와 부패죄로 그의 많은 돈과 재산이 몰수되었고, 그는 겸직하고 있던 여러 권좌에서 밀려나게 되었으며 잉글랜드 왕국의 최고위직 대법관직에서도 박탈되었다.

대법관직 박탈 후, 울지는 좌천되어 한동안 그가 고위성직을 맡고 있던 요크로 쫓겨갔지만, 얼마 후 다시 런던으로 소환되어 왕에 대한 반역이란 죄목으로 재판을 받게 될 것이었다. 반역이란 말이 얼마나 끔찍한 것인지 잘 알고 있던 울지 추기경은, 요크를 떠나 남쪽으로 런던을 향하면서, 그를 기다리는 것은 죽음뿐이라는 것을 알고 있었다. 이때 그는 이미 병색이 짙어져 있는 상태였다. 재판선고 전에 그는 도중에 머물렀던 레스터 수도원에서 며칠 동안 병을 앓다가 세상을 떠나고 말았다. 그는 죽으면서 '만일 내기 국왕을 섬겼던 깃처럼 하느님을 섬겼너라닌 하느님께서는 나를 이렇게 취급하시지는 않았을 것이다'라는 기억될만한 한마디 말을 남겼다.

정신분석학적 측면에서 울지를 연구하는 학자들은 그의 병사 원인을 극심한 우울증으로 진단하고 있는데, 모어도 그렇게 생각하였다.

우리 인간은, 본디 아무것도
갖지 않은 채, 빈손으로
이 세상에 보내졌거늘.
추기경께서, 그 진리를
조금만 더 일찍 깨달으셨더라면,
보이는 모든 걸 죄다 거머쥐고자
몸부림치지도 않으셨을 게고,
그 모든 걸 다 잃었다고 해서
누군가에 대한 미움과 울화로
노년을 그렇게 우울해하며,
고통스러워하진 않았을 터인데.

대법관 울지 추기경 사후, 왕은 개인적인 욕망 충족에 더욱 사로잡히게 되었으며, 그의 정신은 리처드 3세처럼 야수의 광기를 띠게 되었다. 젊은 날의 전도유망하던 왕을 잘 기억하고 있던 모어는 먹먹한 가슴으로 그를 생각하며 수심에 잠겨 있었고, 이제 왕은 울지의 후임자로 오랜 친구 모어를 점찍어 놓고 있었다. 울지도 모어를 자신의 후임 대법관으로 천거하지 않았던가.

왕 헨리의 큰 문제(캐서린과의 이혼문제) 관련해서 모어가 왕 자신에게 확실한 지지를 표명하지는 않았지만, 모어가 여태까지 그래 왔듯이 여전히 왕의 친구이자 충복이라는 데는 이견이 있을 수 없었다. 그런 모어였기에 왕은 내심으로 만일 그가 대법관직 자리에 앉게 된다면 아마도 결국은 그도 틀림없이 왕 그 자신과 뜻을 같이하여 자신의 이혼문제에 대한 확고한 지지자가 될 것이리라 생각하고 있었다.

1529년 10월 25일, 왕은 모어를 그리니치 궁전으로 불러들여 그에게 잉글랜드 왕국의 대법관 경이 되어 줄 것을 요청했다. 곧 모어는 전임대법관인 추기경 울지의 권력과 부와 명예의 계승자가 될 것이었지만, 이와 동시에 그는 전임대법관의 고독과 위험까지도 계승해야 할 판이었다.

"우리 집 양반이 잉글랜드 왕국의 최고위직 대법관에 임명되다니!"

미들톤은 거의 그것을 믿을 수 없었다. 그녀가 "무슨 사내가 야심이 없으신가요"라고 그렇게 나무라고 타박했던 자신의 남편이 왕의 신료 중 서열 제1의 대신이 되었으니 말이다. 그리고 이제 그녀는 대법관의 존귀한 부인으로서 귀한 모피 털을 웃옷으로 걸치고 진기한 보석들로 몸을 치장하며 많은 시종을 거느릴 수도 있을 것이었다.

고령의 아버지 존 모어도 아들이 자랑스러웠다. 기쁨에 겨워 자신의 눈을 활짝 뜨고는 "나는 늘 내 아들이 잉글랜드 왕국을 위해 훌륭한 인물이 되리라 진작 알고 있었지. 그 애는 의무감이 무척 강해 나랏일 수행에는 집요하며 사람들을 대함에 있어서 자상함이 넘치는 그런 유형의 인간이지"라고 그는 중얼거렸다. 그러나 마가렛을 비롯한 딸들과 아들은 마음이 무거워지는 것을 느꼈다. 곧 아버지 모어는 나랏일로 인해 자신들로부터 떨어져 지내게 되는 일이 더욱 늘어나게 될 터이니 말이다.

메그(마가렛)는 걱정이 앞섰다. 게다가 근래 들어 모어는 예전보다 더욱 피곤해하였고, 가슴 통증으로 한층 더 고통스러워했기에 말이다.

그러나 모어는 "글 쓰는 일이 가슴 통증의 원인이 된 것 같구나. 글을 쓰다 보면, 내 지세기 책상 아래로 기울어져 결국 가슴으로 그것을 받치는 꼴이 되었던 것 같아. 그래서 가슴 통증이 생겼을 거야"라며 딸의 걱정을 대수롭지 않게 넘겼다.

더욱이 모어는 사람들에게 '왕의 절대권력'이 얼마나 냉혹할 수 있는지를 여실히 보여줬던 일례로서 교황 자리까지 꿈꿨던 권력자 추기경 울지의 갑작스러운 몰락을 지켜보지 않았는가. 바로 그 울지의 대법관직을 계승한 것이었기에, 그는 그러한 데서 오는 심적 부담감을 쉽게 털어 버릴 수 없었다. 한때 울지는 마치 그가 제후라도 된 양 공작들과 귀족들에 의해 시중들어질 정도였고, 교황 자리도 꿰차고자 꿈꿀 정도였으며, 잉글랜드의 '왕 버금가는 최고의 권력자'이자 최대의 자산가로서 기세가 등등하지 않았었던가. 그런데 지금은 그랬던 울지의 권세와 명예는 모두 실추되었고, 그의 재산들 대부분이 몰수되었으며, 그는 죄인의 몸으로 전락하지 않았던가. 도대체 이러한 왕의 변덕과 노기로 인해 모어 또한 그렇게 왕의 희생양으로 전락하지 않을 것이라고 그 누가 장담할 수 있겠는가.

정황의 민감함과 아버지의 심경을 이해하는 마가렛을 비롯한 자식들은 기쁨 반 걱정 반의 눈길로 서로를 바라봤지만, 부인 미들톤은 대법관 경의 귀부인으로서의 우아한 생활을 그려보고는 흡족해하고 있었다. 대법관직은 잉글랜드 왕국의 신민이라면 누구나 선망할 만한 최고위직책이 아니던가. 그런 남자가 남편이라는 것은 미들톤의 격조 높은 삶이 보장된다는 것을 의미하는 것이기도 하였다. 그녀가 행복해하는 것은 당연했다.

모어는 대법관으로서의 임명장을 받기 위해 웨스트민스터 궁전 화이트홀로 향했다. 궁전에 도착하자 중진급 실세 두 정객 노르포크 공과 써포크 공이 앞서 와서 그를 환대하였다. 호위병들이 기다렸다는 듯이 깍듯이 고개 숙여 예를 표하더니 그를 화이트홀 내실로 안내했다. 노르포크 공과 써포크 공이 바로 곁에서 모어에게 대법관 임명식 절차를 설명하면서, 그를 식장으로 안내했다. 식장에는 많은 환영인사들이 와 있었다. 식장의 관중을 향해서 노르포크 공이 큰 소리로 말했다.

"왕의 어명으로, 나, 노르포크 공은 잉글랜드 왕국이 장차 대법관 모어 경의 은덕을 입게 될 것임을 만방에 알리노라."

그러고 나서 노르포크 공은 일장 연설을 하였다.

모어 경은 잉글랜드 왕국의 최고위 고관으로서 장려한 개인 관저를 가질 자격이 있으시며, 우리왕국의 주인 폐하께서도 모어 경을 어찌나 흠모하고 신뢰하셨던지 모어 경의 대법관 등용이 때늦은 감이 있음을 회고하시고는, 모어 경의 대법관 임명을 경축하셨고 이제 잉글랜드 국운이 승천하리라는 말씀도 하셨습니다. 나 또한 그가 대법관으로 임명된 사실이 국운 승천으로 이어지길 기원하며 아울러 대법관 모어 경의 영예가 길이길이 계속되길 빕니다.

환영 인사들이 기립박수로 새 대법관으로 임명된 모어를 경축하였다. 모어는 자신의 청회색 눈을 살짝 깜빡이고 입가에 작은 미소를 머금어 보임으로 감사의 예를 표했다. 그의 눈에는 날카로운 직관과 부드러운 지혜가 느껴지는 강한 힘이 서려 있어서 보는 이들에게 그가 예사롭지 않은 인물임을 예감하게 하였다. 검정 가운을 걸치고 화이트홀 상석에 앉아 있는 그의 외면은 구부정한 자세의 순수한 학자풍의 모습을 하고 있었지만, 그의 기품있는 단아한 풍채로 인해 보는 이로 하여금 그가 인격적 거인임을 느끼게 하였다. 실로 이것은, 말로 표현할 수 없는바, 상대방의 존경을 불러일으키는 그 어떤 힘으로 작용할 것이었는데, 그 점도 바로 모어가 대법관 경으로 선임된 동인 중 하나였을 게다. 왜냐면 자신의 큰 문제와 관련해서 왕이 암묵적으로라도 그러한 모어의 지지를 받거나 더 나아가 왕이 그의 지지를 공개적으로 끌어낼 수만 있다면, 큰 문제에 대한 왕의 결정은 대의명분상 대내적으로는 잉글랜드 왕국 인민들에게 호소하는 바가 지대할 뿐만 아니라 대외적으로도 그 정당성을 선전하는데 대단히 효과적일 수 있었을 터이니 말이다.

왕이 모습을 드러내자, 모어는 그에게 머리를 숙여 예를 표했다.

저는 제가 폐하의 총애에 걸맞게 보답을 할 수 있을까 심히 걱정이 앞섭니다. 더욱이 폐하께서 제가 마땅히 받아야 할 것 이상으로 그렇게 극찬하시니, 저는 몸둘 바를 모를 따름입니다. 그저 저는 폐하의 은총에 깊이 감사할 뿐입니다. 그러나 저로서는 제가 할 수 있고 해야만 하는 책무가 있을 것이고, 저는 그 책무만을 있는 힘 다하여 수행할 것임을 고백하지 않을 수 없습니다. 저는 왕국의 이 최고위 관직을 완벽하게 수행할 만한 인물도 못됩니다. 그리고 그렇게 지혜롭고 명예로웠던 추기경께서 그렇게 몰락하게 된 것을 감안할 때, 대법관이 되었다고 해서 제가 기뻐만 할 수는 없는 듯합니다. 경들께서 폐하의 충복으로서 제가 백성들을 위해 공평무사한 목민관 노릇을 할 수 있도록 이 고위직에 천거하셨듯이⋯. 이제 저는 감히 말하겠습니다만, 경들이 지켜보셨을 때, 제가 제 책무를 제대로 수행하지 못한다면 제가 그 자리에서 그 당장 용퇴할 수 있도록 폐하께 진언해주시길 간절히 바랍니다.

대법관에 취임하자마자 모어는 의회 개회식에 참석해야 했다. 그의 사위들인 윌리엄 로퍼, 길스 헤론 및 미들톤이 재혼 시 데려온 딸 엘리스와 결혼한 윌리엄 돈스 등 이들 모두는 의회 의원들이었다. 그래서 의회 회동하는 블랙프라이어즈에서는 이들 모두가 한 가족처럼 그를 중심으로 몰려 있는 것이 심심찮게 목격될 수 있었다.

모어는 왕의 연설 대변인으로서 긴 연설을 해야 했는데, 그는 추기경 울지에 대해 말하기 어려운 불쾌한 것들도 말해야 했다. 그는 그러한 것을 무척 싫어했다. 그 자신이 울지의 생각과 종종 불일치했으며, 울지가 왕에게 조언을 제대로 하지 못한다는 느낌을 받았지만, 남을 비방하는 일을 온당치 못한 일로 여겼기에 모어는 울지에 대해서 이러쿵저러쿵 운운하고 싶지 않았다. 그러나 그는 어찌하여 대법관 울지 추기경이 불명예스럽게 몰락해야 했는지를 의회에 설명해야 할 위치에 있었다.

"폐하의 시력은 아주 밝아서 울지 경의 장점을 보셨고, 그를 통해 궁정의 안팎 세상을 파악하셨지요. 그렇게 해서 밝아진 폐하의 시력이 더욱 환하게 열리시어 울지 경의 허점을 보시게 되었을 것입니다."

왕 헨리는 울지에 의해 조종될 수 없는 절대권력의 변덕스러운 군주였다. 예전에 울지에게도 그러했듯이 헨리는 흡족한 표정을 지으며 새 대법관 모어에게 신뢰와 기대의 눈길을 보냈다.

대법관 취임 직후, 왕은 모어를 자신의 어전으로 불러 왕의 마음을 그렇게 강박관념에 사로잡히게 했던 큰 문제인 왕비 캐서린과의 이혼 및 앤 볼린과의 재혼 문제에 관해 거듭 모어의 조언을 구하고자 했다.

"모어 경, 그대는 다시 한 번 나의 이 큰 문제를 심각하게 고려해 보길 바라오."

모어는 무릎을 꿇었다.

"폐하, 제 양심상 폐하의 그 문제에 관한 한 제가 개입할 수 없음을 송구스럽게 생각할 뿐입니다. 제 사지라도 부러트려 폐하께 충성을 할지언정 그 문제만큼은 제가 왈가왈부할 성격의 것이 아니라고 생각됩니다. 이점 통촉해 주시옵소서."

미소를 머금었던 왕의 얼굴이 순간 일그러졌고 파란 눈에는 노기의 서릿발이 비치는 듯했지만, 모어는 단호하게 계속 말을 이었다.

"제가 폐하와 잉글랜드왕국과 폐하를 위해 봉직하기로 결정하던 날, 폐하는 제게 말씀하셨지요. 하느님을 먼저 받들고, 그다음에 폐하를 위해서라고 그렇게 말이옵니다. 저는 그렇게 할 것이옵니다."

왕은 씁쓸한 미소를 지었다.

"만일 그대가 양심상 나를 위해 내 문제에 개입할 수 없다면, 나는 기꺼이 다른 방식으로 나를 위해 충성할 기회를 그대에게 부여할 것이며, 그 대신 내 큰 문제에 대해서는 가볍게 동의할 수 있는 개방된 양심을 가진 다른 자문회의 의원들로부터 조언을 받을 터이니 쾌히 상심치 마오. 모어 경, 이후로 내 결코 그대의 양심이 고뇌로 혼란에 빠지게 하지 않을 것이며, 내 개인사로 그대가 명예롭게 대법관직을 수행하는 데 방해가 되지 않도록 할 터이니 말이오."

그러나 아마도 왕은 큰 문제를 솔선하여 해결해야 하는 대법관 본연의 책무, 그 자신과 모어 간의 우정, 그리고 그렇게 섬세하지 않은 양심을 가진 대다수 다른 이들의 큰 문제에 대한 왕 그 자신의 견해 지지 경향, 더나가 모어 조정 친구들의 물밑 작업을 통한 모어의 사고 전환 시도 등이 결국은 모어가 왕 자신의 큰 문제를 지지하게 되는 쪽으로 귀결될 것이라는 기대를 품고 있었을 것이다.

모어가 대법관으로서 잉글랜드 국민으로부터 왕국의 가장 존경받는 도덕적 상징의 의미를 담고 있는 명사였으니, 왕으로서는 왕국 안팎으로 왕

의 큰 문제에 대한 대의명분의 정당성을 알리기 위해서라도 모어의 공개
적 지지를 끌어들일 필요가 있었으며, 그런 그가 그럴 수 있으리라는 기대
를 품었다는 것은 어쩌면 당연한 것이었다.

『사계절 사나이』란 타이틀로 연극 무대에 올려진 바 있었던 <보올트
작作 토머스 모어 인물사극 제1막 7장>에서 발췌된 다음과 같은 '첼시 모
어 가에서의 왕과 모어의 대담장면'은 앞으로 모어에게 닥쳐올 고난을 생
생하게 예감케 한다.[4]

> 왕 : 내 이혼 문제인데 말이야. 이제 자네가 내 쪽으로 다가서게 되었나.
>
> 모어 : 제가 생각하면 생각할수록 폐하의 뜻을 따를 수 없어서….
>
> 왕 : 그렇다면 생각을 덜 한 게지.
>
> 왕 : 내가 약속을 어겼단 말이군. (…) 그런데, 모어 경, 내 영혼이 죄 안
> 에 있다는 것을 알아주게. 그녀는 내 형의 미망인이었어. <레위기>
> 에 '너는 네 형제의 아내의 부끄러운 곳을 벗겨서는 안 된다'라는
> 말이 있잖아. <18장 16절> 말이야.
>
> 모어 : 예, 폐하, 그러나 <신명기 25장 5절>에는…(여러 형제가 함께
> 살다가 이들 중 하나가 아들 없이 죽었을 경우에 그 남은 과부는
> 일가 아닌 남과 결혼하지 못한다. 시동생이 그를 아내로 맞아 같이
> 살아서 시동생으로서의 의무를 다해야 한다)
>
> 왕 : <신명기>는 모호해!
>
> 모어 : 폐하, 저는 이런 일에 관여할 자격이 없습니다. 제 생각에는 그 일
> 은 교황께서 결정할 문제로….
>
> 왕 : 모어 경, 사람이 죄를 지었을 때, 꼭 교황이 개입해야 하는가. 그건
> 죄였어. 하느님이 벌을 내리셨어. 아들을 낳기만 하면 사산하거나
> 한 달 안에 다 죽었어. 괜찮은 딸이 하나 있긴 하지만…. 자네가 그
> 걸 왜 모르나. 다른 사람들은 다 아는데….

모어 : 그런데, 폐하는 어찌 하찮은 저 같은 사람의 지지를 원하십니까.

왕 : 자네의 정직성이지. 더 중요한 건 세상 사람들이 그 사실을 훤히 다 알고 있기 때문이야.

위의 대담장면처럼, 왕의 큰 문제를 왕을 대리하여 처리해야 할 왕국 제2인자의 자리에 있었던 모어가 왕 헨리의 그것에 침묵했던 것은, 그가 생각하기에 즉위 시 성군이었던 헨리가 차츰 리처드 3세 같은 폭군으로 변해가고 있기 때문이었다.

모어는 왕 헨리가 그렇게 된 데는 반교권주의anticlericalism를 침투시키고 있는 배후세력인 루터주의자들의 이단 사상의 영향이 크다고 생각했다.

모어는 가톨릭교회는 거룩한 하나의 교회로서 명확하고 포괄적인 교리 체계이며 조직적인 계서체계이며 확실한 의례체계로 구성되어 있다고 생각했다. 따라서 이러한 근본 요소에서 일탈하는 행태를 보여주는 루터주의는, 신이 세운 체계질서에 대한 도전이기에, 그가 보기에 명백한 이단이었다.[5] '큰 문제'의 시발점이 되었던 왕의 여인 앤 볼린도 그런 루터주의자가 아니었던가.

모어 생각에 만일 왕 헨리가 루터 같은 반교권주의 세력과 결합하여 성속聖俗의 주도권을 장악한다면, 폭군의 출현 가능성이 현실화할 것은 불을 보듯 뻔했다. 만일 영적 진리의 수호자 교회가 법률적으로 왕권에 귀속된다면, 신의 섭리가 왕권에 귀속되는 '계서전도현상階序顚倒現狀'이 발생할 것이었다. 그가 보기에 그것은 세상종말의 조짐이었다.

그래서 모어는 이단성향자 루터와의 논쟁에 휘말리게 되었던 것이다. 여기서 그가 논쟁에 휘말려 들어가는 과정을 살펴보자.

모어의 루터와의 논쟁은 3단계 과정을 거치면서 표면화된다. 모어는 '제1단계 1515년에서 1522년까지'는 국적불명의 브라벨루스Baravellus라는 가명을 사용하며 소극적으로 연루되었고, '제2단계 1525년에서 1526년까지' 는 잉글랜드 국적의 로세우스Guilielmus Rosseus라는 가명을 사용하면서 좀 더 적극적으로 연루되기 시작했으며, '제3단계 1528년에서 1533년까지'는 토머스 모어라는 자신의 실명을 사용하면서 가톨릭공동체 수호자로서 개 인적·솔선적 소명감에 사로잡혀 필사적으로 논쟁에 뛰어들게 된다.[6]

모어가 논쟁의 제1단계 과정에 진입하게 되는 것은 헨리 8세가 쓴 『7성 사 옹호론Assertio Septiem Sacramentorum』과 후속편이라 할 수 있는 모어 자 신이 쓴 『루터 반박론Responsio ad Lutherum』에서부터였다.

『7성사 옹호론』은 헨리 8세가 다른 유럽 군주들과 비교될 만한 가톨 릭 수호자로서의 칭호를 로마 교황으로부터 얻기 위해 자신의 자문관 모 어로부터 루터의 이단 사상 반박에 대한 조언을 받으면서 쓴 일종의 '가톨 릭수호군주로서 헨리 8세의 이미지창출홍보서'이다. 이 덕에 헨리 8세는 교황 레오 10세로부터 '신앙의 수호자'라는 칭호를 받았다.

헨리의 조언 요청으로 모어는 헨리의 『7성사 옹호론』집필과정에 관여 하게 되는데 결과적으로 그것은 모어에게 루터의 이단 사상의 실체를 연 구하게 하는 계기가 되었다. 그렇지 않아도 루터 사상의 파괴력을 우려하 고 있던 터에, 그는 헨리의 적극적인 독려를 받고는 『루터 반박론』을 쓰게 된다.

그런데 모어는 자신의 글임에도 불구하고 『루터 반박론』이 자신의 것임 을 숨기고자 하였다. 이 논쟁적인 글에서 모어는 브라벨루스라는 가명을 쓰고 있는데, 이 사실은 마지못해 그가 이단 논쟁에 휘말려 들어가게 되었 음을 시시한다. 여기서 모어는 루터에 대한 비판보다는 루터 같은 이단성 향자들에게 가톨릭교회의 전통을 환기시켜주는 여유를 보여주었다.

그럼에도 모어의 주장만큼은 분명했다. 그것은 가톨릭교회가 성서의 의 미를 결정할 권위를 가지고 있다는 것, 성사의 문제에서 견강부회의 성서 해석에 반하여 전통적 가톨릭교회의 합의된 해석이 유효하다는 것, 그리고 공의회 등의 오랜 합의의 원칙들이 교회법의 근거를 세우고 교의를 판단하는 데 지고한 것이라는 것 등으로 기존의 가톨릭교회의 전통을 확인하는 것이었다.

그러나 제2단계에 이르러 『루터 반박론』 제2판에서는 그 자신을 로마에 사는 잉글랜드인인 로세우스로서 소개했다. 국적 불명의 브라벨루스로부터 잉글랜드인 로세우스로의 전환은 부지불식간에 그가 점점 더 논쟁 세계 속으로 빨려들어 가고 있음을 보여주는 것이었다.

이 제2판에서는 제1단계의 초판에서의 다소 여유롭고 냉정한 모습과는 달리 모어는 논쟁에 집중하기보다는 루터를 소견이 좁은 어릿광대로 희화화하는 등 다소 감정에 치우친 모습을 드러냈다.[7]

특히 군주들은 교황의 구속에서 그 자신들을 해방시켜야한다는 루터의 주장에 대해서는 가톨릭공동체 질서의 도미노적 파국을 예상하면서 다음과 같이 격렬한 논조로 반응하였다.[8]

군주들이 교황권에서 벗어나면 백성들은 군주들의 속박을 물리치고, 군주들의 재산을 빼앗을 것이다. 그리고 사태가 여기에 이르면 군주들의 피를 보고 말문이 막혀서 군주들을 기꺼이 학살하게 되고 대소 관원들에게 복종할 것을 거부하게 될 것이다. 루터의 가르침을 따르다 보면, 법을 짓밟고 마침내 정부도 법도 없고 결국은 백성 상호 간의 살육으로 치달릴 것이다.

이후에 쓰인 「부겐하겐에 보내는 서한The Letter to Bugenhagen」에서는 논쟁 태도에 있어서 그 강도가 더욱 격앙된 모습으로 변해갔다.[9] 모어는 이 글에서 독일에서 이단자들이 7만여 명의 농민들을 대량학살한 것에 대해 비난을 퍼부었으며, 성직 입문시 행해진 성직자로서의 독신서약을 깨고 결혼한 종교개혁자들의 결혼 행위들을 격렬하게 힐책했다. 그러나 여기에서도 여전히 그는 자신의 신원을 분명히 밝히지 않음으로써 소극적·위장적 논쟁 태도를 유지하였다.

『이단에 관한 대화Dialogue Concerning Heresies』를 쓴 제3단계에 이르러서 모어는 자신의 실명을 쓰면서 본격적으로 이단 논쟁에 나서게 된다. 논쟁 태도도 한층 더 거칠어져서『이단에 관한 대화』에서 모어는 루터를 '지옥의 메신저'나 '악마의 대리인'으로까지 몰아붙이면서 인신공격하는 저급함을 보여주었다.[10] 이 글에서 모어는, 루터의 반교권주의가 가톨릭교회의 권위를 위협할지도 모른다는 깊은 우려감으로 인해, 루터를 증오의 대상으로 몰고 간다. 그 표현은 왕왕 히스테리적일만큼 조잡한 독설이었다.[11]

한 걸음 더 나가『영혼들의 청원Supplication of Souls, 1529』에서는 필요할 때마다 '토머스 모어'라는 자신의 실명을 또박또박 상대방에게 상기시킬 뿐만 아니라 이단성향의 논적들에 대한 독설이 극에 달하게 된다.[12]

이러한 모어를 이해하기 위해서는, 『영혼들의 청원』이 집필된 1529년이 모어의 대법관직 등용기로 대륙의 루터 사상이 잉글랜드에 제법 확산된 시기이자, 헨리의 종교개혁입법안이 토머스 크롬웰Thomas Cromwell[13]에 의해 모색되던 시기였다는 점에 주목할 필요가 있다. 크롬웰은 헨리에게 속닥거렸다.

인간은 만들어진 신화나 우상에 매여서 살아갑니다. 대륙의 한 사제(루터)와 그의 추종자들은 로마교황청에서 찍어낸 면벌부들을 팔아 부정·축재하는 교회성직자들에게 항거하고 있습니다. 지금 이 중심에 로마주교(교황)가 있습니다. 이 주교는 교회에 바치는 재물에 따라 죽어서 천국에 갈 수도 있고 지옥에 갈 수도 있으며 연옥에 머물 수도 있다고 말합니다. 더이상 부정부패와 타락의 온상인 로마주교에 의존하지 마십시오. 그도 오류를 범할 수 있는 인간입니다. 폐하께서 잉글랜드왕국의 교회의 수장이 되시면 폐하의 개인사(큰 문제great matter)에 대해서 한갓 로마주교에 의존하시지 않으셔도 됩니다. 폐하께서는 새로 쓰이는 신화의 주인공이 되시면 말입니다. 의회입법작업에 착수하도록 허許하여 주시옵소서.

모어가 이단 논쟁에 공식적으로 뛰어들게 된 데는 헨리 8세의 측근 성직자였던 친구 턴스털Cuthbert Tunstall[14]의 영향이 컸다. 이단 사상의 확산에 대해 우려하고 있던 턴스털은 1528년 3월 7일 모어에게 자신의 직권을 위임받아 자신을 도와줄 것을 요청하는 글을 보냈다.[15]

존경하는 형제여, 그대는 라틴어에서뿐만 아니 라 우리 모국어에서 데모스테네스(Demosthenes)보다도 더 탁월할 수 있기에, 그리고 가톨릭 진 리의 가장 확고부동한 수호자이기에, 그대의 여 가를 다른 곳에 보낼 수 없는 것 같습니다. (…)그대의 이단자들에 대한 공격이 심해지면 심해질수록 이단자들의 공격도 더 거세지겠지요. 그러면 그대는 더욱 바빠지겠고, (…)부디, 그대의 능력을 가톨릭 진리 수호에 더욱 힘써주시기를 빕니다.

이에 모어는 기꺼이 수락하였다. 턴스털의 직권위임에 대한 모어의 수락은 그가 잉글랜드 인민 틈바구니에 숨어 있는 이단자들을 색출해내는 책임을 부여받았다는 것을 의미했다. 모어는 1523년부터 마르틴 루터(루터주의)와 헨리 8세 사이의 충돌에서 헨리 8세의 이론적 후견자 역할을 하면서 이미 가톨릭 전사로서의 길을 걷기 시작했다.

이러한 전사의 길을 모어는 에라스무스에게도 권하였다. 모어는 에라스무스로 하여금 반反이단 글을 쓸 것을 부탁했지만, 에라스무스는 중립을 유지하며 점잖게 답변을 피해갔다. 그는 "그런 신학 논쟁은 신학자에게 맡기는 게 더 나을 터인데…"라며 논쟁에 빠져들어 가고 있는 모어에 대해 안타깝게 여겼다. 에라스무스의 이러한 회피는 기본적으로 유혈이나 혁명을 꺼리는 휴머니스트들의 중도적 특성에서 찾는 연구자들도 있다.

실제로 에라스무스는 가톨릭교회의 폐습을 비판하면서도 프로테스탄트 혁명을 지지하지 않았으며, 루터의 프로테스탄트 개혁 정신에 공감하면서도 로마가톨릭 틀 내에서 개혁이 이뤄지길 바라며 양측의 이념논쟁으로부터 일정하게 떨어져서 어느 쪽 편도 들지 않는 중도적 자세를 취한다.

이를테면 에라스무스는 프로테스탄트 혁명을 위한 루터의 지원요청도 거절했으며, 가톨릭교회를 위해 이념전사로 나서달라는 모어의 부탁에도 꽁무니를 뺐다. 결과적으로 에라스무스는 가톨릭 측과 프로테스탄트 측 양편으로부터 회색분자(기회주의자)로 낙인이 찍히게 되어 말년에는 의지할 곳 없는 고독한 신세가 된다.

모어도 처음에는 루터의 가톨릭계의 불의에 대한 비판과 루터의 개혁적인 생각에 공감하면서도 루터의 생각이 로마가톨릭 틀 내에서 이뤄지기를 바랐던 것을 보면, 모어의 생각은 크리스천 휴머니스트 에라스무스의 생각과 일맥상통한다. 물론 말년에는 루터의 혁명적인 생각이 현실화되자 루터를 악마의 사주를 받은 이단자라고 몰아붙이면서 가톨릭 수호전사의 길을 걷게 되지만 말이다.

이제 모어는 자신만이라도 그 임무를 솔선하여 수행해야 할 것이었다. 그밖에 모든 것을 제처두고라도 말이다. 짬을 내고 짐을 줄여서라도 삶의 가장 긴요한 것, 즉 가톨릭교회를 수호해야 할 것이었다.[16] 이런 과정을 거치면서 왕의 남자 모어는 운명적으로 왕의 정적이 되어 갔던 것이다.

루터 같은 '이단성향자들을 대하는 모어의 방식'과 그의 '반이단 논조'를 두고는, 모어에게서 악마상을 찾는 연구자들도 있다. 이것은 접근 시각과 보는 위치의 차이이다. '자세히 보아야 예쁘다. 오래 보아야 사랑스럽다. 너도 그렇다'라는 시구가 있는가 하면, '악마는 디테일(세부사항)에 있다'라는 말도 있다. 과연 어떤 대상을 이해할 때, 아주 가까이 자세히 보거나 오래 본다면 과연 예쁘고 사랑스러울까. 그렇지 않은 경우도 있다. 모어가 그렇다. 세밀히 깊이 세부적으로 접근하면 할수록, 모어의 인간상에 있어서 본서의 기조인 성자로서의 모어상과 모순되는 어두운 면이 간파되는 것도 사실이니까 말이다.

그러나 여기에서는 논란의 여지가 있는 그러한 사실을 논외로 하고, 대법관 모어에게로 이야기의 초점을 맞춰 본다.

대법관 모어는 의심의 여지가 없는 공정한 판결자이자 청렴하면서도 부지런한 법무행정처리자였음을 몸소 실증하였다. 그가 관장한 '대법관 법정 Court of Justice문'은 상시로 활짝 열려있어서, 법의 도움을 구하고자 하는 모든 이들은, 그곳에 있는 그를 쉽게 만날 수 있었다.

모어는 선임자가 심리하지 않은 채 남겨 둔 많은 미결 소송 사건을 처리하였을 뿐만 아니라, 실현을 본 것은 그 후 3세기가 지나서이지만, 관습법과 형평법의 융합을 기도하였다.

일례로 모어는 수년 동안 지체되었던 소송건들을 차곡차곡 순서에 따라 심리에 붙여 죄다 처리함으로 최근에 청원된 소송들만이 남게 되었다.

아울러 기존의 관습법을 모든 국민에게 적용함으로 국민 개개인의 형평이 간과되는 점에 늘 고심해 왔던 모어는 '재판관의 양심을 토대로 한 형평법'을 관습법에 조화시키려 함으로 몇 세기 후에나 완성을 보게 될 법제개혁의 단초를 제공하였다.

특히 송사에 대한 모어의 민활하고도 공명정대한 처리는 서민들에게 모어를 '공평무사한 정의 구현 재판관'으로 기억되게 하였다.

이전에 모어 경이
대법관 자리에 있을 때는
송사가 남아 있는 법이
없었다네.
모어 경이 그 자리에
복귀할 때까지는
그 같은 일이
더는 결코 없을 거야.

모어는 공정의 자세를 잃지 않았다. 그래서 결코 자신의 가족이라고 해서 혹은 자신이 아는 사람이라고 해서 그 당사자에게 유리한 판결을 내리는 법이 없었다. 실제로 그의 사위가 소송 건을 가져왔을 때, 그는 사위에게 패소 판결을 내린 일이 있었다. 미들톤조차 대법관의 아내라고 해서 남편의 공정한 판단을 피해갈 수는 없었다.

미들톤은 무릎에 앉힐 만한 작은 품종의 애완견을 좋아했다. 그녀는 식솔의 소개로 그런 품종의 개를 구입하였다. 그녀는 개에게 토미라는 이름을 붙여줬다. 그런데, 얼마 후 그녀는 토미를 데리고 모어의 저택 주변을 산책하던 중에 자신이 그 개의 주인이라는 여인을 만났다.

"당신이 데리고 다니는 개는 도난당한 우리 집 개 팅커예요. 여기에서 팅커를 찾게 되었네요"라며 여인이 개 줄을 잡으려 했다.

그러자 미들톤이 화가 나서 목청을 돋웠다.

"이것 보세요, 토미는 분명 정당한 돈을 지불하고 산 우리 집 개인데, 어찌 당신이 개 주인이라고 우기는 것이오. 쓸데없는 소리 마세요. 이 개가 당신의 것이라는 증거라도 있다는 말이오."

"보면 딱 알아요, 이 개는 분명 제가 키웠던 팅커입니다. 그놈의 머리에는 갈색 점이 뚜렷이 있는데, 지금 이 개는 제가 잃어버린 개와 아주 똑같아요. 이리 오겠니, 팅커! 팅커!……."

현장을 목격한 모어가 "무슨 일이오?"라며 껴들었다. 개는 마치 이렇게 된 것이 제 책임인 양 웅크려 낑낑거리고 있었다.

"나으리, 이 개는 분명 도난당했던 저의 집 개임에 틀림이 없어요"라며 모어를 바라보며 여인이 하소연했다. 옆에서는 미들톤이 흥분하여 얼굴이 상기되어 있었다.

그러자 여인과 아내를 번갈아 바라보며 말했다.

"진정하시오, 부인, 이 개는 내 아내가 산 개가 틀림이 없습니다만, 일이 어떻게 된 것인지 공정하게 진상을 밝혀 봅시다. 자, 당신은 이쪽에 서 있고, 여인께서는 저쪽에 서시오. 공정하게 판결을 내릴 터이니 말이오."

두 사람은 조용히 모어의 판결을 기다렸다.

"두 사람은 이 개와 관련해서 여러분들 사이에 생긴 논쟁에 대해 내가 결정을 내리는 것에 따르시렵니까?"

"그리하겠습니다"라고 그들은 말했다. 모어는 미소짓고는 그 작은 동물의 몸을 쓰다듬어 주고는, 개 목줄 끈을 잡았다.

"둘 다 이 개 이름을 동시에 불러보시오, 그러면 그 개가 찾아가는 사람이 개의 주인이 될 것이오."

둘 다 이름을 부르기 시작했다. "토미!, 토미!" "팅커!, 팅커!" 모어는 잡고 있던 개의 끈을 놓았다. 그 개는 팅커라고 부르는 여인에게로 냅다 달려갔다.

그러자 모어는 아내에게 돌아서면서, "내 생각에 판결은 당신에게 불리하게 난 것 같구려"하고 말하고, 그 여인에게 "이 개는 분명 당신의 개요. 개를 데려가시오"라고 말했다.

그녀는 "오, 나으리, 감사합니다. 감사합니다. 하늘의 축복이 나으리께 있으시길 비옵니다"라며 개 줄을 건네받았다.

모어는 첼시 지역의 노약자나 병약자 그리고 가난한 사람들에게 자애로웠다. 그는 자신의 돈을 들여 노약자들과 병자들이 살집을 구입해서 그들에게 안식처를 마련해 주었다. 모어 家 식솔들 중 더러는 노령으로 혹은 고질병으로 인해 허약해져서 일할 수 없는 처지에 있는 자들이었으며, 그들 중 더러는 너무 가난해서 모어가 자신의 집에 살도록 허용한 이웃들이었다. 그는 노블레스 오블리주를 실천하는 온정주의자였다.

언젠가 모어 家 헛간을 불태우고 이웃으로까지 번진 큰 화재가 발생했었을 때, 모어는 미들톤에게 그 화재로 인해 이웃이 어떤 손해를 입었는지 세심히 확인해 보고 그 손해를 배상할 것을 지시하였다. 그는 누구든 이웃에 손해를 끼친다면, 파산을 무릅쓰고라도 이웃의 손해를 철저히 보상해야 함이 마땅하다고 생각하는 공평무사한 사람이었다.

모어는, 어떤 일을 제쳐두든지 간에, 하느님에게 기도할 시간만큼은 챙겨 두어야 한다는 생각에 변함이 없는 독실한 신앙인이었다. 그는 대법관이 되고 나서도 이전과 다름없이 교구집사 혹은 교회 당지기의 역할을 하

9장 대법관

였다. 어느 날 모어의 친구 노르포크 공이 첼시 모어의 저택에 우연히 들렀다가 모어 없이 저녁을 들게 되었는데, 이때 미들톤에게서 모어가 교회에 있다는 이야기를 건네 들었다. 그는 교회로 모어를 만나러 갔다. 모어는 중백의를 입고서 성가대 합창에 동참하고 있었으며, 교회 활동이 끝난 후에도 행사 뒷정리를 거들어주고 있었다. 노르포크는 모어의 팔짱을 끼고 교회에서 나와 그와 담소를 나누면서 교회 주변 강가를 잠시 산책하였다. 산책 중에 그는 모어의 옆구리를 쿡 찌르면서 짓궂게 말했다.

"오, 이런! 대법관 경이 교회 당지기 노릇이나 하고 있으시다니! 그대의 영예로운 직분을 생각하셔야 하지요"

이 말에 모어는 그저 미소지을 뿐이었다.

모어는 종종 자신의 비서를 애태웠다. 그것은 그가 공식적인 재판을 제외하고는 대법관복 차림이 아닌 여느 때 입는 간소한 일상복 차림으로 대법관 업무를 보는 일이 많았기 때문이다. 모어를 찾은 외국 귀빈들은 이따금씩 모어 곁의 비서를 대법관 모어로 착각하는 경우도 있었다. 대법관을 보필해야 하는 비서입장에서 볼 때는 남의 눈을 인식해야 하는 이런저런 현실적인 연유로 해서 격식에서 벗어난 모어의 그런 행동에 난감해할 수밖에 없었다.

평상시 모어는 볼품없이 낡은 부츠를 신었으며, 실로 기워 남루해 보이는 옷을 걸쳤다. 옷 문제에 관한 한, 그는 계절에 따라 몸을 가릴 수 있는 몇 벌의 의복으로도 족히 인간은 평생을 불편하지 않게 살아갈 수 있다고 생각하는 사람이었다. 그가 창조해 낸 유토피아인들이 몇 벌의 간소한 의복으로 평생을 만족하면서 살아가듯이 말이다. 유토피아인들이 그렇게 생각하였듯이 그는 실생활에서 거추장한 것이 될 수도 있는 사치스러운 옷들과 일상생활에는 별로 유용하지 못한 보석이나 귀금속을 인간 허식을 드러내는 예증으로 보았다. 그래서 그는 자신의 목에 건 대법관 표식 금목걸이조차 한 인간이 어떤 인간에 예속되어 있음을 나타내는 허식의 징표에 불과한 것이라고 평가절하하였다.

모어는 자신의 관할 법정에 출근하기에 앞서 날마다 왕좌 재판소Court of the King's Bench에서 봉직하고 있던 자신의 늙은 아버지에게 안부 문안드리러 가곤 했다. 보통법 법정을 관할하는 왕의 최측근 참모장 격인 잉글랜드 대법관 모어는 어렸을 때부터 쭉 그러해 왔던 것처럼 늙은 아버지에게 무릎을 꿇고 그의 축복을 구했다. 이 시절 아버지는 경험·지혜·권위의 상징으로서 인간의 두려움의 무게를 가볍게 해주고 앞길을 안내하는 마법사 같은 존재였다. 그런 존재였던 늙은 아버지 존 모어는 아들 모어의 세속적 성공을 뿌듯해하면서 손자손녀들과 증손자증손녀들에게 둘러싸여 행복한 죽음을 맞이하게 된다.

존 모어는 자애로우며 공정하고 청렴한 판사로서 존경받는 삶을 살았다. 부전자전이라고 했던가. 그의 아들 모어도 마찬가지였다. 모어는 뇌물을 받고 편의를 봐줬던 전임대법관과는 달랐다. 모어는 뇌물로 간주할 수 없는 선물들조차 받으려 하지 않았다.

예를 들면 모어에게 재판받았던 소송 당사자인 한 부인으로부터 금잔을 선물로 받았는데, 그는 그 잔에 포도주를 가득 채워 그 부인의 건강을 위해 마시고 나서 "이제 이 금잔은 내가 부인에게 주는 선물입니다"라고 말하면서 그 잔을 그녀에게 되돌려 주었다.

혹시니 뇌물이 모이에게 건네진다면, ユ는 ユ것을 준 상대방이 마음의 상처를 입지 않도록 자신의 언행에 각별히 신경을 쓰되, 상대방에게 그것을 받아서는 안될 것임을 완곡하고도 분명하게 말한 후 그것을 되돌려 주었다.

언젠가 아름답게 가공된 받침 달린 고블렛잔(goblet 손잡이 없는 받침 달린 금속 혹은 유리잔)이 그에게 기증되었는데, 그는 바로 즉시 동등가치의 잔을 그 기증자에게 보답으로 선사하였다.

이러한 모어의 청렴성은 일면 모어 家를 경제적으로 한 층 더 쪼들리게 해서 살림살이 재정 운영을 빠듯하게 하는 원인이 되었다. 그는 대법관직에 충실을 기하기 위해서 개업 변호사 일을 포기하고 공직자로서의 녹봉과 수당에만 의존했다. 그러나 가부장적 온정주의자였던 그는 다른 이들을 환대하고 자신의 대저택을 꾸려 가는데 적지 않은 돈을 써야 했다.

게다가 관리를 필요로 하는 딸린 정원과 부속 농장에다가 손자손녀들, 식솔들, 동물들, 대법관의 자선에 의존하는 가난한 사람들까지 함께하는 대저택 살림은 모어 家의 자산을 축냈다.

이미 결혼하여 같이 사는 자식들이 대저택 살림살이 비용을 다소 보탰지만, 지금은 그 자식들도 따로 챙겨야 할 독립가족이 생겼으니 이제 그것도 어려운 일이었다.

다행히 모어 家의 운영적자는 아버지 존 모어로부터 물려받은 농지를 판 돈이나 아내 미들톤의 혼인 지참금으로 채워질 수 있었으나 혹시라도 있을 어려운 시기를 대비하여 저축할 여유는 거의 없었다.

어려운 시기는 예상했던 것보다 빨리 찾아 들었다. 왕은 자신의 이혼문제(큰 문제)로 발걸음이 빨라졌다. 왕의 노기에 두려움을 느껴서이기도 하겠지만, 시류에 편승한 대다수 출세지향적인 조정 대신 및 관료들이 그 문제에 대한 왕의 견해를 전폭적으로 지지하고 있었으며, 왕의 막후 실권자 토머스 크롬웰은 그 문제를 의회입법을 통해 해결해 가고자 명분과 세를 결집하고 있었다.

이런 정황인데도 자신의 최측근 제1의 참모이자 우정을 나누는 친구이며, 왕국에서 가장 명석하고 덕망 높다는 대법관 모어가 여전히 왕 자신의 견해에 지지를 표명하지 않고 침묵으로만 일관한다는 것에 대해 왕은 도대체 이해도 용납도 할 수 없었다.

더군다나 모어가 왕비 캐서린을 묵시적으로 지지하고 있다는 소문이 세간에 퍼져 있었으니, 그것은 왕의 분노를 넘어 왕을 심히 당혹스럽게 만들었다.

모어도 왕의 최측근 대신임에도 불구하고 왕의 행동과 의도를 양심상 수긍하지 못하는 본인의 처세에 대해 몹시 가슴 아파했다. 그는 왕을 위해 봉직하기로 했지만, 왕이 조강지처 캐서린을 버리고 앤 볼린과 결혼하기로 결정했을 때, 양심상 자신이 왕을 지지할 수 없다는 것은 명백한 것이었다. 그래서 그는 관여하지 않고 침묵으로 일관했던 터였다.

그런데 왕은 모어가 그 결혼을 공개적으로 천명해 주기를 바라고 있었으며, 더구나 모어는 얼마 전에 정통교회와 그 성직자들을 변론함으로 로마교황청으로부터 '신앙의 옹호자'란 칭호까지 받았던 바로 그 왕이 이제는 변심하여 사자의 칼날 같은 발톱을 세우고 그 교회와 그 성직자들을 가차 없이 공격하는 상황을 목도해야 했으니, 모어의 심적 곤혹감은 이루 말할 수 없이 큰 것이었다.

왕 헨리의 목소리는 성난 사자가 으르렁거리는 소리처럼 들렸다. 어느 날 왕이 하원의장과 12명의 하원의원 앞에서 연설하였는데, 그것은 성난 사자의 포효였다.

친애하는 의원 여러분, 우리는 잉글랜드 왕국의 성직자들이 과거에는 전적으로 이 왕국의 백성들이었다고 생각했지만, 도대체 직금에는 그들의 마음의 반쪽만 우리에게 기울어져 있으니, 그들은 이 왕국의 백성들이 되기에 부족한 점이 많지요. 왜냐면 서품받은 성직자들이 우리 왕국에게는 충성 맹세를 하지 않고, 전적으로 일개 로마주교인 교황에게만 충성 맹세를 하니,

그들은 우리의 백성들이 아닌 로마주교의 백성이 아니겠소. 그들의 알맹이는 로마에 가 있고, 빈껍데기만 여기 우리의 땅 잉글랜드 왕국에 와 있으니, 그들이 어찌 진정한 잉글랜드 백성들이라고 할 수 있겠소.

모어는 왕의 문제에 있어 왕의 견해에 동의할 것을 요청하는 통보서를 받았지만, 그의 마음은 단호했으며, 그의 양심의 소리는 명확했다.

그러나 성직자들 대부분은 두려움에 떨었다. 1532년 5월, 그들은 교회 수장권과 영적인 문제들조차 왕에게 전적으로 일임하는 데 동의하면서 왕의 뜻을 좇았다. 당대의 한 저명한 대사는 "잉글랜드 왕국의 성직자들은 이후로 구두 수선공들보다도 대수롭지 않은 존재들로 취급될 것이다"라고 말했다.

다음 날 모어는 그가 그렇게 마지못해 받아들였지만, 그렇게 이전 그 누구보다도 공평무사하게 수행했던 대법관직에서 사임했다. 이렇게 해서 모어와 왕의 불안한 공식적 동거 관계는 그 종막을 내리게 된다.

제10장

●

위기

산 정상 하산의 내리막길이 산 정상으로의 오르막길보다 훨씬 더 위태롭다. "마음을 따르는 일이고 내가 선택한 길이니, 즐겨야겠지, 이 위태로움을. 바람에 날리는 산비탈 숲 내음에 취해…"

처음에는 왕 헨리가 모어의 사임을 극구 말렸지만, 모어가 좋지 않은 건강을 구실로 사임을 거듭 청하자, 왕도 어찌할 도리가 없었다. 실제로 모어의 가슴 통증은 점점 더 악화되고 있었고, 왕은 그 사실을 알고는 자신의 주치의인 시의侍醫 토머스 바카리를 그에게 소개해주었다. 바카리는 모어의 흉통이 심장에 혈류공급이 감소하면서 산소 및 영양공급이 급격하게 줄어들어 심장근육이 허혈상태에 빠지게 되는 심장이상(협심증)에 기인한다고 진단했다. 바카리는 모어에게 치료와 휴양의 시간을 가질 것을 권유하고 있었던 터였다. 왕은, 구실이란 걸 알면서도, 이런 건강상 문제를 사유로 거듭되는 모어의 사임요청을 받아들일 수밖에 없었다.

　　모어 경, 그대의 사임요구는 떼쓰는 아이만큼이나 집요하구먼. 그대 뜻을 좇을 수밖에 없음이 실로 안타깝구려. 그간의 정직한 봉직에 대해 고마움을 표하오. 왕과 대법관으로서 우리의 공적인 관계는 끝났지만, 여전히 사적으로는 격식을 따지지 않는 좋은 친구로 남아주길 바랄 뿐이오.

　모어의 사임은 왕에게 큰 실망을 안겨 주었다. 왜냐면 긴 세월 친구로서 모어와 나눠왔던 각별한 우정과는 별도로 모어가 국내외에서 얻고 있는 높은 명망을 왕 자신도 잘 알고 있었기 때문이다. 왕은 모어를 대법관 자리에 붙들어 놓을 수 있는 일이면 어떤 수단이든 동원할 용의가 있었다. 그러나 왕은 모어가 저급한 뇌물공세나 강압적인 협박 혹은 고단수의 어떤 회유책으로도 결코 마음이 돌아설 사람이 아니라는 것을 그 누구보다도 잘 알고 있었다.

　모어의 대법관 봉직 기간은 2년여 동안이었다. 모어의 대법관직 사임 무렵에는 교황에 대한 왕의 태도가 완전히 바뀌어 가톨릭 신앙의 옹호자로서 교황에 대한 충성을 버리고, 그 자신이 '잉글랜드교회의 최고 책임자'임을 천명하기에 이르렀다. 이것은 모어로서는 용납할 수 없는 것이었다. 세속군주로서 왕이 인간사나 정치적 사안 같은 세속적인 일들에 대해 지배권을 행사할 수 있으나 '왕의 큰 문제'처럼 '성소聖所인 교회에서 결정해야 하는 영적인 사안'에 대해서는 왕이 개입해서는 안 될 '영역이 다른 문제'라는 게 그의 기본적인 생각이었다.

　그러나 헨리 8세의 생각은 모어의 생각과 판연히 달랐다. 왕의 큰 문제가 잉글랜드 전체에서의 논의의 대상이 되었을 때, 왕의 생각이 필연적으로 우세해지리라는 것은 곧 명백해졌다. 급기야 헨리는 의회의 입법과정을 주도하는 헨리개혁입법파의 지지를 받아 '잉글랜드교회의 수장은 당연히 로마주교(교황)가 아니라 잉글랜드의 국왕이 되어야 한다'라는 자신의 생각을 착착 현실화하게 되고, 그리하여 잉글랜드 신민은 물론 성직자들 또한 이러한 왕의 뜻을 좇지 않을 수 없는 상황에 처하게 되니까 말이다. 그러니까 이러한 상황의 전개 조짐에 민감하게 반응하고 있었던 모어에게 대법관직 사임요청은 불가피한 것이었다.

내리막길의 현실은 가혹하다. 실직 대법관 모어는 자신의 주 수입원을 잃었다. 그는 매우 가난한 가장이 될 판이었다. 여전히 국왕자문회의 일원으로서 녹봉을 받고 있긴 하였지만, 그 수입으로 그렇게 큰 대갓집 살림을 유지하기에는 역부족이었다. 그래서 그가 했던 첫 번째 일은 모든 그의 식솔들이 다른 부호나 귀족 명문가에서 좋은 직책에 안정적으로 자리 잡게 하는 것이었다. 그의 공무 수행용 거룻배인 통나무 너벅선의 노를 저었던 뱃사공들은 그의 후임 대법관에게 맡겨졌고, 모어의 후원을 받는 모어 가家 장기기숙자들은 다른 유력 귀족 명문가에 천거되었다.

한편 모어는, 어릿광대 패턴슨에 대해서는 특별히 신경을 써서 그의 강점을 소개하는 서한을 런던시장에게 보내 그를 맡아줄 것을 부탁함으로 시장의 식솔로 자리 잡게 하였다.

이때 패턴슨은 "대법관 모어 경은 이제 더이상 대법관이 아니라네. 변화무쌍한 세상에 믿을 건 상황뿐인데, 사람도 내일도 아닌…. 이 쉬운 걸 왜 모르지, 모어 경은? 그는 인생에 대한 관점이 너무 심각해, 그래서 탈이 난 게야'라고 중얼거리며 첼시의 정든 모어 가家를 떠났다. 첼시 집 평면지 붕대문을 뒤로하고 둔더길을 넘어 강나루에 이를 즈음 패턴슨은 처량한 가락으로 노랫말을 읊조렸다. 그의 눈가에는 눈물이 맺혀 있었다.

그 누군가처럼 세상이 실망스럽고 환멸스럽다고
해서 인생의 체스판을 다 깨 버리면, 우리네 인생
에서 남는 건 아무것도 없게 된다네. 어차피, 우
리네 인생은 실망과 희망 그리고 환멸과 연민의
쌍곡선이 교차되며 굴러가는 수레바퀴 같은 게
아니던가.

어허, 어쩌나, 인생은 황량한 가로를 무한질주하
는 엇갈린 희비쌍곡선이거나, 덧없는 무대판 희비
극 혹은 비희극의 헤아릴 길 없는 적막공산의 허
허한 메아리인 것을….

인생엔 정답이 없고 풀이만 있을 뿐인데, 그이의
양심이 그걸 덮어 버렸다네. 왜, 모를까, 이 바보
는, 육신은 일순간 혹 꺼져버리는 물거품이라는
건 알면서, 양심이란 놈이 실체 없는 아지랑이라
는 것을…. 어째서, 이 허깨비에 잡혀 있는 게지.

모어는 자신의 가족을 죄다 불러 모아놓고는 자신의 사임 소식을 알렸
는데, 뜻밖의 소식은 한마디로 가족들에게 황당함과 놀람을 동시에 불러
일으켜 일순간 그들의 말문을 막히게 하였다.

 "애들아, 나는 대법관직을 사임하였단다. 그것은 내 수입으로는 우리 큰
집안 살림 유지가 감당되기 어렵다는 것을 의미한단다. 그렇지만 우리 가
족 모두가 여태까지 함께 살아왔던 것처럼 별 탈 없이 계속 함께 살아갔으

면 하는 것이 내 바람이란다. 그러기 위해서는 우리가 고민을 좀 해봐야 될 것 같다. 좋은 복안이 있으면 다들 각자의 생각을 이야기해보렴."

한동안 적막의 떨림이 방안공기를 갈랐고, 무력감에 빠진 모어의 가족들은 서로를 바라볼 뿐 말이 없었다. 미들톤의 얼굴에는 잠시 경련이 일어나는 듯했다. 커다란 눈물방울이 그녀의 통통한 볼을 타고 흘러내렸다. 수다쟁이 미들톤이 이번에는 한마디 말도 내뱉지 않았다.

모어가 말을 꺼냈다. 방안에는 다시 적막이 흘렀다.

"그러면 내 짧은 생각을 말해 볼 터이니 새겨듣거라. 나는 옥스퍼드에서 생활했던 적이 있었고, 챤서리 법학원과 링컨즈 인 법학원에서 생활하였으며, 조정에서도 봉직했으니까, 생활의 사닥다리에서 나는 최하위 생활수준단계로부터 최상위 생활수준단계로까지 올라간 셈이지. 그런데 지금부터는 내 연 소득이 100파운드에 불과하게 생겼으니, 우리 생활에 차질이 생길 수밖에 없지 않겠니. 상황이 이러하니 만일 우리 가족이 제각기 찢어져 살지 않으려면, 우리가 모두 집안 살림 유지를 위한 긴축 재정에 온 힘을 쏟아야 할게다. 그렇지만 그것이 우리가 즉각 최저 생활 수준으로 내려가야 함을 의미하지는 않는단다. 적어도 지금 당장은 우리의 생활 수준이 내 옥스퍼드 생활수준으로까지는 곤두박질치지 않을 것이며, 뉴 인 법학원 생활수준으로도 추락하진 않을 것이야. 다행히도 성실한 대다수의 사람들이 자족하고 살아갈 수 있는 수준인 링컨즈 인 법학원의 생활 수준으로는 시작할 수 있을 테니까 말이다. 만일 그 수준이 또한 우리의 헌실을 초과하는 것이라면 우린 다음에는 그래도 많은 학자들이나 옛 교부들이 긴축하며 그럭저럭 생활을 꾸려 나갔던 수준인 옥스퍼드 수준으로 단계를 더 낮추면 될 테니까 말이다. 그렇게 했는데도 그 수준이 우리에게 버겁다면, 우리는 등 뒤에는 동냥 배낭을 메고 한쪽 손으론 깡통을 들고서는 구걸하러 다니면 될 것인데, 그러면 우리는 거리 여기저기서 자유롭게 세상을 떠도는 많은 친구들과 사귀는 행운을 얻게 될 터이니, 어떻게 생각하면 그 또한 흥겨운 일이 아니겠니. 왜 있잖니. 불필요한 것에서 벗어나 꼭 필요한 것만 곁에 두는 게 행복이라는 말도…. 이번이 그걸 누릴 절호의 기회일지도 모르지."

가족들 모두는 웃고 말았다. 모어 가家에 감돌았던 긴장이 풀어지고, 잠시나마 온 가족이 행복감에 젖어 드는 듯하였다. 그러나 여전히 미들턴의 얼굴에는 불안한 기색이 역력했다. 그녀는 대법관 부인으로서의 위상을 잃고 싶지 않았으며, 그녀가 외출할 때마다 그녀를 호위했던 건장한 식솔들도 여전히 곁에 계속 두고 싶었다. 그녀 입장에서는 남편의 신분 상승에 따라 자신의 위상도 높아져 귀하신 몸으로 대접받았던 그녀가 돌연히 나날이 삶에 쪼들리는 일개 촌부처럼 생활비를 쪼개면서 살아가야 하는 처지가 되었으니, 이 얼마나 황당한 일이겠는가!

사임 직후, 모어는 식솔들이 그렇게 하곤 했던 식으로 "미들턴 안방마님, 이 몸은 이제 물러가나이다"라고 그녀에게 공손하게 허리를 낮추고 나서, 기도드리기 위해 그는 예배당 쪽을 향해 총총걸음으로 올라갔다. 예배당에는 모어의 지정 기도석이 있었다. 아마도 모어의 이러한 입담은 아내를 웃지 않을 수 없게 만들었을 것이며, 그녀에게 상황이 그렇게 나쁘지만은 않다는 생각을 갖게 하였을 것이다. 적어도 그녀는 기쁨과 슬픔을 같이할 든든한 울타리인 남편이 여전히 곁에 있으며, 그녀의 주변에는 함박웃음을 가져다줄 손자손녀들과 자식들이 따뜻하게 자신을 감싸고 있지 않은가.

한편 사임 후 찾아든 한적한 시간은 모어에게 그동안 쓰고 싶었던 글들을 쓸 수 있는 기회를 주었다. 그는 그 자신이 그러한 시간과 여유를 누리게 해준 데 대해 신에게 감사했다. 모어가 대법관직 사임 직전에 에라스무스에게 보냈던 다음의 편지는 그 자신이 대법관직 사임에 대해 얼마나 홀가분하게 생각하고 있었는지를 드러낸다.

> 에라스무스 경, 그대가 그렇게 해오셨듯이, 나도 진정으로 하고 싶은 일을 즐기기를 갈망했답니다. 공직에서 풀려나 하느님과 나 자신에게 시간과 여유를 바치는 기쁨을 누릴 수 있기를 말이오. (…) 그런데 마침내 그 소망을 이루게 되었다오

은퇴 후, 특히 모어는 가톨릭교회 변호에 열을 올렸는데, 그렇게 했던 것은 '정통교회인 가톨릭교회를 향한 이단주의자들의 공격'에 대해 정통교회의 변론자로서 가톨릭교회를 수호해야 한다는 그 자신의 소명감에서였다. 그는 당시 유럽 대륙과 잉글랜드에 횡행하는 루터주의자들의 신학적 글들을 정통교회 교리에서 어긋나는 이단적인 것으로 여겼다. 그가 생각하기에 루터의 책들은 순진하고 천진난만한 사람들을 오염시켜 그들을 악의 구렁텅이에 빠지게 하는 '달콤한 독이 배어있는 악서惡書'였다. 그의 주장에 따르면, 이단자들은 분명 세상에 끼칠 해악으로 퇴치되어야 할 자들이었지만, 그가 실로 혐오했던 것은 그들 자체가 아니라 그들 안에 도사리고 있는 '악성惡性의 영혼'이었다. 그는 자신의 논쟁서에서 사악한 영혼으로부터 그들을 구제하고 싶었음을 진지한 논조로 말하고 있다. 그런 명분하에 그는 이단 재판관으로서 이단자 척결에 앞장섰으며, 이단자들의 생화형을 그들의 영혼을 정화함으로 그들을 구제하는 적법한 통과의례로 정당화하기도 하였다.

모어는 이단자에 대항하는 데 있어서 가능한 한 이성이라는 논리적 무

기를 사용하고자 하였다. 이 무기는 자신의 감정을 제어하면서, 상대방의 생각을 차츰차츰 개심시키는 효과적인 것이었다. 모어의 범법자 형벌관에 따르면, 그가 이단자들을 포함한 모든 기소된 범법자들을 대할 때, 그의 제 일차적 접근 방식은 버릇없는 아이를 벌주는 아버지의 입장에 서서 사랑의 회초리를 내려친 후, 반성의 계기를 마련해 주거나 목민관이나 선생님의 입장에 서서 자신의 잘못을 깨닫고 다시는 똑같은 실수를 반복하지 않도록 교화를 목표로 각자 특성에 맞는 징계를 내리는 것이었다.

　모어의 사위 로퍼는 루터의 교의와 개혁 교회에 깊은 관심을 가진 젊은 법조인이었는데, 그는 장인의 이성적·각성적 설득을 통해 이전의 과격한 이단적 견해들을 차츰 순화시킬 수 있었음을 아내 마가렛에게 고백했다. 첼시의 모어 가家에 이단적 견해를 설파하려다 고발된 식솔들이 있었는데, 모어는 그들이 공식 재판에 회부되기에 앞서 따끔한 매질과 각성을 통해 개심시킴으로 최악의 사태를 모면하게 하였다. 그러나 그러한 교화 처벌 방식이 통하지 않을경우에 모어는 그들을 엄정한 법의 처분에 맡겼다. 정계 은퇴 후 모어가 즐겼던 것들은 묵상과 기도, 정원 산책과 모어 가家 사람들과의 담소, 손자손녀들과 함께하는 놀이 등이었다. 그는 그러한 여유의 발견에 무척 기뻐했다. 잠시나마 그는 아주 오래전에 맛보았던 즐거움을 되찾은 것 같았다.

　또한, 모어는 이 여유 시간을 활용하여 자신이 못다한 해야 할 일들을 정리하였다. 그의 가세는 점점 기울어져 가고 있었다. 모어 대가족은 이제 제각기 분가하여 독립세대를 이뤄 자신의 가정을 꾸려 가야 할 시기가 온 것이다. 모어에게 그것은 가족과의 앞으로 있을 이별 연습 같은 것이기도 하였다. 그는 자신이 맛보고 있는 이 평온한 순간이 지속될 수 없으리라는 것을 알고 있었다. 이 무렵, 에라스무스에게 보낸 편지에서 그는 '자신의 바람과는 달리 자신이 가는 길이 순탄하고 평화롭지 못할 것 같다'고 적었다.

　퇴임 후에도 모어의 몸 상태가 좋지 않았다. 그러나 그는 그것보다 장차 자신 앞에 벌어질 일들을 걱정하고 있었다.

> 내 가슴의 통증은 고질병인가 보다. 도대체 그놈의 정체를 정확히 캘 수 있으면 좋겠는데. 그놈이 나를 억누를 때는 내 영혼이 복마전 속에 매몰된 느낌이다. 그렇지만 내가 실로 두려워하는 것은 현재의 고통보다 장차 내 앞에 벌어질 사태들이다. (…) 의사는 그 통증이 계속되면 치명적일 수 있음을 내게 말한다. (…) 통증에서 벗어나기 위해서는 내가 규칙적인 시간 생활, 적절한 섭생 및 약물 요법, 그리고 마음의 안정이 필요함을 의사는 조언한다. 심장을 관통하는 혈액에 지독한 찰거머리가 달라붙었나 보다. 그런데 이놈의 횡포보다 장차 내 앞에 벌어질 일들이 더 두려운 걸 어쩌랴.

　모어의 기분을 돋우어 준 것은 그의 조카딸 조안 라스텔과 결혼한 젊은이의 경쾌하고도 기지에 찬 얘기를 듣는 것이었다. 이 젊은이는 그 당시 사람들 간에 '흥겨움을 절로 느끼게 하는 열정적인 재담가'로 알려진 존 헤이우드[1]이다. 그는 왕실 성가대 일원일 정도로 실력 있는 가수이자 버지널(건반이 있는 하프시코드 현악기)연주가였으며 무도舞蹈로도 탁월했지만, 무엇보다도 저술가와 극작가로서 이름을 날리고 있는 인물이었다. 거기에다 그는 키도 훤칠하게 크고 얼굴도 잘생겨 외모가 재주를 바쳐주는 그런 사람이었다. 그래서 그는 '보기만 해도 기분 좋아지는 사람', '멋쟁이 쾌남아', '만인의 재담꾼' 등으로 불리었다. 그는 일찍이 모어를 문화예술행사에 적극적으로 끌어들이려고 애썼다.

　이런 헤이우드를 따라 동년배 젊은이들이 모어 가家를 방문하기라도 하면, 젊은이들은 헤이우드의 연주 지휘에 맞춰 합창하곤 하였는데, 모어와 그의 아내도 합창에 자연스럽게 합류하게 되어 루트나 버지널을 연주하곤 하였다. 이렇게 해서 벌어지는 모어 가家 음악회는 한순간이나마 모어의 근심과 잡념을 사그라트렸다.

모어 가족은 곧 제각각 흩어졌다. 클레먼트 부부(존 클레먼트와 마가렛 기스)는 예전에 살았던 벅클러스베리 너벅선집으로 이사하기로 하였다. 아들 존과 그의 아내 앤 모어는 요크셔의 소유지를 물려받아 그곳에서 살게 되었다. 길스와 쎄실리 헤론은 헤크니의 새클웰로 이주했다. 엘리자베스와 윌리엄 돈스는 배터시의 자산을 소유했다. 모어의 의붓딸 엘리스는 알링턴의 아내가 되어 윌레스덴에서 살았다. 다만 메그(마가렛)와 그녀의 남편 로퍼만이 첼시 모어 가에 그대로 눌러살았다.

모어 가家는 집안 분위기가 썰렁해졌다. 첼시 집에 남게 된 모어 가족들은 큼직한 통나무 장작불 대신에 집 주변의 황야지로부터 긁어모은 관목가지로 겨우 난방을 하였다. 미들톤은 어려운 시기에 모어가 자신의 소유물들을 팔아 집안 살림에 보탰듯이 자신의 보석과 장신구 그리고 값나가는 옷가지들을 팔아 그렇게 하였다. 그녀는 자신의 남아 있던 몇 명 남짓의 하녀들마저 내보내서 그녀가 직접 집안일을 도맡아서 해야 했다. 그러자 이러한 처지를 딱하게 여긴 교구 교회측에서 교회 헌금의 일부를 '모어의 교회 옹호 기고문에 대한 원고료'란 명목으로 모어에게 기부하려 했으나, 모어는 교회측의 그런 호의를 단호히 거절하였다. 그러한 모어의 행동은 미들톤이 보기에 이해불가한 것이었다. 이에 그녀는 혀를 끌끌거렸다.

"어이가 없군. 세상에, 이 곤궁한 처지에…. 고매하기도 하셔라."

추위가 매서웠던 1월, 모어 부부는 고사리 같은 마른 잔가지로 겨우 난로불을 지폈지만, 그들의 거실은 여전히 찬 냉기가 돌았다. 이렇게 추위가 매서웠던 그 무렵, 헨리 8세는 자신의 고집대로 앤 볼린과 재혼을 하였고, 그 후 몇 달이 지나 대주교 토머스 크랜머는 이전의 캐서린과의 결혼이 무효임을 선포하였다.

모어는 로퍼에게 고개를 돌렸다. 로퍼는 모어의 얼굴에 투영된 고뇌의 그림자를 읽을 수 있었다.

"여보게, 사위, 내 바람일 뿐이지만, 그 문제가 원래대로 되돌려지면 진정 좋으련만…. 이제 더 큰 사태가 벌어질 것이야. 주님의 은총을 기다리는 수밖에 없겠지."

모어는 세 주교(더럼 주교, 바쓰 주교, 윈체스터 주교)의 필명으로 쓰인 편지를 받았는데, 그가 봉투를 열어 그 편지를 폈을 때, 봉투에서 20여개의 금화가 쏟아져 나왔다. 댕그랑 소리에 모어는 금화들이 흩어져 있는 바닥을 내려다봤다.

"그들은 내가 새 왕비 즉위식장에 참석하기를 바라고 있군. 그들이 새 왕비 즉위식장 참석용 가운 구입비와 생활비 명목으로 20파운드를 보냈구면."

"장인어른 참석할 생각이신가요?"라고 로퍼가 물었다. 메그가 하던 바느질을 멈추고 모어를 살며시 올려다보았다. 그녀는 "아버지가 어떻게 앤 왕비의 즉위식장에 가는 문제에서 벗어날 수 있을까? 아버지가 참석하지 않는다면 그것은 왕을 노엽게 할 것이 불을 보듯 뻔하며, 만일 참석한다면 아버지가 결혼을 인정하는 모양새가 될 텐데"라고 혼자 말로 중얼거렸다.

모어는 잠시 사색에 잠기더니 곧 말문을 열었다.

"내가 그들의 한 가지 요청은 들어줄 것이겠지만, 다른 한 가지에 대해서는 그럴 수 없음을 그들에게 통보할 것이네. 나는 부자도 아니고, 그들의 성의를 생각할 때, 일단 그들이 보내준 돈은 내가 보관해 두는 게 예의일 것 같으니 그렇게 하겠네. 그러나 나는 왕의 이혼문제에 관한 한, 내 순전한 양심을 따를 것이네. 나는 즉위식장에 가지 않을 것이네."

메그와 로퍼는 그 어떤 말도 할 수 없었다. 찰나의 순간이지만 그 어느 때보다도 더욱 긴 여운의 침묵이 흘렀다. 전직 대법관 모어가 즉위식장인 웨스트민스터 대성당에 그 모습을 드러내지 않는다면, 그것이 암시하는 파장적 의미를 삼척동자라도 알아챌 일이었다. 그러하니 그 일로 왕은 진노할 게 불을 보듯 뻔하고, 그러잖아도 반감을 품고 있던 새 왕비 또한 모어의 확실한 정적이 될 게 분명하지 않은가.

새 왕비 즉위식 날이 왔다. 왕비가 마차를 타고 화사한 꽃들로 치장된 가로를 누비며 행차하고 있었다. 봄날이었다. 런던인들은 대개 그러한 이벤트가 있는 날에는 흥겹게 놀 구실을 찾거나 그날을 맘껏 즐기는 습속이 있었건만, 군중들은 왕과 왕비의 행차를 그저 바라볼 뿐, 환호하지 않았다. 마차 안의 앤 볼린의 얼굴표정이 시무룩해 보였다. 하기야 그 누구에게도 박수갈채를 받지 못하는 새 왕비가 희희낙락한 얼굴을 하며 기분을 낼 수 있겠는가. 한편의 군중은 호위병들의 새 왕비를 향한 환호 소리에 시끄럽다는 듯이 얼굴을 찌푸리고 있었고, 또 한편의 군중은 그것에 무표정한 시선으로 새 왕비에 대한 반감을 나타냈다. 왕비의 '행차수행어릿광대'가 가마 옆을 요리조리 오가면서 군중들에게 뼈 있는 농을 내뱉었다.

"런던의 군중들은 괴혈병에 걸린 게 틀림없어, 산송장처럼 몸을 웅크린 채 도대체 마음의 문을 열기를 그렇게도 꺼리는 것을 보면 말이야."

이 무렵, 강가를 따라 산책하고 있었던 모어는 몇 마일 떨어진 곳에서 벌어질 새 왕비 행차에 관해 생각하고는 이전의 캐서린 왕비 즉위식에 대해 회상했다. 조신하면서도 후덕하고 기품 있어 뵈는 캐서린, 그 옆에서 그녀를 응시하던 애정의 눈길이 그윽했던 늠름한 큰 키의 금발머리 왕 헨리, 그리고 환호하는 군중들 그 모든 것들이 주마등처럼 모어의 뇌리를 스쳐 지나갔다. 모어 생각에 이제 그때 그 왕 헨리가 앤 볼린을 환희의 눈길로 그녀를 바라보겠지만, 그의 눈길은 이미 순수함과 진실함 그리고 고결함을 상실한 그런 욕망의 눈길이었다. 새 왕비와 왕이 그 조역자들과 함께 한바탕 환희에 찬 축제를 벌이고 있겠지만, 모어는 그 축제 이면에 도사리고 있는 비극의 그림자를 언뜻 볼 수 있었다.

왕의 재혼 후에, 왕위계승법이 입안되었다. 그것은 헨리와 앤 볼린을 통해 태어날 자식들만이 왕위계승자격을 가진다는 내용의 법 조항을 담고 있었다. 캐서린 딸 메리 공주는 졸지에 왕위계승자격을 상실하였다. 그 조항은 모어 생각에 부당하고 냉혹한 것이었다. 더욱이 이 계승법에 관한 한, 의회 의원들만이 아니라 잉글랜드 왕국 신민이라면 그 누구든 그것에 동의하고 준수한다는 것을 선서·맹세하도록 요구되었다. 거리마다 해당 법령에 대한 선서·맹세의 정당성을 알리는 홍보문이 뿌려졌으며, 그 요구에 대한 거부는 곧 반역행위라는 벽보가 붙었다. 이러한 선서·맹세는 새 결혼은 저법한 것이었다는 것을 공개 천명하는 것일 뿐만 아니라 캐서린은 더 이상 잉글랜드의 왕비가 아니며, 메리 공주는 서녀庶女에 불과하다는 것을 공개 선언하는 것이었다.

더욱이 그것은 '신성하다는 교황이 오류를 범한 불의한 존재라는 것'을 공개 천명하는 것이기도 하였다. 모어 생각에 그것은 신보다 왕을 우위에 두는 신성모독의 행위였다. 모어는 분명 왕의 충복이었지만 무엇보다도 그는 신의 충복이었다. 우선순위에 있어서 모어에게는 늘 영혼과 신념의 원천인 신이 먼저였고, 세속적 생의 원천인 왕은 그다음이었던 셈이다.

교황의 절대적 신성성을 옹호하는 모어의 행적과 언어를 보면 모어는 영락없는 교황주의자로 비치게 되지만, 엄밀히 따져보면 그는 교황주의자가 아닌 '공의회적 교황 직분 존중주의자'였다. 이를테면 모어는 가톨릭공동체 질서가 존속하기 위해서 교황이라는 인물 그 자체가 아니라 가톨릭 세계의 최상위 계서에 있는 교황 직분 혹은 직무의 기능적 중요성을 강조했을 뿐이다. 또한, 그는 교황 역시 공의회의 결정에 따라야 한다고 보았을 뿐만 아니라 교회가 교황을 위해서 존재하는 것이 아니라 교황이 교회를 위해서 존재하는 것이라고 보았기에 말이다.

그래서 모어의 교황 수장권 옹호는 '공의회적 교황 직분 존중주의자'의 입장에서 접근하는 게 무리가 없다. 그러나 이론상 논리와는 달리 역사적으로 교황 견제 기제로서 개혁적인 공의회가 없었던 것은 아니지만, 공의회는 대개 교황의 목적을 달성하기 위한 수족에 불과했다. 더욱이 모어 동시기에는 이단사상의 확대로 공의회의 역할이 교황권 수호 공의회로 전락하여서 공의회주의자나 교황주의자의 구분이 무색해져 버린다. 결과적으로 모어는 교황주의자의 모습으로 비치게 된다.

이제 잉글랜드의 새 왕비 앤 볼린은 모어의 치명적인 정적이 되었다. 한때 모어의 친구였던 왕 헨리 또한 모어의 냉혹한 적이 되었다. 왕은 이미 제어불능의 야수가 되어있었다. 모어는 진퇴양난의 위기에 처하게 될 것인데, 모어는 그것을 진작 알고 있었다.

'디케(Dike 정의의 여신)도 울고 가게 하는 고결하면서도 청렴한 판관…' 이 말은 모어가 대법관으로 임명되었을 때, 에라스무스가 명판관 모어에 대해 던졌던 '촌철살인의 응축된 인물평'이다. 그는 공직인으로서 고결함과 청렴함으로 모든 이들에게 존경의 대상이었다. 그러나 그런 그가 뇌물수수 부패죄 관련 표적 수사대상이 된다.

모어는 국왕자문회의 앞에 소환되었는데, 그것은 대법관 재임시 그가 뇌물을 받은 것으로 고발되었기 때문이다. 앤 볼린의 아버지 윌트셔 Wiltshire 백은 모어에 대한 집요한 고발자였다.

"모어 경, 대법관 재임 중, 그대는 본인이 재판한 남편 소송에 함께 왔던 보헌 Vaughan 부인으로부터 금잔을 받은 적이 있었지요."

"그렇습니다"라고 모어가 짤막하게 대답했다.

"내가 경들에게 말하지 않았습니까. 모어 경에 대한 뇌물수수혐의가 명백한 사실이라고 말입니다"라며 윌트셔 백이 의기양양하게 떠들어댔다.

그러자 "경들이시여, 언제나 말이란 시작과 끝이 있는 법이니, 나머지 내 말의 끝을 만나셔야지요. 자, 내 말을 계속 들어보시지요"라고 모어가 말했다.

"나는 분명 잔을 받았지요. 그 잔은 아주 멋진 금잔이었지요. 그래서 나는 그 잔에 포도주를 가득 부을 것을 보헌 부인에게 청했고, 나는 그 부인을 위해 그 포도주를 마셨지요. 그다음엔 제가 그 잔에 포도주를 채웠고, 그녀가 나를 위해 그것을 마셨지요. 그러고 나서, 그녀에게 그 잔을 되돌려 주었지요. 이번엔 남편에게 주는 내 선물이라고 말하면서 말입니다."

윌트셔 백은 모어의 당당하고도 차분한 모어의 대답에 잠시 망설이더니

"그대가 그래셤Gresham 선생으로부터 받은 잔은 어떻게 된 것이오?"라고 물었다. 이에 모어는 배석해 있던 좌중 참관인들과 월트셔 백을 번갈아 바라보면서 답변했다.

"맞습니다. 내가 그것 또한 분명 받았지요. 그렇지만 그 대신 나는 그에게 더 값나가는 고블렛잔을 주었지요. 아, 그러고 보니 나는 뇌물을 받고 주었으니 두 번의 죄를 지었나 봅니다. 경이시여, 그대의 넓은 아량으로 나를 용서하구려. '진정한 용서란 죄를 묻지 않는 법'이라던데, 그대와 나 사이 한때의 정을 생각해서 더이상 내 죄를 묻지 않으면 안 되겠소."

좌중의 참관인들이 웃음을 터트렸다. 이들 중 다수는 기지가 번뜩이는 모어의 얘기 듣기를 즐기곤 했던 오랜 친구들이었기에, 다음에는 그가 어떤 말을 할 것인지 궁금해하며 고발자의 질문보다는 그의 대답에 더 귀를 곤두세우고 있었다.

월트셔 백의 공격적인 질문은 계속되었다. 자신의 생각대로 일이 진척되지 않자 그는 모어에게 신경질적인 반응을 보였다.

"모어 경, 크로커Crocker 부인이 당신에게 준 금화가 들어 있던 장갑은 어떻게 된 것이오. 그대가 그것을 받은 게 분명한데 말이요."

"예, 사실입니다, 월트셔 경. 숙녀의 정성스러운 선물을 거절하는 것은 예법에 어긋날 것 같아 일단 그것을 받았지요. 제가 그 장갑을 선뜻 받은 것은 그것이 주는 이의 순수한 정성이 담긴 새해 선물이라고 생각했기 때문이었는데, 내 생각에 착오가 있었는지도 모르겠군요, 그런데 말입니다. 그 속의 금화는 그녀에게 즉시 되돌려 주었지요"라고 모어는 웃으면서 말하더니 다음과 같은 역설적인 말로 답변을 끝냈다.

> 도대체, 경께서는 나를 용서할 생각이 전혀 없는 것 같구려. 과감하게 나를 용서하시면 그대는 나에 대한 미움과 울화를 떨궈버릴 수 있을 것이고, 그렇게 되면 확신하건대 그대의 마음에는 잔잔한 평화가 찾아들 텐데 말이오.

모어에 대한 뇌물수수혐의는 사실무근으로 밝혀졌다. 재판심리 과정을 통해 오히려 모어의 청렴결백함과 애타적 인간됨만 확인되었을 뿐이었다.

그러나 정적들은 포기하지 않았다. 이번에는 그들이 사실을 조작해서 모어를 음해하고자 하였다. 국왕자문회의는 국왕의 이혼과 재혼의 정당성을 천명하기 위해 팸플릿을 제작한 적이 있었다. 그런데 그 당시 이 팸플릿에 대한 반론 소책자가 세간에 유포되고 있었다. 정적들은 이 책자의 저자가 모어임을 공공연히 떠들고 다녔다. 그래서 모어는 고발되었으며, 그는 그 자신을 변론해야 했다. 다행히 모어에 대한 고발 사실은 무고였음이 밝혀졌다. 적어도 모어는 왕에 대한 본인의 책무가 무엇인지를 아주 잘 알고 있었다. 정적들을 이끈 국왕수석비서관이자 자문관인 토머스 크롬웰도 왕의 충복으로서 모어의 성실성을 인정할 수밖에 없었다. 그럴수록, 토머스 크롬웰을 필두로 모어의 정적들은 집요하게 모어의 약점을 찾으려고 혈안이 되었다.

모어가 사임한 후에도 왕은 비공식적으로 첼시의 모어 가家를 여러 번 방문했는데, 또 한 사람, 첼시의 저택을 자주 드나든 인물이 있었다. 그가 바로 위에서 언급된 야심가 토머스 크롬웰이었다. 그는 왕의 앤 볼린과의 재혼, 잉글랜드 내 수도원 해산과 헨리종교개혁 등 왕의 결정들을 실행하는데 주도적인 역할을 한 사람으로 훗날 잉글랜드인들 사이에 '수도자들을 때려잡는 쇠망치'란 무시무시한 별칭으로 불리었던 자였다.

모어가 이 크롬웰측 무리에 의해 약점을 잡힐 뻔했던 한 사건이 있었으니, 다름 아닌 '켄트의 성령 받은 여인에 연루된 사건'이 바로 그것이었다. 얼마 전부터 잉글랜드에서는 암암리에 여기저기에서 엘리자베스 바튼[2]이라고 불리는 켄트주의 한 수녀가 미래를 보고 예언을 하는 것으로 세간에 나돌고 있었다. 그녀는 많은 이들에 의해 실로 예언의 영감을 받는 여인으로 회자되었는데, 그 명성으로 인해 존경받는 주교인 존 피셔John Fisher[3]뿐만아니라 캔터베리 대주교도 그녀를 방문한 적이 있었다. 그녀는 켄트의 성령 받은 여인으로 세간의 화제 대상이었다. 모어도 직접 그녀를 만난 적이 있었다. 그런데, 그녀는 '왕이 앤 볼린을 포기하지 않는다면, 왕은 왕위를 잃게 될 것'임을 예언하기 시작했으며, 그녀는 또한 '캐서린이야말로 왕의 정비正妃로서 참된 아내'임을 공공연히 떠들고 다녔다.

켄트의 성령 받은 여인에 관한 소문이 왕의 귀에까지 들어가게 되었다. 왕의 입장에서 볼 때 그녀가 그렇게 말한 것은 반역행위였으며, 그녀에게 귀를 기울인 사람들 또한 반역자들로 몰렸다. 그래서 바튼은 고등법정에 제소되었는데 그녀에 대한 재판심리과정에서 모어가 그녀의 방문객들 틈에 끼어 있었다는 사실이 밝혀졌다. 그는 국왕자문회의에 소환되었고 그녀의 반역죄를 알고도 그녀를 고발하지 않은 '반역자 방관죄'로 고발되었다.

모어는 그 수녀를 만났던 것을 부인하지는 않았는데, 그는 '왕의 큰 문제(이혼과 재혼) 관련해서 그가 그녀에게 그 어떤 말도 꺼낸 적이 없었으며, 그 당시에는 그녀로부터 역린의 그 어떤 말도 들은 적이 없었음'을 스스로 변론하여 증명할 수 있었다.

물론, 모어는 왕의 이혼과 재혼을 인정할 수 없었다. 비록 자신의 가슴에만 그것을 담아두고 있었지만 말이다. 그러나 그는 그 어떤 누구에게도 왕의 큰 문제에 대한 반대나 지지를 강요한 적이 없었다. 그의 생각에 그것은 각자의 양심과 신념의 문제였다. 이런 그였기에 만일 바튼이 왕의 앤 볼린과의 재혼에 대해 저주를 퍼부었다는 소식을 들었다면, 왕의 충복이었던 그가 그런 그녀를 만나러 갈 리가 없었다. 모어가 그녀를 방문한 것은 그녀가 왕의 재혼에 대해 대놓고 악담을 퍼붓기 이전의 일이었다.

여하튼 '왕의 이혼을 인정할 수 없다는 것'은 '거룩한 하나의 교회수장으로서 교황이 여태까지 세속에 대해 행사해온 전통적 권리를 왕이 부인하는 사실에 대해 용인할 수 없다'라는 의미를 중첩적으로 함축하고 있었다. 정황이 이러하니 왕의 이혼을 대놓고 반대한 그녀의 말을 듣고도 그대로 방관한 자는 그 누구든 그 자체만으로도 반역행위에 상응하는 죄를 지은 것이나 진배없는 것이었다. 결국, 재판심리과정에서 모어는 바튼의 반역행위와 무관한 것으로 밝혀졌다.

최종 변론에서 모어는 고발자들을 점잖게 힐책했다.

"경들이여, 그대들이 내게 저지른 행위는 엄연히 무고죄에 해당한다는 것을 기억해야 할 것이오. 그러나 나는 그대들을 고발하지 않을 것이오. 이미 진실이 밝혀졌으니까 말이요. 그러나 그 무고의 대상이 변론의 힘이 없는 순진무구한 어린아이 같은 사람이라면 그대들의 행위는 그에겐 치명적 테러행위나 다름이 없다는 사실을 명심하기 바라오."

모어를 한층 더 우울하게 한 것은 이 고발자들 혹은 그 동조자들의 상당수가 모어 자신의 오랜 친구들이거나 이진의 공직 동료들이있다는 사실이었다. 그들은 가능한 한 모어의 시선을 피하려 애쓰고 있었다. 모어는 그런 그들에게 완곡한 한마디 말을 던졌다.

"아마도 왕의 비위를 건드리는 위험을 무릅쓰기보다는 우정을 버리는 편이 훨씬 더 유익하겠지요."

이때의 모어의 착잡한 심경에 대해 사위 로퍼는 『모어 전기』에서 상세히 적고 있다. 그는 1인칭 관찰자 입장에서 내가 되어 장인과 무거운 대화를 나눈다. 그들은 배를 타고 첼시 쪽으로 가고 있었는데….

내 생각과는 달리, 장인은 매우 명랑해 보였다. 그래서 나는 그의 기분을 달래 줄 필요가 없었다. 나는 그저 장인이 왕의 결혼 관련 의회 법안대로 따르기를 속으로 바랄 뿐이었다. 장인이 집에 도착하고 난 직후, 우리 두 사람은 함께 정원을 산책했다. 상황이 어떻게 돌아가는지를 알고 싶었던 나는, '장인어른 표정이 밝으신 것을 보니 일이 잘 된 것 같습니다'라고 말하고는 그의 표정을 살펴봤다. 그러자 그는 '그래, 잘 되었지. 나는 신에게 감사하고 있네'라고 말했다. 그러면 '장인어른께서는 왕의 큰 문제로부터 자유로워지셨나요'라고 내가 물었다. '나는 결코 그 문제가 어떤 것인지 알고 싶지도 않고, 나는 그것에 관해 기억하는 바도 없네'라고 장인이 말했다. '기억하는 바가 없으시다니요? 장인어른 자신을 위해서나 우리 가족 모두에게 얼마나 중요한 문제인데요'라고 내가 말했다. '저는 장인이 그 문제를 이렇게 대수롭지 않게 여기시다니 참으로 안타깝습니다. 저는 장인어른 얼굴이 밝으셔서 만사가 잘 되어 가는 줄로만 알고 있었는데요'라고 내가 말하자, '어허, 자네는 내 표정이 왜 이렇게 밝은 줄 모르겠는가'라고 장인이 반문했다. '예, 알고 싶습니다.' '여보게 사위, 내가 기쁜 것은 악마의 유혹으로부터 등을 돌릴 수 있었고, 다시는 내가 결코 돌아올 수 없을 정도로 그 문제로부터 멀리 벗어나게 되어 내 양심이 큰 수치심을 감수하지 않아도 될 것 같아 그렇다네'라고 장인이 말했다.

모어는 왕과 크롬웰에게 자신의 충정을 보여주는 고백 형식의 편지를 썼지만, 왕의 모어에 대한 의구심과 분개는 깊어만 갔다. 모어는 그의 표현대로 그 문제로부터 너무 멀리 벗어나서 원점복귀가 어렵게 되었음을 체감하고 있었다. 그러나 그의 원점복귀가 이뤄지지 않는다면, 그는 분명 게걸스럽게 변해 버린 정략적인 야수 같은 왕의 사냥감이 될 것이 불을 보듯 뻔했다. 그것을 걱정한 오랜 친구 노르포크 공이 모어 가家를 방문하여 모어에게 왕의 결혼 문제와 관련해서 무조건 의회법안에 따를 것을 진지하게 요청했다.

"모어 경, 틀림없이 그대의 싸움은 계란으로 바위를 치는 격의 위험하고도 무모한 싸움이 될 것이오 그러니, 부디 왕의 뜻을 좇도록 하시오 왕명을 거역한다면, 곧 '왕의 진노는 십중팔구 죽음과 연계된다(Indignatio principis est mors)'는 사실을 모어 경도 잘 알고 있지 않소. 그대는 현명하니까 죽음과 함께 지금까지 그대가 쌓아 놓은 이 세상의 권세와 명예 그리고 사랑하는 가족과 친구들과의 인연 등 그 모든 소중한 것들을 그대가 이리 쉽게 끝장내지는 않을 것이라고 나는 믿고 있소."

"으음, 그렇겠지요?"라고 모어가 대답했다. "내 생각입니다만, 죽음에 관한 한 분명 노르포크 공경과 나 사이에는 전혀 차이가 없지요. 다만 차이가 있다면 경께서는 내일 죽는데, 나는 오늘 죽는다는 사실이지요."

모어는 죽음을 '불완전한 여기 이곳을 끝내고 완전한 저곳으로 가기 위한 동과의례 같은 것'이라고 생각했다. 그의 죽음에 대한 인식은, 하원의장이 되기 일년 전, 그가 일상적인 이야기를 익살과 유머가 넘치는 필체로 엮은 책 『최후의 4가지 것들』[4]에서 이미 함축적으로 피력된 바 있었다. 그런데 '일종의 죽음에 관한 사색록'이라고 할 수 있는 이 책이 쓰인 시기가 그가 출세가도를 달리고 있을 즈음의 한참 나이 때였다는 것은 참으로 역설적이다.

모어의 이 사색록은 고대 로마의 개선장군행렬식에서 기원한 '메멘토 모리Memento Mori'라는 경구와 중세말 '죽음의 무도Dance Macabre'라는 그림을 연상시킨다. 메멘토 모리라는 경구는 고대 로마의 원정승리 축하 시가행진에서 개선장군이 행렬을 따르는 노예를 시켜 '메멘토 모리(죽음을 기억하라)!'라고 외치게 한 데서 유래한 것이다. 이 경구는 '개선장군이라고 너무 우쭐대지 마라, 오늘은 개선장군이지만, 너도 언젠가 죽는다'라는 인생무상의 내용을 함축하고 있다. 이것은 살아있을 때 교만하지 말고 겸손하게 행동할 것을 산자들에게 환기시킨다. '죽음의 무도'는 망자들(시신이나 의인화된 죽음)이 살아있는 이들(교황·권력자·부자·노동자·어린이)을 만나거나 무덤 주위에서 덩실덩실 춤추는 것으로 구성되어 있다. 이 그림은 보는 이들에게 살아있다는 것이 얼마나 허무하고 현세적 삶의 영광이 얼마나 헛된 것인지를 일깨워준다.

모어는 죽음의 과정을 통해 인간의 갖가지 욕망이 얼마나 자기 파멸적일 수 있는지를 상상해 보면서, 생로병사에 따른 죽음이든, 운명적 죽음이든, 자신이 선택한 죽음이든, 죽음이야말로 세속의 인간이 자기 파멸적 욕망이나 자기 고뇌로부터 자연스레 벗어날 수 있는 호기가 될 수도 있음을 넌지시 말하고 있다.[5]

우리가 자리에 누워서 죽어가고 있을 때 온몸이 아프고, 온몸이 괴롭고, 우리 영혼이 슬픔에 잠기고, 공포감에 질렸을 때 우리 목숨은 점점 멀어지고, 죽음이 다가올 때면 마귀들이 우리를 분주히 에워싸고, 이루 말할 수 없는 무서운 고통을 감내할 힘이 없어진다. 그럴 때 육욕에 찬 우리의 친구들이 눈앞에 어른거리고 재잘거리는 소리를 우리 귀로 듣는 것이 차라리 재미있으리라 생각해 본 일은 없는가. 당신의 시체 위를 돌면서 왱왱대는 통통한 파리들, 혹은 게걸스러운 까마귀들이 침대와 병든 신체 주위를 날아다니면서 '난 뭘 차지한담? 내 몫은 뭐지?'하고 지껄여 댄다. 그러면 아이들이 제 몫을 찾아서 달려든다. 그다음 당신의 사랑하는 아내, 당신 몸이 성했을 때 한 달이 지나도 다정한 말 한마디 않던 마나님이 이제는 당신을 사랑하는 임자라고 부르고 애써 울부짖고 자기 몫은 뭐냐고 묻는다. 그다음에는 유산 관리인들이 열쇠를 달라고 하고 당신이 가진 돈이며 재산이 얼마냐고 묻는다. 이런 북새통에 당신은 인생을 마감하는 자리에 누워 있다. 그런 말들이 다 지겨워서 그들이 원하는 것을 죄다 타는 불 속으로 던져버리고 싶어진다. 그리고 반 시간쯤 조용히 자리에 누워 있으면 죽음이라는 영원한 잠에 빠졌으면 하고 원한다. 그대들은 그런 생각을 해본 적이 없는가.

모어의 중년기 죽음의 사색록 『최후의 4가지 것들』은 말년에 직면하게 될 그 자신의 고난과 죽음을 예감하고 쓴 책이 아닐까.

다행히도 모어는 '헨리종교개혁의회법안에 반기를 든 반역자 명단에 끼지는 않았다. 딸 메그가 이 소식에 안도의 한숨을 쉬었지만, 그의 반응은 "분명, 내 문제는 완료된 것이 아니라 잠시 보류된 것에 불과하단다"라는 것이었다. 메그가 '조신하게 바느질하거나 기품 있게 담소를 나누었던 전 왕비 캐서린과는 달리 새 왕비 앤 볼린이 무도와 여흥에 빠져 있음'을 모어에게 말하자, 그는 매우 슬픈 표정을 지어 보였다.

"메그야, 참으로 안타깝구나, 축언에 섯은 앤 볼린이 곧 불쌍하고 딱한 비극적인 영혼이 될 것을 생각하니 말이다. 그녀의 춤은 풋볼처럼 머리를 날리는 죽음의 춤이 될 것이야. 두고 봐라, 오래지 않아, 그녀의 머리가 그 같은 춤을 추게 될 테니까. 뒤틀린 사랑 뒤에는 언제나 파멸의 선율이 뒤따라오는 법이야."

첼시 칩거 중에도 모어는 첼시 저택을 오가는 궁중 사람들을 통해 궁중 소식을 알 수 있었는데, 그는 그들 중 누군가에게서 새 왕비 앤 볼린의 출산이 다가오고 있음을 전해 들을 수 있었다. 햇빛이 화사한 9월 오후였다. 템스강 건너편에서 포소리가 들려 왔다. 그 소리를 들은 미들톤이 남편에게로 달려왔다.

"포소리 들으셨지요?"

"새 왕비가 낳은 아기 소식을 알리는 건가 봐요."

"그렇소, 나도 들었소"라고 모어는 대답했다. 모어 부부는 계속 그 소리에 귀를 기울였다. 런던 구석구석으로 소리가 울려 퍼졌다. '쿵, 쿵' 하던 소리가 몇 번 이어지더니, 갑자기 뚝 그치고 정적이 뒤따랐다.

런던인들은 앤 볼린의 출산에 관해 입을 닫았다. 런던의 인파가 북적이는 거리에서도 아무도 먼저 말을 꺼내려 하지 않았다. 또다시 왕은 공주를 하나 더 얻었기 때문이다. 앤 볼린(현 왕비)의 딸, 그러니까 메리 공주(전 왕비 캐서린의 딸)의 배다른 동생 엘리자베스 공주가 태어난 것이다.

출산 소식을 전해 들은 왕은 아무 말이 없었다. 그 사실을 아뢰었던 사람들은 왕의 면전을 황급히 떠났다. 왕의 노여움을 살까 두려웠기 때문이다. 그의 얼굴은 제어할 수 없는 분노로 붉어졌다. 그는 왕궁의 정원을 오랫동안 큰 걸음으로 왔다 갔다 하면서 화기를 가라앉혔다. 왕은 사내아이를 무척이나 바랐다. 그는 그 때문에 하룻밤 하룻낮을 기도했다. 그는 그 자신이 택한 사랑하는 여자가 그가 바라는 일을 이루어줄 것이라는 확신으로 캐서린 왕비와의 이혼도 서슴지 않았다. 그의 희망은 무참히 깨어졌고, 미래의 꿈도 이룰 수 없게 되었다. 그의 눈은 벌겋게 상기되어 있었고

만 하루가 지나도록 새로 태어난 아기와 왕비를 보러 가지 않았다.

왕비 앤 볼린은 흰색과 초록색의 가림막이 있는 침대에 누워 있었다. 그녀의 오른편 상단 쪽으로 황금색 요가 있는 아기 침대가 놓여 있었다. 그 위로 갓 태어난 아기가 도톰한 강보에 감싸져 있었는데, 이 아기는 머리에 딱 맞는 흰 비단 모자를 쓴 채 누워 있었다. 왕이 들어갔을 때 아기는 잠들어 있었고 왕은 제대로 아기를 쳐다보지도 않았다. 왕은 왕비 앤 볼린에게 기분이 어떠냐고 묻고는 "무엇이든 원하는 게 있으면 말을 해보라"고 말했다. 그런 뒤 그는 휑하니 나가버렸다. 메아리 되어 복도를 때리는 왕의 커다란 발소리가 곧 사라졌다. 왕비는 아이를 바라보며 울고 있었다. 이 아기가 후일 이른바 대영제국의 발판을 마련하게 되는 여왕 엘리자베스 1세이다.

앤 볼린의 여아 출산 소식에 평소 새 왕비에 대해 못마땅한 감정을 품고 있었던 미들톤은 모어를 바라보며 말했다.

"어이쿠, 이제는 어쩌나! 세상을 그렇게도 떠들썩하게 해 놓더니…. 권세와 부귀영화를 꿈꾸던 이 어리석은 왈패 왕비의 가는 길도 그리 순탄치 않겠는 걸…."

그러자 모어가 얼른 미들톤의 말을 끊었다.

"여보, 새 왕비를 너무 미워하지 마오. 미움은 그 주변의 공기까지도 피 히게 하는 지독히 가해적인 놈이라오. 어차피, 우리는 그녀가 마시는 런던의 공기를 들이마셔야 하잖소. 누군가에 대한 미움은 결국 부메랑이 되어 그 자신에게 돌아오는 법이라오."

모어는 왕비 앤 볼린에게 임박해 있는 비운의 그림자를 직감하고는 가느다랗게 몸을 떨었다.

모어는 피셔 주교가 반역죄란 죄목으로 이미 런던탑에 수감되어 있는 사실을 알고 있었다. 현재 수감 중인 켄트의 수녀 바튼을 수감 전에 방문한 적이 있었던 다른 성직자들도 그러한 처지에 놓여 있었다. 그는 오래지 않아 왕의 분노의 그림자가 자신에게도 덮쳐 올 것이리라 예감하고 있었다.

모어는 첼시 집에서 고요하고 평화로운 부활절을 보냈다. 결국, 그에게 그 부활절은 집에서 맞이하는 마지막 종교의식이 될 것이었다. 부활절 다음 일요일에 모어와 로퍼는 성 바오로 성당의 설교를 들으러 갔다. 그러고 나서 그들은 벅클러스베리의 옛집(너벅선집)으로 가서 존 클레먼트 부부를 만났다. 그곳에서 한순간이지만 모어는 한적한 시간을 보낼 수 있었다.

올 것이 찾아왔다. 모어는 당장 첼시 집으로 귀가해서 람베쓰 궁으로 출두 준비를 해야 할 판이었다. 한 왕실 전령으로부터 람베쓰 궁의 국왕대리위원들에게 출두하여 왕위계승법에 선서·맹세하라는 통보서가 그에게 발송되었기에 말이다.

모어는 여정을 끝내고 즉시 첼시 집으로 돌아왔다. 그날 저녁 그는 조용히 자신의 가족들과 앞으로 있을 이별의 정을 나눴다. 그는 다음 날 아침 일찍 일어나 홀로 교회에 가서 고해성사하고 영성체Holy Communion를 받았으며, 차가운 가을 새벽공기를 가르며 주변을 산책했다. 마을에는 적막이 흘렀다. 다만 강물이 쏴 소리를 내면서 사초莎草를 훑었고, 새들이 과수원 나뭇가지에서 구슬프게 노래 부르고 있었다. 잠시 멈춰 그는 낯익은 집들을 바라보았다. 아침 햇살이 살갗에 와 닿는 게 느껴지기 시작하는데도 집집마다 창문 커튼이 내려져 있는 것이 여전히 사람들은 잠에 빠져 있는 듯했다. 그가 오솔길을 따라 올라갔을 때, 그는 그렇게도 몹시 사랑하여 손수 심었던 우정의 향초香草 로즈메리의 코를 찌르는 상긋한 향취를 느낄 수 있었다.

이별의 시간이 되었다. 아내와 자식들의 전송을 마다하고, 그는 쪽문을 뒤로하고는, 거룻배가 대기하고 있는 강 쪽으로 내려갔다. 4명의 뱃사공과 로퍼 그리고 모어를 실은 배는 람베쓰 궁 쪽을 향해 미끄러지듯 나갔다.

람베쓰 궁으로 향하던 중 "여보게, 사위, 나는 싸움에 이긴 것을 신에게 감사하네"라고 모어가 말했다. 로퍼는 당황했지만, 자신의 그런 감정을 숨기고는 "예, 장인어른, 장인께서 원하시는 길을 가게 되셔서 저도 기쁩니다"라고 그에게 말했다.

훗날 전기에서 로퍼는 그날의 모어의 심경을 적었다. '고난으로부터 오는 두려움과의 싸움에 직면할 수 있는 용기, 즉 자신의 양심과 소신에 따라 행동하고 시련의 공포를 극기할 수 있는 용기를 갖게 해준 것에 대해 장인이 신에게 감사하고 있었던 것이라고….'

그들을 실은 배는, 저 아득한 시절에 모어가 많은 시간을 보냈던 돌쩌귀가 불쑥 튀어나온 석재방파제에 접해 있는 람베쓰 선창가에 정박했다. 그 옛날처럼 여전히 선착장에 매여있는 '대주교전용거룻배'가 물결 따라 요동치고 있었으며, 그 뒤로 보이는 고궁은 한적하게 햇살을 받는 여유로운 모습을 하고 있었다. 모어는 선착장에서 사위와 헤어졌다.

지난날의 갖가지 기억들이 모어에게 밀려왔다. "경들이여, 여기 시중을 들고 있는 이 아이는 아마도 장차 훌륭한 인물이 될 터이니 기대해 보시구려"라고 말했던 노老대주교 모튼의 얼굴이 떠올랐다. 언젠가 대주교관저 근처의 사적지 소형 탑 주변에서 화재가 발생했을 때, 불놀이를 즐기다가 온몸이 시커멓게 그을린 친구들의 얼굴도 떠올랐다. 목적지 입구에 이르자, 개구쟁이 시절 친구들의 아우성처럼 왁자지껄한 소리가 들렸다. 그것은 모어의 심리변론을 보기 위해 몰려든 방청객들의 소리였다.

모어는 대공회당으로 들어갔다. 국왕 수석비서관 토머스 크롬웰과 선서·맹세를 관장하도록 임명된 '국왕대리위원들'과 함께 캔터베리 대주교 토머스 크랜머가 모어를 기다리고 있었다.

모어는 스스로를 변론하는 변호사의 입장에 서야만 했다. 토머스 크랜머가 모어에게 왕위계승법과 선서·맹세 방식이 담긴 공문서를 살펴보고, 그 내용을 상세히 기록해 놓은 양피지 두루마리 문서를 주의 깊게 읽도록 공손히 요청하였다. 모어의 발걸음은 무거웠고 얼굴에는 어두운 기색이 역력했다. 모어는 그것을 찬찬히 다 읽은 후에, 조용히 입을 열었다.

"경들이여, 나는 이 법령을 부정하고 싶지도 않고 그것을 입안한 자들이나 그것에 선서·맹세한 사람들에 대해서 비난할 생각은 추호도 없소. 나는 그 행위가 각자의 양심에 따라 행해졌을 것이라고 생각하니까 말이요. 그러나 내 양심은 왕위계승에 관한 한은 선서·맹세할 수 있을지 모르나, 왕이 성령 교회Holy Church의 수장이 되려 하는 사실과 결혼으로 이미 국모가 되었음에도 왕과 캐서린 간의 결혼이 참된 결혼이 아니라서 무효화하려는 시도는 도대체 받아들일 수가 없소. 나는 그것에 선서·맹세할 수 없소."

그러자 크랜머 바로 옆에 있던 크롬웰이 자신의 눈을 가늘게 뜨더니 "모어 경 그대는 왕의 진노가 두렵지 않소?"라고 소리쳤다. 그러더니 그는 "모어 경, 그대도 왕은 사자와 같고, 왕의 진노는 무시무시한 천둥 번개와 같음을 내게 말하지 않았었소"라며 모어를 달랬다.

"모어 경, 그대는 성직자도 아닌 평신도 주제에 그것에 선서·맹세하지 않은 첫 번째 사람이 될 것이오"라고 국왕대리위원들 중 한 사람이 말했다. 이어서 그는 "모어 경, 잠시 시간을 두고 생각해 봅시다. 현 상황을 경께서는 잘 알고 있잖소, 더 깊이 숙고해 보신다면 아마도 경의 생각이 바뀔 것이오"라며 인상을 찌푸렸다. 설득자들 모두가 지친 표정을 지었다.

모어의 주사위는 이미 던져진 상태였다. 그의 양심은 진작 그들의 생각에서 멀리 벗어나 있었다. 그는 크랜머의 요청대로 위층 작은 방에서 대기하기 위해 그곳으로 올라갔다. 계단에서 그는 평온과 고요의 정경이 있는 정원 뜰을 내려다볼 수 있었다. 따가운 4월 햇살이 느껴졌다. 그 방은 괜찮은 조망대 같은 곳이었다. 갈까마귀처럼 검정 가운을 걸친 몇 명의 성직자들이 식료품 저장실 앞에서 자기네들끼리 맥주를 주거니 받거니 하면서 흥겨운 한때를 보내는 광경이 모어의 시야에 들어왔다. 저 멀리에서는 수채화 그림물감이 뿌려져 생겨난 점들처럼 흩어져 있는 인간군상들의 모습이 희미하게 보였다. 그는 다시 아래층으로 소환되었다. 그의 생각은 확고부동했다. 그는 크랜머의 거듭된 선서·맹세 요구에 대해 침묵으로 일관할 뿐이었다. 국왕대리위원들 중 한 사람이 그를 노려봤다.

"여보시오, 모어 경, 어째서 그대는 왕국의 성직자들까지도 기꺼이 선서·맹세한 법령에 선서·맹세하지 않는단 말이요. 그대도 알다시피 그대의 많은 현명한 친구들도 이 법령에 선서·맹세하지 않았소."

"아마도 그랬겠지요. 그렇지만 그것은 그분들 양심의 문제이지, 내 양심의 문제는 아니지요. 나는 선서·맹세할 수 없소."

다음의 모어와 크랜머의 대화는 모어가 생각한 양심이 어떤 것인지를 잘 보여준다.[6]

크랜머 : 모어 경, 그대의 고집이 온 나라에 큰 해를 끼치고 있소. 폐하께
서는 명쾌하고 최종적인 회답을 원하고 계시오.

모어 : 내 양심이 그 법을 반대한다고 해도 내가 거기에 대해 아무 말도
하지 않고 아무 행동도 취하지 않으면 내가 그것을 명백하게 지지
하도록 혹은 양심을 따라서 반대하도록 강요하기는 어려울 것이오.
그렇게 되면 나는 내 영혼을 잃고, 내 신체는 파멸되고 맙니다.

크랜머 : 그대는 이단을 다룰 때 교황의 권위에 대해서 명확한 대답을 강
요하지 않았습니까? 법에 따라 교회의 수장이신 국왕이 신민에게
그 법에 대한 명확한 대답을 강요할 수 있지 않겠습니까?

모어 : 나는 그 법의 어느 부분도 지지하거나 반대하지 않는다고 이미 말
한 바가 있지요. 그러나 그 두 가지 경우에는 차이가 있습니다. 교
황의 권위는 모든 그리스도교 국가에서 의심할 바가 없는 것으로
널리 인정된 것이고, 이 나라에서 인정되고, 다른 나라에서는 인정
받지 못하는 것과는 다릅니다.

크랜머 : 그 이단자들은 그것을 부인해서 화형을 당했고 여기서는 이 법
을 부인해서 참수를 당합니다. 그렇다면 그 두 경우에 다 명확하게
대답하도록 강요하는 것은 이치에 맞는 일이 아닙니까. 두 가지만
묻겠습니다. 당신은 이 법을 보셨습니까. 또 그것이 합법인지 아닌
지 생각해 보셨습니까.

모어 : 첫 질문에 대해서는 보았습니다. 두 번째 질문에 대해서는 대답할
수 없습니다. 나는 나와 다르게 생각하는 사람들의 양심에 상관하
지 않습니다.

그러니까 모어는 일개 세속인간에 불과한 왕이 인간 개개 영혼의 양심
의 문제인 신념의 재판관이 된다는 것에 대해 납득이 가지 않았던 것이다.
그때, 크롬웰이 큰 소리로 선서·맹세의 본을 보이더니 그에게 간청하

듯 말했다.

"모어 경, 그대가 선서·맹세하는 조건으로 내 자식의 머리를 원한다면 내 기꺼이 그대에게 그 머리를 바칠 것이오. 이렇게 해서라도 그대가 선서·맹세하는 것을 보고 싶은 게 내 솔직한 심정이오. 왕의 인내가 한계에 도달했다는 사실을 명심하시오."

모어는 양심상 그렇게 하지 못함이 심히 유감스럽다는 말로 응답을 대신하고는 다음과 같이 말했다.

"그렇지만 나는 결코 그 어떤 사람도 선서·맹세에 거부하도록 충동질한 적도 없으며, 그 누구도 그렇게 하기를 본인이 원하는데 못하도록 망설이게 한 적도 없습니다. 그 문제는 모든 이들 각자의 양심에 맡겨야 할 것이니까 말입니다. 나는 신념에 관한 한, 내가 다른 이에게 그랬듯이 그 어떤 사람도 내게 강요할 수는 없다고 생각합니다. 그 문제는 누군가의 우격다짐에 의해서가 아니라 내 양심이 결정할 문제이지요."

대주교 크랜머는 크롬웰에게 말했다. 그것은 크랜머가 친구로서 모어에게 베푸는 마지막 우의의 표시였다.

"크롬웰 경, 그대는 가서 국왕 폐하께 전하시오. 모어 경은 왕의 새 결혼과 왕위계승문제 등에 토를 달거나 반대하지는 않을 것이 확신한다는 사실을 말이오. 모어나 피셔 주교 같은 덕망가가 자신의 양심의 격을 낮춰 선서·맹세를 한다면 이 나라 발전에 더할 나위 없이 좋겠지만 말입니다."

그러한 크랜머의 판단에 대부분의 참관인들이 동의했지만, 한동안 모어에게 우호적으로 보였던 크롬웰은 모어의 부정적 측면을 부각하여 왕에게 모어는 '역린의 고집불통 왕명거역자'임을 고했다.

더욱이 앤 볼린은 그의 도의적 대의명분 앞에 움츠러들 수밖에 없었다. 그녀에게 그는 수치심과 두려움을 동시에 불러일으키는 정적이었다. 그녀는 그를 결코 용서할 수 없었다.

왕에 관해서 말할 것 같으면, 그는 모어가 침묵으로 동의를 대신하게 될 수동적인 그런 종류의 선서·맹세에 만족할 수 없었다. 게다가 왕은 실제로는 모어의 침묵이 자신의 결정에 대한 저항이자 반대시위라는 것을 알고 있었다. 그것은 왕의 결정에 대한 명분을 희석시키는 것임에 틀림이 없었다. 모어 같은 명망 높은 도의적 인물이 왕의 결정에 대한 지지를 공개 천명한다면, 그것은 왕의 결정을 만방에 정당화하는데 금상첨화의 선전 효과가 있었을 텐데 말이다. 그는 자신의 만백성이 확실하게 왕비 앤 볼린의 자식들이 적자(제1의 정통적 왕위계승자)라는 것을 인정해 주기를 바랐다. 그렇게 인정받는다는 것은 전 왕비 캐서린과의 결혼이 부정한 것이었으며, 그것을 허락한 교황 또한 부정한 자였음을 반증하게 되는 것이 아니던가. 또한, 그것은 왕의 캐서린과의 이혼, 로마교황청과의 단절과 수도원 해산, 왕이 교회의 수장이 되는 잉글랜드의 종교개혁 등 각종 조치의 대의명분이 대내외적으로 정당화되는 효과를 가져올 것이었다. 모어는 충실한 왕의 종복으로서 공개적으로나 노골적으로 이러한 것들에 반대할 수는 없었지만, 도대체 그는 자신의 양심을 속이면서까지 그것들에 선서·맹세할 수는 없었던 것이다.

양심의 승리

"양심은 내면에 깃든 명예라네. 사람은 이것에 봉사함으로써 거리낌 없는 자유인이 될 수 있다네. 그것은 수천만 명의 증인과 같기에…."

하지만 양심은 반짝 타오르는 불꽃과 같아서 거센 세파의 바람을 감내하기가 어렵다.

람베쓰 궁에서 나흘 동안 머물렀던 양심수 모어는 웨스트민스터 궁을 거쳐 거룻배에 실려 런던탑으로 이송되었다. 햇살이 더없이 부신 날이었지만, 템스강 물은 회색을 띠고 있었다. 이러한 묘한 대조는 보는 이에게 우울한 감정을 불러일으켰다.

역적문(Traitor's Gate 런던탑 템스강 쪽의 문)에 내리닫이 격자문이 올려졌다. 그 문 안쪽에서 구면이 있는 런던탑 감옥 경비대장이 그를 기다리고 있었다. 경비대장 옆에 있던 옥리獄吏가 준비해 둔 죄수복을 그에게 건네주었다. 역적문에 들어서는 죄인은 옥중에서 갈아입을 죄수복을 받아 챙기고, 입고 온 겉옷들을 옥리에게 맡겨야 했다. 모어는 먼저 위쪽이 평평한 검정 모자를 그에게 맡기면서 "자, 여기 있소. 썩 좋은 모자는 아니지요"라며 웃음을 지어 보였다.

"나으리, 겉옷도 벗어 주셔야 하는데요"라고 옥리가 말했다.

모어는 겉옷을 벗고 허리가 잘록한 경장과 타이츠 차림으로 옥내로 들어갔다. 죄수복을 들고 경비대장이 모어가 있을 독방으로 그를 안내했다. 독방은 바깥쪽으로 맞은 편의 바이워드 타워와 이곳으로 연결된 샛문을 바라보는 런던탑의 벨타워에 위치한 적막한 곳이었다. 이 독방은 복도 쪽으로 오가는 간수나 죄수를 볼 수 있는 안쪽 창문 하나가 겨우 나 있었을 뿐이었다. 그러나 까치발을 하고 목을 쭉 늘이는 약간의 노고만 들이면 좁긴 하지만 너른 바깥세상이 한눈에 훤히 들어오는 바깥쪽으로 향한 또 하나의 창문이 나 있었기에 사시사철의 변화가 조망될 수 있는 곳이기도 했다.

모어는 독방 주변을 둘러보았다. 싸늘하고 황량해 보이는 벽, 바람이 '휘~하고' 소리를 내고 들어올 만큼 째진 두 창문 곁의 벽 틈, 발밑의 곰팡내 나는 밀짚 깔개, 토막 내어 대충 가공된 식탁, 볼품없는 의자 하나, 짚 침대 등이 그의 눈에 들어왔다. 첼시 집에서의 따스한 기억이 아련하게 그의 뇌리를 스치고 지나갔다.

"황혼 녘이 되면 가족 모두가 모여 앉아 지빠귀 새들이 집 바깥 정원 사과나무 가지마다 자리 잡고 앉아 흥겹게 노래 부르는 것을 바라보곤 했었지…."

"아주 누추한 곳이라서…"라며 사죄하듯이 경비대장이 말을 더듬거렸다. "그렇지만 저로선 상부의 명령이라서 더 나은 조건의 방으로 안내할 수 없어 유감이군요."

"경비대장 나으리, 내 일로 신경 쓰지 마시오. 아주 아늑하진 않지만, 그런대로 전망도 좋고, 조용하고…. 사색하기에 딱 좋은 공간이구려. 여기 지금 이 자리가 꽃자리 아니겠소. 이런 데서 정을 못 붙여서야…"라며 모어는 경비대장의 염려를 덜어 주었다.

경비대장은 모어 가家의 식솔 존 어우드John Awood가 수시로 와서 모어를 보살피게끔 하여 그가 심적 안정을 찾도록 도와주었다. 어우드는 첼시와 런던탑 사이를 자유롭게 오가면서 편지, 책자와 필기도구, 사식私食 등을 영어囹圄의 몸이 된 모어에게 갖다 주었다. 부인 미들톤은 옥중 남편의 건강을 챙기느라고 무던히도 애썼다. 그녀는 그에게 더 나은 음식과 잠자리가 제공될 수 있도록 없는 살림을 줄여 옥중 뒷바라지를 하였다. 그녀는 남편을 위해서 써 달라며 경비대장 뒷주머니에다가 많은 돈을 끼워 넣어 주었다. 곤궁했을 때마다 경제적 도움을 줬던 오랜 친구 안토니오 본비쉬는 모어의 독방에 따뜻한 겉옷, 마실 것, 먹을 것 등을 넣어 주었다.

면회객들이 방문할 경우, 그들과 함께 런던탑 정원을 산책할 수 있는 자유가 모어에게 허용되었다. 산책 중 면회객들은 이미 선서·맹세 문서에 서명한 저명인사들의 이름을 선례로 들면서 그에게 문서에 서명하도록 설득하였다.

딸 마가렛도 모어에게 이전의 결정을 재고하도록 설득한 면회객들 중 하나였다. 아버지를 그 누구보다도 끔찍이 사랑했던 그녀의 유일한 목적은 그 어떤 방도를 모색하는지 간에 그의 목숨을 구하는 것이었다. 그녀는

11장 양심의 승리

단골 면회객이었다. 그를 면회할 때마다, 그녀는 뒤로 돌아 눈시울을 적시곤 하였다. 그는 딸의 그런 모습이 못내 맘에 걸렸다. 자신의 초췌한 모습에, 딸이 슬픈 표정을 짓자, 모어는 그녀에게 지분거리듯 말했다. "애야, 요즘 넌 어떻게 지냈니? 내 사랑하는 이브Mother Eve 마가렛아, 내 일로 너무 가슴 아파하지 말아라. 이곳은 그런대로 괜찮은 곳이란다. 이곳의 절대고독은 때로는 내게 무한 사색의 자유를 맛보게 해주기도 한단다. 나는 이브의 유혹[1]이 더 걱정인걸"이라며 그는 울적해하는 딸의 마음을 달래려고 애썼다.

"아버지, 제가 무슨 말부터 꺼내야 할지 모르겠어요"라고 마가렛은 대답하고는 그의 기분도 돋우어주고 그의 결정을 바꾸도록 설득하기 위해 어릿광대 패턴슨이 읊조렸던 말을 그에게 전했다.

> 어째서, 모어 경은 선서·맹세하지 않고 자신에게 그토록 지독한 고문을 가하는 게야. 아마도 모어 경이 그런 시련을 당하면서까지 그렇게 하지 않는 특별한 사연이 있겠지만 말이야. 난 내가 알아서 선서·맹세했지만…. 그런데, 왜 이놈의 세상은 모어 경이 하는 대로 그냥 내버려 두지 않는 게지.

모어는 다른 이들이 행한 선서·맹세가 그들 쪽에서 보면, '그 법이 신법과 함께 하는 한과 같이 '해당법령에 명시된 신성한 구절'에 대한 신뢰를 바탕으로 '그들 나름의 생각을 표명한 것'이 될 수도 있으리라고 생각했다. 그러나 모어에게는 이른바 '그 신성한 구절'이 '개인(왕)의 탐욕을 위장하기 위한 정략적 성구聖句'로 비쳤다. 모어 생각에는 '성구'가 진실한 것이었다면, 기꺼이 선서·맹세했을 것이었겠지만, 모어는 그렇게 생각하지 않았기에, 선서·맹세할 수 없었다. 그는 한 걸음 더 나가 선서·맹세의 억지 강요는 '그 성구'가 떳떳한 진실을 담고 있지 않다는 증거로 보았다.

모어는 그러한 자신의 생각을 마가렛에게 결코 말하지 않았다. 왜냐면 그것이 딸의 마음에 그 어떤 영향을 끼쳐 상처를 받게 할 수도 있었을 것이었기에 말이다. 그 대신 그는 미소 지으며 그녀를 이브라고 부르고는 그녀가 그에게 선악과를 따먹으라고 끈덕지게 계속 유혹하고 있다는 등의 비유적인 말로 그녀의 설득 의지를 차단하였다. 그러고 나서, 그는 딸에게 위안의 말을 하였다.

세상만사는 덧없이 순간적인 것이란다. 너를 상심하게 하는 내 고통은 곧 끝나게 될 것이야. 나는 오히려 지금의 내 처지보다는 나로 인해 이 세상에서 네가 고통받는 것이 내 맘을 아프게 하는구나. 내 일에 너무 개의치 않으면 좋겠다. 만사가 하느님의 뜻대로 될 테니까.

모어는 자신의 옥중 글에서 '어째서 인간에게 고통과 아픔의 문제가 존재하는가'라는 자문에 스스로 이렇게 대답한다.

태양은 좋은 곳에도 나쁜 곳에도 비친다. 하느님은 때로 악에 물든 사람들에게 행운을 주시기도 한다. 이것은 오로지 그들을 당신의 친절로 당신에게로 부르시기 위해서이다. 하지만 그것이 성공하지 못할 때는 그들에게 슬픔을 주신다. 하는 일마다 술술 풀리고 모든 일에서 번창하고 있는 사람들은 하느님에게로 다가가지 않는 경우가 있다. 그러나 고난에 처하면 그들은 하느님에게로 달려간다. 우리는 고통을 받아들여 그것을 없애도록 최선을 다해야 한다. (…) 고난을 참아야 하며 그것을 극복하기 위해 노력해야 한다. 어떤 시련에도 절망하지 말자, 혹 그게 의지대로 안 된다면, 그 절망 속에서도 가던 길을 계속 가는 것이 최상책이다. 그 시련이 이 순간 내가 존

　　　　　　　　　　11장 양심의 승리

재한다는 것을 확인시켜 줌에 감사하면서 말이다. 우리는 하느님이 우리의 고통을 함께하고 있다는 진실을 기억함으로써 위로받아야 한다.

미들톤의 남편에 대한 설득은 딸 마가렛의 그것처럼 세련된 것은 아니었지만, 남편에 대한 일편단심의 애정이 담겨 있는 것이었다.

"여보, 어찌 당신같이 고결한 양반이 이러한 험악한 곳에 처박히게 되는 운명에 처해야 한단 말인가요"라며 그녀는 울음을 터트렸다. "만일 내가 당신처럼 이렇게 걸쇠로 잠긴 독방에 갇혀 있는 상황이라면, 나는 그 당장 숨이 막혔거나 울화통이 터졌을 텐데 말이에요."

그때 모어는 내심 웃었다. 왜냐면 집에서 그의 아내는 도둑놈이 들어올까 봐 늘 노심초사하며 밤마다 문들과 창문들을 걸쇠로 철저하게 걸어 잠그느라고 야단법석을 떨곤 했었는데, 그녀의 말에 순간적으로 바로 그 장면이 문득 떠올랐기 때문이다. 빙그레 웃더니 그는 그녀에게 말했다.

"여보! 이곳 독방의 보안은 어찌나 철저한지 세상에서 제일 안전하다오 집에서도 당신은 보안과 안전을 최우선으로 삼지 않았소".

그러자 미들톤이 그곳 주변을 둘러보고 혀를 끌끌 차더니 한심하다는 듯이 남편을 째려봤다.

"여보, 고상하신 모어 경 나으리! 이 호시절에 웬 궁상인가요. 여태까지 늘 현명한 사람이었던 당신이 어째서 이 좁고 더러운 독방에 처박혀 생쥐 꼬리나 보며 사는데 만족해한단 말인가요. 이 세상에 당신만 한 바보가 어디 있겠어요. 생각해 보세요, 당신이 이 왕국의 저명한 학자들, 주교들, 그리고 조정의 높은 분들이 행했던 방식을 좇기만 한다면, 왕의 총애와 호의를 받고, 자문회의의원들의 존경을 받으면서 살 수 있을 것이고, 예전처럼 국외에 나가 이국의 정취를 만끽할 수도 있을 것이며, 예전처럼 인생의 부귀영화도 누릴 수 있잖아요. 첼시의 아늑한 집, 당신의 서재, 당신의 책들, 당신의 회랑, 당신의 과수원, 당신의 동물원 등이 있고, 당신이 그렇게도 사랑하는 자식들도 있잖아요, 도대체 당신이 이곳에 처박혀 고통을 자초할 만큼 중요한 게 그 무엇이기에 그것으로 인해 당신은 지금까지 당신이 가졌던 그 모든 것들을 다 버린단 말이지요. 이렇게 궁상을 떨면, 그누가 당신에게 적선이라도 해준답디까!"

미들톤은 예전과 같은 모어 가家의 수다쟁이가 되어있었다. 그녀는 숨이 찼던지 잠시 말을 멈췄다.

모어가 말했다.

"여보, 부인 내 말 좀 들어보구려."

"그게 무엇인데요?"

"여보, 우리 집에서만큼 이 독방에서도 천국에 이르는 거리는 가깝다오."

말문이 막힌 미들톤은 "틸리 – 벨리, 틸리 – 벨리(응수할 말이 없으면 남편에게 던지곤 했던 의성어로 우리말 '끌끌끌'과 유사함)…"라며 혀를 찼다. 그녀는 자신의 가정, 재산, 가족보다도 자신의 양심과 신념을 더 중시여기는 남편의 생각을 걸코 이해할 수 없었고, 이해하려 하지도 않았다. 그녀뿐만 아니라 대부분의 사람들에게 모어는 '고집불통의 바보'로 비쳤다.

옥중 밖에서는, 사람들이 그를 석방하고자 구명운동을 벌이고 있었다. 미들톤이 재혼 시 데리고 온 딸인 앨링턴Lady Alington은 다급한 마음에 자신의 남편과 함께 사냥터에서 사냥 중이었던 모어의 후임 대법관에게 직접 구명을 요청했다.

"아버지에게 자비를 베풀어주세요"라고 그녀가 간청했지만, 대법관은 고개를 설레설레 흔들었다.

"켄트의 수녀 사건 연루죄에 관련해서는 요행히 그렇게 할 수 있었겠지만, 선서·맹세 문제에 관한 한 내 힘이 미칠 방도가 없지요. 모어 경이 고집을 꺾지 않는 한 어찌할 도리가 없소"

후임 대법관도 많은 다른 사람들처럼 모어가 고집으로 인해 나라에 평지풍파를 일으킨다고 생각하고 있었다. 대법관뿐만 아니라 사람들 대부분이 신념을 자발적 의지의 양심의 문제로 보고자 했던 모어의 의식 세계를 이해하려 하지 않았다. 모어의 심적 자유와 평온함은 바로 이 양심의 자율적 신성불가침에서 나오는 것이었다. '모어는 인간을 인간답게 만드는 어둠 속 불꽃이 바로 양심이라고 말했다'라고 로퍼는 적고 있다. 그는 양심이 상실되는 것을 인간 고유의 존재가치가 상실되는 것으로 보았다. 그는 동시기 로마교황청으로부터 잉글랜드교회를 떼어내려는 '헨리종교개혁주의자들이나 루터주의자들'을 '시류편승자들'로서 양심을 판 영혼 없는 자들로 여겼다. 그에게 그들은 영혼이 상실된 좀비 같은 존재나 다름없었다. 옥중 양심수로서 그의 죽음은 왕을 포함한 양심 상실자들에 대한 진지한 저항의 표시였던 셈이다.

모어 같은 사람은 자신의 양심을 거슬리고는 심적 자유와 평온함을 얻을 수 없는 그런 성품의 사람이었다. 왕 헨리가 일찍이 자신의 이혼과 재혼의 문제를 그에게 꺼냈을 때부터 그에게는 나날이 힘든 내적 갈등의 연속이었다. 싸늘한 독방에 갇힌 모어는 흔들리는 감정을 다스리는 긴 싸움을 해야 했다. 강요된 억압이란 인간을 나약한 존재로 움츠러들게 하는 고문이다. 결국, 고문으로 인해 무기력한 상실감에 빠진다면 양심을 저 버릴지도 모르는 자신의 모습을 상상하고는, 그는 고뇌하였다. 그러나 이미 그의 내면 깊은 곳에는 그 억압으로부터 자유로울 수 있게 하는 부동不動의 동자動者 같은 힘(아리스토텔레스가 말하는 인간 심성에 결정적 영향을 끼치는 절대 가치의 에너지)이 자리하고 있었다. 모어의 면회객들이 그를 설득하면 할수록, 그의 심지는 더욱 굳어졌고, 거꾸로 그는 그 면회객들을 위로하였다. 그러나 그는 그들에게 자신이 선서·맹세하지 않은 이유를 해명하지 않았다. 그는 자신의 생각이 다른 이들에게 영향을 끼치게 하고 싶지 않았다. 그는 그것이 그들에게 치명적인 해를 입힐 수도 있다는 것을 알고 있었다.

자신의 처지를 그리스도의 수난에 투영하면서 모어는 『그리스도의 슬픔에 관해서』라는 책을 쓰기 시작한다. 그가 그리스도가 온갖 시련을 겪다가 겟세마네 동산(Garden of Gethsemane 예루살렘 동쪽에 있는 동산으로 그리스도가 유다의 배반으로 잡혔던 곳)에서 잡히는 장면에 관해 서술하고 있었을 때, 그의 종이, 잉크, 연필 등 집필 도구가 몽땅 압수되었다. 면회객 방문도 금지되었다. 그는 감옥 난로 속의 숯 조각을 끄집어내어서 글들을 계속 쓰게 된다. 이 책은 앞으로 모어 자신에게 닥쳐올 일에 대한 두려움과 고통을 극복하려는 과정에서 쓰인 책이다. 그리스도의 용기 있는 행적에 관해 반추함으로 그는 생기를 얻었다. 그리스도는 그에게 말한다.

> 용기를 내라, 연약한 마음아…. 위로를 받아라, 오, 소심하고 악하고 이리석은 양이여! 너 자신을 믿고 내게 기대라. 자, 내 옷자락을 붙들 거라. 내 옷자락이 너에게 앞으로 나아갈 힘과 구원을 줄 것이다.

모어는 "너의 사랑하는 아버지에 의해 숯 조각으로 쓰였음"이라는 맺음 말과 함께 '세속적인 것들에 관한 한, 내가 현재 소유하고 있는 것 이상의 그 어떤 것도 원하지 않음'이라는 내용을 담고 있는 글을 마가렛에게 보냈다. 숯으로 휘갈겨 쓴 또 다른 편지에서 그는 '만일 내가 내 사랑하는 착한 딸에게 편지를 보내고 그 딸로부터 답장을 받는 기쁨과 위안이 얼마나 큰 것인지를 일일이 전하려 한다면, 아마도 한 꾸러미 숯 조각들로도 부족할 것이다'라고 적었다.

모어의 긴 옥중생활은 그렇지 않아도 좋지 않았던 건강을 더욱 악화시켰다. 그는 가슴 통증, 만성 근육 경련증, 소화기능장애로 고통을 겪고 있었다. 악화된 건강을 내세워 미들톤은 왕에게 남편의 석방을 호소하는 편지를 썼으나 허사였다. 기운 가세에도 불구하고 모어 가家를 떠나지 않았던 의리 있는 식솔들에게 줄 몇 푼의 돈도 없는 참담한 현실 앞에서, 세상일에 그렇게 씩씩했던 그녀도 기가 완전히 꺾여 있었다. 답답한 마음에 그녀는 다시 왕에게 수 세월 간 공직인으로서 모어의 봉직을 어여삐 여겨, 자비를 베풀어 줄 것을 간청하는 탄원서를 냈다. 이 탄원서 뒷장에는 식솔들을 포함하여 모어 가家 가족들 모두가 선처를 호소하는 서명과 함께 '왕과 잉글랜드왕국에 은총의 햇살이 내리쬐길 기도한다'라는 추신이 덧붙어 있었다.

그러나 미들톤은 왕으로부터 그 어떤 응답도 받지 못했다. 모어의 집들과 토지들은 당국으로부터 몰수되었는데, 그것들의 일부는 앤 볼린의 친척에게로 돌아갔다. 적어도 모어가 자신의 가족을 위해 지켜지기를 바랐던 최소한의 재산조차 몰수되었다.

모어는 그놈의 양심으로 인해 집안이 풍비박산되고 있다는 것을 알고 있었지만, 그는 항심恒心과 평정심平靜心을 유지하고자 애썼다. 과연 그 라고 흔들림이 없었을까. 그는 절박한 고독을 체감했을 것이다. 혹자는 말한다.

"뼈저리게 하는 고독에서 한 편의 시가 나온다고…." 여기 자신의 마음을 다독거리는 시 한 편이 있다.

행운의 여신이여, 당신의 종, 나는
참으로 오래 살았지요. 그런데,
이제는 그 오랜 세월 살면서,
가졌던 모든 것 죄다 잃고
나는 원래 상태로 돌아갔지요.
그렇기에 가끔 당신에 관해 생각하며
이것저것 회상해 봅니다.

아, 그런데요, 내가 당신의
저 고양이를 내쫓았다고 해서
당신이 나를 나무라지는 않으시겠지요.
설사 그렇다 해도, 나는 진심으로
당신에게 수천 번 감사합니다.
시를 지을 수 있는 여유를
당신이 내게 주셨기에 말입니다.

위의 시에서 등장하는 고양이는 단순히 시를 짓기 위한 소재로 문맥 속에 삽입된 것은 아니다. 모어는 동물 애호가였다. 런던탑 내에는 쥐 사냥을 즐겼던 도둑고양이들이 많았다. 이 고양이들은 슬그머니 창문 안팎을 드나들곤 히었는데, 모어 같은 옥중 죄수들은 그것들의 움직임으로부터 살아 숨쉬는 존재들이 지니는 생명의 의미를 새삼 깨달았을 것이다. 자신의 난로 앞에서 행운을 가져다 줄 것 같은 그르렁거리는 검은 고양이를 쓰다듬으면서, 모어는 그 고양이를 시의 재료로 삼았다. 고양이가 사라지면, 이때를 기다렸다는 듯이 어디에선가 생쥐들이 나타나는데, 그 생쥐들은 그 고양이가 먹다 남긴 빵 부스러기를 잽싸게 주워 먹고는 바람처럼 사라져 버렸다. 민첩한 생쥐의 모습은 마치 세찬 바람에 휘날려 눈 깜짝할 사이에 어디론가 흔적을 감춰버리는 가벼운 낙엽 같았다. 그 생쥐들, 그가 좁은 창문을 통해 볼 수 있었던 곡선을 그리며 나는 제비들, 햇살에 제모습을 드러낸 먼지 사이로 청보석 같은 푸른빛을 발하는 파리들, 양초 불꽃을 따라 요리조리 퍼덕이는 나방들은 그에게 생의 위안을 주는 반가운 창조물들이었다. 이 창조물들도 감옥 밖 가족의 사랑, 그의 기도들, 그리고 그의 신에 대한 믿음과 더불어 모어를 편안하게 해주었던 그의 벗들이었다.

이 무렵 죽음을 준비하는 듯한 모어의 창작기도시 한편이 읽는 이의 마음을 숙연하게 한다.

주님이시여! 내게 그대의 은총을 주소서. 이 속세에서 벌어지는 일들에 개의치 않도록, 내 그대 향한 마음이 확고부동하도록, 고독한 것에 기꺼이 만족하도록, 이 속세의 친구들과의 인연에 연연해하지 않도록 말입니다.

기쁨에 충만하여 하느님에 대해 사색하게 하옵고, 경건하게 하느님의 도움을 구하도록 하소서.

하느님의 평화 속으로 들어가는 법을 알게 하시고, 분주히 애써 하느님을 숭경하도록 하소서.

전지전능하신 하느님의 손길 아래 나 자신을 겸손하게 하시고, 유순하게 하소서. 참된 삶으로 향하는 그 좁은 길을 걷게 하시고, 주 그리스도와 함께 그 고난의 십자가를 짊어지게 하소서.

내 목전에 내 죽음이 다가와 있나니, 그놈의 죽음이 내 가까이 있나니, 내게 그 죽음이란 놈이 낯선 것이 되지 않게 하소서.

법학자 시절 모어가 세속수사 생활을 한 적이 있었던 런던 카르투지오회 수도원에서는 모어의 친구인 수도원장과 많은 수사들도 모어와 마찬가지 이유로 대역죄인으로 몰릴 위기에 처해 있었다. 그들도 또한 왕위계승법에 선서·맹세하기를 꺼려하고 있었으며, 속인俗人인 왕을 교회의 수장으로 하는 수장법에 동의하지 않고 있었기에 말이다. 그것은 당국 쪽에서 볼 때 왕에 대한 불경이자 국가에 대한 반역이었다. 이들 중 수도원장과 다수의 수사들은 최후까지 자신들의 의지를 꺾지 않았다. 그리하여 그들은 체포되어 족쇄가 채워진 채로 런던탑 감옥에 며칠 동안 구금되었다가 얼마 후 사형장에 끌려가 대역죄인으로서의 죽음을 맞이하였다.

이 무렵 모어는 면회온 마가렛(메그)과 함께 있었는데, 마침 이 둘은 면회소 창문 사이로 수사들이 뒷문을 통해 사형장으로 끌려가는 것을 목격할 수 있었다. 마가렛은 고개를 돌려 외면했지만, 모어는 심적 동요 없이 그 장면을 지켜보았다.

이때 자신의 딸을 바라보며, 모어가 말했다.

메그야, 저기 좀 봐라. 참으로 의연하고 당당해 보이지 않니. 당당하게 죽음을 맞이하러 가는 저 수사들의 모습이 마치 새로운 삶을 시작하러 가는 결혼식장의 새신랑들 같지 않니.

이날을 전후하여 며칠 동안 계속해서 수사들은 대역죄인으로서의 죽음을 차례차례 맞이하러 가고 있었는데, 순서를 기다리며 그것을 지켜보는 남은 자들(카르투지오회 수사들을 포함한 성직자들)의 모습은 실로 의연했다.

처형 대기자들이 사형집행인들에 의해 죽임을 당하기 위해 하나둘씩 끌려가는 모습을 지켜본다는 것은 인간이 체감할 수 있는 최악의 공포였을 것이다. 수사들이 처형장(생화형장)으로 끌려갈 때마다, 다른 통로가 있었음에도 안쪽 창문에서 보이게끔 모어의 독방을 지나가도록 하였다. 그것은 기획된 것이었다. 공포감을 불러일으켜 모어의 마음을 움직이기 위해서였다. 아직도 헨리는 오랜 옛 친구 모어에 대한 미련을 버리지 못한 것일까. 그러나 모어는 그 죽음의 행렬을 자신의 죽음에 대한 준비과정으로 받아들였다. 특히 친구들이었던 카르투지오회 수도원장과 로체스터주교 존 피셔의 당당한 죽음은 그에게 죽음에 직면할 수 있는 큰 힘을 보태주었다.

더욱이 피셔는 대법관 시절 모어가 영적으로 힘들었을 때마다 그의 신앙고백을 들어주었던 신부이자 성속사(聖俗事)에 대한 물음에 명쾌한 답을 주곤 하였던 존경하는 마음의 친구였던지라 모어의 감회가 남달랐다. 피셔는 왕이 잉글랜드교회의 수장임을 인정하기를 거부했기에, 모어보다 앞서 대역죄인의 선고를 받았었다. 그도 카르투지오회 수도원 수사들처럼 같은 운명의 선고(생화형 선고)를 받았지만, 그의 노령과 병약함을 감안하여 생화형이 아닌 참수형에 처해졌다.

모어는 자신에 대한 왕의 진노가 얼마나 큰 것인지를 알고 있었기에, 피셔에게 베풀어진 그러한 자비를 왕에게 기대하지 않았다. 마가렛은 희망을 상실했다. 사형 집행을 기다리는 수 주일이 그녀를 기진맥진하게 만들었는데, 그녀에게 그 기간은 참으로 더 길게 다가왔다. 뜨거운 여름 햇살이 내리쬐고 있었고, 첼시의 정원은 꽃들로 충만해 향기를 내뿜고 있었지만, 마가렛은 그것을 느낄 수 없었다.

모어의 독방의 바깥쪽 창문 너머로 희미하게 보이는 런던 거리는 그에게 옛 기억을 하나하나 상기시켰다. 그 기억들은 그를 회상 속에 빠져들게 하였다. 그는 어느새 첼시 집의 자신의 방으로 돌아가 있었다. 상상은 늘 그만의 '절대자유세계'로 그를 안내했다. 하지만, 그는 곧 현실 세계로 회귀하게 되어 고독과 냉기를 체감하게 되었다. 금지되었지만 간수가 눈감아줌으로 마가렛에 의해 간신히 그의 독방에 넣어진 책들과 필기 용구는 그런 그가 그것을 극복하고 평상심을 유지하는데 큰 보탬이 되었다. 그에게 읽기와 쓰기는 그가 누릴 수 있는 또 다른 그만의 절대 자유였다.

그런데, 어느 날 왕의 최측근인 왕좌부 검사장 리처드 릿치Richard Rich[2]가 두 사람을 대동하고 와서 모어의 책들과 필기 용구 등을 꾸려 앗아가 버렸다. 우호적인 척 가장한 릿치가 전에부터 알고 지냈던 모어에게 말을 걸었는데, 나중에 밝혀질 것이었지만, 그것은 그를 함정에 빠트리려는 기획된 시도였다. 릿치는 모어로부터 반역적인 발언을 하게 하여 꼬투리를 잡으려고 애썼으나, 그 의도는 헛수고로 끝났다.

이무렵 모어는 헝가리 태생의 안토니오라는 노인과 그의 조카 빈센트 간의 대화체 글인 『고난을 이기는 위안의 대화』를 집필하였다. 이 책 내용 중에 '천성이 제아무리 잔악한 이교도 터키인일지라도, 믿음에서 떨어져 나간 그리스도교도처럼, 그리스도교 인민에게 잔학한 사람은 아무도 없다'라는 대목이 나오는데, 의미심장하게도 그러한 '믿음에서 떨어져 나간 그리스도교도'는 모어가 정통교회인 로마가톨릭에서 떨어져 나간 헨리 8세 같은 그리스도 교도들을 비유적으로 표현한 것이었다.

책들도 없이 종이와 필기구들도 빼앗긴 채로, 자신의 가족으로부터 격리된 모어는 이 세상 모든 것으로부터 차단된 것 같은 외로움이 밀려왔을 것이다. 그러나 그는 항심恒心을 유지하고 있었다. 세속의 모든 것으로부터 자유로워진 그의 몸은 더욱 홀가분해졌다. 그는 신에게 더 가까이 다가선 듯한 느낌을 받았다.

양딸 마가렛 클레먼트(기그스)는 모어에게 칠판처럼 쓸 수 있는 석판을 보내주었다. 글을 쓰기 위해 난로에서 숯 조각을 꺼내는 일은 그의 습관이 되어 버렸다. 여름날임에도 날이 흐려서인지 그의 독방 쪽 창문으로 들어오는 햇살은 거의 없었다. 그는 창문 밖 너머로부터 들려 오는 보행자들의 발소리, 뛰어노는 아이들의 왁자지껄한 소리, 강 물결을 가르며 노 젓는 뱃사공들의 외침 소리에 귀 기울였다. 어쩌다가 허용되는 독방 밖 정원 산책 중 그는 파리 사냥에 분주한 날쌘 제비들이 이리저리 날고 있고 적당한 먹잇감을 찾는 민첩한 모기들이 윙윙거리며 떼 지어 나는 모습을 볼 수 있었다.

모어는 이제 잠깐의 정원 산책에서 얻는 그러한 조그마한 기쁨도 얻을 수 없게 되었다. 상부로부터 수주 간 모어의 독방 외출금지령이 떨어졌기에 말이다. 그것은 그의 최후가 가까이 다가왔다는 무언의 신호였다. 모어는 햇살이 비스듬히 들어오고 있는 독방 창문에 기대어 서서 누군가가 이야기하는 것처럼 자기 자신에게 중얼거렸다.

오, 친구여, 쥔 것들을 놓아 버리게나, 그리고 죄다 비우게나. 그러면 평화를 얻을 것이니. 여보게, 친구여! 그대도 알지 않는가, 조금 놓아 버리면 조금의 평화를 얻게 될 것이고, 크게 놓아 버리면 큰 평화를 얻게 된다는 것을.

그러니 완전히 놓아 버리게나. 어허, 그러면 말이야, 그대는 완전한 평화와 자유를 얻게 되지 않겠나. 여보게, 친구여, 그리하게 되면 세상에 대한 그대의 싸움도 확실한 끝을 보게 되지 않겠나.

모어의 중얼거림 속에는 상실이나 죽음에 대한 두려움에서 벗어나게 되는 영적 자유인의 모습이 감지된다. 인간의 심혼心魂을 갉아먹는 불안, 우울, 공황 같은 '부정감정negative emotions'의 근원은 태생적으로 '자기self' 안의 무의식 속에 웅크려 앉아 있는 두려움이다. 인간은 바라거나(기대하거나) 소유한 것을 상실하게 되지 않을까 해서 두려움에 떨게 된다. 자기 안에 잠재하고 있는 부정감정의 씨앗인 두려움이 싹 트지 못하게끔 하는 단순 명료한 방법은, 인간 본성상 거의 불가능한 일이겠지만, 아무것도 바라지 않거나(기대하지 않거나), 아무것도 소유하려 하지 않는 것이다. 그리할 수 있었기에 모어는 이 세상 것들의 상실과 다가오는 죽음에 대한 두려움에서 벗어나게 되는 영적 자유인이 될 수 있지 않았을까.

모어의 최후 심판은 1535년 5월 7일 웨스트민스터 화이트홀에서 열릴 예정이었으나 두 달쯤 연기되어 7월 1일 재개되었다. 이날 모어는 과거에 그 자신 또한 재판관으로서 심리를 주관했던 웨스트민스터 화이트홀을 향해 배편으로 이송되었다. 강물에 반사된 강한 햇살에 그는 자신도 모르게 눈을 반쯤 감았다. 강바람에 그의 머리카락과 턱수염이 남의 것인 양 무심하게 날리고 있었다.

웨스트민스터 화이트홀의 재판 관련자들이 모어가 오기를 기다리고 있었다. 홀 주변 사람들이 그의 모습을 보려고 몰려들었다. 그는 다리가 저려와서 단장에 몸을 지탱해야 했다. 그의 모습을 지켜본 사람들은 그가 얼마나 여위었고, 얼마나 노쇠해 있는지를 금세 알아챌 수 있었다. 그의 갈색 머리카락은 백발이 되어있었고, 그의 얼굴은 백지장처럼 창백했으며, 그의 이마에는 고난의 주름이 깊이 파여 있었다. 그렇지만 그의 청회색 눈만큼은 여느 때처럼 명민하게 반짝이고 있었다. 주변의 한 시민이 말을 꺼냈다.

"오, 가엾은 사람, 아! 그의 모습에서 고난의 깊이가 느껴져요! 내가 어려울 때, 나를 도와준 선량한 분이었으며 늘 런던인들의 참다운 친구였는데, 우리가 이제 다시는 그런 분을 만날 수 없다니…."

11장 양심의 승리

"어허, 주의하시오, 그런 말을 운운하는 것은 반역 행위요!"

누군가가 큰소리로 외쳤다.

왕실 무장경비대의 호위를 받으며 모어가 웨스트민스터 화이트홀로 입정하였다. 갑자기 침묵의 순간이 이어졌다. 그것은 폭풍 전야의 고요함 같은 것이었다. 상황이 과거와는 다르게 많이 변해 있었다. 도처에 염탐꾼이 깔려있었다. 집들조차 귀가 달린 것 같았고, 창문들도 경계를 서는 보초병의 눈들 같았다. 낮말은 새가 듣고 밤말은 쥐가 듣는 세상이었다. 어떤 우연히 던져진 한마디 말로 인해 염탐꾼에 의해 고발되어 죽임을 당할 수도 있었다. 사람들이 전전긍긍하고 있었다.

대역죄 혐의자로 모어가 웨스트민스터 화이트홀 왕좌부 고등법정에 소환되었음을 한 재판관이 좌중의 참관인들과 배심원들에게 공표했다. 이 배심원들은 모어의 정적들에 의해 대다수가 계획적으로 선발된 자들이었다.

모어에게 제시된 반역죄에 대한 중요한 법정증거는 릿치의 그것이었다. 그것은 옥중 글들과 필기 용구 등이 릿치에 의해 강제로 압수되었던 바로 그 날, 릿치가 그로부터 들었던 말들이 교묘하게 왜곡·조작된 것이었다. 릿치는 증언대에 올라서서 피고 모어가 반역적인 언사를 한 적이 있다는 것을 선서하고 증언하였다.

의회가 나를 왕으로 옹립하면 나를 왕으로 세우겠는지 물었을 때, 모어 경의 대답은 '그렇게 할 것이다'라는 것이었습니다. 모어 경의 대답은 의회가 나를 왕으로 옹립한다면 현 폐하를 내치고 내가 왕이 될 수 있다는 것이겠지요. (…) 나를 교황으로 인정하는 의회법이 통과된다면, 모어 경은 나를 교황으로 받아들일 것인가?'라고 질문을 덧붙이자, 그는 '의회는 세속사에나 관여할 수 있다'라고 대답했지요. 이어서 모어 경은 왕은 의회에 의해 옹립될 수도 있고 의회에 의해 퇴위될 수도 있으나, 교회수장의 경우는 그렇지 않다고 말하더군요.

그러고 나서 릿치는 그날 런던탑에서 자신과 함께 있었던 사람들에게 고개를 돌리더니, "팔머 경 그대도 그 말을 들었지요, 벤힐 경 그대 또한 듣지 않았나요"라고 그들에게 대답을 유도했다.
그러나 이들 둘 다 머리를 저었다.

"저는 모어 경의 책들을 압수하여 포대 자루에 꾸려 넣느라고 바빠서 그 말을 들을 여념이 없었지요."
"저는 두 분 사이에 오고 간 말이 무엇인지 신경 써서 듣지 않았답니다."

릿치의 증언은 치밀한 위증이었다. 그것의 사실 여부를 떠나 모어는 그에게 그런 말을 그렇게 장황하게 늘어놓은 적이 없었으니까 말이다. 그것은 그가 모어의 의중을 교묘하게 짜 맞추어 각색한 것이었다. 모어는 어처구니가 없었으나 태연자약하게 다만 다음과 같이 말하였다.[3]

릿치 경, 만일 그대가 말한 '진실만 말하겠노라'는 법정 선서가 위증이 아니라면, 내가 망자가 되어서도 하느님을 대하지 않을 것임을 감히 법정 선서하겠소. 내가 지금 말한 진실이 위증이라면, 나는 법정 선서를 하지 않았을 것이오 내가 이 자리에 선 궁극적인 이유도 내가 위증을 하지 않았기에 그런 것이 아니겠소? 릿치 경, 나는 나 자신의 위험에 대해서보다 그대의 위증에 대해서 더 걱정이 클 뿐이오.

11장 양심의 승리

모어는 릿치가 출세욕에 눈멀어 오만해져 가고 있음이 안타까웠다.

"친구여, 내 장담하겠는데, 자네는 양심을 팔았으니, 확실히 승승장구하게 될 걸세. 그리하여 얼마 후에는 자네가 그렇게 갈망했던 대로 출세의 정점에서 대부분의 사람들을 지배하게 되겠지. 그런데 말이지, 결국 자네가 깨닫게 될 것이 분명한데, 남을 지배하려는 오만한 사람은 오만한 쥐 한 마리가 곳간에 있는 다른 쥐들을 지배하려는 것이나 다를 것이 없다네."

릿치의 얼굴에는 당황한 기색이 역력했지만, 그는 소기의 목적을 달성했다는 안도감에 묘한 미소를 입가에 머금으며 성급히 법정을 빠져나갔다. 재판관들이나 배심원들에게 모어의 변론은 아무런 의미가 없었다. 모어에 대한 웨스트민스터 화이트홀 재판은 대역죄인으로서의 그의 유죄를 확정하고 그에 대한 사형을 집행하기 위한 최종 법적 절차에 불과했으니까 말이다. 배심원들은 거의 이미 그의 적들에 의해 세워진 꼭두각시 같은 자들이었다. 설사 진실한 배심원들이 있다 한들, 왕이 모어를 처벌하기로 심지를 굳힌 마당에 왕의 뜻을 어겼을 시 불어닥칠 진노를 생각할 때, 이들 중 그 누가 감히 모어에 대해 무죄를 선언할 수 있겠는가?[4] 모어에게 더이상 변론의 기회가 주어지지 않았다. 재판장인 대법관이 피고인 그에게 최후 진술의 기회를 주었을 뿐이다.

"모어 경, 할 말이 있으면 해보시오?"라고 대법관이 말했다.
이에 모어는 "대법관 경, 그대는 이 법정에 들어오기 전에 이미 내게 유죄 판결을 내리기로 작정하지 않으셨습니까? 내 유죄 판결은 기정사실화된 것이지요. 그것을 알기 때문에 내 양심은 더욱 자유롭지요. 내 그 무엇을 말하지 못하겠소"라고 대답했다.

그러고 나서 모어는 "양심상 나는 왕의 큰 문제에 있어서 그리스도교 세계 전체의 결정을 무시하면서 일개 한 왕국의 의회 결정에 따를 순 없었소"라고 말했다. 그는 일개 세속세계의 왕을 교회수장으로 삼는 의회법이 그리스도교 세계의 신법에뿐만 아니라, 고래古來로부터 내려온 잉글랜드왕국의 보통법에도 얼마나 역행하는 것인지를 지적하였다.

이어서, 모어는 " (…) 국왕 폐하께서 내 피를 볼 수밖에 없는 것은 그 수장법 때문만은 아니지요. 내가 왕의 재혼에 몸을 낮춰 예를 표하지 않았기에 더욱 그랬겠지요"라고 말했다.

최종 심판에서 모어에게 대역죄인으로서 유죄 판결이 내려졌지만, 그는 판결자들을 전혀 원망하지 않았다. 그 대신 그는 어떻게 바오로가 개종하기 전에 스테파노Stephen에게 돌 던지는 것을 거들었었는지를 인용하고는 "그런데 궁극적으로 바오로와 스테파노 둘 다 성인의 반열에 올라서지 않았는가"라고 말했다. 그러면서 그는 자신에게 유죄 판결을 내린 자들은 '왕의 화기火氣가 미칠 게 두려웠기 때문에 그렇게 하였을 것'임을 덧붙였다. 그들의 대부분이 모어의 옛 친구들이었다. 그는 이 친구들에게 미소를 지어 보냈다. 그것은 적들이 되어 버린 옛 친구들에 대한 모어의 마지막 우정의 표시였다. 모어의 그런 태도는 감동적인 것이었다.

런던탑 성 관리 감독관 킹스턴 경이 모어를 런던탑 주변의 선창가 올드스완Old Swan으로 데려갔다. 감독관의 얼굴에는 눈물이 고여 있었다. 그는 사형수의 몸이 된 친구 모어의 '사형집행절차과정'을 자신이 직접 관장해야 하는 책임자였다. 모어는 그런 친구의 곤혹스런 심적 부담을 이해하였기에 이런저런 덕담을 늘어놓으며 그를 위로했다.

"킹스턴 경, 인상을 활짝 펴시고 기운을 좀 내시게나. 그대의 자상한 아내는 안녕하신가. 그녀에게 내 안부 좀 전해드리게나. 우리가 이 세상 친구였듯이 아마 훗날 우리는 영원한 삶을 살게 될 저세상에서도 친구로서 만나게 될 것이야."

선창가에서, 아들 존, 마가렛과 그녀의 남편, 마가렛 클레먼트 등이 모어를 기다리고 있었다. 그들은 미늘창(halberds 창과 도끼 겸용 무기)과 파이크 창(pikes 보병용 긴창)으로 무장된 호송병들에 의해 제지되었지만, 마가렛이 그 호송병들의 틈을 헤치고 나가 자신의 팔로 아버지의 목을 감싸고 키스를 하였다.

이어 갑자기 어렸을 적 아버지와 함께했던 추억이 떠오른 존이 "팽이 박사님, 오! 팽이 박사님"이라고 외치며 군중 사이에서 나와 한 호송병을 밀치고 아버지 앞에서 무릎을 꿇었다. 존의 얼굴에는 눈물이 흘러내리고 있었다.

"아버지, 부디 제게 축복을 내려 주세요"라고 모어에게 말했고 그는 아들에게 키스했다. 그러고 나서 마가렛에게 고개를 돌렸다.

"마가렛! 모든 일에 인내를 가지고 의연하게 대처하거라. 그러면 세상사는 순리대로 돌아가게 되어 있단다. 나로 인해 너무 괴로워하지 말고. 이 모든 게 신의 뜻이란다. 얘야, 너는 오래전부터 나를 이해해 오지 않았니."

호송병들이 마가렛을 뒤로 떠밀었지만, 이에 아랑곳하지 않고 모어에게로 다시 뛰어들어가 그의 손을 꽉 잡았다. 그녀의 입에서는 "아버지, 오! 아버지"라는 말만 계속 튀어나올 뿐이었다. 호송병에 의해 그녀가 그와 억지로 떼어졌을 때, 그녀의 상심이 어찌나 컸던지 그녀를 지켜보는 주변의 사람들도 눈물을 흘렸다. 마가렛 클레먼트(기그스)가 그녀를 위로하였고, 곁에 있던 남편 로퍼가 그녀를 부축했다. 무장호송병들이 모어를 완전히 봉쇄할 때까지 모어의 딸들과 사위 그리고 아들은 검정 죄수복 차림의 모어를 지켜보았다. 하늘에는 암운이 짙게 드리우고 있었다. 마가렛은 런던탑 안팎으로 드나들 수 있는 전령 소녀를 통해 편지를 주고받을 수 있었다. 성 토머스 제 전야이자 모어의 사형 집행 바로 전날 저녁에, 모어가 카르투지오회 수도원에서 생활했던 무렵 입었던 고행용 거친 모직 셔츠가 들어 있는 상자를 그 전령 소녀가 가져왔다. 마가렛은 이 고행용 거친 셔츠에 관해 알고 있었던 유일한 사람이었다. 셔츠를 빨았던 사람도 바로 그녀였다. 이 셔츠 아래에서 숯 조각으로 편지글이 희미하게 쓰여 있는 작은 석판 하나가 발견되었다.

우리 주께서는 착한 딸 너와 네 남편, 내 손자들, 내 후손들, 내 친구들 모두를 축복할 것이야. 순하기 그지없는 딸 쎄실리는 잘 있는지…. 착한 마가렛아, 내가 퍽 너를 괴롭히는구나. 그런데, 제발 내 운명이 내일을 넘기지 않았으면 좋겠다만…. 내일은 성 토머스제 전야이며, 성 피터제 제8일이 아니니. 그래 나는 내일 주님께 갔으면 한다. 그러면 나에게 참 더할 나위 없을 것 같다만…. 그리고 저번에 네가 나에게 키스했을 때, 네 하는 짓이 얼마나 사랑스러웠던지, 딸자식을 향한 한없는 애정 때문에, 미처 세상 체면을 돌아볼 여유조차 없다는 것이 내 마음에 흡족했단다.

(…) 내 사랑하는 딸이여, 잘 있거라. 나를 위해 기도해 주렴, 나는 너를 위해 그리고 너의 친구들 모두를 위해 기도할 테니. 먼 훗날 언젠가 우리 모두 하늘나라에서 기쁘게 만나게 되겠지만 말이다. 딸 마가렛 클레먼트(기그스)가 보냈던 '필기용 석판'을 보낸다. 이 석판 덕분에 알찬 옥중생활이 되었단다. 마가렛 클레먼트에게 고맙다는 말 전하고, 온순한 존에게도 소식

전하렴. 존의 고전 그리스어 공부를 네가 곁에서 계속 거들어주면 좋겠다. 존과 친딸이나 다름없는 내 며느리(존의 아내 크래싸크Anne Cresacre)에게도 주님의 축복이 내려질 것이야. (…) 우리 주님은 내 사랑스러운 손주들 토머스와 오스틴, 그리고 그 아이들의 자손들 모두를 축복해 줄 것이야.

1535년 7월 6일 이른 아침, 당국으로부터 아침 9시 전에 모어를 사형 집행하라는 전갈이 왔다. 모어에게 왕권에 반기를 든 대역죄인으로서 생화형이나 능지처참형의 선고가 내려졌으나, 조정 고위직에 있었던 사람에 대한 예우 관례에 따라 참수형으로 바뀌었다.

이날 아침은 몹시도 무더웠다. 강가의 안개가 습한 더위를 만들어내면서 강변에 드리워진 너울을 따라 강둑 위 건물들이 느리게 너풀거리며 춤추고 있었다. 바람 한 점도 없었고 간혹 먹이를 쫓는 기러기 몇 마리가 급히 머리 위를 날 뿐이었다. 모어가 감옥으로부터 몇백 야드를 걸어 나왔다. 얼굴표정은 밝아 보였으며 거동만으로는 사형집행장으로 끌려가는 사형수라는 것을 알 수 없을 정도로 차분한 모습이었다.

이 절박한 순간에도 모어는 다른 이들에 대한 자애의 끈을 놓지 않았다. 얼굴에 주름이 가득한 어떤 사람이 군중 사이를 헤집고 나오더니 "모어 경이시여, 나를 모르십니까?"라고 소리쳤다. "제발 나 좀 도와주세요 사는 게 왜 이렇게도 고통스럽지요."

단번에 모어는 그 사람을 알아보았다. 그는 두려움과 절망에 자살을 기도했다가 모어의 친절한 영적 안내와 지혜로운 조언을 통해 살고자 하는 의욕을 찾았던 윈체스터 출신의 사람이었다. 자신의 불운을 개탄하고 악령을 운운하며 두려움에 사로잡혀 괴로워했던 그는 모어와의 깊은 공감의 대화로 마음의 평화를 찾은 적이 있었다. 이제 그는 자신의 친구 모어가 그를 영원히 떠난다는 것에 침통해 하고 있었다. 모어는 그의 모습에서 예전에 그에게 드리워져 있었던 절망의 그림자를 보았다.

죽음의 순간 직전까지 모어는 잠시 멈춰 그런 그에게 용기를 북돋우는 조언을 해 준다.

> 물론, 그대를 알고 말고요. 그 두려움이 고개를 치밀었구려. 그것은 그냥 감정일뿐이요. 그놈의 실체는 없소. 그대 안의 그놈이 또 절망의 독초를 싹 틔웠나 보오. 친구여, 우선 의연한 태도로 평정심을 유지하시고 그대 안의 두려움을 회피하지 말고 직면하여 그놈의 주인이 되시오. 찾아든 불청객 감정-두려움·우울·불안-은 집주인이 지나가는 손님 대하듯 무심히 맞이하다 보면 때가 되면 슬그머니 사라진다오. 그다음에는 매사 의욕을 가지고 흔들림 없이, 혹 흔들리더라도 그대 자신의 길을 쭉 가도록 하시오. 호흡하는 한 생명의 몸을 쉬 없이 움직이시오. 친구여, 설사 절망의 덩굴이 그대 몸을 휘감더라도, 부디 주저앉지 말고 거침없이 박차 가던 길을 꿋꿋이 가구려. 그대 안의 용기는 늘 그럴 채비를 하고 있다오. 친구여, 나를 위해 기도해 주겠소. 그대의 마음에 평화가 깃들도록 내 그대를 위해 기도해 드릴 터이니….

이 고통 받는 이를 위로하고 발길을 옮기려고 하는데 어떤 여인이 군중 틈을 헤집고 앞으로 나와, 모어에게 포도주 한잔을 마시라고 권했으나, 그는 그것을 사양했다. 그런데, 모어도 잘 기억하고 있는 다른 여인이 모어 앞을 가로막았다. 그녀는 그에게 송사를 가져왔다가 자신이 원하는 판결을 받아내지 못한 여인이었다.

"모어 경, 당신은 내게 큰 손해를 입혔어요. 내게 그렇게 잘못된 판결을 내려놓더니…"하고 그녀는 버럭버럭 소리를 질렀다. 그러자 공정한 판결로 기억하고 있던 모어가 단호하게 응답했다.

11장 양심의 승리

"부인, 나도 그 송사를 잘 기억하고 있소. 내가 다시 그 문제에 판결을 내려야 한다 해도, 분명히 말하건대, 그 판결은 번복되지 않을 것이오. 부인은 그 문제로 손해 본 것이 없으니 그걸로 만족하고 나를 괴롭히지 마오."

모어는 버거운 발걸음을 가까스로 유지하면서 참수대로 올라가려 하고 있었다. 감금 생활로 인해 모어는 쇠약해질대로 쇠약해져 있었다. 참수대는 급조된 것이었다. 참수대로 올라가는 계단이 너무 가파르게 기울어 있어 모어는 그곳에 오르기가 힘들었다. 그는 몸을 지탱하기 위해 계단 옆의 나무 난간을 잡고 올라가야 할 판이었다. 그래서 그는 슬픈 표정의 호송병들에게 "내가 안전하게 올라가도록 날 좀 부축해 주오. 내려올 때는 나 혼자서 어떻게 해볼 테니까"라고 농 섞인 말을 하였다.

용감한 마가렛 클레먼트가 군중 틈에 서 있었다. 그녀의 시야에 거친 모직 옷을 입은 모어의 모습이 들어왔다. 그의 긴 턱수염이 무질서하게 헝클어져 있었고, 그의 얼굴은 지칠 대로 지쳐 수척해 있었다. 공정하면서도 자비로운 판관으로서 그를 기억하는 많은 사람들이 그의 마지막 모습을 보려고 그곳에 와 있었다. 참수대에서 그는 이들을 바라보더니 ≪시편 51장≫의 몇 구절을 낭송하였다.

하느님이시여! 주의 한결같은 사랑으로 나를 불쌍히 여기시며 주의 크신 자비로 내 죄의 얼룩을 지워 주소서. (…) 내 속에 깨끗한 마음을 창조하시고 내 안에 확고한 정신을 새롭게 하소서.

그러고 나서 그는 "나는 왕의 종복으로 죽지만 신이 먼저였다"라는 경구 한 마디를 남겼으며, 참수형 칼을 내려치기를 머뭇거리던 망나니에게

"내 수염을 제쳐놓을 동안만 잠깐 기다려 주오. 이 수염이야 반역죄를 짓지 않았으니깐 말이요"라는 마지막 농을 하고는, 의연하게 죽음을 맞이하였다. 망나니의 도끼가 번쩍 치켜올리어지고 그의 목이 내려치어졌다. 관행대로 침묵을 지키고 있는 군중들에게 보이기 위해 그의 머리가 높이 들렸다.

먼발치에서 이를 지켜본 패턴슨은 혼잣말로 중얼거렸다.

칼춤에 휘~ 바람이 이네.
애달픈 먹구름, 은총 비 되더니,
은총 비, 슬픈 눈 되어 날리네.
눈비 머무르자 구름 되고,
허공, 쩍 갈라지더니,
그이, 쏴~ 바람 되어 흩어지네.

이어 패턴슨은 "어허, 바보! 오늘을 잡고 내일이란 헛된 믿음은 진작 버렸어야지…"라고 말하고서는 두 동강 난 옛 주인을 뒤로하고 홀연히 사라졌다.

얼마 후 모어의 머리는 말뚝에 올려진 채로 런던교 위에 전시되었다. 모어의 남은 시신은 런던교 근처의 성 피터 애드 빈 큘라 성당 측에서 거둬갔다. 말뚝에 걸린 모어의 머리는 몇 주 후에 마가렛이 참수 시신 관리인을 매수해서 거둬들였으며 살아있는 동안 그것을 그녀의 손이 닿는 가까운 곳에 보관했다. 그녀는 모어 사후 9년이 지나서(1544년) 죽음을 맞이하는데, 소원대로 아버지 머리 유골을 팔에 안은 채 땅에 묻혔다. 캔터베리에 있는 성 던스턴 성당의 로퍼 家의 가족묘지가 바로 그들이 묻힌 곳이다. 캔터베리 여행객은 로퍼 가의 가족묘지에서 모어를 기리는 다음

11장 양심의 승리

과 같은 묘비 글을 만날 수 있다.[5]

이 밑에 로퍼 家의 납골당이 있다. 그 안에는 한때 잉글랜드왕국의 대법관으로 있다가 1535년 7월 6일 타워 힐에서 참수당한 토머스 모어 경의 머리가 안치되어 있다. 잉글랜드 교회가 자유를 누리기를….

로퍼는 "그분은 자신이 바랐던 바로 그 날 이 세상에서 저 신의 나라로 가신 겁니다…. 침묵만이 진리인 저 아득한 미래, 무언의 양심이 숨 쉬는 저 영원한 안식처로…"라며 장인의 죽음을 애도하였다.

헨리 8세 시대 연구사가 존 거이John Guy는 모어를 집착과 강박에서 벗어난 사랑으로 세상을 살아간 사람이었다고 규정짓는다. 특히 딸 마가렛에게 아버지의 사랑은 세상의 고난을 이기는 절대적인 힘이었다.[6] 모어는 딸에게 그녀 등 뒤에 있는 가장 큰 하늘이었다.
모어의 세상에 대한 사랑법은 강은교의 시 몇 구절을 떠올리게 한다.[7]

떠나고 싶은 자
떠나게 하고
잠들고 싶은 자
잠들게 하며
그러고도 남은 시간은
침묵할 것……
…가장 큰 하늘은 언제나
그대 등 뒤에 있다.

모어의 죽음은 잉글랜드 인민들에게 공포와 수치의 감정을 불러일으켰을 뿐만 아니라 대륙의 유럽 군주들과 휴머니스트들 등 식자층에게도 큰 슬픔을 안겨 주었다.

신성로마제국 황제 카를 5세는 "모어 같은 훌륭한 조언자를 잃느니 차라리 내 제국의 가장 좋은 영토를 잃는 게 더 나았을 텐데"라면서 아쉬워했다.

에라스무스는 너무 놀란 나머지 다리를 휘청거리며 "나도 그와 함께 죽은 것 같았다"라고 중얼거렸다. 에라스무스도 모어 사후 1년하고 엿새째 되는 날에 스위스 바젤에서 쓸쓸한 죽음을 맞이하게 된다. 말년에 그는 가톨릭 측과 프로테스탄트 측 사이에서 관용·평화에 기반을 둔 중용(중도·중립)을 표방하다가 양쪽으로부터 회색분자로 몰려 오갈 데 없는 처량한 신세에 처해 있었기에, 그런 그에게 모어에 대한 비보는 더 큰 충격으로 다가왔을 것이다.

모어의 전기작가 홀리스Christopher Hollis는 모어의 죽음으로 잉글랜드 왕국은 학문, 정의, 웃음 그리고 거룩함 4가지를 동시에 잃었다고 적었다.

모어의 익명의 한 친구는 애통한 심정을 비가悲歌로 대신하였다.

여보게, 그대는 언젠가 내게 말하지 않았던가. 여기 발붙이고 서 있는 현실이 부조리와 허위로 가득 차 있어, 사는 게 아무리 절망적이더라도 어쩌랴 제기랄! 그놈의 현실~ 내버릴 수는 없는 것이라고. 그러했던 그대가 어찌하여 그 현실을 무정하게 내버렸던가!

여보게, 그대는 내게 말하지 않았던가. 어차피, 이 땅에 까치발이라도 디디지 않고는 허공에 설 수 없듯이 행복은 지금 바로 여기 현실에서 시작한다고 말일세. 그런데 어찌하여 그대는 행복으로 가는 그 현실의 길에서 비켜셨던가!

그대도 잘 알고 있지 않았던가, 우리네 현실은 다름 아닌 잉글랜드 왕이라는 사실을. 그대도 말하지 않았던가, 왕은 온갖 꽃들을 피어나게 하는 대지요, 온갖 생명을 품는 강물이라는 것을. 그런 왕의 길을 좇아 그대 친구들도 그 현실의 길을 택하지 않았던가!

도대체 그대 양심은 그 무엇이기에 그대가 발붙이고 서 있는 현실과 그 현실의 행복을 허공의 메아리로 흩어지게 하였단 말인가!

모어 사후 다음 해에는 기세등등했던 왕비 앤 볼린이 간통죄란 죄명을 쓰고 처형되었다. 모어의 앤 볼린에 대한 불길한 예감은 틀리지 않았다. 모어는 그녀에게 닥쳐올 비극적 운명을 예감하고 안쓰러워했는데, 그 비극적인 상황이 모어의 예측보다 빨리 그녀에게 찾아들었던 것이다.

앤 볼린의 처형 다음 날 헨리는 세 번째 왕비가 될 제인 시무어Jane Seymour와 약혼을 하고, 그다음 해에 그가 그렇게 애타게 기다리던 왕자를 얻었으나 그녀는 산후 병고로 죽고 말았다. 왕자는 에드워드 6세로 왕권을 승계하게 되지만 열여섯의 나이로 단명하였다.

그 후 헨리는 외교 전략의 일환으로 북부 독일 한 공국의 공주 클리브의 앤Anne of Cleves을 4번째 왕비로 맞이했으나 추녀란 것을 알고 즉각 이혼했다.

이후로도 헨리의 여성 편력은 계속되어 5번째 왕비가 될 캐서린 하워드Catherine Howard와 사랑에 빠지게 된다. 그러나 결국 그녀는 다른 사내와의 간통혐의로 처형되고 말았다.

헨리는 마지막 왕비가 될 엄마처럼 포근한 미망인 캐서린 파Katherine

Parr와 결혼하여 겨우 마음의 안정을 찾는다. 이미 두 번이나 결혼한 경력이 있는 그녀는, 성마른 노년의 헨리를 잘 보살폈으며 의붓자식들인 메리, 엘리자베스 두 공주와 왕세자 에드워드의 교육에 정성을 쏟았다. 그녀는 이해심과 인내심 많은 모성애 강한 여성이었다. 남자 복이 많은 이 6번째 왕비는 헨리보다 더 오래 살아남아(헨리는 1547년 1월 28일에, 캐서린 파는 1548년 9월 7일에 사망했음) 예전의 연인 토머스 시무어(세 번째 왕비인 제인 시무어의 오빠)와 한 번 더 결혼하게 된다.

당시의 저잣거리 아낙네들은 헨리의 이 여섯 왕비의 처지를 빗대어 다음과 같이 노래하였다.

> 어이쿠, 소박맞고요.
> 댕강~ 모가지 잘리고요.
> 흑흑~! 앓다가 죽었대요.

> 어이쿠, 소박맞고요.
> 댕강~ 모가지 잘리고요.
> 휴~! 무사히 살았대요.

'권세는 십 년을 채 못 가고 활짝 핀 꽃도 열흘을 가지 못한다(權不十年 花無十日紅)'라고 하였던가. 모어의 죽음을 주도했던 헨리의 일등 공신 토머스 크롬웰도 타워 힐의 참수대에서 형장의 이슬로 사라졌다. 어처구니없게도 그의 죽음은 그가 네 번째 왕비로 추천한 공주가 추녀였다는 사실에서 비롯된 것이었다. 그리하여 '왕의 진노를 사면 죽음이 기다린다'라는 말과 '왕의 최측근자들은 죽음이 예약되어 있다'라는 말은 세간의 통념이 되었다.

헨리 8세의 재임 중에 잉글랜드에서는 많은 수의 인물들이 목숨을 잃었다. 그렇지만 대법관 모어만큼 그렇게 인상 깊은 죽음을 맞이한 사람은 없다.

19세기 말, 모어는 생전의 덕업德業이 인정되어 1886년 12월 29일 로마 교황청으로부터 복자福者로 시복諡福되었다. 격동의 20세기에 이르러서 그는 순교자로서 1935년 5월 19일 성인聖人으로 시성諡聖되었다. 성자 토머스 모어의 축일은 6월 22일이다.

새천년 21세기에 접어드는 2000년 10월 31일 모어는 교황 요한 바오로 2세에 의해 '정치인들의 수호성인'으로 공식선포되었다. 교황청 문화평의회 의장 폴 푸파드 추기경은 모어를 정치인들의 수호성인으로 선포하게 된 배경을 다음과 같이 밝혔다.

> 토머스 모어 경을 정치인들의 수호자로 선포하려는 것은 새로운 것은 아니며 정치는 가장 위대한 사랑의 실천을 요구하는 영역으로서 그 산 증인 토머스 모어 경처럼 우리 정치인들이 참된 정치를 위해 자신을 아낌없이 희생하는 새로운 시대를 열어가기를 간절히 소망합니다.

주지하다시피 휴머니스트 모어가 살았던 유럽의 15세기 말 16세기 전반기는 중세의 황혼기이자 근세의 여명기로써 그의 모국 잉글랜드 안팎으로 변화의 바람이 거셌던 시대 전환적 격동기였다. 이를테면 유럽의 역사적 지형도를 바꾼 사건들, 즉 지리상의 발견과 인쇄술의 전파, 휴머니즘 운동과 르네상스, 프로테스탄트 종교개혁 등 굵직굵직한 사건들이 중첩되어 진행되었던 시기가 바로 이 시기였다.

따라서 모어 동시기에는 한층 더 많은 이들이 유리한 변화시류에 편승코자 요동했던 시기였다. 그래서 그 현장의 중심에 서 있던 모어는 동시기인들이 자행하고 있던 갖가지 표리부동한 실태를 쉽게 목도할 수 있었다.

그런 상황에서 아마도 옥중 사형수로서 죽음을 기다리고 있던 모어는 '제 양심을 지키면서 의롭게 산다는 것'이 얼마나 허망한 일인가를 체감하는 데서 오는 무한한 공허감으로 회한의 쓴웃음을 토해내지 않았을까. 그는 '인간들은 어째서 올바른 것을 위해 사는 것이 아니라 탐욕과 세속적 환상을 위해서 사는가'라는 고뇌에 찬 회의와 상념에 짓눌려 멍들어가는 가슴을 쥐어 잡으며 지금 여기가 아닌 저기 다른 세상에서나 존재할 유토피아를 꿈꿨을 것이다. 그는 그러한 불의한 세태를 신랄하게 비난하거나 한탄하기보다는 차라리 측은히 여겼다. 예나 지금이나 많은 인간들이 부와 명예, 권력과 세속쾌락을 위해 자신의 순수한 영혼이나 자신의 양심을 헌신짝처럼 버리고 불의의 길을 가지 않는가. 모어는 그것을 알고 있었으며 그는 동시기 동료 지식인들을 통해 그것을 극명하게 보았다.

이를테면 모어는 그런 소용돌이 속에서 본인의 양심 수호를 위한 싸움이 패배로 끝날 것임을 알고 있었지만, 그는 양심을 저버릴 수 없었기에, 그 싸움을 멈출 수는 없었다. 그래서 모어는 자신이 옳다고 여긴 것을 위해 필사의 노력으로 자신의 양심을 지켰다. 모어의 그러한 노력은 본인의 예측대로 역부족임이 입증되었고, 결국 그는 형장의 이슬로 사라지는 비운과 함께 당대의 패배자로 기억되었다. 현실정치인으로서의 경험을 통해 그는 정치란 옳고 그른 것을 가려내는 것도 아니고 옳은 것이 승리하는 것도 아니라는 것을 일찌감치 알고 있었다. 그의 죽음은 정치적 자살에 가깝다.

시각을 바꿔 역사의 기시적 안목에서 바라본다면, 순수해 보이는 모어의 그러한 분투적인 태도는 중세 유럽의 성속계聖俗界 전반의 사회자체구조적 모순에서 조금조금 불거져 나와 이제 세차게 밀려오는 대변화의 바람에 역행하는 아집으로 비칠 수도 있다.

일례로 이전에 모어와 함께 의회 의원으로 활동한 적이 있었으며, 당시 런던 부보안관이었던 신교성향의 중도적 연대기작가 에드워드 홀은 모어의 죽음에 대해 다음과 같이 말을 했다.[8]

> 대법관Lord Chancellor직을 역임했던 모어 경은 로마교회 수장권을 옹호하고 로마의 주교를 지지하다가 결국 참수대로 끌려 나와 목이 달아났다. 나는 그를 멍텅구리 현자라고 불러야 할지 똑똑한 바보라고 해야 할지 모르겠다. 그런데 그는 사람을 비웃고 조롱하는 버릇이 있어서 이 세상 어떤 것도 잘된 것이 없다고 생각하는 것 같았다. (…)목이 잘리는 판에도, 그는 농을 짓거리면서 생을 마감했다.

어찌 보면 모어는 당시의 중첩적 시대정신의 일면인 자신이 굳게 믿어 왔던 전통적 대의명분을 위해, 즉 당대 유럽의 가톨릭적 사회 질서의 수호를 위해 고군분투하다가 자신의 목숨을 초개처럼 던진 수구적 양심이었다.

다시 말하면 모어가 신학문에 헌신한 르네상스 학자였으며 신흥 중산계급인 젠트리 출신의 성공적인 변호사였다는 것 등의 면면은 16세기의 근대적인 특징이었던 반면에, 그가 새롭게 대두하는 정치경제 구조에 대한 저항자였으며, 그리스도교도적 수도원 이상에 대한 회고자였다는 것 등의 면면은 16세기의 중세적 요소였다. 모어는 동시기 이 두 흐름의 중간에 끼여, 낡은 충성심을 가슴에 품고 새로운 국가에 봉직하였다. 양자택일 기로의 순간 그는 양심이 좇는 길을 선택하게 되는데, 결과적으로 그는 자기 자신의 이념과 가치관보다 한층 더 세차고 지독한 이념과 가치관에 목을 내밀어야 했다. 두 동강 나 말뚝 위에 걸린 그의 머리는 16세기의 역사적 주류가 거둔 승리의 표징이 되고 만 셈이다.

인간의 신념과 용기는 때로는 옛것을 버리고 새것을 좇는 결과를 낳는

가 하면, 때로는 옛것을 고수하는 결과를 낳기도 한다. 모어의 경우에는 양심이란 도덕 가치가 현실 자아에 껴들어 오면서, 옛것을 고수하는 결과로 귀결됨으로, 그는 한층 더 강고한 힘, 즉 새것의 희생양이 되었던 것이다.

요컨대 모어의 죽음은, 냉혹한 역사적 현실의 길이 아닌 고결한 도덕적 이상의 길을 택함으로써, 모어가 감내해낼 수밖에 없는 예고된 혹독한 정치적 대가 같은 것이었다.

확실한 것 하나는 모어는 그 자신이 어디로 가야 할지 명확한 그 나름의 방향 의식을 가지고, 자신의 길을 굳건히 걸어갔다는 것이다. 물론 그것은 신념과 가치의 문제로서 옳고 그르거나 맞고 틀리고의 문제는 아니다. 중요한 것은 그가 자신이 가는 길에 나름의 가치적 의미를 부여하고 거침없이 자신의 목적지를 향해 갔다는 사실이다. 결과는 죽음으로 귀결되는 현실적·정치적 패배였지만, 도덕적·신앙적으로 그것은 자기 가치를 수호한 양심의 승리였다.

그리하여 모어는 '인간은 외풍의 영향에 따라 풀잎 위에서 이리저리 나뒹구는 이슬방울 같은 수동적인 존재가 아니라, 제 안의 '절대자유의지'를 싹틔워, 제 인생의 주인공으로서 자기 나름의 목적지를 향해 자신의 소리를 내며 용기 있게 걸어가야 할 능동적인 존재'임을 후세 사람들에게 강하게 각인시켰다.

참으로 인생사는 아이러니하다. 실패나 패배가 성공이나 승리보다 시간이 흐를수록 두고두고 그 빛을 훤히 발하는 경우가 있으니까 말이다. 모어가 그러한 경우다. 이것은 인간이 수면적으로 여기 현실적·물적 토대에 발을 디디고 서 있지만, 인간의 머리만큼은 저기 이상적·정신사적 가치를 향하는 의미추구론적 존재이기 때문일까. 아니면 흔들리는 불완전체로서 자기 나름의 크고 작은 의미추구에서 평안을 찾아가는 정서적·영적 동물이기 때문일까.

여기 모어가 남긴 기억할만한 어록들로 이 책의 끝을 맺는다.

돈이 권력을 크게 흔들 수 있는 곳에서는 국가에 올바른 정치나 정의로운 번영을 기대할 수 없다. 그 어떤 것도 잃을 게 없는 자들이야말로 이 세상 모든 걸 전복시키려는 가장 큰 욕망을 품는다. 가장 깊은 감정은 언제나 침묵 속에 있다. 인간은 보통 자기 불안을 깔고 앉고 산다. 나는 숲길을 걸어 그 불안을 떨쳐버린다. 그놈이 병이 되지 않도록 걷고 또 걸어라.

하늘이 고칠 수 없는 슬픔, 그런 건 세상에 없다. 후회란 천국을 바라보며 지옥을 느끼는 것이다. 내가 평화면 세상 또한 평화이며, 내가 지옥이면 세상 또한 지옥이다. 한 번에 성공하지 못했으면, 몇 번이고 거듭 시도하라. 우리가 일상에서 행하는 소소한 행동은 단순해 보이지만 우리 영혼에 큰 흔적을 남긴다. 노동하는 시간을 줄여라, 그러면 정신과 영혼을 계발할 여유를 얻게 된다.

누군가를 향한 혐오·미움·분노는 '나'를 먼저 태워 내상을 입힌다. 내 안의 심지에서 그 불꽃이 점화되기 때문이다. 어리석은 사람과 다투다가 어리석은 사람이 되지 않도록 하라. 악한 사람들은 두려워하나 선한 사람들이 사랑하는 그런 사람이 되어라. 사랑 같은 우정은 따뜻하고 우정 같은 사랑은 한결같다. 가정은 행복의 묘판이다. 신이시여, 행복하게 살며 그 행복을 다른 이들과 나눌 수 있도록, 저에게 유머나 냉소를 이해하는 친절을 주시옵고 풍자나 비난을 포용하는 용기를 주소서.

선행과 순결한 양심이야말로 최상의 쾌락이다. 사람들은 겉으로 대개 소신이나 양심을 운운하지만 자기가 속한 집단 속에서 소외되는 것을 더 두려워한다. 그걸 지키기 위해서 영적인 도움이 필요하다. 기도하고 주문을 걸어 그대 안의 영성을 불러내라. 그리고 여기 이 순간 존재함으로 그리할 수 있음에 감사하라. 매 순간 순간이 기적이며 은혜다. 살아 꿈틀거리는 지금, 집착하는 바 없이 그 마음을 내라.

11장 양심의 승리

Thomas more

제1장

1 *Richard Marius, Thomas More*, pp.5~6. 성공한 빵 제조업자였던 친할아버지 윌리엄 모어 (william More)는 모어의 아버지 존 모어가 불과 16살이었을 때 죽었다. 그랜저Granger 할아 버지는 모어의 친척 할아버지로 추정됨. 그는 친할아버지는 아니지만, 존 모어가家 별채에 들어와 살게 되면서 모어의 마음을 알아주는 친구 같은 할아버지로 모어에게 친할아버지 나 다름없었다.

2 젠트리gentry는 15세기 말 튜더 왕조가 성립되면서 당대 잉글랜드 사회 각 영역에서 실력 계층으로 등장하게 되는 중소 지주 세력이나 신사계층으로 잉글랜드의 전통 귀족인 노빌 러티nobility와 자영농 계층인 요먼리yeomanry 사이의 계층이다.

3 잉글랜드에는 일종의 법과대학들로서 그레이즈 인 법학원Gray's Inn, 링컨즈 인 법학원 Lincoln's Inn, 미들템플 법학원Middle Temple, 인너 템플 법학원Inner Temple 등의 4곳의 유명 법 학원들이 있었는데, 울만 교수는 그것들을 한데 묶어 '보통법 학도 양성 신과 대학the University and Church Militant of the commom Law'이라고 불렀다. 나중에 모어는 그곳에서 법조 인 실무교육을 받게 된다.

4 '오늘을 잡아라Carpe Diem'라는 말은 로마 공화정 말기 시인 호라티우스Quintus Horatius Flaccus가 "오늘을 잡아라, 내일이라는 말은 최소한만 믿고(가능한 한 버리고) Carpe diem, quam minimum credula postero…"라고 읊조린 데서 유래한 말임.

5 에라스무스Desiderius Erasmus Roterodamus(1466~1536)는 휴머니즘적인 개혁을 주장한 세계 시민주의적 크리스천 휴머니스트였다. 네덜란드 로테르담시 성직자의 사생아로 태어난 그 는 수사였으나 수도자 생활을 혐오하여 생애 대부분을 이탈리아 · 독일 · 프랑스 · 스위 스 · 잉글랜드 등에서 보내며 16세기 전반 유럽 지성계의 지적 흐름을 주도하였다. 그는 옥스퍼드대학에 초빙되어 그리스어를 가르쳤으며, 캠브리지대학 초빙교수로 학생들을 가 르치기도 하였다. 고전 라틴어에 정통했던 그는 1499년 잉글랜드를 방문한 이래 모어, 콜 렛 등과 교류하면서 지적 우의를 다졌다. 특히 그는 지적 동무로서 12살 연하인 모어와 각별한 우정을 나눈다. 그들은 원시 기독교의 순수성과 소박함으로 되돌아가려는 휴머니 즘 운동에 상호 공감하였다. 그 연장선에서 그는 기성교회의 타성적인 형식주의를 비판하 는 데까지 이르게 되는데, 그 집약서가 바로 『우신예찬Encomium Moriae』(1511년)이다. Moriae 는 모어Morus와 바보라는 이중적인 의미를 담고 있는 이 책은 모어에게 바치는 헌정서이기 도 하다. 그는 신 · 구교 양쪽에서 공격의 대상이 된 『자유 의지론』을 집필하기도 한다. 그 의 개혁사상은 기독교 신앙의 순화, 스콜라 신학의 형식주의에 대한 비판, 성직자계층의 부도덕에 대한 공격, 교황권의 반성 등으로 요약되는데, 그것은 다가올 루터의 프로테스탄 트 혁명(종교개혁)을 위한 기반이 된다. 그러나 에라스무스는 가톨릭 측과 프로테스탄트 측 사이에서 중용(중도 · 중립 · 관용 · 평화)을 표방하다가 말년에 양편에서 기회주의자로

낙인찍혀, 모어가 죽은 지 1년하고 엿새 되는 날 스위스 바젤에서 쓸쓸한 죽음을 맞게 된다.

6 존 모튼John Morton(1420?~1500): 도르쎗셔Dorsetshire에서 출생. 헨리 6세, 에드워드 3세에 역사壓仕하였고, 헨리 7세 시대에 이르러서는 1486년 캔터베리 대주교가, 1493년에는 추기경이 되었다. 그는 1487년부터 대법관이 되었다. 모튼 경은 모어가 후에 집필하게 되는『이상국Utopia』에서 잉글랜드의 모범이 될 만한 유일한 국왕자문회의 의원으로 묘사되고 있다. 모튼 경은 캔터베리 대주교 런던공관이자 대법관 관저로서 람베쓰 궁에서 거주하고 있었다.

7 시동Page : 중세 초에는 평민 중에서 선발되어 7세쯤 되어 출사하여 심부름꾼 일을 하는 한편, 예의범절 등을 배웠으나 중세 후기에 이르러서는 대개 12세 이상으로 높아졌으며 신분도 귀족의 자제로 높아져 신사로서의 예법뿐만 아니라 무예를 습득하는 기사의 필수 코스가 되었다.

8 대법관Lord Chancellor은 왕 다음의 서열 1위에 해당하는 잉글랜드 조정 고관으로서 독립된 대법관 법정을 가지고 있으며, '국왕자문회의King's Council(나중에 추밀원Privy Council으로 불림)'의 의장직을 겸했다. 오늘날로 보면 대법원장과 국무총리를 겸한 직책이다. 그 당시의 대법관은 사법과 행정 등 왕국의 모든 공무를 총괄했던 요직이었다. 모어의 전임대법관 울지Thomas Wolsey 때까지는 대개 추기경이나 대주교 등의 고위성직자가 그 요직을 맡았으나 울지 이후에는 평신도인 모어가 그 직책을 계승하게 된다.

제2장

1 여기서 말하는 일반극은 기적극miracle and mystery plays과 도덕극moral plays을 일컫는 것인데, 이 극들은 당시 잉글랜드에서 꾸준히 상연된 무대극들이었다. 기적극은 중세 초 교회의식에서 생겨난 것으로 종교적 축전에 상연되어 그 축전과 관련 있는 성경의 장면을 무대에서 묘사했다. 도덕극은 기적극에 비해 늦은 15세기 후기에 발전하게 되는데 도덕극은 인물을 성경에서 빌려 오지 않고 추상적인 죄악과 도덕 즉, 자만과 탐욕, 사랑과 자비같은 것을 의인화한다. 도덕극은 내용상 기적극에 비해 한층 더 개방적이고 풍자적이다. 모어가 주로 관심을 가지고 있었던 무대극은 바로 이 도덕극이었다. 막간극interludes은 16세기 초 생긴 극 형태로 여흥이나 연회 중간에 공연되곤 했던 대화체 희극이다. 모어도 그러한 막간극의 배우가 되기도 하고 관객도 되기도 하여 막간극의 묘미를 즐겼다. 낭만극romantic plays은 주군과 주군 부인을 향한 충정에 찬 기사 모험담이나 남녀간의 애틋한 연애담을 소재로 한 극들을 말한다. 이 극의 특징은 극 스토리 속에 세속 인간의 개인감정이 녹아나 있다는 데 있다.

2 영국 최초의 인쇄가 캑스턴William Caxton(1422?~91)은 1476년에 웨스트민스터에 인쇄소를 설립하였다. 그러나 캑스턴은 단순한 인쇄가만은 아니었다. 그는 초서, 카워, 리드게이트 등의 시작품들과 말로리의『아서왕의 죽음』등의 산문작품들을 출판하고 그 같은 작품들

의 서문을 쓰고 여러 권의 영역서를 냄으로써 그 당시 미숙한 상태에 있었던 '영어 문체 형식'의 품격을 높이는 데 지대한 공헌을 한 문필가였다.

제3장

1 그로신William Grocyn(1466?~1519): 옥스퍼드대학에서 공부했던 그는 선진적인 이탈리아로 유학했다. 그는 피렌체, 로마, 파두아 등에서 그리스어와 신학문을 공부했다. 1491년 귀국 후 그는 옥스퍼드대학에서 그리스어를 강의하였다. 그는 옥스퍼드대학 동문이자 이탈리아 유학동기생인 라티머William Latimer(1460?~1545)와 함께 아리스토텔레스의 저작들을 공동번역할 만큼 그리스어에 정통해 있었다.

제4장

1 앤 볼린Anne Boleyn은 왕비가 되기 위해 왕 헨리 8세로 하여금 조강지처 왕비 캐서린과 이혼하도록 부추겼을 뿐만 아니라 종교를 갈아 바꾸게 할 만큼(왕은 의회입법제정을 통해 로마교황청과 단절하고 국교를 가톨릭에서 잉글랜드국교회로 바꾸었음)왕을 사랑의 포로로 만든 '왕의 여인'으로 유명하다. 이 여인은 자신의 바람대로 새 왕비가 되었지만, 왕이 애타게 기다리던 사내아이를 끝내 낳지 못하자(훗날 여왕이 되는 엘리자베스 1세가 바로 그녀의 유일한 자식임) 그녀에게 더이상 매력을 느끼지 못한 왕에 의해 1536년 간통죄란 죄명으로 '런던타워그린Tower Green'의 형장의 이슬로 사라지는 가련한 신세가 된다. 후세 사람들에게 역사를 바꾸게 한 세기의 사랑을 한 연인으로 기억되는 '앤 볼린과 헨리 8세'는 종종 영화, 연극, 오페라, 소설 등에서 비극적 사랑의 소재거리가 되곤 한다. 1969년 개봉되어 많은 이의 심금을 울린 '천일의 앤Anne of Thousand Days'의 비운의 주인공이자 2007~2010년 방영된 38부작 미국 드라마 '튜더스The Tuders'의 고혹적이며 영특한 여걸이 바로 이 앤 볼린이다.

2 Richard Marius, 앞의 책, p.30.

3 Robert A. Greene, "Synderesis, the Spark of Conscience," *Journal of the History of Ideas 52* (April-June, 1991), pp.195~219.

4 『신국론De Civitate Dei』은 성 아우구스티누스(354~430)의 저작이다. 여기서 아우구스티누스는 인간의 고통을 합리화시키면서 종말론적 역사관을 제시함으로 게르만족의 로마 약탈에 대해 악한 이 세상을 멸하고 선한 저 영원의 구원세상으로 가기 위한 신의 섭리작용으로 보았다. 여기서 그는 영원할 것 같은 로마제국이 몰락하게 된 가장 큰 원인으로 인간의 자만Pride을 거론했다. 모어도 자신의 저서 『리처드 3세사』와 『유토피아』에서 자만Pride을

인간의 악의 근원이자 으뜸죄로 간주했다(중세의 죽어 마땅한 7가지 죄Seven Deadly Sins는
자만Pride, 탐욕Greed, 나태Sloth, 간음Adultery, 폭식Gluttony, 시기Envy, 및 분노Wrath였는데 이들
중 으뜸죄는 전통적으로 자만이었음.) 종교 사상적 측면에서 모어는 아우구스티누스로부
터 깊은 영향을 받았다.

5 Richard Marius, 앞의 책, p.37.

6 존 콜렛John Colet(1466~1519)은 런던의 고위성직자였으나 당시의 사회개선에 깊은 관심을
가지고 있었다. 다른 휴머니스트의 경우와 마찬가지로 그는 이탈리아 여행을 통하여 새로
운 학풍의 영향을 받았으며, 후에 옥스퍼드대학에서 성서 강의를 하는 한편 고전 라틴어
및 그리스어의 교습을 대학과정 속에 도입했다. 그는 성서 강의에서 많은 관중을 끌었는데
영국에서 종래의 스콜라학자들에 의한 낡은 방법이 아니라 르네상스 휴머니스트의 문법·
문학적 해석에 의한 방법의 시작의 선을 그었다. 이 12살 연상의 콜렛은 모어의 친구였을
뿐만 아니라 그의 고해 신부이기도 하였는데, 이탈리아반도 유학파였던 그는 피렌체와 로
마의 회화, 고전고대 그리스·로마 학술서적과 작가들에 관한 많은 정보를 모어에게 제공
해 주었다. 이탈리아반도 유학경험이 있었던 옥스퍼드대학 그리스어 교수 토머스 리나커
(1460~1524)나 성 로렌스 쥬리 성당 신부 그로신도 기회가 있을 때마다 그곳의 갖가지 풍
물과 신진 문명을 모어에게 소개해줬던 지적 매개자들이었다.

7 헨리 왕자는 훗날의 헨리 8세(재위 1509~1547)를 말한다. 그는 어렸을 적부터 문예와 스포
츠 등 각 분야에서 탁월한 능력을 발휘했던 다재다능한 왕자였다. 그는 왕세자였던 형 아
서Arthur의 갑작스러운 이른 죽음으로 튜더 왕조의 개창자 헨리 7세(재위 1485~1509)의 왕
세자가 되어 선왕先王서거 후에 헨리 8세로 즉위하게 된다(이때 에스파냐 아라곤의 공주
출신의 잉글랜드 왕세자비인 아서의 처, 즉 헨리의 형수인 캐서린Catherine이 정략적인 연유
로 시동생인 왕 헨리와 혼인하게 됨으로 훗날 잉글랜드에 피바람이 불게 되는 헨리종교개
혁의 단초가 제공된다). 문예에 대한 그의 깊은 관심으로 인해 왕 즉위 시 그는 모어 같은
휴머니스트들에 의해 대대적인 환호를 받는다. 그러나 즉위 후 그는 궁녀 앤 볼린Anne
Boleyn과의 염문, 조강지처 캐서린과의 이혼과 앤 볼린과의 재혼, 로마가톨릭과의 단절과
수도원 해산, 잉글랜드종교개혁 등으로 이어지는 일련의 사건들을 일으킴으로 잉글랜드
역사의 전경을 바꾸게 된다. 헨리는 모어를 큰형 같은 친구로 생각했다. 그러나 종국에는
'헨리의 개인사(큰 문제)'에 대한 헨리와 모어의 생각 차이로 인해 모어는 막내동생 같은
친구 헨리에게 죽임을 당한다.

8 스켈톤John Skelton(1460~1529)은 풍자시에 능한 괴짜 시인으로 통했다. 헨리 8세의 왕자 시
절 그의 문학 스승이었다. 한때 추기경 울지를 시의 재료로 삼아 심히 노골적으로 풍자했
던 것이 빌미가 되어 웨스트민스터 대성당으로 피신하여 그곳에서 사망할 때까지 지내게
된다. 그의 풍자시는 욕설과 외설이 난무하고 억세지만 꾸밈이 없으며 솔직한 것으로 유명
하다. 다음은 그의 자신의 시에 대한 자평 시구절이다. 나의 시는 비록 거칠고, 찢어지고
깔쭉깔쭉하고, 몹시 비에 부대끼고, 녹슬고 좀 먹었을망정, 잘 읽어보면, 그 속에는 어떤
힘이 있다네 For though my ryme be ragged, Tatter and jagged, Rudely rayne beaten, Rusty and
mothe eaten; If you take well therewith, It hath in it some pyth.

제5장

1 이 사건은 왕이 마그나 카르타의 규정과 오랜 관례에 따라 장자 아서의 기사 서임과 장녀 마가레트의 결혼을 위해 봉건적 원조금으로 15분의 1세의 3배인 9만 파운드 상당의 징수를 요구했을 때, 모어가 이를 문제 제기함으로써 발화되었는데, 결국은 왕과 하원이 타협하여 15분의 1세인 3만 파운드를 징수하는 것으로 타협이 이뤄졌다. S. B. Chrime, *Henry VII, Los Angeles*: California Univ. Press, 1972, pp.200~201.

2 이 책 속의 주인공 피코는 모어와 유사한 인생역정을 겪는다. 모어처럼 청춘기에 그는 경건한 명상생활과 세속적인 현실생활을 할 것인가를 고민하다가 자신이 그렇게 갈구했던 성직자의 길을 포기하고 결혼하게 되었고, 신학논쟁에서 가톨릭계를 자극하는 주장을 하다가 교황청으로부터 경고를 받았으며, 사방의 논적으로부터 공격을 받았다. 그는 지난날의 교만한 행동을 참회하면서 겸허하게 현실 활동에 매진하게 된다. 모어는 그런 피코에게서 동병상련의 감정을 느낀다.

3 마운트조이William Blount, Lord Mountjoy(1470?~1534)는 1496년경 파리의 한 대학에서 에라스무스로부터 가르침을 받았다. 그 이래로 그는 에라스무스를 스승으로 깍듯이 모시게 되는데, 1498년경에 에라스무스를 잉글랜드로 처음 초청한 사람도 바로 그였다. 1511년 그는 캐서린 왕비수석보좌대신으로 임명되고, 그는 1520년 '황금천 들판 회동(행사)'에 동참하며 1523년의 잉글랜드와 프랑스 간의 전쟁에도 참여한다. 헨리 8세가 앤 볼린과의 재혼을 생각하고 있었을 무렵에 왕의 불같은 성격을 알고 있던 그는 왕비 캐서린에게 왕과의 이혼을 심사숙고해볼 것을 조언하게 되고 왕의 이혼 요청이 거절된다면 왕은 교황을 교회의 수장으로 인정하지 않을 것이라는 경고의 메시지를 교황에게 보내게 된다. 재력가였던 그는 휴머니스트들의 후견인임을 자청하였으며 모어와도 친분이 있었던 휴머니스트계의 마당발로 통하는 사람이었다.

4 그러나 헨리 8세가 차츰 고삐 풀린 사자 왕으로 변화되어 감으로 모어의 기대감은 곧 낙담으로 바뀌게 된다.

5 캐서린Catherine은 에스파냐 아라곤의 공주로서 헨리 7세의 장자인 아서의 아내가 되었으나, 왕자 아서가 혼인 후 6개월 만에 죽었다. 양국은 혼인동맹관계가 계속되기를 원했다. 그래서 큰 누나 같은 형수 캐서린은 시동생인 헨리의 아내가 되었다. 그러나 캐서린과 헨리의 결혼은 교회의 축성으로 기정사실이 되었으며 나중에 잉글랜드의 여왕이 되는 메리Bloody Mary공주까지 자식으로 두게 된다. 그러나 헨리 8세가 앤 볼린Anne Boleyn과의 사랑에 빠지면서 토머스 크롬웰을 비롯한 측근들의 책략을 빌어 왕 자신이 형수와 결혼한 행위는 불법적이며 재앙적이었다는 구실로 이혼을 추진하고 왕비 캐서린의 궁녀였던 앤 볼린과의 재혼을 추진하였다. 이 헨리 8세의 이혼과 재혼은 로마교황이 승인을 받아야 했다. 그러나 로마교황청은, 캐서린 왕비의 모국 에스파냐의 조정을 받고 있었기에(에스파냐 왕을 겸하고 있었던 신성로마제국 황제가 왕비의 조카였기에), 왕의 이혼을 승인할 수 없었다. 그리하여 잉글랜드는 이혼을 승인하지 않은 로마가톨릭교회와 단절하게 되는데, 이 과정에서 수도원 해산과 가톨릭교회 재산몰수 같은 일련의 조치들이 수반되었다. 그렇게 해서 성립

된 것이 바로 영국국교회이다. 오늘날에는 그것이 성공회로 칭해지기도 한다. 에드워드 6세와 메리 여왕 다음의 군주 엘리자베스 1세는 바로 그 앤 볼린과 헨리 8세 사이에서 태어난 딸이다.

6 이 문맥은 잉글랜드의 장미 전쟁을 종식시킨 튜더 왕조가 비유적으로 표현된 것이다. 헨리 7세는 전쟁시 하얀 장미 문장을 사용한 요크 가문과 빨간 장미 문장을 사용한 랑케스터 가문 간의 대표 귀족들 간의 왕위 다툼을 보스워드 전투를 통해 종식시키고 튜더 왕조를 개창하였는데, 그는 왕조의 정통성 계승 문제를 합리화시키려고 애썼다. 왜냐면 보스워드 전투에서 리처드 3세를 격퇴하고 장미 전쟁을 종결시킨 헨리 튜더는 랭카스터 가의 피를 받았지만, 그의 정통성은 혈통보다는 오히려 전투의 승리에서 입증된 것이었기 때문이었다. 그리하여 헨리 7세는 리처드 3세의 조카인 요크 가의 여성 엘리자베스와 결혼함으로 상징적으로나마 랑케스터 가와 요크 가 양가의 혈통이 통합되는 형국을 갖추게 되었는데, 헨리 8세의 즉위와 더불어 황금시대가 개화됨으로 양가가 비로소 결합을 이루어서 잉글랜드는 진정한 번영과 평화를 맛보게 될 것이리라는 기대감에 부풀어 있는 모어의 낙관적 생각이 그렇게 비유적으로 표현된 것이다.

7 1500년에 초판 인쇄되었던 이 책은 에라스무스의 문학적 센스가 담긴 것으로 유럽에 명성을 떨쳤다. 그것은 수많은 고전에서 나온 격언 및 경구에 설명을 붙여서 고전적 수사를 일반화한 것이었다. 그것은 사회 각계 각층에 대한 비판적 풍자가 함축되어있는데, 1570년까지 120종의 판을 찍었다.

8 '르네상스인은 사람이 할 수 있는 일은 무엇이든 할 수 있다고 공언한 알베르티Battista Alberti(1405~1472)는 거의 모든 학술 분야(물리학, 수학, 의학, 천문학, 철학, 법학, 회화, 조각, 건축, 음악, 산문, 시)에 정통하였을 뿐만 아니라 일상적인 잔재주(구두수선, 땜질, 높이 뛰기, 넓이뛰기, 곡예 등)에도 능한 사람이었다. 그는 원근법적 구성의 기초개념을 해명한 미술비평가로『회화론』, 건축가로서『건축 요론』, 그리고 가정학 창시자로서『가정학 원론』을 저술했다.

9 다빈치Leonardo da Vinci(1452~1519)는 회화와 시에 정통했을 뿐만 아니라 교량공학, 건축술 등에도 깊은 지식을 갖고 있었던 다재다능한 인물이었다. 그는 ≪최후의 만찬≫과 ≪모나리자≫ 같은 불후의 명작을 남겼다.

10 미켈란젤로Michellangelo Buonarotti(1475~1564)는 건축과 회화에 빼어난 조각가였을뿐만 아니라 탁월한 공학자였는가 하면, 시인이었고 해부학과 생리학에 조예 깊은 의학도였다. 그는 ≪최후의 심판≫, ≪천지창조≫, ≪아담과 이브≫, ≪노아의 홍수≫ 같은 회화를 남겼다. 그는 한마디로 르네상스 만능인이었다.

11 마가렛이 제법 소녀티가 날 무렵, 모어와 친분이 두터웠던 폴 추기경은 모어의 인품을 제일 닮은 자식이 마가렛이라고 적으면서 그녀의 인간미에 대해 이렇게 썼다: 자기 주관이 확실했던 그 소녀는 어렸음에도 식솔들에게는 아주 부드럽게 대하고 친구들에겐 변함없이 잘해 주는 그런 아이로 꽤 깊은 대화 상대가 될 수 있을 만한 신통한 여아였다.

제6장

1 제인은 4명의 아이들-마가렛, 엘리자베스, 쎄실리, 존-을 모어에게 낳아준 후 1511년에 죽었다. 이때 그녀의 나이는 23살이었다. 그녀가 17살에 결혼했으니까 그녀의 모어와의 결혼 생활은 6년에 불과하다. 그러니까 그녀는 1.5년에 1명꼴로 아이를 낳은 셈인데, 일부 모어 연구자들은 '모어가 자기 방식대로 그녀를 사랑했음'을 지적하면서, (장인의 권장대로 당시 남편들이 으레 그러했던 것처럼 폭력을 사용하진 않았지만) '모어의 아내 길들이기로 인한 심리적 스트레스'와 '단기간의 연이은 출산으로 인한 육체적 쇠약이 원인이 되어 그녀가 요절한 것으로 보기도 한다. 그런데 에라스무스도 그녀의 죽음에 대해 비슷한 생각을 가지고 있었다. 그가 모어 家에 체류하거나 방문했을 때, 모어의 교양 있는 아내 만들기로 인한 심리적 압박과 모어 가 안주인으로서의 중압감에 시달리는 제인에 대해 늘 안쓰러워했다. 그래서 에라스무스는 제인의 죽음에 대해 더욱 가슴 아파했을 것이다.

2 안트베르펜 출신의 자일스Peter Gilles(1486?~1533)는 에라스무스에게 배웠는데, 에라스무스는 모어와 함께 그의 평생의 지적 친구였다. 에라스무스는 결혼 축하 시에서 그를 성품이 고상하고 우아하며 교양이 물씬 풍기는 신사라고 극찬하고 있다.

3 아메리고 베스푸치(1451~1512)는 '아메리카'라는 이름을 명명한 피렌체 상인으로 그의 주장에 의하면, 1497의 항해 때에 '테라 피르마'라는 남미 본토를 발견했다고 한다. 모어는 베스푸치가 1501년 시작한 항해에서 견문한 바를 기록한 『신세계』(1501년 바젤에서 간행됨)에서 『유토피아』에 대해 몇 가지 힌트를 얻은 듯하다. 이 팸플릿에는 '사유재산은 없고 재산을 공유하고 있는' 사람들에 대한 기록이 있다. 곧 "그들은 왕이나 정부가 없이 생활하며, 따라서 각자는 각자의 주인이다. (…) 그들은 자연에 따라 살고 있으므로 스토아 학파에 속한다기보다는 에피쿠로스학파에 속한다고 할 수 있다. (…) 원주민들의 말에 의하면 내륙에는 금이 많으나 이곳에서는 금은 귀중히 여기지 않고 아무런 가치도 없다"고 한다. 예컨대 그들은 전쟁 포로, 때로는 자기 아내나 자식을 먹어 치우는 식인종이다. 베스푸치는 3백명 이상을 먹어 치운 악명 높은 사람도 있었다고 말하고 있다. 또한, 그는 그들은 나체로 돌아다니는데, 그들의 부인들은 남편들의 그것들을 어떤 독충에게 물리게 함으로써 엄청나게 큰 것으로 만드는 재주를 갖고 있었다고 실감나게 말하고 있다: Thomas More(1516), 『Utopia』, Translated by Paul Turner(Penguin Classics), p.20.

4 라파엘 히슬로다이Raphael Hythlodaye의 어원을 뜯어보면, 라파엘은 히브리말로 '신은 병을 고친다'는 뜻이고, 히슬로다이는 그리스어에서 온 말로 '넌센스 조제사'라는 뜻이다. 그러니까 『유토피아』는 넌센스 조제사가 당시의 유럽인들이나 잉글랜드인들의 병폐를 고치기 위해 풀어놓은 이야기인 셈이다. 에라스무스도 『유토피아』를 통해 모어는 잉글랜드의 사정을 면밀하게 연구한 후에 국가가 서시트는 악이 어디서 오는가를 밝히고 있다고 적고 있다.

5 그렇게 보면 작중모어는 모어의 페르소나persona로 모어의 현실적인 자아인 셈이다(그리스어 페르소나는 가면이라는 의미를 나타내는데, 인격personality이란 낱말의 어원이 바로 이 페르소나임 : 이를테면 모어의 페르소나 작중모어는 개인이 사회적 요구들에 대한 반응으

로서 발현되는 '공적인 모어의 외적 인격'인 것이다). '공적인 활동negotium의 삶을 추구하는 작중모어가 모어의 현실적 페르소나라면, 히슬로다이는 '명상과 여가otium의 삶을 추구하는 모어의 이상적 페르소나이다.

6 『유토피아』 종결 부분에서 모어는 자신이 창조한 이상국인 유토피아국의 공유제에 대해 현실세계인 유럽에선 적응되기 어려운 것임을 밝히고 있다. 그런 것을 보면 유토피아국의 공유제를 근거로 모어를 공산주의의 선구자로 보는 마르크스적 시각은 반론의 여지가 많다. 이를테면 옥중서 『고난을 이기는 위안의 대화』에서 발췌한 다음과 같은 글을 보면 차라리 모어는 오늘날의 자본가나 보수주의자의 모습에 가깝다: 세상에는 자산가가 있어야 한다. 그렇지 않으면 거지가 늘어날 뿐이고 빈자를 도와줄 사람이 없어진다. 이것은 나의 결론이다. 이 나라에 있는 모든 돈을 다 한데 모아서 백성들 한 사람 한 사람에게 똑같이 나누어주면 그 결과는 현재보다 더 나빠질 것이 분명하다. 모든 사람에게 균등하게 나눠주고 나면 제일 부자가 오늘의 거지보다 더 나을 것이 없을 것이다. 거지는 받은 만큼 형편이 나아지겠지만 여전히 거지의 신세를 면할 수 없을 것이다. 그러나 부자들은 동산을 다 내놓더라도 부동산으로 계속 부자로 남고 평생 잘살게 될 것이다. 사람은 혼자 못산다. 누군가가 다른 사람의 생계를 마련해주어야 한다. (…) 옷을 구매하여 입는 사람이 있어야 의복가공업자가 살고, 건물이나 교회를 세우는 사람이 있어야 목공이나 석공이 먹고 살 수 있지 않겠는가. (…) 부자의 재산은 빈자의 생계의 원천인 것이다.

7 모어는 허구fiction를 사실이나 진실처럼 그럴듯하게 꾸며내어 실제로 착각하게 하는 문학 풍자 양식인 베리시밀리튜드Verisimilitude식 접근 방식을 사용하고 있는데, 내용상 『유토피아』가 허구적인 것임엔 틀림이 없지만 그것들이 당시의 시대상황과 사실史實을 기반으로 한다는 점에서 그 책은 사료史料로서의 의미를 가진다. 이 『유토피아』 집필에 당시의 걸출한 휴머니스트들이 대거 동참했다는 사실은 『유토피아』 독자층이 당시기 식자층이라 할 수 있는 휴머니스트들이었음을 알 수 있다. 에라스무스 또한 자신의 친구들에게 보낸 서한을 통해서 『유토피아』를 일독할 것을 권한 점이나 『유토피아』가 지식인의 언어인 라틴어로 집필된 것을 보면 『유토피아』 독서 대상층이 모어 자신과 같은 식자층이었음이 명확히 드러난다.

8 캔터베리대주교 워럼William Warham(1447~1532)은 옥스퍼드대 출신으로 1490년부터 외교사절을 역임했고 1493년에 중견성직자가 되었다. 그는 1494년엔 기록보관청장Master of Rolls에 임명되었고, 1501년엔 런던 주교가 되었으며, 1502년엔 국새상서Keeper of the Great Seal로 임명되었다. 그가 캔터베리 대주교를 역임한 것은 1504년부터였다. 그는 부자였으나 에라스무스 같은 휴머니스트들에게 생활비와 학술연구비를 대줬고 교회에 돈과 재산을 죄다 기부하는 바람에 빈털터리로 생을 마감했다. 죽기 전 그의 전 재산은 30파운드에 불과했는데, 그는 죽으면서 "그 정도 돈이면 내 저승길 노잣돈으로 충분하겠지"라는 마지막 말을 남겼다. 워럼은 모어가 마지막까지 존경한 몇 안 되는 친구들 중 하나였다.

제7장

1 울지Wolsey, Cardinal Thomas(1470~1530)는 잉글랜드 서퍽주 입스위치 출생. 푸줏간 집 아들로 태어나 옥스퍼드대학교를 나온 뒤 1498년 성직 서품을 받았다. 1503년 칼레 부총독의 사택사제가 되었다가 그의 추천으로 1507년 튜더왕가 헨리 7세의 궁중 신부가 되었다. 1509년 링컨의 사제장에 임명되었는데 곧 헨리 7세의 아들인 왕위계승자 헨리 8세의 총애를 받아 그해 왕실의 '구휼물품분배담당관'이 되었다. 특히 1513년 프랑스 원정을 추진하여 큰 성공을 거두자 헨리 8세의 측근이 되었다. 링컨 주교, 요크 대주교를 거쳐 추기경이 되었고, 1515년 대법관, 1518년 교황특사가 되었다. 헨리 8세와 함께 잉글랜드를 유럽의 패권국가로 발돋움하기 위하여 노력하였으나 1529년 프랑스와 신성로마제국의 화약으로 고립되는 위기를 맞았다. 헨리 8세가 왕비 캐서린과 이혼하고 앤 불린과 결혼을 성사시키는데 실패함으로 헨리 8세와의 관계에 금이 가기 시작하더니, 권한남용죄와 교황존신죄 혐의로 요크 대주교직을 제외한 모든 관직을 박탈당하였다. 그 뒤 반역 혐의로 체포되어 누명을 쓴 채 병사하게 된다. 그는 모어를 조정 관료로 천거한 사람들 중 하나였다. 조정 입궁 후, 국사에서 견해상의 차이로 그는 모어와 갈등을 빚은 것으로 전해진다. 그러나 과거의 갈등에도 불구하고 울지는 대법관 강제 퇴임 후 자신의 후임으로 모어를 지목한다.

2 모어의 사위 로퍼William Roper의 말에 따르면, 왕이 모어와 자리를 같이하는 것을 특히 좋아하게 된 것은, 1525년 그가 랑케스터공령 상서尙書로 임명된 후부터라는 것을 알 수 있다. '국왕은 으레 모어 경을 그의 내전에 불러들여, 같이 앉아서 천문학, 기하학, 신학, 그 밖의 다른 학문에 관한 이야기를 주고 받았다. 달 밝은 밤에는 그와 함께 오솔길을 거닐면서 항성이나 유성의 운행 등에 관한 소담을 나누곤 하였다. 또 그의 성품이 유쾌했기에, 왕이나 왕비는 저녁 식사에 자주 그를 불러 그의 농담 듣기를 좋아하였다.'

3 김진만, 『토머스 모어』, p.21.

제8장

1 시간은 르네상스의 발견이다. 이 시기는 시간—즉 조절되어야 하며 보존되어야 할 귀중하고 진기한 그 무엇—이 계속 덧없이 흘러가는 것으로 감지된 첫 번째 시기였다. 최초의 기계 시계들이 사용된 것도 바로 이때였다. 모어와 그의 가족에 대한 홀바인Younger Hans Holhein의 스케치에도 시계가 보인다. 런던의 시계들은 땡땡하고 울리며 하루 24시간을 알리기 시작하고 있었다. 모어는 '시간의 의미'를 재빨리 감지한 르네상스인이었다. 시간은 현재를 사는 그에게 신이 준 소중한 선물이었다. 따라서 그에게 그것을 적절히 사용하지 못한다는 것은 죄악이었을 게다.

2 황금천 들판Field of the Cloth of Gold(1520.6.17.~) : 국가 간 이벤트 행사로 1514년에 맺어진

잉글랜드와 프랑스와의 조약을 굳건히 하기 위한 것이었다. 1520년부터 20일간 벌어진 여러 가지 행사를 겸한 일종의 정상회담이다. 그것은 양국 간 친선 도모를 위한 일종의 상징적 의미의 행사였다. 그것을 소재로 한 존 래프 화풍식 유화가 현존한다.

3 온정주의(퍼터널리즘)는 잉글랜드 튜더왕정의 농업정책뿐만 아니라 경제정책, 더 나아가 왕정의 모든 정책 일반의 기저를 이룬 근본적 관심사항이자 추구이상이었다. 군주는 머리요, 신민은 몸뚱이로서, 국가는 자연적인 조화와 상호의존 속에서 생존해야 한다는 소위 유기적·계서적 사고 방식과 그 국가관에 입각한 이 이론은 신민에게 복종과 협조를 요구하고 군주에게는 그 신민의 복지를 돌보아 줄 의무를 부과하였다. 이것을 확대할 경우 모어 같은 지배 계층은 당연히 피지배계층인 가난한 자들이나 소외된 자들을 심적·물적으로 보살필 의무가 있는 셈이다. '사회의 지도계층 혹은 고귀한 신분으로서 권력이나 부를 가진 자들은 그렇지 못한 자들에 대해 삶의 모범이 될 만한 귀감을 보여야 할 뿐만 아니라 그들을 보살펴야 할 도의적 책임을 가지고 있다'라는 게 노블레스 오블리주로 무장한 온정주의자 모어의 기본 생각이었다.

4 에라스무스는 모어를 라틴어로 모루스Morus라고 불렀는데, 『우신예찬Encomium Moriae』을 직역하면 '모루스 예찬'이라는 의미도 갖게 된다. 실제로 그는 "영원한 친구 모어에게 이 책을 바친다'라고 말했다. 에라스무스가 크라카우 주교에게 보내는 편지에서 "피타고라스의 말을 빌리자면, 마치 우리 두 사람의 영혼이 하나인 것처럼, 모루스와 나는 혼연일체가 된 것 같은 기분입니다'라고 쓴 것을 보면 에라스무스와 모어의 우정은 각별한 것이었다. 그들은 '표정과 몸짓만 보아도 자연스럽게 감정소통이 이뤄지는 동무'였다.

5 김진만, 앞의 책, p.51.

6 에라스무스는 우어릿 히 폰 훗텐에게 보낸 편지에서 모어 가家가 그 어떤 학교에도 비견할 데 없는 훌륭한 학교Academy였음을 다음과 같이 적고 있다. 거기에는 플라톤의 학교가 있다 하시겠지만, 나는 그의 집을 플라톤의 학교에 비김으로써, 오히려 그 집의 가치를 손상할 것입니다. 플라톤의 학교에는, 수에 관한, 기하학적인 그림에 관한, 때로는 도덕과 덕성에 관한 논쟁밖에는 없습니다. 나는 차라리 그의 집을 그리스도의 학교, 또는 그리스도의 대학이라고 부르고 싶습니다. 그도 그럴 것이, 거기서는 교양과목을 읽지 않고 공부하지 않는 사람은 아무도 없습니다만, 특히 그들이 관심을 가지고 있는 것은 경건과 덕행입니다. 싸움이나 사나운 말은 전혀 들을 수가 없으며, 게으른 사람도 없는데, 이러한 가풍을 그 훌륭한 분은 거만하고 고압적인 말로 다스리는 것이 아니라, 아주 따뜻하고 점잖은 사랑으로 다스리는 것입니다. 누구나 각기 자기 자신의 임무를 다하는데, 그것도 언제나 경쾌하며, 또 건전한 웃음 같은 것도 없지 않습니다.

7 아우크스부르크 출신의 홀바인Younger Hans Holbein(1497~1543)은 독일 르네상스를 대표하는 화가이다. 처음 아버지 홀바인Elder Hans Holbein(1460?~1524)과 목판 화가인 브루크마이어에게 그림을 배우고 바젤·북이탈리아·런던 등지에서 명성을 얻은 뒤 영국 헨리 8세의 궁정화가가 되었다. 뒤러, 크라나흐와 견줄 만한 걸출한 화가였고 특히 인물 초상화에 뛰어났다. 《보니파키우스 아머바흐의 초상화》, 《헨리 8세 상》등이 좋은 예이다. 종교화에는 《그리스도의 시신》, 《마이어시장의 성모》, 목판에 의한 《구약성서》, 《죽음의 무도》 등이 있다. 그는 모어 가를 소재로 많은 스케치를 남겼다. 그는 모어와 친구로 지냈는데, 헨리 8세에게 그를 소개시켜 준 사람도 바로 모어였다. 그렇게 해서 홀바인이 헨리

8세의 궁정화가가 되었으며, ≪헨리 8세상≫을 후세에 남길 수 있었다.

8 루터Martin Luther(1483~1546)는 1517년 10월 31일 비텐베르크 대학의 교회문에 <95개조 반박문>을 게시함으로 종교개혁의 발단을 제공한 인물이다. 그 당시 34세의 교수이자 사제였던 그가 쓴 이 한 장의 반박문은 그때까지 잠재하고 있었던 유럽의 종교적·정치적·경제적 문제들을 다뤄 유럽 전반에 예상치 못한 연쇄반응을 불러일으켰다. 루터의 종교개혁의 주 내용은 성서에 근거한 개인적 신앙의 존중, 교회 재산의 축소, 사제의 결혼, 의식·축일의 간소화, 종교행사의 간소화와 개인주의화, 성서의 민족어 번역, 속인사제주의俗人司祭主義, 정치와 종교의 분리 등등이었다.

9 1520년경 루터는 『교회의 바빌로니아 포로』에서 그는 성사聖事가 가톨릭교회 주장대로 7개가 아닌 세례, 성찬례, 고백 3개라고 주장했다. 이에 왕 헨리는 모어의 도움을 받아 루터의 3성사론을 반박하는 '7성사론'을 발표함으로 교황으로부터 '신앙의 수호자'란 칭호를 받았다. 그러자 1521년경 루터는 "헨리는 한마리의 도야지, 당나귀, 똥더미, 살모사의 알, 왕의 옷을 입은 거짓말쟁이 광대, 창녀의 얼굴에다 입에서 거품을 내뿜는 미친 바보"라며 왕헨리를 광적으로 몰아붙였다. 그리하여 모어는 왕의 요청에 마지못해 필명으로 '군주들이 교황의 권위에서 벗어나야 한다'는 루터의 생각은 교황, 군주, 대소 관원, 일반백성들로 이어지는 질서체계를 파괴하고 학살과 유혈을 수반하는 도미노적 파국을 몰고 올 끔찍한 오산이라고 주장했다. 모어의 예상은 참혹한 유혈사태를 수반한 종교전쟁으로 적중하게 된다.

10 토머스 크랜머Thomas Cranmer(1489.7.2~1556.5.21)노팅엄셔 애슬랙턴 출생. 모어의 절친한 친구였으나 왕의 큰 문제great matter로 견해를 달리하여 서로 절교함. 헨리 8세의 왕비와의 이혼문제 제기 때 왕의 입장을 옹호하여 인정을 받고, 왕의 이혼의 합법성에 관한 학자들의 견해를 알아보기 위해 대륙에 파견되었다. 귀국 후 1533년에 캔터베리 대주교로 임명되었으며, 왕과 캐서린의 결혼 무효와 앤 불린과의 재혼의 합법성을 선언하였다. 이후 국왕 에드워드 6세 치세에 걸쳐 영국 종교개혁의 중심인물로서 '기도서'와 '42개 신조'를 제정하고, 영어 성서인 ≪크랜머 성서≫의 사용, 성직자의 결혼을 허용하는 등, 영국국교회(성공회)의 기초를 닦았으나, 메리 1세의 가톨릭 반동시대에 화형에 처해진다.

11 재정담당간사장은 대학운영집사장으로서 주로 대학 운영상 대두되는 법적 문제 해결을 위해 중재적 역할을 떠맡는 직책이었다. 모어는 이 두 대학의 친구들이나 선배들의 소개나 청을 받아서 제법 많은 학생들을 도와줬고, 대학 운영에도 직·간접적으로 적지 않은 역할을 했던 것으로 전해진다.

12 모어는 저서 『리처드 3세사』에서 리처드 3세를 이솝우화의 사자에 비유하고 있는데, 바로 이 사자 같은 폭군 리처드 3세는 바로 헨리 8세를 의미하기도 한다. (More, The History of King Richard III, ed. Richard S. Sylvester, 1963, CW, p. 93) : 이마의 돌출 부분에 실뭉치를 두른 초식동물을 보지 여우가 말한다. '너는 왜 이마에 실뭉치를 감았니'라고 말하자, 초식동물은 야수의 왕 사자가 뿔이 있는 동물은 죄다 잡아먹는다고 해서 그랬다고 말한다. 그러자 여우는 '이 초식동물을 향해, 야, 이 바보야! 사자가 실뭉치를 뿔이라고 그러면 뿔인 걸 모르니'라고 말한다. 여기에서 사자는 비유적으로 리처드 3세를 의미하지만, 헨리 8세도 무소불위의 힘을 가지고 있기에 변덕을 부린다면 그 또한 그렇게 될 수도 있음을 시사하고 있

는 것이다.

제9장

1 12궁도zodiac signs는 황도대에 12의 성좌를 배치한 그림을 말하는데, 그 도상에는 각 12별의
   속성에 따라 백양궁 아이레스Ares, 금소궁 타우루스Taurus, 쌍둥이궁 게미니Gemini, 큰게궁
   캔서Cancer, 사자궁 레오Leo, 처녀궁 비르고Virgo, 천칭궁 리브라Libra, 전갈궁 스코피오
   Scorpio, 인마궁 사기타리우스Sagittarius, 마갈궁 카프리콘Capricorn, 물병궁 아쿠아리우스
   Aquarius 및 쌍어궁 피스케스Pisces 등이 둥근 원형에 맞춰 배치되어 있다.
2 여기서 큰 문제는 직접적으로는 헨리 8세의 조강지처 캐서린과의 이혼문제와 궁녀 앤 볼
   린과의 재혼문제이지만, 간접적으로는 헨리종교개혁(Henrician Reformation:잉글랜드
   종교개혁)과 관련된 문제를 말한다.
3 글로스터셔 웰시 출신인 틴데일William Tyndale(1494~1536)은 옥스퍼드대학에서 그리스어를
   배우고 에라스무스의 그룹에 참가하였으며, 케임브리지대학에서도 배웠다. 1521년경 성직
   자가 되어 당시 교회개혁의 필요성을 느끼고 1523년 런던에서 신약성서의 영역을 계획하
   였으나 신변의 위협을 느끼고 독일 비텐베르크의 루터를 방문하였으며, 1525년 쾰른에서
   신약성서의 영역본을 인쇄하기 시작하여 1526년 보름스에서 이를 완간하였다. 이 책은
   1611년 ≪흠정역성서欽定譯聖書≫의 기초가 될 것이었지만, 당시에는 그가 잉글랜드에 이 책
   을 보내자 주교들이 불태워버렸다.
4 김진만, 앞의 책, pp.114~117. Robert Bolt의 『A Man for All Seasons』 참고.
5 Jeffrey Richards, Sex, Dissidence and Damnation: Minority Groups in The Middle Age, 유희수, 조명
   동 옮김, 『중세의 소외집단』, p.91.
6 A. Fox, Thomas More: History and Providence, pp.144~146.
7 CW 5, Responsio ad Lutherum, ed. J.M. Meadley, 2 Parts, p.685.
8 김진만, 앞의 책, p.40.
9 Richard Marius, 앞의 책, p. 326 : 그것은 모어에게서 인생의 분기점이었다. 그는 이제 왕의
   대리자가 아닌 자신의 문제로서 논쟁에 관련하게 되었다. 모어의 「부겐하겐에 보내는 서
   한」은 1527년 봄 이전에 쓰인 것이었다.
10 CW 6, Dialogue, p. 346.
11 Richard Marius, 앞의 책, p. 281.
12 같은 책. p.282.
13 토머스 크롬웰Thomas Cromwell(1485~1540)은 중산계급의 집안에서 태어났다. 젊었을 때는
   대륙을 방랑하였으나, 1512년경 귀국한 후에는 법률가・상인・금융업자로서 활약하였다.
   대법관 울지의 인정을 받아 1525년경부터 그의 최측근이 되어 헨리 8세와 울지 사이에서

전령사 역할을 하였다. 울지 이후 헨리 8세의 최측근 실세로 1532년 재상급인 국왕수석비서관으로 발탁됨으로 '헨리 8세의 종교개혁(Henrician Reformation)'은 그의 정략에 의해 구체화되기 시작했다. 크롬웰은 의회를 이용하여 헨리종교개혁을 합법화한 이른바 엘톤이 주장한 튜더 혁명의 주역이었다. 크롬웰은 여전히 로마가톨릭주의가 지배하고 있었던 잉글랜드에 갖가지 선전책동과 여론조성방식 등을 통해 반교권주의(anticlericalism) 열풍을 불러일으키는데 솔선하였다. 그리고 나서 그는 의회를 통해 반가톨릭 관련법을 차곡차곡 통과시켜 헨리종교개혁을 합법적으로 현실화시키는 일등 공신이 되었다. 이렇게 해서 로마가톨릭으로부터 독립하여 국왕이 의회와 함께 통치해 간다는 헨리 8세의 의지가 실현된다. 관련법의 의회 통과 과정은 다음과 같다. '① 1532년 반 성직자 청원법Act of Supplication against the Ordinaries : 왕의 대권을 옹호하고 성직자들과 교회에 대한 갖가지 고발을 담고 있음－② 1532년 초년도 수입세 상납 금지법Act of Restraint of Annates: 로마 교황청으로 흘러들어가는 잉글랜드내 십일조 등의 각종 수입원을 차단 조치함－③1533년 상고 금지법Act in Restraint of Appeals: 잉글랜드 내 사건에 대해 교황에게 상고하는 것을 금지하는 법－④1534년 성직자 복종법Act for Submission of the Clergy: 성직자의 국왕에게 복종을 법제화함－⑤ 1534년 특면권법Dispensation Act: 로마 교황청으로의 모든 상납을 금하고 교황의 특면권을 부인함－⑥1534년 제1차왕위계승법The First Succession Act: 헨리 8세와 그의 재혼녀 앤 볼린 사이의 아들을 왕위계승자로 정하고 결혼에 대한 중상비방을 반역으로 규정하며 성년에 이른 모든 신민에게 법의 지지를 명시하는 선서를 명함－⑦1534년 수장법Act of Supremacy: 로마 교황청과의 단절, 잉글랜드 국교회 성립 및 국왕의 최고권 확립을 확정함－⑧1534년 제2차왕위계승법The second Succession Act of Supremacy: 왕위계승법 내용을 강화하였음.

14 친구로서 턴스틸의 명료한 지성과 확고한 가톨릭시즘은 모어에게 큰 영향을 끼쳐 그가 가톨릭 옹호자로서의 삶을 가게 하는 데 일조하였다. 턴스틸은 1522년에, 잉글랜드에서 가장 존경받는 성직자들 중 한 명인 런던 주교가 될 것이었다. 그러나 이 턴스틸도 결국은 헨리 8세의 종교개혁을 지지하게 된다.

15 Cuthbert Tunstall, "*Letter to More*," in *correspondence*, ed. by Rogers, p.387.

16 Richard Marius, 앞의 책, p.338.

제10장

1 존 헤이우드John Heywood(1497~1580?)는 헨리 8세의 궁정시인이자 극작가이며 도덕극 애호가였다. 극중 인물들에 다양한 인간성을 부여하여 개성화함으로써 잉글랜드 드라마가 엘리자베스 여왕 시대의 희극으로 꽃피우게 하는데 기여하였다. 극중에 성서적 비유를 사용하지 않고 일상생활의 풍습을 무대에 올렸다. 1519년부터 가수로, 또 버지널 연주자로 헨리 8세의 조정에 출입했고, 그 뒤에는 소년합창단의 지휘자로 활동하였다. 그는 에드워드 6세와 메리의 치세 당시에도 조정에서 인기가 있어 주기적으로 하사금을 받았다. 유작으로『사랑의 유희』,『고약한 날씨』 등이 있다. 특히 그의 명성을 자자하게 해준 당대 최고의

막간극으로『The Four P's(P자로 시작되는 가장 거짓말 잘하는 4종 직업인)』이 있는데, 이것은 성지순례자・면죄부판매인・약제사・행상인(Palmer・Pardoner・Pothecary・Peddlar) 중 어느 누가 큰 거짓말을 하는가 그리고 그들이 논쟁을 벌이는 것을 내용으로 한다. 그는 모어에게 나이가 한참 아래인 조카사위였지만, 그와 모어는 오랜 친구처럼 각별한 사이였다.

2 켄트의 수녀로 알려진 바튼Elizabeth Barton은 원래 1506년경 켄트주에서 출생한 하녀였다. 1525년에 혼수상태에까지 이른 중병을 앓았다. 그녀는 깨어난 후 불길한 예언을 하기 시작했다. 이웃 사람들은 그녀의 몸에 악령이 붙었거나 하느님의 성령을 받아 그런 소리를 한다고들 했다. 모어는 그것을 '순진한 여자가 자신의 속내를 털어놓는 것에 불과하다'며 대수롭지 않게 여겼다. 그러나 그녀는 왕이 정실인 캐서린을 버리면 '이 나라 왕이 악마의 죽임을 당할 것이다'라고 사방으로 떠들고 다니더니, 급기야 프랑스 칼레에서 귀국한 왕 헨리를 붙들고 면전에서 그런 불온한 말을 하면서 캐서린을 버린 것에 대해 호되게 힐책하자 문제가 복잡해지게 되었다. 그래서 1533년 왕의 명을 받아 크롬웰과 크랜머 대주교가 바튼에 대한 본격조사에 착수했는데, 바튼으로부터 '거짓'이었다는 고백을 받아냈다. 그런데 이때 피셔주교와 모어의 이름도 그녀에게서 거론됐다는 것이다.

3 존 피셔John Fisher(1459~1535)는 요크셔 베벌리에서 출생하여 케임브리지대학을 졸업하고 1501년 같은 대학 부총장, 1503년에 신학교수, 1504년에는 총장이 되었다. 같은 해 국왕 헨리 7세에 의해서 로체스터의 주교로 서임되었다. 그는 헨리 8세의 이혼문제가 일어났을 때 평신도 모어와 함께 그것에 반대하였으며, 또한 국왕이 로마교회로부터 잉글랜드 교회를 떼어내려는 정책에도 반대하였다. 그 때문에 1534년 런던탑에 갇히는 몸이 되었다. 또한, 국왕이 자신을 잉글랜드 교회의 수장으로 인정하도록 하는 강압에 강경하게 버텼기 때문에 그는 국왕의 진노를 사 런던탑에서 참수당했다. 그것은 로마교황이 그를 추기경으로 임명했다는 통지가 잉글랜드에 도착한 직후의 일이었다. 1886년 모어와 함께 교황수장권 옹호를 위한 순교자로서 시복諡福되고, 1935년에 시성諡聖되었다. 그의 성인 축일은 모어와 같은 6월 22일이다.

4 『최후의 4가지 것들』은 집회서 7장 마지막 36절 '무슨 일을 하든지 너의 마지막 순간을 생각하고 절대로 죄짓지 말아라'라는 내용에 착안하여 쓰인 종말론서이다. 최후의 4가지 것들은 죽음, 심판, 천당 및 지옥을 말한다. 모어는 이들 중 심판, 천당, 지옥 세 가지에 대해선 별 언급을 하지 않는데 그것은 모어가 이 3가지들에 대해 우리 인간이 어차피 잘 모르는 일들이라고 생각하고 있었기 때문이다. 이 책이 죽음을 다루는 종말론서로 규정되긴 하지만 고상한 신학이나 구름 잡는 형이상학이 아닌 일상적인 이야기로 개진된다.

5 김진만, 앞의 책, p.46.

6 같은 책, pp.151~152.

제11장

1 모어는 딸 마가렛을 곧잘 이브로 비유하곤 했다. 그것은 성서상의 이브가 자애로운 인류의

어머니이면서도 뱀으로 변신한 사탄의 유혹에 넘어가 인류의 아버지 아담에게 선악과를 먹도록 충동질함으로 인류를 타락시켰다는 점에 착안해서 그녀를 이브라고 불렀다. 그러니까 모어는 자신의 선택을 번복하도록 설득(유혹)하는 사랑하는 딸에게서 이브의 그러한 그림자를 본 것이었다.

2 릿치는 헨리 8세에 이어 신교도 왕 에드워드 통치하에서와 가톨릭 여왕 유혈 메리 통치하에서도 출세 가도를 달린 정치판 처세술의 달인으로 의회 하원의장을 거쳐 잉글랜드 대법관에까지 이르게 되는 사람이다. 그는 성공한 정치인이 되기 위해서는 소신과 양심을 편의적으로 적절히 활용할 줄 알아야 됨을 입증한 기회주의적 정치인이었다. 그는 헨리 8세 하에서 자신의 출세를 위해 정치실세의 변화에 따라 울지에서 모어로 그리고 모어에서 크롬웰로 충성대상을 바꾼 사람이다.

3 김진만, 앞의 책, p.162.

4 국왕 지명 최종심판위원회 위원들의 면면은 다음과 같다. 토머스 오드리(모어의 후임대법관), 노르포크 공작(앤 볼린의 삼촌), 써포크 공작(왕의 처남), 헌팅튼 남작, 캄벌랜드 남작(국새상서), 윌트셔 백(앤 볼린의 부친), 몬테규 경, 로크포드 경(앤 볼린의 동생), 윈저 경, 토머스 크롬웰(국왕수석비서), 그 외 수명의 재판관들. 그들이 내린 죄목 4가지를 살펴보면 다음과 같다. ① 1535년 5월 7일, 모어는 국왕을 교회의 수장으로 인정하느냐는 질문에 고집과 악의를 가지고 침묵했다. ② 5월 12일에 모어는 피셔에게 그 법에 거부하라고 격려하는 편지를 수통 보냈고 자신은 침묵했다. 그 날 심문에서 그는 "의회법은 쌍날 칼날 같아서 사람이 이렇게 대답하면 그의 영혼이 죽고 저렇게 대답하면 그의 육신이 멸한다"라고 대답하였다. ③ 세 번째는 두 번째의 연장선에 있다. 그 두죄인들은 똑같이 그 법이 "쌍날 같아서"라고 해서 그들은 '방조자·조언자·합의자·교사자'로서 대역죄인들임을 입증했다. ④ 이것이 제일 핵심적 죄목이다. 모어는 릿치 경에게 국왕이 교회의 수장이 될 수 없음을 말함으로써 그의 대역大逆을 악의적으로 고집하였다.

5 김진만, 앞의 책, p.168.

6 John Guy, *A Daughter's Love : Thomas and Margaret More, The family Who Dared to Defy Henry VIII*, Penguin Books Ltd, 2018.11. 참고.

7 떠나고 싶은 자, 떠나게 하고, 잠들고 싶은 자, 잠들게 하며, 그러고도 남은 시간은, 침묵할 것 / 또는 꽃에 대하여, 또는 하늘에 대하여, 또는 무덤에 대하여, 서둘지 말 것, 침묵할 것 / 그대 살 속의, 오래전에 굳은 날개와 흐르지 않는 강물과, 누워있는 누워있는 구름, 결코 잠 깨지 않는 별을 / 쉽게 꿈꾸지 말고, 쉽게 흐르지 말고, 쉽게 꽃피지 말고, 그러므로 / 실눈으로 볼 것, 떠나고 싶은 자, 홀로 떠나는 모습을, 잠들고 싶은 자, 홀로 잠드는 모습을 / 가장 큰 하늘은 언제나, 그대 등 뒤에 있다.

8 Edward Hall, *Chronicle*, p.260.

토머스 모어 연보

1478(7)년	2월 6일(혹은 7일) 런던에서 법관 존 모어의 장남(혹은 차남)으로 출생함.
1485년(7세)	성 안쏘니 스쿨에 입학함, 헨리 7세가 왕위에 즉위함.
1490년(12세)	대주교이자 대법관Lord Chancellor 모튼John Morton 가家 시동이 됨.
1492년(14세)	옥스퍼드대학에 입학하여 그리스어 공부에 열중하며 인문학적 소양을 쌓음.
1494년(16세)	아버지의 희망대로 옥스퍼드대학을 중퇴하고, 뉴인 법학원에 입학하여 법학을 공부함.
1496년(18세)	링컨즈 인 법학원에 입학함.
1499년(21세)	에라스무스와 알게 됨.
1501년(23세)	링컨즈 인 법학원을 졸업하고 변호사가 됨. 카르투지오회 수도원인 챠터하우스Charterhouse를 출입하게 됨. 퍼니벌 법학원 부교수가 됨. 성 아우구스티누스의 『신국론』 강의함.
1504년(26세)	하원의원에 당선됨.
1505년(27세)	제인Jane Colt와 결혼하여 벅클러스베리 너벅선집Barge에서 신혼생활 시작함
1506년(28세)	장녀 마가렛 출생.
1507년(29세)	차녀 엘리자베스 출생.
1508년(30세)	삼녀 세실리 출생. 파리와 루뱅 방문함.
1509년(31세)	장남 존 출생. 헨리 8세 왕위에 즉위함.
1510년(32세)	런던시의 법률 고문관 겸 부시장이 됨.
1511년(33세)	아내 제인이 숙자 연상 미망인 미늘본Alice Middleton과 재혼. 링컨즈 인 법학원 가을 학기 부교수 역임.
1513년(35세)	『리처드 3세사』 집필 시작함.
1515년(37세)	통상 사절단 일원으로 플랑드르에 파견되어 카스티야 외

	교사절단과 회담함. 회담 중단 중 안트베르펜에 체류하면서 『유토피아』 제2부 집필함.
1516년(38세)	런던 귀국 후 『유토피아』 제1부 집필한 후, 제2부와 합본하여 그것을 루뱅에서 출판함.
1517년(39세)	프랑스 칼레 외교사절이 됨.
1518년(40세)	헨리 8세의 자문관이 됨. 청원심판장이 됨. 런던시 시장 대리겸 법률고문관(법무부시장)직 사임함.
1520년(42세)	'황금천 들판' 행사에 참여함. 기사 작위 받음.
1522년(44세)	『최후의 4가지 것들』 집필함.
1523년(45세)	하원의장에 선출됨. 첼시에 집터 구입함.
1524년(46세)	첼시 집으로 이사함.
1527년(49세)	울지와 아미앵 사절로 파견됨. 헨리 8세가 자신의 '큰 문제 great matter'로 모어와 상의함.
1528년(50세)	첼시 집에 개인 예배기도실 건립함.
1529년(51세)	턴스털과 함께 프랑스 캉브레 사절 여정 떠남. 울지 후임 대법관Lord Chancellor이 됨. 헨리 8세가 자신의 '큰 문제'로 그와 재차 상의함.
1532년(54세)	대법관직 사임함.
1534년(56세)	4월, 대역죄라는 죄목으로 런던탑에 수감됨. 『고난을 이기는 위안의 대화A Dialogue of Comfort against Tribulation』와 『그리스도의 슬픔에 관하여De Tristitia Christi』 집필 시작함.
1535년(57세)	토지 몰수당함. 4회 심문받음. 15개월간 옥중생활 후 7월 6일 참수형 됨.
1886년	12월 29일 로마교황청으로부터 '복자福者'로 시복됨.
1935년	5월 19일 로마교황청으로부터 '성인聖人'으로 시성됨. 축일은 6월 22일임.
2000년	10월 31일 로마교황청으로부터 '정치인들의 수호성인'으로 선포됨.

참고문헌

The Yale Edition of the Complete Works of Sir Thomas More, 15 vols. New Haven and London, 1963-1987 Cited as CW.

_____, CW 1, English Poems, Life of Pico, ed. R. S. Sylvester.

_____, CW 2, The History of King Richard III, ed. R. S. Sylvester, 1967.

_____, CW 3, Part 1 : Translation of Lucian, ed. C. R. Thompson. 1974.

_____, Part 2 : Latin Poems, ed. C. H. Miller, L. Bradner, C. H. Lynch and R. P. Oliver.

_____, CW 4, Utopia, ed. E. L. Surtz and J. H. Hexter, 1965.

_____, CW 5, Responsio ad Lutherum, ed. J. M. Meadley, 1969, 2 Parts.

_____, CW 6, A Dialogue Concerning Heresies, ed. T. M. C. Lawler, G. Marc'hadour and R. C. Marius, 1981.

_____, CW 7, Letter to Bugenhagen, Supplication of Souls, Letter against Frith, ed. F. Manley, G. Marc'hadour, R. Marius and C. H. Miller, 1970.

_____, CW 8, The Confutation of Tyndale's Answer, ed. L. A. Schuster, R. C. Marius, J. P. Lusardi and R. J. Schoeck, 1973.

_____, CW 9, The Apology, ed. J. B. Trapp, 1979.

_____, CW 10, The Debellation of Salem and Bizance, ed. J. Guy, R. Keen, C.H. Miller and R. McGugan, 1987.

_____, CW 11, The Answer to A Poisoned Book, ed. S. M. Foley and C. H. Miller, 1985.

_____, CW 12, A Dialogue of Comfort against Tribulation, ed. L. L. Martz and F. Manley, 1976.

_____, CW 13, Treatise on the Passion, Treatise on the Blessed Body, Instructions and Prayers, ed. G. E. Hampt, 1976.

_____, CW 14, De Tristitia Christi, ed. C. H. Miller, 1976.

_____, CW 15, In Defense of Humanism, ed. D. Kinney, 1986.

Ames, Russel, Citizen Thomas More and His Utopia, Princeton Univ., 1949.

Bernard, G. W., Anne Boleyn · Fatal Attractions, Yale Univ., 2011

Bolt, Robert, A Man for All Seasons, Spark Publishing, 2002.

Chambers, R. W., Thomas More, Michigan University Press, 1973.

Elton. G. R., England under The Tudors, Methuen & Co. Ltd, London, 1959.

Fox, Alistair, Thomas More: History and Providence, New Haven: Yale Univ., 1982.

토머스 모어 연보

Guy John, The Public Career of Sir Thomas More, New Haven: Yale Univ., 1980.

Guy, John, A Daughter's Love : Thomas and Margaret More, The family Who Dared to Defy Henry VIII, Penguin Books Ltd, 2018.11.

Kautsky, Karl, Thomas More and His Utopia, reprinted. trans. by H. J. Stenning, New York, 1959.

L. Bradner and C. A., Lynch, ed. and trans., The Latin Epigrams of Thomas More, Chicago: Univ. of Chigago, 1953.

Reynolds. E. E., Thomas More and Erasmus, Fordham Univ., New York, 1965.

Richard Marius, Thomas More, Alfred A. Knope, New York, 1985.

Rogers, E. F., ed. St. Thomas More : Selected Letters, New Haven: Yale Univ., 1961.

Roper, William, The Lyfe of Sir Thomas Moore, Knight, written by Elsie Vaughan Hitchcok London, 1935.

Stanley-Wrench, Margaret, Conscience of a King, Hawthorn books, Inc.,1962.

Wilson, Derek, England in the age of Thomas More, The Chaucer Press, 1978.

Weir, Allison, The Six Wives of Henry VIII, 박미영 옮김, 『헨리 8세와 연인들 1, 2』, 루비박스, 2007.

J, Bronowski and Bruce Mazlish, The Western Intellectual Tradition: From Leonardo to Hegel, 차하순 역, 『서양의 지적 전통: 다빈치에서 헤겔까지』, 학연사, 1991.

Kenneth O. Morgan ed., The Oxford History of Britain, 영국사연구회 옮김, 『옥스퍼드 영국사』, 한울아카데미, 1994.

Jeffrey Richards, Sex, Dissidence and Damnation: Minority Groups in The Middle Age, 유희수, 조명동 옮김, 『중세의 소외집단』, 느티나무, 2003.

김진만, 『토머스 모어』, 정우사, 2003.

조명동, 『토머스 모어 : 정의담론과 그의 죽음』, 혜안, 2019.

찾아보기

지은이 **조명동**

1960년 충남 부여에서 태어났다. 고려대학교 문과대 사학과를 졸업하고 같은 대학원에서 석·박사 학위를 받았다. 고려대, 충남대 등에서 서양문화사, 역사학의 이해 등을 강의하였으며, 인천가좌여중, 인천기계공고, 가좌고 등에서 교사로 재직하며 역사·윤리·영어를 가르쳤다. 현재는 전직하여 계산공고 Wee 상담실 실장(마음상담교사)으로 재직하고 있다. 저서로 지은 책『토머스 모어 : 정의담론과 그의 죽음』과 2인 역서『중세의 소외집단(섹스·일탈·저주)』이 있다.

유토피아 창조자 이야기
상상의 토머스 모어

2022년 01월 15일 초판 인쇄
2022년 01월 20일 초판 발행

지 은 이 조명동
펴 낸 이 한신규
표지디자인 이미옥
본문디자인 김영이
펴 낸 곳 글터

전화 070-7613-9110 **팩스** 02-443-0212 **E-mail** geul2013@naver.com
홈페이지 http://www.mun2009.com
출판등록 2013년 4월 12일(제25100-2013-000041호)
출력인쇄 ㈜대우인쇄 **제본** 보경문화사 **용지** 종이나무

ⓒ 조명동, 2022
ⓒ 글터, 2022, printed in Korea

ISBN 979-11-88353-42-2 03840 정가 19,000원